莱蒙托夫诗学研究

黄晓敏 著

科学出版社

北京

内 容 简 介

  本书首先从溯源及影响角度出发,考察了莱蒙托夫与本土文学及西方文学之间的渊源,主要探讨了莱蒙托夫与普希金的文学关系,进而探讨了莱蒙托夫对俄罗斯白银时代文学的影响,并探析了莱蒙托夫与拜伦、歌德、司汤达的文学联系;其次,着力于莱蒙托夫不同体裁创作文本,分别对抒情诗、叙事诗、小说创作中的艺术价值进行了挖掘;最后,打破体裁界限,从整体观照莱蒙托夫创作的不同文本,从《圣经》主题、童年主题与存在主义主题等角度详细揭示了作家创作的审美价值。

  本书可作为俄语语言文学及俄苏文学、比较文学与世界文学等专业研究生的选读书目,也可作为广大文学爱好者的阅读书目。

图书在版编目（CIP）数据

莱蒙托夫诗学研究/黄晓敏著. —北京：科学出版社，2020.9
ISBN 978-7-03-065205-8

Ⅰ．①莱⋯　Ⅱ．①黄⋯　Ⅲ．①莱蒙托夫（M.Y. 1814–1841）–诗学–研究　Ⅳ．①I512.072

中国版本图书馆 CIP 数据核字（2020）第 086023 号

责任编辑：王　丹　赵　洁/责任校对：贾伟娟
责任印制：李　彤/封面设计：蓝正设计

科 学 出 版 社 出版
北京东黄城根北街 16 号
邮政编码：100717
http://www.sciencep.com

北京盛通商印快线网络科技有限公司 印刷
科学出版社发行　各地新华书店经销
＊

2020 年 9 月第 一 版　开本：720×1000　B5
2020 年 9 月第一次印刷　印张：16 1/2
字数：305 000

定价：99.00 元
（如有印装质量问题，我社负责调换）

序：一部颇为全面而有深度的莱蒙托夫研究专著

晓敏的《莱蒙托夫诗学研究》即将出版，嘱我为之写个序，我感到特别高兴，理由有二。

一是为中国莱蒙托夫研究后继有人感到高兴。目前国内最著名的莱蒙托夫研究专家是北京大学的著名学者和翻译家顾蕴璞先生，他在莱蒙托夫研究方面发表过几十篇论文，出版过《莱蒙托夫》（华夏出版社，2002）、《莱蒙托夫研究》（北京大学出版社，2014）两本专著，但他今年已将近90岁高龄了。而莱蒙托夫由于突出的天赋、创作思想和手法的现代性、多方面的艺术才能，以及颇为丰富的思想，十分需要也非常值得更深入、细致的研究，这特别需要有年轻的学者接班，把这项工作继续深入进行下去，晓敏的著作使我深感中国的莱蒙托夫研究后继有人。

二是为晓敏感到特别高兴。这是晓敏继《莱蒙托夫戏剧研究》（知识产权出版社，2014）后即将出版的第二本莱蒙托夫研究专著，是她近年来国家社会科学基金青年项目终期成果"莱蒙托夫研究"进一步完善的结晶，也是她对莱蒙托夫研究的进一步拓展和深化。这两本莱蒙托夫研究专著的出版，也是对她在中国莱蒙托夫研究领域所做工作的高度认可。

为了完成这部专著，晓敏搜集阅读了大量的中文和俄文著作，其中仅是俄文原文资料就有150多部，如此翔实的资料，使得专著的种种见解都能落在实处，且言之有物，十分可靠。

和晓敏的第一本莱蒙托夫研究专著《莱蒙托夫戏剧研究》相比，这本专著有以下两个鲜明的特点。

一、颇为全面

这体现在以下两个方面。一是较为全面地梳理了莱蒙托夫与俄罗斯文学和西欧文学的关系。任何一个有突出成就的作家、诗人，都会很好地从本国和外国的传统中吸收有益于自己的养分，艾略特在《传统与个人才能》一文中甚至说得特别绝对："诗人，任何艺术的艺术家，谁也不能单独的具有他完全的意义。他的重要性以及我们对他的鉴赏就是鉴赏对他和已往诗人以及艺术家的关系。"①莱蒙托夫自幼酷爱读书，而且熟读俄罗斯和西欧的文学经典，这些经典对他日后的创作有较大的影响。同时，有特色、有影响力的作家，也往往会对后世的文学创作产生一定的影响。作为年轻的莱蒙托夫研究专家，晓敏自然深知这些，因此她专辟两章来探讨这个问题。在"莱蒙托夫与本土文学"一章中，她主要探讨了莱蒙托夫与普希金在文学上的关系，并在介绍分析俄罗斯学者的不同看法时，提出了自己的思考与见解，进而探讨了莱蒙托夫对俄罗斯白银时代文学的影响，并以勃洛克为个案，深入论述了他对莱蒙托夫的接受。在"莱蒙托夫与西方文学"一章中，她精选了英国、德国、法国的三位著名作家拜伦、歌德、司汤达，探析了莱蒙托夫与他们的关系。在这两章的研究中，晓敏比较自如地运用了比较文学的理论，主要是影响研究，如莱蒙托夫与普希金、拜伦、歌德，以及与白银时代文学、勃洛克，她都以文学上的事实联系为根据，指出了莱蒙托夫所受的影响及其所产生的影响；而关于莱蒙托夫与司汤达，晓敏除了指出莱蒙托夫的未完成小说《里戈夫斯卡娅公爵夫人》深受司汤达小说对生活客观的研究激情、对社会环境的不接受态度、直抵人心灵深处的表达、主人公的自省意识、无法模仿的讽刺与评论技巧等方面的影响外，更运用平行研究，探讨了两人虽没有文学的影响关系，但有一些共同的主题或话题，如对拿破仑的敬仰乃至崇拜，而这一是当时西欧和俄罗斯普遍崇拜拿破仑的风气所致，二是男人们的英雄情结所致。

　　二是较为全面地对莱蒙托夫除戏剧以外的全部文学创作，包括抒情诗、叙事诗、小说创作，进行了研究，并且较为自如地运用了比较文学的研究方法。由于晓敏的《莱蒙托夫戏剧研究》已经对莱蒙托夫的五部戏剧进行了全面、系统、深入的研究，因此《莱蒙托夫诗学研究》为避免重复，对莱蒙托夫戏剧以外的全部文学创作，包括抒情诗、叙事诗、小说创作等，进行了较为深入的研究。在抒情诗研究中，该书主要探析了诗人诗歌创作中最为突出的孤独与死亡两大主题，同时对中俄学界关注不多的祈祷诗和讽喻短诗进行了颇为深入的研究，既指出了它们在思想方面的特点，也分析了它们在艺术上的创新。在叙事诗研究中，该书主要研究了中俄学界至今仍见仁见智的两首著名叙事诗《恶魔》与《童僧》，在综合中俄学界不同观点的同时，晓敏谈出了自己的看法，进而探析了莱蒙托夫叙事诗中的俄罗斯民间文化传统。在小说研究中，该书主要论述了莱蒙托夫的两部出色的小说《瓦季姆》和《当代英雄》，并关注到了中俄学者极少关注的一个重要问题：莱蒙托夫小说中的游戏元素。而这是一个相当有意思且十分有意义的问题。

---

① 详见王恩衷编译：《艾略特诗学文集》，国际文化出版公司，1989年，第2页。

中俄两国由于把文学当作载道之工具、经国之大业、救世之武器，往往让文学承担了生命中无法承受之重，从而使得最富灵气的文学变得过于沉重，一些文学作品甚至变成了各类宣传的单纯传声筒，难以卒读。其实，真正伟大的文学在载道的同时必然都有一定的游戏成分，所谓"自娱才能娱人"。进而，晓敏运用跨体裁甚至跨学科研究的方法，探讨了莱蒙托夫创作中的《圣经》主题、童年主题和存在主义主题。

二、颇有深度

这也体现为两个方面。一是能够从哲学的高度，对作品进行阐析。晓敏发现，莱蒙托夫的作品中涉及了许多人类的永恒问题：人的存在、生命意义、伦理道德原则等。这些问题都具有跨时代的现实意义。由于篇幅的限制，也为了更集中深入地论析，她选择了从存在主义哲学的角度，具体、深入地探讨莱蒙托夫创作中对个人存在的困境的表现、对存在意义的探索以及绝对自由的实验这三个问题。这些问题的深入研究，使该书既有哲学高度，也有思想深度，同时还具有一定的现代性。而抒情诗中的孤独、死亡主题的研究，又具有浓厚的哲学色彩。

二是从宗教的高度，对文学进行论述。这是全书的一个亮点。在中俄学界，有些学者认为普希金、莱蒙托夫都是无神论者，其创作与宗教关系不大。然而，东正教是俄罗斯的国教，对俄罗斯的文化气质和民族精神有巨大的影响，俄罗斯现代著名宗教哲学家别尔嘉耶夫指出，东正教表现了俄罗斯的信仰，"俄罗斯的民族精神主要不是被宣传和说教所培养，而是被圣餐式和深入到精神结构最深处的基督教徒慈悲的传统所培养"[1]，俄罗斯当代一位神学家甚至断言："俄罗斯民族文化是在教会里诞生的。"[2]因此，每一个俄罗斯人从小就深受东正教影响，虽然成年后受到无神论、唯物论的影响，但幼年和童年的影响已深入骨髓，一有机会就会表露出来，普希金、莱蒙托夫也不例外。晓敏对此深有把握，在该书中对莱蒙托夫创作中的宗教思想有颇为深入的探索，如其祈祷诗的罪意识与忏悔，《瓦季姆》中的反"神正论"思想的实验与失败，以及对上帝的信等，这些都使该书更符合莱蒙托夫的实际，更增加了该书的深度。

值得一提的是，该书既有较好的思想深度，也有一定的艺术把握。思想深度从上述哲学、宗教研究中已可略见一斑，艺术把握则体现在对讽喻短诗的艺术创

---

[1] [俄] 尼·别尔嘉耶夫：《俄罗斯思想：19世纪至20世纪初俄罗斯思想的主要问题》修订译本，雷永生、邱守娟译，生活·读书·新知三联书店，2004年，第212页。

[2] 转引自任光宣：《基辅罗斯—十九世纪俄国文学：俄国文学与宗教》，世界图书出版公司，1995年，第6页。

新的剖析上，对《当代英雄》空间叙事策略的现代性的论述尤其体现在对莱蒙托夫小说创作中游戏元素的重视和论析上，而从这一点尤可看出晓敏在艺术方面具有不错的悟性，甚至可以说她真正懂得艺术之道。

晓敏还年轻，特别希望这位年轻的学者以后能有更加出色的学术成就。

曾思艺

2019 年 8 月 6 日写于天津小站别墅

目　　录

导言　莱蒙托夫在中国

纵观俄罗斯学术界，莱蒙托夫研究已经取得了丰硕的成果，早在 20 世纪 80 年代就出版了《莱蒙托夫百科全书》（1981 年第一版，1991 年再版），时至今日，每年仍旧不断出现新的研究成果，足以见得莱蒙托夫研究在俄罗斯学界所受到的重视。在中国，俄罗斯文学研究作为外国文学研究的重要组成部分多年来一直蓬勃发展，而米哈伊尔·尤里耶维奇·莱蒙托夫（Михаил Юрьевич Лермонтов）（1814—1841）作为俄罗斯经典作家，是俄罗斯文学研究中的重要研究对象。自莱蒙托夫的作品于 1907 年首次被翻译成中文进入中国以来，一个多世纪已经过去了，在此期间，莱蒙托夫作品的翻译与研究也经历了从沉寂到逐渐展开再到深入的过程。

第一节　中华人民共和国成立之前的莱蒙托夫
汉译与研究（1949 年之前）

莱蒙托夫被介绍至中国的时间并不早，是在诗人去世半个多世纪之后的 1907 年。第一位翻译莱蒙托夫作品的译者是吴梼先生，翻译的作品为小说《当代英雄》中的《贝拉》，当时译为《银钮碑》，是吴梼先生从日译本转译而来的，译文采用的是白话文。同年，鲁迅在论文《摩罗诗力说》中谈到了莱蒙托夫，介绍了莱蒙托夫的生平和创作。鲁迅认为莱蒙托夫刚开始的创作模仿了乔治·戈登·拜伦（George Gordon Byron）、亚·谢·普希金（A.C. Пушкин），但是后来莱蒙托夫也开始独立创作了。在思想上，鲁迅认为莱蒙托夫接近德国的哲学家亚瑟·叔本华（Arthur Schopenhauer）。"在莱蒙托夫的作品刚刚介绍到中国，许多人还不知道莱蒙托夫为何人的情况下，鲁迅的评价显得尤为珍贵。"[①] 1918 年，李大钊在《俄罗斯文学与革命》中提到莱蒙托夫在普希金与人决斗不幸去世之后有所著作，当指其所作《诗人之死》，强调俄罗斯诗人对自由主题的热爱。由此可见，"五四"之前的中国文化界对俄罗斯文学中的莱蒙托夫已经并不陌生。

---

① 陈建华主编：《中国俄苏文学研究史论》（第三卷），重庆出版社，2007 年，第 25 页。

从 20 世纪 20 年代开始至中华人民共和国成立之前，莱蒙托夫作品的汉译本陆续面世。20 世纪 20 年代瞿秋白翻译的《烦闷》（又译《又苦闷又烦忧》）、《安琪儿》由商务印书馆出版；李秉之翻译的《歌士》（又译《歌手阿希克-凯里布》）由亚东图书馆出版；戴望舒翻译的《达芒》（又译《塔曼》）由上海水沫书店出版。由此可见，20 年代的翻译还是集中在个别抒情诗歌及小说节选的翻译上。20 世纪 30 年代的翻译触及了长诗及小说完整版的翻译，如温佩筠翻译了莱蒙托夫的《铁列河的赠品》、《金黄色的禾田波动了》、《高加索之囚》（又译《高加索的俘虏》）、《恶魔》、《伊兹麦尔·拜》等，而杨晦则由英译本转译了小说《当代英雄》，穆木天翻译了《帆》《囚徒》《天使》。20 世纪 40 年代是莱蒙托夫汉译的重要时期，出现了不同译本的《逃亡者》，分别由余振和梁启迪翻译，此外路阳翻译了著名长诗《姆采里》（又译《童僧》），长诗《恶魔》也出现了新译本，小说《当代英雄》由小畏复译，莱蒙托夫抒情诗的翻译首次结集出版（《莱蒙托夫抒情诗选》，1948），由余振翻译。

这一时期的莱蒙托夫研究也相继展开。1921 年的《小说月报》第 12 卷号外《俄国文学研究》专号中，有多篇论文论及莱蒙托夫。值得一提的是茅盾在《近代俄国文学家三十人合传》一文中较为详细地介绍了莱蒙托夫的生平与创作，并对莱蒙托夫创作的独特性及文学成就给予了高度的评价。此外，瞿秋白在《十月革命前的俄罗斯文学》中用不小的篇幅介绍了莱蒙托夫，从其家庭环境角度分析了诗人性格形成的原因，并第一次提到了莱蒙托夫的戏剧作品《假面舞会》，明确指出抒情诗在莱蒙托夫创作中的重要地位。在文章中，瞿秋白还将莱蒙托夫与普希金、尼·瓦·果戈理（Н. В. Гоголь）进行了对比。20 世纪 30—40 年代，中国学者关于莱蒙托夫的介绍及研究性的文章多散见于一些译本前后的译序和译后记以及附录的文章中，如戈宝权的《诗人的一生》（长诗《姆采里》）和《关于〈姆采里〉等诗篇的介绍》等。此外，学者在《文化批判》《文艺阵地》《中苏文化》等刊物上也发表了一些研究莱蒙托夫的文章，如楼适夷的《纪念莱蒙托夫》和戈宝权的《俄国大诗人莱蒙托夫的生平及著作》等，此类文章多以介绍莱蒙托夫的生平与创作为主。同时，这一时期也开始了一些专题性的研究。1935 年，茅盾在《汉译西洋文学名著》中撰文《莱蒙托夫的〈当代英雄〉》，在国内首次较为深入地分析了这部小说。文中茅盾论述了小说中浪漫主义与现实主义相结合的特征、作家个人命运与小说之间的联系，较为详细地分析了主人公彼乔林①的复

---

① 因本书引用文本采用了不同的翻译版本，而 Печорин 的音译有不同的写法，除部分直接引文保留"毕巧林""皮却林""毕乔林"等写法外，为避免混乱，论述中一律统一为"彼乔林"。

杂性格。1936 年，杨耐秋在《文化批判》上发表了《〈当代英雄〉研究》一文。这两篇针对《当代英雄》的研究拉开了中国莱蒙托夫小说专题研究的序幕。1945年冰菱发表在《希望》第 1 卷第 1 期上的《〈欧根·奥尼金〉和〈当代英雄〉》比较了普希金与莱蒙托夫创作的异同。文章认为两位作家的风格不同，普希金坚信美好的未来，而莱蒙托夫则是矛盾的，两位作家的作品的主人公也是不同的，冰菱认为奥尼金是没有理想的，也没有自我批判的力量，而彼乔林是颓废的，有着虚无主义的倾向。这样的专题性研究在当时是非常有价值的，为以后同类研究奠定了良好的基础。

　　这一时期的研究除了中国学者发表原创性文章之外，翻译外国学者的文章也是莱蒙托夫研究的重要组成部分。例如，茅盾用笔名谢芬在《译文》上发表的翻译自德·德·勃拉戈伊（又译：勃拉果夷）（Д.Д. Благой）的《莱蒙托夫》一文，戈宝权翻译的弗·尼·罗果夫（В.Н. Рогов）的《纪念伟大的俄国诗人莱蒙托夫》一文等。一些俄苏文学史和文学思潮的译著中，大多有介绍莱蒙托夫的文章，如英国莫里斯·贝灵（Maurice Baring）著（梁镇译）的《俄罗斯文学》、俄罗斯彼·阿·克鲁泡特金（П.А. Кропоткин）著（韩侍桁译）的《俄国文学史》、日本米川正夫著（任钧译）的《俄国文学思潮》等。此外，荆凡编著的《俄国七大文豪》中有莱蒙托夫的评传和年表。上述文献材料详细介绍了莱蒙托夫的生平与创作情况，有分析莱蒙托夫创作风格的研究，也有与其他作家创作进行对比的研究。总之，这些介绍性或研究性的文章为中国读者认识并阅读莱蒙托夫提供了非常可靠的帮助，为莱蒙托夫在中国的传播做出了一定的贡献。

第二节　中华人民共和国成立至 20 世纪末的莱蒙托夫汉译与研究（1949—1999 年）

　　中华人民共和国成立之后的 50 年间，莱蒙托夫的译介与研究都经历了沉浮。中华人民共和国成立之初的几年间莱蒙托夫的译介还是停留在《当代英雄》和一些诗歌的翻译上。例如，1950—1954 年，翟松年在上海平明出版社连续出版过 6版《当代英雄》的汉译本。1951 年，余振所译的《莱蒙托夫诗选》由时代出版社出版，这一版本在 1948 年的版本基础上增译了 4 篇长诗，基本上能够反映莱蒙托夫诗歌创作的整体面貌，为莱蒙托夫诗歌进一步的系统翻译奠定了良好的基础。莱蒙托夫研究方面，在中华人民共和国成立后的前 30 年间显得较为薄弱。中华人民共和国成立之初，1949 年 11 月，时代出版社出版了朱笄（孙绳武的笔名）翻译的《莱蒙托夫传》，该书作者为苏联著名的莱蒙托夫研究专家伊·鲁·安德罗尼科夫（И.Л. Андроников）；1955 年人民文学出版社出版了由弗·维·日丹诺夫（В.В. Жданов）所著、杨静远翻译的《莱蒙托夫》。这两部传记类著作为国内早期的莱蒙托夫研究提供了较有价值的资料。20 世纪 50 年代，莱蒙托夫研究主要还是关于《当代英雄》中的主人公形象问题。主要文章有 1959 年石璞发表的《论"当代英雄"中毕乔林的形象》一文，该文认为彼乔林这一形象是矛盾性格的统一体，具有积极和消极意义两个方面。①而 1960 年，由合肥师范学院中文系 1956 级学员发表的文章《论毕乔林形象的个人主义本质》完全否定了彼乔林这一形象的积极意义，认为必须"揭露他行为的卑鄙，玩弄女性的骗术，自我分析的虚伪性"。②这两种不同的观点都带着时代的烙印。遗憾的是这种不同观点的争论并没有持续下去，由于历史原因，此后的 20 年间，莱蒙托夫的翻译与研究都处于被搁置的状态。直至 20 世纪 70 年代末，情况才渐渐好转。翻译方面，1978 年，上海译文出版社出版了由草婴翻译的《当代英雄》。研究方面，1979 年《武汉大学学报》（哲学社会科学版）第 4 期发表了罗岭的文章《试论皮却林》，1979 年《山西大学学报》（哲学社会科学版）第 2 期发表了戴屏吉的《试论长篇小说〈当代英雄〉》，这标志着学界重拾莱蒙托夫研究，莱蒙托夫研究进入了一个新的阶段。

中国的莱蒙托夫翻译与研究随着改革开放发展的历程逐步形成了一个小高潮。翻译方面，一些文学类杂志开始刊载莱蒙托夫作品的汉译，如《苏联文学》第 2 期刊发了余振、顾蕴璞新译和复译的 10 首抒情诗；《小说界》1982 年第 4 期刊载了王智量翻译的诗体小说《唐波夫财政局长夫人》（又译《坦波夫的司库夫人》）等。除杂志上刊登的莱蒙托夫作品的汉译之外，这一时期还出版了创作体裁更为广泛的汉译作品。1980 年，上海译文出版社出版了余振翻译的《莱蒙托夫诗选》，其中诗译增加至 140 多篇；1982 年，外语教学与研究出版社出版了顾蕴璞翻译的《莱蒙托夫抒情诗选》；1983 年商务印书馆出版了殷涵译注的俄汉对照版《莱蒙托夫诗文选》，其中收选了 16 首抒情诗和 3 首长诗；1985 年是翻译成果丰硕的一年，这一年重庆出版社出版了文秉勋翻译的《莱蒙托夫小说选》，收录 3 部小说；湖南人民出版社出版了由顾蕴璞翻译的《莱蒙托夫诗选》，收录了 106 首抒

---

① 石璞：《论"当代英雄"中毕乔林的形象》，《四川大学学报》，1959 年第 4 期，第 1-16 页。

② 中文系 1956 级学员：《论毕乔林形象的个人主义本质》，《合肥师范学院学报》，1960 年第 4 期。转引自王兆年：《试论莱蒙托夫笔下的皮却林——纪念莱蒙托夫逝世 140 周年》，《河北大学学报》，1981 年第 4 期，第 170 页。

情诗和 4 部叙事诗；浙江文艺出版社出版了由余振翻译的《莱蒙托夫抒情诗集》上下册，其中收录诗歌 455 篇，是中国出版的第一部外国诗人抒情诗全集。进入 20 世纪 90 年代之后，莱蒙托夫汉译涉及的体裁更加广泛，涵盖作品更加全面。例如，1996 年河北教育出版社推出了由顾蕴璞主编的《莱蒙托夫文集》5 卷本；1998 年上海译文出版社推出了由余振、智量、冯春等合译的《莱蒙托夫文集》7 卷本，这部文集涵盖了莱蒙托夫创作的所有体裁，包括抒情诗、叙事诗、小说、戏剧等。除了这两部比较全面的文集之外，还出版了一些合译本，如 1997 年人民文学出版社出版了余振等人翻译的《莱蒙托夫诗选·当代英雄》。可以说，这一时期的翻译成果非常丰富，为之后的莱蒙托夫研究提供了非常全面且翔实的文本支持。

　　研究方面，这一时期的研究视角呈现出了多元化特点，涉及的莱蒙托夫创作体裁也更加广泛，一些分析也更具深度。首先翻译出版了莱蒙托夫传记类著作，如 1988 年北京出版社出版了由苏联莱蒙托夫研究专家维·安·马努伊洛夫（В.А. Мануйлов）撰写、郭奇格翻译的《莱蒙托夫》；1993 年上海译文出版社出版了由谢·瓦·伊凡诺夫（С.В. Иванов）撰写、克冰翻译的《莱蒙托夫》。这几部带有传记性质的译著均介绍了莱蒙托夫的生平与创作，不仅为后来的研究者提供了可靠的参照，也让中国学界了解了俄罗斯学者的研究侧重点。著作方面除了这两部译著之外，1985 年，北京出版社出版了刘保端所著的《俄罗斯的人民诗人——莱蒙托夫》一书；1988 年，辽宁人民出版社出版了由林瀛、黄玉光合著的《莱蒙托夫》。两部著作均介绍了莱蒙托夫的生平，并对其不同体裁的创作进行了详细的介绍，是中国国内较早出现的专门书写莱蒙托夫的著作。

　　小说《当代英雄》仍旧是学者持续关注的研究对象，除了之前出现的对主人公形象、性格特征的研究之外，研究视角扩展至小说的心理分析艺术、比喻特色、叙事视角、结构特色等方面。例如，陈汉生发表于《商洛师专学报》（现为《商洛学院学报》）1988 年第 1 期的《试论〈当代英雄〉的心理分析艺术》、斯达发表于《上海师范大学学报》（哲学社会科学版）1990 年第 1 期的《〈当代英雄〉中的"艺术空白点"》、任子峰发表于《外国文学评论》1995 年第 4 期的《论〈当代英雄〉的叙事视角》、徐波发表于《楚雄师专学报》1998 年第 1 期的《论〈当代英雄〉的层进式结构》等文章。这一时期，研究者们开始关注莱蒙托夫的长诗创作，如徐稚芳撰写的《歌唱否定精神，还是追求和谐美好的人生——析莱蒙托夫长诗〈恶魔〉的主题思想》，发表于《国外文学》1993 年第 2 期。该文从放逐主题、孤独主题和爱情主题三个方面来分析《恶魔》的主题思想，从而论证了莱蒙托夫长诗创作的永恒魅力。谷羽发表于《俄罗斯文艺》1994 年第 6 期的《悲剧源于仇杀——评莱蒙托夫的长诗〈哈志·阿勃列克〉》是首篇对长诗《哈吉·阿勃列克》的评析文章，文章观照了长诗创作的艺术手法，如"莱蒙托夫成功地采用了戏剧性的对话，内心独白，把戏剧因素揉进了长诗"①，"塑造人物性格时，诗人擅长运用对比与反衬的艺术手法"②，文章还认为长诗的语言洗练、准确、极富表现力，此类研究特点是采用文本细读的方法，赏析长诗的语言美，探究作品的艺术手法，发现悲剧的意义。

众所周知，抒情诗这一体裁创作在莱蒙托夫整个创作体系中占据着非常重要的地位，这一时期，学者针对莱蒙托夫这一体裁创作的研究既有宏观方面的综合性研究，也有微观方面的个案研究。吕宁思发表在《外国文学研究》1985 年第 3 期的《莱蒙托夫的抒情诗》是较早关注莱蒙托夫抒情诗整体特征的综合性研究成果。吕宁思在文章中首先谈到诗人所生活的时代和家庭环境与诗人性格形成之间的联系，作者援引亚·伊·赫尔岑（А.И. Герцен）的论断，即"他在自己的一切幻想与享乐中拖着沉重的怀疑主义。刚强而阴郁的思想从没有离开过他的头脑——这种思想渗透了他所有的诗章"③，从而做出自己的论断："莱蒙托夫的这一创作特点，决定了他在文学史上的特殊地位。"④文章中作者还对莱蒙托夫早期和成熟期抒情主人公的特点做了总结，认为其早期抒情主人公都有着对社会现实的强烈不满，把不幸归结于命运，并产生悲观和绝望情绪，他们不屈地追求自由，抒发美妙的理想，他们热爱大自然和幻想中的天国，渴望积极参与生活，为崇高的事业建立功勋，在暴风雨中拼搏求生；而成熟期的抒情主人公不但加强了批判力量，且这种批判已不是孤独的呐喊，而是具有了广泛的社会意义，他们把鄙视和否定的目光从最高统治者转向上流社会，又扩展到俄罗斯社会生活的基础上，他们不但从"我"进入了"我们这一代"，而且从贵族圈子中走向普通人，他们思索诗人的使命、社会作用，思索诗人与读者、群众、社会生活之间的关系。⑤最后作者对莱蒙托夫进行了总体的评价："莱蒙托夫是俄国文学史上具有独特意义的诗人，他是俄国革命史上由贵族革命向平民革命过渡时期的反映者，他连接了浪

---

① 谷羽：《悲剧源于仇杀——评莱蒙托夫的长诗〈哈志·阿勃列克〉》，《俄罗斯文艺》，1994 年第 6 期，第 48 页。

② 谷羽：《悲剧源于仇杀——评莱蒙托夫的长诗〈哈志·阿勃列克〉》，《俄罗斯文艺》，1994 年第 6 期，第 48 页。

③ 吕宁思：《莱蒙托夫的抒情诗》，《外国文学研究》，1985 年第 3 期，第 112 页。

④ 吕宁思：《莱蒙托夫的抒情诗》，《外国文学研究》，1985 年第 3 期，第 112 页。

⑤ 吕宁思：《莱蒙托夫的抒情诗》，《外国文学研究》，1985 年第 3 期，第 112-115 页。

漫主义和批判现实主义两大文学思潮。"①可以说这些思想对后来的研究产生了深远的影响。而林树彤发表于《广西大学学报》（哲学社会科学版）1988 年第 1 期的《别具一格的孤独而忧伤的主旋律——评莱蒙托夫的一组抒情诗》一文认为："忧郁、孤独、愤世嫉俗，是莱蒙托夫抒情诗的特色，也是诗人性格中的重要特征。"②王崇梅发表在《牡丹江师范学院学报》（哲学社会科学版）1996 年第 2 期的《生如闪电之耀亮　逝如彗星之迅忽——浅析莱蒙托夫的短诗及艺术魅力》一文认为："莱蒙托夫的抒情诗大多反映对生活的痛苦思虑，不与险恶的时代同流合污，因而显得更为尖锐和犀利。诗中有激烈的抗议、有失望的悲叹，也有对社会问题的探究和思索。"③许建发表在《扬州职业大学学报》1997 年第 1 期的《祈求，叩动着孤寂的心弦——评莱蒙托夫抒情诗及其审美特色》一文则更为全面且深刻地总结了莱蒙托夫的抒情诗特色："莱蒙托夫早期的抒情诗，具有诗人'主观主义'的个人痕迹，从根本上来说是诗人内在心灵世界的呈现，也是激情和思考的产物。诗人怀着儿童般的真诚，对祖国，对人民倾吐着诚挚的爱和心中的忧郁。以意象，通感，韵律……承载着深邃的思想，把自己独特的感觉印象和情感个性尽可能传达出来，所以，他的抒情诗有着摄人心魄的震撼力量"④；"莱蒙托夫的抒情诗，很讲究匀称，巧妙，对比的结构，不但在立意构思，塑造形象上，而且在语言的结构上，也有独到之处，以去平淡，单调，促使读者进一步探求诗中内在的韵味"⑤；"他后期的抒情诗在思想方面特别充实、丰富，处处闪烁着哲理、智慧的光辉"⑥；"他的想象力喷发出来，诗人不仅注意到诗的外在因素，更重要的是诗人灌输了有力的情绪流，致使莱蒙托夫的抒情短诗语调铿锵、协调、韵律鲜明，内容博大精微，向着'美的凝结'攀登。是诗人用智慧的火把照亮了人们的灵魂。莱蒙托夫的抒情诗组接成历史的辉煌，悲壮的片断，展示一

① 吕宁思：《莱蒙托夫的抒情诗》，《外国文学研究》，1985 年第 3 期，第 115 页。

② 林树彤：《别具一格的孤独而忧伤的主旋律——评莱蒙托夫的一组抒情诗》，《广西大学学报》（哲学社会科学版），1988 年第 1 期，第 64 页。

③ 王崇梅：《生如闪电之耀亮　逝如彗星之迅忽——浅析莱蒙托夫的短诗及艺术魅力》，《牡丹江师范学院学报》（哲学社会科学版），1996 年第 2 期，第 58 页。

④ 许建：《祈求，叩动着孤寂的心弦——评莱蒙托夫抒情诗及其审美特色》，《扬州职业大学学报》，1997 年第 1 期，第 1 页。

⑤ 许建：《祈求，叩动着孤寂的心弦——评莱蒙托夫抒情诗及其审美特色》，《扬州职业大学学报》，1997 年第 1 期，第 3 页。

⑥ 许建：《祈求，叩动着孤寂的心弦——评莱蒙托夫抒情诗及其审美特色》，《扬州职业大学学报》，1997 年第 1 期，第 5 页。

代俄罗斯人深广的精神世界！"①这一时期的研究除了对莱蒙托夫不同创作体裁的观照之外，也有对其文学贡献的研究。例如，景文山的《莱蒙托夫对俄国文学的贡献》（1995）一文介绍了莱蒙托夫的悲剧性命运及其多样体裁的经典创作，对其在文学史中的意义做出了自己的论断："他所亲自走过的从浪漫主义到现实主义的道路，对于整个的俄国文学都有极大的贡献。在他以及和他同时代的果戈里（理）以后，现实主义才在19世纪的俄国文学中奠定了基础，成了当时俄国的主要潮流。"②对比研究在俄罗斯的莱蒙托夫研究史中占有重要一席，而中国的莱蒙托夫研究在这一时期也开始关注对比研究，最为典型的是莱蒙托夫与普希金的对比研究，如顾蕴璞的《普希金与莱蒙托夫》一文。在该文中，作者从所处时代、生活空间、作家创作心理、艺术思维等角度细致入微地分析了两位诗人的差异。从创作心理方面看，顾蕴璞认为普希金属于艺术分析型，而莱蒙托夫属于主观表达型；在描写手法方面，普希金爱用对称的诗行结构，而莱蒙托夫爱用对比的意象结构。最后作者总结道："如果说，普希金的传统主要是民主意识、公民精神和对民族的历史责任感，那么，莱蒙托夫既是普希金传统的继承者，又是这一传统的挑战者与超越者，这种超越主要表现在对内心矛盾探索的深化（如小说《当代英雄》、抒情诗《沉思》）、对夜梦、死等虚境，幻境的积极寻觅（仅抒情诗就不下20首），总体象征手法的更多运用（如《人生的酒盏》、《叶》、《悬崖》、《帆》等）以及诗人主体性的强化（典型的自我表现）等，从这个意义讲，莱蒙托夫也可以说是普希金与俄国现代派之间的中介。"③顾蕴璞在普希金与莱蒙托夫的对比研究方面做出了非常重要的贡献。

第三节　21世纪以来的莱蒙托夫汉译与研究（2000年至今）

21世纪以来的20年间，莱蒙托夫汉译方面最主要的特征是早期译作的再版，以及经典著作的复译。小说《当代英雄》又出版了不同的版本：2000年，外语教学与研究出版社出版，由徐振亚注译；2003年，上海译文出版社出版，由草婴翻译；2003年，南方出版社出版，由张小川翻译；2005年，解放军文艺出版社出版，由周启超翻译；2006年，上海译文出版社出版，由冯春翻译。除此之外，诗歌方

---

① 许建：《祈求，叩动着孤寂的心弦——评莱蒙托夫抒情诗及其审美特色》，《扬州职业大学学报》，1997年第1期，第6页。

② 景文山：《莱蒙托夫对俄国文学的贡献》，《青海民族学院学报》，1995年第2期，第92页。

③ 顾蕴璞：《普希金与莱蒙托夫》，《俄罗斯文艺》，1999年第2期，第112页。

面也有新译本出现：2006 年出版了由顾蕴璞翻译的《莱蒙托夫抒情诗全集》；同年出版了黎华编著的《莱蒙托夫诗画集》；2013 年出版了由智量翻译的《莱蒙托夫叙事诗集》，该部诗集收录了莱蒙托夫叙事诗作品 25 篇，书后附有译者为每首诗撰写的题解。

研究方面，这一时期莱蒙托夫研究一直持续不断，研究成果形式出现了多样化趋势，有专著、博士学位论文、硕士学位论文、批评文章等。专著方面，主要有顾蕴璞的《莱蒙托夫》（2002）、郭利的《莱蒙托夫与塔尔罕内庄园》（2007）、笔者的《莱蒙托夫戏剧研究》（2014）、顾蕴璞的《莱蒙托夫研究》（2014）。顾蕴璞在专著《莱蒙托夫》（2002）中从不同的角度对莱蒙托夫的创作及生平进行了评述。该书由五个"论"组成：成才论、诗歌论、小说论、戏剧论、其他论。从该书的结构上看，内容涵盖了莱蒙托夫的全部创作。在该书中，作者总结了莱蒙托夫在各个体裁创作中留下的丰富精神遗产，并通过分析代表性经典作品来论证其所达到的高超艺术成就。可以说，此书的面世为中国的莱蒙托夫研究做出了非常重要的贡献，为之后的研究奠定了基础。而顾蕴璞 2014 版的《莱蒙托夫研究》是在 2002 版的《莱蒙托夫》基础之上的进一步补充和完善，增加了若干宏观性研究，如创作轨迹视角、艺术家品位视角、风格视角、影响视角和后人感悟视角等；以及若干微观性研究，如文本赏析探幽和艺术元素探微。文本赏析探幽共分析了 15 首诗歌，而艺术元素探微探讨了莱蒙托夫诗的意象结构、音乐美和抒情方式等几个问题；书中还增加了动态研究和翻译研究。在动态研究中，作者回顾了中华人民共和国成立 60 多年来莱蒙托夫诗歌的研究状况，并对《莱蒙托夫百科全书》进行了详细的介绍。而在翻译研究中，作者探讨了翻译莱蒙托夫诗歌的原则，并根据自己翻译《莱蒙托夫全集·第 2 卷·抒情诗 II》的经验，对"再创造"理念进行了概括，总结出三个层面："译者角度的创作再冲动、译语读者角度的艺术再审美和译文中的语言再锤炼。"[①]郭利的《莱蒙托夫与塔尔罕内庄园》围绕庄园的房间分布详细地介绍了莱蒙托夫从小的成长环境，莱蒙托夫的个人经历，包括身世、个人感情、朋友圈等，书中还穿插分析了莱蒙托夫的个别作品，内容丰富，为全面了解莱蒙托夫提供了翔实的依据。笔者的《莱蒙托夫戏剧研究》以莱蒙托夫的戏剧创作为研究对象，运用比较文学的批评方法将其置于广阔的本土文学与世界文学大背景之下，追溯莱蒙托夫所受的影响，分析其剧作文本与个别作家的互文现象。此外，作品运用宗教文化批评方法对莱蒙托夫所处时代、家庭环境、创作动机等追根溯源，阐明其矛盾的宗教观。作品亦采用传统的文本细读方

---

① 顾蕴璞：《莱蒙托夫研究》，北京大学出版社，2014 年，第 256 页。

法，挖掘文本间的联系，体悟潜台词，从微观之处展示作家广阔、深邃的思想空间，从而更加准确地界定作家在戏剧创作方面所取得的成就。

除专著成果之外，论文类的研究成果可归纳为以下几个方面。

一、永恒的经典——小说《当代英雄》研究

小说《当代英雄》的永恒魅力持续吸引着学者的注意力。这一时期的论文研究成果很大一部分集中在小说《当代英雄》的研究上。研究视角主要集中在形象研究和语言艺术、叙事艺术的研究上。形象研究中有对"多余人"形象的继续探讨，如陈鸿的《迷惘、堕落的英雄——评莱蒙托夫笔下"多余人"形象》（2001）；有对"彼乔林"这一形象的多重分析，如夏益群的《〈当代英雄〉主人公彼乔林形象分析》（2007）、关丽的《浅谈莱蒙托夫笔下的毕巧林》（2008）、王雯秀的两篇文章《浅析〈当代英雄〉中毕巧林的特征及意义》（2011）及《浅析〈当代英雄〉中毕巧林的形象》（2012）、罗苹的《从〈当代英雄〉解读叛逆英雄毕巧林》（2012）、毛明的《游走在自由、奴役和安全之间——毕巧林形象再探》（2012）等。在形象研究方面还有对比研究，如夏秋芬的《傻瓜与英雄——读瓦尔拉莫夫的〈傻瓜〉与莱蒙托夫的〈当代英雄〉有感》（2003）、段文莉的《杰兹金与毕巧林性格比较分析》（2013）。探讨语言艺术的文章主要有张华莉的《为苍茫时代的俄罗斯精神画像——莱蒙托夫〈当代英雄〉语言艺术简析》（2003）和李少咏的《论莱蒙托夫〈当代英雄〉的语言艺术》（2004）。国内从语言艺术角度来研究莱蒙托夫的文章并不多，但其分析较为细致，观点鲜明。张华莉认为小说《当代英雄》的语言艺术具有"精确性、明晰性、具体性和形象性"四个特点，并且依据小说文本详细地论证了这些特点，作者总结道："在整部作品中，很少多余的、不必要的，甚至仅仅是可有可无的单词、短语和句子，每个词语都在起着真正的作用，有着各自深刻的含义。由它们所构建出的每一个细节、每一个部分，都不仅是真实的，而且对于情节的发展是必要的，不是仅仅被当作陪衬和铺垫的手段或工具。应该说，这种鲜明而精确的细节描写，既能够更好地展现人物性格发展轨迹，揭示人物身上蕴含的时代精神，也更容易引发读者浓厚的阅读兴趣。"①在涉及莱蒙托夫创作语言艺术的研究中，这是一篇很有见地的文章，而李少咏的主要观点基本上是对张华莉的重复。此外，从语言艺术角度来研究《当代英雄》的作品还有淡修安的《〈塔曼〉多维的语言之美：辞格、语义和

---

① 张华莉：《为苍茫时代的俄罗斯精神画像——莱蒙托夫〈当代英雄〉语言艺术简析》，《周口师范学院学报》，2003 年第 4 期，第 57 页。

语境》（2005）。该篇文章的研究视角独具特色，以象征性比喻为核心，根据语义的层层递进原则，将文本的辞格体系分成若干单元，依照小说给定的时空顺序，逐一对各辞格单元展开分析。文章论据充分、论点鲜明，有力展示了莱蒙托夫语言的魅力。作者总结道："莱蒙托夫在《塔曼》中使用修辞格的总体特色为：以象征性比喻辞格为基础，结合其它辞格手段，搭建出作品语言的多维美，赋予它雾花般魔幻奇丽的底色。"①小说《当代英雄》的叙事艺术也吸引着研究者的注意，主要的研究成果包括袁蔚的《〈当代英雄〉叙事角度解读》（2004）、朱淑兰的《从叙述者看〈当代英雄〉的叙事艺术》（2006）、安璐的《论〈当代英雄〉的叙述话语》（2007）、田旭雯的《〈当代英雄〉中的叙述层次》（2011）、李蓉蓉的《论〈当代英雄〉叙事手法的现代性》（2011）等。其中较有特色的研究是朱淑兰的文章，该文章"从叙述者的角度入手，剖析《当代英雄》三重叙事框架下三位叙述者的形象与功能。三位叙述者不仅推动了叙述进程，而且构成故事完美的叙事框架，取得了很好的艺术效果"②。除此之外，也有开启新的审美空间的研究，如张建华的《洞察社会、凝视灵魂、解读人生的艺术杰作——开启莱蒙托夫〈当代英雄〉新的审美空间》（2003）一文。该文作者认为："小说通过对主人公生活道路的否定，达到了对一个时代的否定，通过对这个优秀人物心理的剖析，达到了对人生价值的具有超时代意义的深刻揭示。作家通过对毕巧林灵魂异变历程的揭示表现了人性中双重自我的存在，富有哲学意味地体现了人的灵魂世界的真实。人生哲理蕴涵的融入，是小说获得丰富色彩与幽深内涵的重要原因。莱蒙托夫有意识地围绕着毕巧林人生历程的描述写出了他对爱与恨、理与情、善与恶、生与死、幸福与苦难等的哲学思索，从而使作品具有丰厚的俄罗斯民族文化的理性精神。"③

二、诗歌研究

在莱蒙托夫诗歌研究方面，成果主要集中在抒情诗研究领域，其中有诗歌个案的解读分析，也有整体诗歌创作风格、主题思想、意象等方面的研究。前者如傅明根的《奇异的爱情——读莱蒙托夫〈祖国〉》（2002）、宋华的《试析莱蒙托夫抒情诗〈帆〉的意象性特征》（2003）、韦永武和罗莉的《读〈诗人之死〉，析诗人之死》（2008）、邢朝立的《浅析莱蒙托夫诗歌〈帆〉的艺术特色》（2011）、

① 淡修安：《〈塔曼〉多维的语言之美：辞格、语义和语境》，《俄罗斯文艺》，2005 年第 3 期，第 37 页。
② 朱淑兰：《从叙述者看〈当代英雄〉的叙事艺术》，《牡丹江教育学院学报》，2006 年第 5 期，第 17 页。
③ 张建华：《洞察社会、凝视灵魂、解读人生的艺术杰作——开启莱蒙托夫〈当代英雄〉新的审美空间》，《外国文学》，2003 年第 2 期，第 90 页。

付雪的《浅析莱蒙托夫的诗歌〈祖国〉》（2012）、陈新宇的《重新解读莱蒙托夫的抒情诗〈帆〉》（2012）。后者中创作风格研究如王珂的《论莱蒙托夫诗风的巨变及对中国诗坛的启示》（2003）、温朝霞的《论莱蒙托夫抒情诗中的"奇异"》（2008）等；意象研究如顾蕴璞的《试论莱蒙托夫诗的意象结构》（2002）、杨莹雪和龙欣韵的《在人世与天国之间——浅论莱蒙托夫抒情诗中的"高加索"意象》（2011）、张莉的《试析莱蒙托夫诗中的"高加索"意象》（2012）等；主题研究如孙轶旻的《孤独中对死亡的否定之否定——试析莱蒙托夫抒情诗的主题变化》（2003）、季明举的《莱蒙托夫与俄罗斯思想——诗歌中的俄罗斯母题》（2008）、《漂泊的诗魂——莱蒙托夫诗歌宇宙观探析》（2009）、闫乙棣的《漂泊与死亡——莱蒙托夫诗歌的创作主题探析》（2012）等。

综上可以看出，莱蒙托夫诗歌研究对象主要集中在学界讨论较多的经典诗歌上，不乏重复性研究，但也有一些具有创新性思想的研究。例如，曾思艺在《试论莱蒙托夫抒情诗中的象征诗》（2014）一文中对莱蒙托夫 20 余首象征诗进行了研究。作者将莱蒙托夫象征诗分为三种类型："一是与比喻难分的象征诗，往往由一个比喻拉长、展开，形成相对出现的本体和喻体，并且往往曲终奏雅，点明主旨，主要产生在其创作的早期；二是借民间传说或外国诗来构成通体象征的象征诗，是颇为成熟的象征诗；三是自创的通体象征诗，这是诗人创作中最具独创性也最有艺术价值的作品。"①作者认为，莱蒙托夫象征诗已经达到了较高的艺术水平，在某种程度上与象征主义乃至现代主义的诗歌相通，为俄罗斯此后诗歌的发展，提供了出色的文学范本和很好的启迪。②此外，曾思艺针对莱蒙托夫的叙事诗创作进行了整体关注，提出了颇有见地的观点。在《莱蒙托夫叙事诗的艺术特色》（2014）一文中，作者主要论证了莱蒙托夫叙事诗的五大艺术特征：传奇为主的题材、较为丰富的结构、有所变化的视角、性格突出的人物、大量出色的风景。作者认为，正是这五方面的有机结合使莱蒙托夫的叙事诗成就非凡，而且独树一帜。③

三、综合性的宏观研究

对莱蒙托夫整个创作进行宏观梳理与概括的文章向来屈指可数，故而显得弥足珍贵。这一时期的此类文章主要有王学的《莱蒙托夫的文学创作与俄罗斯民族主义》（2007）、《莱蒙托夫文学创作中的自然观》（2011）、《莱蒙托夫文学

---

① 曾思艺：《试论莱蒙托夫抒情诗中的象征诗》，《邵阳学院学报》，2014 年第 5 期，第 16 页。
② 曾思艺：《试论莱蒙托夫抒情诗中的象征诗》，《邵阳学院学报》，2014 年第 5 期，第 24 页。
③ 曾思艺：《莱蒙托夫叙事诗的艺术特色》，《俄罗斯文艺》，2014 年第 3 期，第 84 页。

创作中的西方观》（2013），王珂的《论莱蒙托夫从个人化写作转向社会化写作的原因及意义》（2005），李辉的《莱蒙托夫叛逆精神初探》（2008），刘海龙的《痛苦的崇高美——莱蒙托夫痛苦意识探微》（2009）和董冬雪的《矛盾的自然观——试析莱蒙托夫作品中人与自然的和谐与对立》（2013）等。除此之外，对比研究在这一时期也占有一席之地，如赵真的《普希金、莱蒙托夫、涅克拉索夫诗作中祖国的形象》（2001）、王希悦的《普希金与莱蒙托夫诗歌中的"时间"问题探析》（2004）、黄建民的《决斗而亡——普希金、莱蒙托夫》（2008）、傅明根和李知默的《普希金对莱蒙托夫创作的"影响探究"》（2012）、笔者的《俄罗斯学界关于拜伦对莱蒙托夫的影响问题研究综述》（2013）和《作为戏剧家的莱蒙托夫与普希金》（2013）等。

值得一提的是，2014年，时值莱蒙托夫诞辰200周年，中国国内俄罗斯文学研究成果的重要展示阵地《俄罗斯文艺》杂志专门出版了一期专号来纪念莱蒙托夫，此刊此期共发表各类莱蒙托夫研究文章34篇，文章类型多样，有论文、学术性译文、随笔性的纪念文章等，杂志附录中还列出了1907—2014年莱蒙托夫的汉译作品及论著名录表。从研究内容上看，此期杂志刊登的文章反映出国内当下莱蒙托夫研究已经达到了相当高的水准，学者考察莱蒙托夫的视域之广泛充分显示了近年俄罗斯文学研究所取得的突破，一些问题的论述兼具高度与深度，可以说，该期专号是对伟大作家莱蒙托夫极具价值的纪念。

这一年，中国学界还举办了专题学术会议纪念莱蒙托夫。2014年7月，哈尔滨师范大学主办召开了"第四届《俄罗斯文艺》学术前沿论坛"，论坛议题中包括"世界文学视野中的莱蒙托夫：纪念莱蒙托夫诞辰200周年"。与会部分专家就莱蒙托夫主题纷纷发表己见，研究成果多集结于《俄罗斯文艺——纪念 М.Ю.莱蒙托夫诞辰200周年专号》中。

2014年9月，由上海翻译家协会与上海外国语大学文学研究院共同主办了"纪念莱蒙托夫诞辰200周年专题研讨会"。会上三位莱蒙托夫作品的重要中文译者——上海译文出版社编审冯春、北京大学俄语系教授顾蕴璞、华东师范大学教授王智量分别作了主题发言。

2014年10月，北京大学主办召开了"莱蒙托夫与世界文学"国际学术研讨会，会议展示了当时莱蒙托夫研究的最新成果。其中部分成果已经发表在了《俄罗斯文艺》纪念莱蒙托夫诞辰200周年的专号中。除此之外，从会议上宣读的论文来看，值得一提的是一些新的独特研究视角，如武晓霞的《不安的灵魂——论阿赫玛杜琳娜诗歌创作中的莱蒙托夫形象》、笔者的《论勃洛克创作中的莱蒙托夫传统》，都是从作家之间的联系入手，通过文本分析、历史考证充分证实了莱蒙托夫传统对后来作家的影响；彭甄的《别林斯基批评话语中的〈当代英雄〉》、凌建侯的《秋帕论〈宿命论者〉》都是从批评家的视角来审视莱蒙托夫的个别作品；还有从翻译角度来研究莱蒙托夫的，如赵艳秋的《借镜观看——论莱蒙托夫翻译实践的三种形态》、高少萍的《莱蒙托夫作品汉译中宗教范畴的阐释与再现》、张群的《〈Герой нашего времени〉的题名翻译奇迹文学效应》等。

中国学界的莱蒙托夫翻译与研究已经走过了百余年，此间，中国政治、经济、社会等方面都发生了巨大的变化。俄罗斯文学研究也取得了丰硕的成果。近些年来，俄罗斯文学研究视野不断拓宽，方法多样且紧跟国际先进理论，既有强调本质的"文学性"研究，也有"文化批评"，研究深度也有很大的提升。中国的莱蒙托夫研究作为俄罗斯文学经典研究中不可或缺的一部分尽管成绩斐然，但相对于俄罗斯国内的莱蒙托夫研究整体上仍显单薄。莱蒙托夫如同一座丰富的宝库，我们可以从中不断挖掘出宝贵的精神财富。

第一章　莱蒙托夫与本土文学

第一节　莱蒙托夫与普希金

可以说，普希金与莱蒙托夫绝对是 19 世纪前半叶俄罗斯文学中的两面旗帜。他们不仅在世之时受到了广泛的关注，文学家、批评家纷纷撰文讨论，而且在离世后的一个多世纪中他们仍旧没有离开人们的关注视野。论说莱蒙托夫，追溯其创作源头，本土文学作家之中的普希金势必是一个不可回避的话题。两位诗人之间的渊源探讨古今有之，中外亦有之。综观纷纭众说，异彩纷呈。如今再论，希求免于误论。一己拙见，乃寻前人之足迹而知觉。

一、关于"莱蒙托夫与普希金"问题的争论

在俄罗斯文学研究中关于"莱蒙托夫与普希金"这一专题的研究最早应该溯源至维·格·别林斯基（В.Г. Белинский）。还是莱蒙托夫在世时，即 1840 年，别林斯基就在自己的《当代英雄》和《莱蒙托夫诗歌》两篇文章中从与普希金创作对比的角度分析了莱蒙托夫的小说与诗歌。他从文学发展的继承性角度来试图解决问题。别林斯基基于具体例证阐释了莱蒙托夫的个性以及与普希金的历史渊源。别林斯基的主要贡献在于其研究问题及解决问题的历史性高度。别斯林基先分析了《当代英雄》和《叶甫盖尼·奥涅金》之间的联系。他指出，两部小说中所体现的反省意识以及主人公形象都可以证明莱蒙托夫与普希金在艺术上具有继承性关系。然而，在莱蒙托夫逝世后的 1843 年，别林斯基重新审视了自己之前的观点，并针对莱蒙托夫与普希金之间的关系问题表达了与之前相对立的观点。在谈到当时杂志所争论的关于"普希金和莱蒙托夫谁更胜一筹"这一话题时，别林斯基公开将两位诗人对立起来。他认为普希金主要是一位艺术家，而且只是一位艺术家（并非思想家，也非时代思想的喉舌），而莱蒙托夫则是具有残酷真理思想的诗人，结论是：没有哪两位诗人像普希金与莱蒙托夫这样差别如此之大。[①] 由此看来，别林斯基认为莱蒙托夫是普希金继承者的同

---

① 原文详见 Белинский В.Г. Полн.собр.соч. в 13 т. т 7. – М., 1954. С. 36. 本书俄文参考文献的中文引文均为笔者所译。

时，也承认他的独特性。"莱蒙托夫最初的作品以带有某种特征的印记而闻名，这些作品既不像普希金之前也不像普希金之后的那些作品，很难用语言来表达，它们的独特之处甚至有别于其自身真正的卓越天才的反映。这里一切具备，既有独特生动的可以激发美妙形式的思想……又有某种可以骄傲地掌控自我、让自己任性的冲动自由地顺服于思想的力量；这里还有一种独创性，就是朴素并自然地开启一些新的从前未曾见过的世界，同时是一些天才的精神财富；这里有许多个人的东西，与创作者个人紧密相关的东西，很多这种东西，以至于我们只能用'莱蒙托夫元素'（лермонтовский элемент）来描述。"①

尼·加·车尔尼雪夫斯基（Н.Г. Чернышевский）1856 年在给尼·阿·涅克拉索夫（Н.А. Некрасов）的信中也比较了两位诗人："力量常常会被认为是一种重负，因此，有人说，莱蒙托夫的诗比普希金的诗更加沉重，这显然是不公正的，莱蒙托夫的诗比普希金的诗更胜一筹……莱蒙托夫与阿·瓦·科利佐夫（А.В. Кольцов）的作品证明，这些人的才能比普希金更强，作为诗人艺术家他们应该被视为与之平等，或者（我认为）有过之而无不及。"②

赫尔岑在写于侨居时代（1851 年）的《论俄罗斯革命思想的发展》一书中写道："没有什么能比将普希金与莱蒙托夫进行比较更清晰地解释 1825 年社会意识中发生的变化，普希金常常是不满的、痛苦的、受侮辱的，充满了愤慨，但他随时愿意去顺从。他渴望和平，他没有失去对它的希望……莱蒙托夫习惯了绝望和敌对，他不仅不去寻找出路，而且看不到斗争或者和解的可能性。莱蒙托夫从不知道什么是希望……"③

一般研究普希金与莱蒙托夫文学关系问题的学者都会承认普希金对莱蒙托夫创作的巨大"影响"。鲍·弗·涅伊曼（Б.В. Нейман）在 1914 年莱蒙托夫诞辰 100 周年之际写就的《普希金对莱蒙托夫创作的影响》一书是探讨影响问题最为详细的著作。涅伊曼在自己的书中就莱蒙托夫与普希金的关系问题做了总结。该书很好地展示了当时文学的思想状态。书中首先列举了莱蒙托夫对普希金的借鉴的文本，或者说是两位作家作品中文本重合的地方。涅伊曼原则上并不认为任何一处类似都意味着借鉴或者是影响，也不认为影响只能表现在借鉴上，但他却很负责任地指出了

① Белинский В.Г. Полн. собр. соч. в 13 т. т. 5. – М., 1954. С. 452.

② Переписка Чернышевского с Некрасовым, Добролюбовым и Зеленым, под ред. Н. К. Пиксанова. – М. – Л., 1925. С. 23.

③ Герцен А.И. Полн. собр. соч. в 30 томах, изд. АН СССР, т. VII, М., 1956. С. 224 (цит. русский перевод французского оригинала).

所有重合的地方，有时会指出影响的可疑性。事实上，涅伊曼将影响问题主要归结为借鉴问题。在他看来，作品中或多或少的文本借鉴就意味着或多或少的影响。

而在 1941 年莱蒙托夫逝世 100 周年之际，出版了一部纪念莱蒙托夫的文集《米·尤·莱蒙托夫的生平与创作》。其中勃拉戈伊的《莱蒙托夫与普希金》的研究占有重要的地位。他将莱蒙托夫的创作演变与普希金之间的关系分为三个阶段。第一阶段（1828—1830 年）是莱蒙托夫向普希金学习的阶段，这一时期莱蒙托夫的主要兴趣在普希金的浪漫主义长诗上。第二阶段（1833—1834 年）是莱蒙托夫浪漫主义世界观的危机时期，表现在其"士官生长诗"中。第三阶段（1837—1841 年）是莱蒙托夫对普希金创作的兴趣不断增长的阶段，他沉迷于普希金的思想和其所创造的形象世界。[①]在自己的研究中，勃拉戈伊通过具体的创作实例分析总结了莱蒙托夫与普希金创作之间的种种联系。勃拉戈伊认为："普希金的创作对于莱蒙托夫的整个创作生涯都具有非常重要的意义，而且在莱蒙托夫创作的成熟阶段这种意义不仅没有减弱，反而又增强了，尽管这一切远远超越了普通意义上的文学'影响'问题。"[②]同时他也认为："莱蒙托夫成熟时期（1837—1841 年）的抒情诗是一个独特的、充满个性色彩的世界，表现了诗人强大而独特的精神力量，表现了自己一代人的典型特征。几乎所有比较过莱蒙托夫和普希金抒情诗的人都发现了它们之间深刻的迥异性，有时甚至是对立的。"[③]

在勃拉戈伊这篇《莱蒙托夫与普希金》文章面世 26 年之后，安·维·费奥多罗夫（А.В. Фёдоров）在其著作《莱蒙托夫与其同时代文学》中也触及了"莱蒙托夫与普希金"这一主题。该部专著的第二章研究题目即为"莱蒙托夫与普希金的诗歌"。作者非常熟悉前人的研究成果，并做了详尽的梳理，提出了一些非常有创建性的观点。他更强调莱蒙托夫的独特性与原创性，指责了那些不关注莱蒙托夫与普希金创作差别的学者。

而学者弗·阿·阿尔希波夫（В.А. Архипов）在《米·尤·莱蒙托夫认知与行动诗歌》（1965）一书中持有完全不同的观点。他坚决否认莱蒙托夫与普希金

---

① Макогоненко Г. Лермонтов и Пушкин: Проблемы преемственного развития литературы: Монография. – Л.: Сов. Писатель, 1987. CC. 36-37.

② Благой Д.Д. Лермонтов и Пушкин: (Проблема историко-литературной преемственности)//Жизнь и творчество М.Ю. Лермонтова: Исследования и материалы: Сборник первый. – М.: ОГИЗ; Гос. изд-во худож. лит., 1941. C. 420.

③ Благой Д.Д. Лермонтов и Пушкин: (Проблема историко-литературной преемственности)//Жизнь и творчество М.Ю. Лермонтова: Исследования и материалы: Сборник первый. – М.: ОГИЗ; Гос. изд-во худож. лит., 1941. C. 409.

创作之间的联系。他认为，19 世纪 30 年代的浪漫主义诗人莱蒙托夫与现实主义诗人普希金是对立的，两位诗人的对立表现在两大流派——浪漫主义与现实主义的对立上。尽管出现了这样不同的声音，但关于莱蒙托夫与普希金的论题仍然是莱蒙托夫学中重要的研究对象之一。

1987 年，格·潘·马科戈年科（Г.П. Макогоненко）出版专著《莱蒙托夫与普希金》。该书第一章的题名即为"普希金的继承者"，首先阐明了两位诗人之间无可辩驳的联系。作者详细梳理了前人的研究成果，并提出，尽管该问题的研究成果丰硕，但是需要从一些新的角度来展开进一步的研究。因此，马科戈年科在书中主要论述的问题有莱蒙托夫戏剧《假面舞会》中的普希金元素、普希金和莱蒙托夫笔下的诗人与先知、莱蒙托夫长诗《童僧》与 19 世纪 30 年代的俄罗斯现实主义、莱蒙托夫的人民性等。尽管这一对比性的研究专题对读者来说已经非常熟悉，但是马科戈年科并没有局限于两位诗人创作之间的个别联系，而是通过自己的研究明确了他们在俄罗斯文学发展进程中的地位，指出了他们之间的继承性联系，而文学发展进程离不开这样的联系。

1994 年，艾·艾·纳伊季奇（Э.Э. Найдич）在其专著《莱蒙托夫研究》中也探讨了"莱蒙托夫与普希金"这样的主题。他认为莱蒙托夫与普希金的文学立场是相近的，但是并没有失去自己的特色。他更强调两位诗人之间的共性，包括对待艺术的态度、创作主题及形式等，甚至认为莱蒙托夫创作体裁的多元性也是来源于普希金："他们都想更完整地涵盖生活，更准确地展示人复杂的天性。这一目的就是追求文学形式的多样性，尤其是象征手法的使用，这对现实主义艺术来说拥有了巨大的可能性。"[①]

综上所述，关于莱蒙托夫与普希金之间的深刻渊源已成定论。为避免唯宏观探讨、只见森林不见树木之嫌，本节以两位作家的创作文本为例，以细读方式来论证莱蒙托夫与普希金创作之间的联系。

二、莱蒙托夫与普希金之渊源

（一）抒情诗的互文文本再现

普希金与莱蒙托夫的诗人身份比其他身份更常被人论说。两位诗人都同样在俄罗斯文学中留下了丰厚的诗歌遗产。就抒情诗创作来看，普希金一生共创作了880 余首诗，莱蒙托夫则为 400 余首。众所周知，莱蒙托夫与普希金并不相识。

① Найдич Э.Э.Этюды о Лермонтове. – СПб.: Худож. лит., 1994. CC. 112-113.

　　据别林斯基称，莱蒙托夫非常崇拜普希金，但是却刻意避免与其见面。事实上，普希金朋友圈的许多人也是莱蒙托夫的熟人，而且莱蒙托夫还认识普希金的一些中学同学。也就是说，他们是有机会认识并见面的，可是遗憾的是两位天才诗人生前未曾谋面。然而两位诗人的创作却充满了亲缘关系。莱蒙托夫阅读普希金的作品是从孩提时代开始的。13 岁时的莱蒙托夫曾努力地往自己的练习本上抄写普希金的《巴赫奇萨拉伊的喷泉》，这是他抄写的第一部俄罗斯作品。而 1837 年的普希金之死再次将两位诗人连接起来。一首《诗人之死》不仅让莱蒙托夫蜚声当时的文学界，而且唤起了社会对普希金之死的关注与讨论。

　　《诗人之死》不仅表达了莱蒙托夫对失去普希金的惋惜与痛苦，而且发出了对当局、对凶手的尖锐痛斥。这首为普希金而写的诗不仅与普希金本人命运相关，而且与其创作相关。有学者发现，其中的诗句让人想起普希金的《安德烈·谢尼耶》。

Зачем от мирных нег и дружбы простодушной Вступил он в этот свет завистливый и душный Для сердца вольного и пламенных страстей?..[1]	为什么抛却适情逸趣和纯朴友谊 他要跨进这窒息幻想和激情的 妒贤忌能的上流社会的门坎？ （莱蒙托夫）[2]
Куда, куда завлек меня враждебный гений?	跟我作对的才华，你要把我引向何方？
Рожденный для любви, для мирных искушений,	我生来是为了爱情、为了和平的考验，
Зачем я покидал безвестной жизни тень, Свободу, и друзей, и сладостную лень?..[3]	为什么我要抛弃无名的生活的影子，抛弃自由、朋友，抛弃甜蜜的懒散？（普希金）[4]

---

　　① Лермонтов М.Ю. Собраниесочинений: В 4 т. Т. 1. Стихотворения, 1828-1841/АН СССР. Ин-т рус. литературы (Пушкин. Дом); [редкол.: В.А. Мануйлов (отв. ред.) и др.] – Л.: Наука. Ленинградское отделение, 1979. С. 373.

　　② [俄] 莱蒙托夫：《莱蒙托夫全集 第 2 卷 抒情诗 II》，顾蕴璞主编，顾蕴璞译，河北教育出版社，1996 年，第 136 页。

　　③ Пушкин А.С. Собрание сочинений в 10 томах. Том 2. Стихотворения 1823-1836. – М.: ГИХЛ, 1959-1962. С. 83.

　　④ [俄] 普希金：《普希金全集 2 抒情诗》，沈念驹，吴笛主编，乌兰汗，丘琴等译，浙江文艺出版社，2012 年，第 94 页。

不仅仅是词语运用上的互文，在诗歌形式即格律上，莱蒙托夫还使用六音步抑扬格，或者是四音步抑扬格到六音步抑扬格的急剧转变，或者是各音步抑扬格的混合使用。两首诗的相似之处还在于其中所充满的公民激情。除此之外，《诗人之死》还与普希金的另外一首诗《我的家世》具有互文关系。例如：

А вы, надменные *потомки*	你们这帮以卑鄙著称的
Известной подлостью прославленных отцов,	先人们不可一世的子孙，
Пятою рабскою поправшие обломок	把受命运奚落的残存的世族，
Игрою счастия обиженных *родов*!— (1837) [①]	用奴才的脚掌恣意踩躏！（莱蒙托夫）[②]
Родов униженных обломок	我是受辱世族的残余
Я, слава богу, не один,	感谢上帝，我不是一个人，
Бояр старинных я *потомок*... (1830) [③]	我是古代贵族的后裔（笔者译）（普希金）

莱蒙托夫诗句中使用的 потомки、обломок、род 词在普希金这几句诗行中同样可以找到。两位诗人不仅仅是在个别词语的使用上有契合点，在斗争精神上也如出一辙。《我的家世》中普希金表达的是 19 世纪 30 年代其与宫廷显贵们的斗争，最终普希金以牺牲而告终。在《诗人之死》中莱蒙托夫扛起了普希金斗争的旗帜，表达了鲜明的立场，对俄罗斯痛失一位伟大的天才而扼腕痛惜。两首诗歌的发表命运也颇为相似：普希金《我的家世》最初以手抄本的形式广为流传，尼古拉一世不准许这首诗刊行，该诗为诗人招来许多宫廷中的敌人；而莱蒙托夫的《诗人之死》在其生前并未发表，只是在各地传抄，在诗人逝世后的第 15 年（1856 年）才得以在国外的刊物《北极星》上发表，而 1858 年才以删减版的形式在俄罗斯国内印行。

---

① Лермонтов М.Ю. Собрание сочинений: В 4 т. Т. 1. Стихотворения, —1828-1841/АН СССР. Ин-т рус. литературы (Пушкин. Дом); [редкол.: В.А. Мануйлов (отв. ред.) и др.] – Л.: Наука. Ленинградское отделение, 1979. С. 373.

② [俄] 莱蒙托夫：《莱蒙托夫全集 第 2 卷 抒情诗 II》，顾蕴璞主编，顾蕴璞译，河北教育出版社，1996 年，第 137 页。

③ Пушкин А.С. Собрание сочинений в 10 томах. Том 2. Стихотворения 1823-1836. – М.: ГИХЛ, 1959-1962. С. 330.

莱蒙托夫经历了失去普希金的痛苦，在创作《诗人之死》两三周之后他又创作了一首《巴勒斯坦的树枝》。其中的"普希金元素"足以证明莱蒙托夫对普希金的缅怀。这首诗在内容、体裁、结构、诗歌形式上与普希金的抒情诗《小花》颇为相似。首先两位诗人的抒情对象都是植物，一个是"树枝"，另一个是"小花"，面对这样无法言语的"物"，诗人们开启了想象的大门，进行了"人"对"物"的问询。两首诗中都充满了诗人的疑问，两位诗人都追问其抒情对象"根"在何处，这映照出了诗人当时的心境，诗人一如被折断的树枝或被摘下的一朵小花，飘零在他乡，却不知该归向何处。

> 巴勒斯坦的树枝啊，告诉我：
> 你生在哪里，在哪里开花？
> 你曾经点缀过哪些山岗，
> 你曾把哪些峡谷美化？（《巴勒斯坦的树枝》）[①]

> 它开在何处？何时？哪年春天？
> 是否开了很久？又为谁刀剪？
> 是陌生人的手还是熟人的手？
> 又为什么夹在书页里边？（《小花》）[②]

从《巴勒斯坦的树枝》中我们能够感觉到莱蒙托夫的焦虑，这是一种先知意识，他似乎预感到将要发生点什么。《巴勒斯坦的树枝》除了与《小花》具有紧密的联系之外，其中的某些诗句还可以在普希金的另外一首长诗《巴赫奇萨拉伊的喷泉》中找到类似的表达，诸如"神灯""十字架""圣洁""象征"等词汇成了莱蒙托夫诗中所重现的词汇。尽管两首诗抒情内容不同——在普希金的长诗中，这些词汇营造的情境是忧郁的，表达的是被囚公主的凄惨遭遇。而在莱蒙托夫的抒情诗中，这些词汇营造出一种宁静与平和的氛围，表达的是作者在焦虑的同时又充满了希冀，作者憧憬着平和之力；但是这些诗句所描绘出的画面都是室内的某一个角落，那是圣像所摆设的地方，圣像前有神灯、十字架等。圣像本身就是人对上帝进行敬拜的媒介，是一种敬拜的象征，可以吸引人来祈祷并对未知充满希望。

---

　　① [俄] 莱蒙托夫：《莱蒙托夫全集 第 2 卷 抒情诗 II》，顾蕴璞主编，顾蕴璞译，河北教育出版社，1996年，第 147 页。

　　② [俄] 普希金：《普希金全集 2 抒情诗》，沈念驹，吴笛主编，乌兰汗，丘琴等译，浙江文艺出版社，2012年，第 265 页。

幽明的暮色和神灯的柔光，

神龛和十字架等圣洁的象征……

在你四周和在你的上边，

一切都充溢着欢悦和宁静。（《巴勒斯坦的树枝》）[①]

神灯暗淡的孤寂的微光、

阴惨惨地照耀下的神龛、

圣母慈祥的温和的面容、

十字架，爱的圣洁的象征……（《巴赫奇萨拉伊的喷泉》）[②]

通过对比，我们可以感受到莱蒙托夫的创作中开始出现普希金式的平和，也许在他的创作意识中，普希金诗歌的语言犹如音符一般始终萦绕。于是，在其创作的某一时刻他会不由自主地以自己的方式重新弹奏。

（二）莱蒙托夫从长诗到小说文体的嬗变渊源——《叶甫盖尼·奥涅金》

从创作体裁的多元性这一特点来说，莱蒙托夫可谓师承普希金。任何作家都会有自己偏爱的创作体裁，而在莱蒙托夫多元的体裁结构中普希金留下的影响印记随处可见。梳理莱蒙托夫的创作文本，我们可以发现其从长诗到小说文体嬗变的渊源。

浪漫主义长诗是 19 世纪 20 年代中期俄罗斯诗歌最流行的一种体裁。但是，众所周知，这种体裁是普希金引入俄罗斯文学的。[③]显然，莱蒙托夫对浪漫主义长诗这一体裁的兴趣发端于普希金，除了抄写普希金的《巴赫奇萨拉伊的喷泉》以外，莱蒙托夫的第一首长诗《契尔克斯人》（又译《车尔克斯人》）中的卷首题词即出自普希金的《高加索的俘虏》。而莱蒙托夫自己创作的长诗《高加索的俘虏》无论是从题名，还是从长诗的体裁和情节都可以看出其对普希金的"依赖"。俄罗斯学界的普遍观点是在这部长诗的创作上，莱蒙托夫借鉴了普希金的同名长

---

① [俄] 莱蒙托夫：《莱蒙托夫全集 第 2 卷 抒情诗 II》，顾蕴璞主编，顾蕴璞译，河北教育出版社，1996年，第 149 页。

② [俄] 普希金：《普希金全集 3 长诗·童话诗》，沈念驹，吴笛主编，余振，谷雨译，浙江文艺出版社，2012 年，第 219 页。

③ Благой Д.Д. Лермонтов и Пушкин: (Проблема историко-литературной преемственности)//Жизнь и творчество М.Ю. Лермонтова: Исследования и материалы: Сборник первый. – М.: ОГИЗ; Гос. изд-во худож. лит., 1941. С. 357.

诗。根据一些学者的统计，在这篇被称为"马赛克"作品的 267 行诗中，有 39—40 行诗是直接引用了普希金叙事诗《高加索的俘虏》中的诗句。这两首长诗讲述的都是一个契尔克斯姑娘爱上了俄罗斯俘虏的故事。莱蒙托夫的诗不仅在文本上表现出了与普希金诗歌的互文性，在形式上，两首诗的韵脚也是相似的。勃拉戈伊在自己的文章中详细列举了两首诗之间的互文部分。除此之外，该诗中的许多诗行还来自普希金的另外两部作品《叶甫盖尼·奥涅金》和《巴赫奇萨拉伊的喷泉》。莱蒙托夫的多部长诗创作与普希金有关：《罪人》与普希金的《强盗兄弟》题材相似，《两个女奴》借鉴了普希金的《巴赫奇萨拉伊的喷泉》的主题，《唐波夫财政局长夫人》继承了普希金《努林伯爵》和《科洛姆那的小屋》戏谑诗体小说的传统等。

在莱蒙托夫的创作成长过程中，普希金的《叶甫盖尼·奥涅金》一直如影随形，成为莱蒙托夫学习和效法的对象。俄罗斯 19 世纪最初几十年，诗歌创作较为繁荣，而小说的发展较为薄弱。从普希金最初的长诗《鲁斯兰与柳德米拉》到其巅峰之作诗体小说《叶甫盖尼·奥涅金》，标志着俄罗斯文坛小说这一体裁的发展进入了一个崭新的阶段。莱蒙托夫的长诗《萨什卡》就试图用普希金的独特方式——诗体小说来塑造一个当代人的形象。莱蒙托夫给这部作品添加了一个副标题："道德长诗"。《萨什卡》不是仅仅描述了主人公的早逝，或是某个生活片段，而是像《叶甫盖尼·奥涅金》一样，还详细讲述了主人公的父母、童年、所受的教育等，而且细节描写的详细程度不亚于普希金对拉林家的描写。与描写奥涅金的教育情况一样，莱蒙托夫也讲述了法国家庭教师对萨什卡的教育、萨什卡的第一部农奴小说以及他在中学及大学里的生活等。在形式上，莱蒙托夫也模仿普希金将长诗分章来写，但莱蒙托夫将长诗只分成了两章，而且两章的篇幅长短严重失调，第一章包括 149 节，而第二章却只有 9 节。仅第一章就几乎相当于《叶甫盖尼·奥涅金》一半的篇幅。莱蒙托夫为《萨什卡》创造了独特的诗行——11 行，使用了五音步抑扬格和整齐划一的韵脚。有学者试图将萨什卡这一形象与奥涅金进行对比，的确，《萨什卡》某些细节或者片段与《叶甫盖尼·奥涅金》类似，但是对莱蒙托夫来说，这一形象并未达到自己最初构思的要求，因此莱蒙托夫继续探索着。在《唐波夫财政局长夫人》中，莱蒙托夫在献词中坦言道："就算我以守旧闻名于世，/我都无所谓——我甚至高兴：/我用奥涅金诗节来写诗；/朋友们，我唱的是老调子。"[①]这里强调的是他所采用的著名的"奥涅金诗节"，普希金所开创的此种写法的目的是表现更为宏大的场面，全面展示俄

---

① [俄] 莱蒙托夫：《莱蒙托夫全集 第 3 卷 长诗》，顾蕴璞主编，顾蕴璞，张勇，谷羽译，河北教育出版社，1996 年，第 565-566 页。

罗斯的生活，是当时进步作家的现实主义创作方法。《唐波夫财政局长夫人》不仅用奥涅金诗节写成，同时其叙述风格也是一种轻松的、口语化的风格。诗中既带有插叙，如第 23 节中"啊，爱的话语，奇妙的话语"这样的诗句，也有打断叙述而与读者的交谈，或是故意的疏忽，如没有写完的诗行——第 12 节"儿女"后面有三个省略号。这部诗体小说中也可以见到典型的奥涅金式的语言、词组等，如第 40 节最后两行："让我们稍稍地休息一下，/我们终归有时间讲完它。"① 除了在某些语言表达上两位诗人遥相呼应外，在《唐波夫财政局长夫人》中莱蒙托夫也再现了《叶甫盖尼·奥涅金》中的一些形象和情境。在第 36—38 节中，那位多情的枪骑兵上尉突然造访财政局长夫人，当时夫人正穿着睡衣，上尉跪地向夫人表白，而此刻房门大开，夫人的丈夫就站在门前。这一幕的叙述口气很像塔吉亚娜与奥涅金写给彼此的信。此外，这一场景也会让人想到奥涅金最后向塔吉亚娜表白的一幕。

在《唐波夫财政局长夫人》的结尾，莱蒙托夫似乎也是在和《叶甫盖尼·奥涅金》进行对比："这就是悲惨故事或童话/最终结局——我直截了当说。/坦白吧，我受到你们痛骂？/你们在期待着行动？折磨？/现在到处都在寻求悲剧，/人们要见到血——甚至妇女。/可是，像个胆怯的小学生，/在最佳时刻我就把笔停；/只用简单的神经质晕倒/笨拙地将这一幕剧结束，/没有能够和解两个对手，/也没让他们像样地争吵……/怎么办！朋友们，我的故事/就在这里，暂时到此为止。"② 这里提到的"小学生"，原文为 ученик，即为"学生"之意。有学者指出，这里的"学生"当然是指普希金的"学生"。而"没有能够和解两个对手，也没让他们像样地争吵……"也会让人联想到奥涅金与连斯基。

尽管《叶甫盖尼·奥涅金》是普希金长诗创作的巅峰之作，也是对 19 世纪第一个 30 年俄罗斯诗歌文化的总结，但是普希金本人已经预感到了这种体裁在未来的衰落。在《叶甫盖尼·奥涅金》的第三章中，普希金已经表达了自己的这种预感："朋友们呀，这有什么意思？/也许有朝一日顺从天意，/我会停下笔来不再写诗，/新魔鬼将附上我的身体，/我将不顾福玻斯的凶狠，/降格去写写温顺的散文；/那时一部老调子的长篇/将耗去我的愉快的晚年。"③ 而事实上，19 世纪 30 年代，普希金的确转向了小说的创作。普希金在自己的这部诗体小说中生动地刻

① [俄] 莱蒙托夫：《莱蒙托夫全集 第 3 卷 长诗》，顾蕴璞主编，顾蕴璞，张勇，谷羽译，河北教育出版社，1996 年，第 593 页。

② [俄] 莱蒙托夫：《莱蒙托夫全集 第 3 卷 长诗》，顾蕴璞主编，顾蕴璞，张勇，谷羽译，河北教育出版社，1996 年，第 601-602 页。

③ 普希金：《普希金全集 4 诗体长篇小说·戏剧》，沈念驹，吴笛主编，智量，冀刚译，浙江文艺出版社，2012 年，第 82 页。

画了一个"当代人"的形象，奥涅金可以说是一位进步的俄罗斯人，成长于 19 世纪 20 年代，正是十二月党人起义前的时代。而莱蒙托夫早就表现出了类似的创作需求，他想塑造一位生活于 19 世纪 30 年代、见证了十二月党人起义的"当代人"形象。最终，莱蒙托夫成功地塑造了一位"当代英雄"彼乔林的形象。而小说《当代英雄》也成了俄罗斯文学史上一部具有划时代意义的小说创作。

（三）诗人使命与先知意识

作为诗人，莱蒙托夫与普希金都曾在自己的诗歌中探讨过关于诗人使命的问题。作为一代伟大的文学天才、时代的思想精英，他们都曾对自己的诗人身份进行过深刻的思考，并赋予诗人以先知的权柄，在不同时期，写下不同诗篇。可以说，在他们的诗作中，诗人形象与先知形象是交织在一起的。莱蒙托夫先后写下的相关主题的诗歌有：《诗人》（"拉斐尔在灵感冲动之下……"）（1828）、《弹唱诗人之歌》（1830）、《诗人之死》（1837）、《诗人》（"我的短剑闪耀着金色的饰纹"）（1838）、《先知》（1841）等。而普希金写下的相关主题的诗歌有：《先知》（1826）、《诗人》（"当阿波罗还没有要求诗人……"）（1827）、《诗人在显贵的金色的圈子里》（1827）等。

事实上，作为诗人的莱蒙托夫对其早期创作并没有寄予发表的期望，与普希金类似的被流放命运注定了他的创作离不开普希金。1837 年，他经历了被逮捕、流放，然后被赦免的命运。也许正因为如此，他开始思索诗人的使命，他想开始新的生活，能够实现生命意义的生活。于是在他创作了《诗人之死》后，"诗人之生"在某种程度上成为他的追求。他似乎醒悟，诗人的使命并非只是表达艺术立场，同时也要表达社会立场。于是，他开始为发表自己的作品而努力。1837 年初，他将诗歌《博罗季诺》投给《现代人》杂志。而 1838 年 1 月，莱蒙托夫在去服役的途中，在彼得堡停留并与瓦·安·茹科夫斯基（В.А. Жуковский）会面，请求后者将早期作品《唐波夫财政局长夫人》转交给《现代人》杂志社，同年 7 月，该作品发表。这一年，莱蒙托夫已经清醒地认识到，必须靠发表作品来确定自己的诗人地位。这一年他写下了两首纲领性的诗歌《沉思》与《诗人》（"我的短剑闪耀着金色的饰纹"）。

《沉思》（1838）主要表达的是对莱蒙托夫这一代人命运的思索。这一主题在普希金的作品中曾经探讨过。普希金属于过去的一代——十二月党人那一代，残酷的现实让普希金意识到，其同时代的年轻人在思想上已经离自己的先辈们很遥远。而莱蒙托夫更清楚地看到了自己同时代人身上的"道德之疾"与"精神之疾"。于是作为诗人的他，发出了痛心的呼喊："我悲哀地望着我们这一代人！/我们的前途不是暗淡就是缥缈，/对人生求索而又不解有如重担，/定将压得人在碌碌无为中衰老。……我们这群忧郁而将被遗忘的人啊，/就将销声匿迹地从人世间走过，/没有给后世留下一点有用的思想，/没有留下一部由天才撰写的著作。"①诗人表达了对"我们这一代人"前途的深深忧虑，同时对诗人使命、诗人的精神遗产、未来命运等都做了大胆的预言。

《诗人》（"我的短剑闪耀着金色的饰纹"）（1838）不是宣言，也不是浪漫主义理想，更不是陷入绝望的诗人个人主观理想的表达。这首诗是莱蒙托夫对诗歌意义与诗人使命及社会地位进行思考的总结。诗歌采用了比喻的写法，44 行诗中有 24 行描写短剑，描写它曾经久战沙场的光辉历史，如今它只能成为挂在墙上的玩具。而诗歌的第二部分，写到了诗人的使命，就如同那短剑，曾经辉煌，曾经"常激励战士奔赴战场，/它对人们有用，似席上的杯盘，/像祈祷时点烧的祭香"②，而如今，"但我们听厌了你质朴而骄傲的语言：/动听的只是虚夸和欺骗"③；莱蒙托夫在此指出，当代诗歌已经失去了过去的那种力量，变成了"玩具"。他认为诗歌已经背离了自己的使命，他试图唤醒诗人，号召诗人不忘使命，成为进步社会的代言人。《诗人》（1838）是普希金逝世后莱蒙托夫对类似尖锐主题的进一步发展。《诗人之死》中诗人普希金的形象决定了莱蒙托夫对诗人社会地位以及诗人使命的理解。④莱蒙托夫参照了普希金的经验，试图更好地理解诗人在面对社会、祖国和人民时所担负的责任与使命。他在指责当代诗人的同时，也提醒诗人们不要忘记传统，并期盼他们能够"苏醒"，为了"复仇"能够将那贴金的短剑从剑鞘中拔出。

莱蒙托夫研究专家德·叶·马克西莫夫（Д.Е. Максимов）曾说"对于莱蒙托夫来说，理想的诗人不是神秘主义者，也不是德国唯心主义哲学影响下的浪漫主义诗人所刻画的受上帝呼召的孤独先知，而是人民的代言人，用自己'朴素而又高傲'的语言鼓舞战斗中的战士［《诗人》（1838）］，而且这位 '人民代言人'的理想与当代诗人、与尼古拉一世和卞肯道尔夫的同时代人是格格不入的"⑤。这一思想在莱蒙托夫献给自己诗人朋友的《纪念奥多耶夫斯基》一诗中得到了验

---

① [俄] 莱蒙托夫：《莱蒙托夫全集 第 2 卷 抒情诗 II》，顾蕴璞主编，顾蕴璞译，河北教育出版社，1996年，第196、198 页。

② [俄] 莱蒙托夫：《莱蒙托夫全集 第 2 卷 抒情诗 II》，顾蕴璞主编，顾蕴璞译，河北教育出版社，1996年，第195 页。

③ [俄] 莱蒙托夫：《莱蒙托夫全集 第 2 卷 抒情诗 II》，顾蕴璞主编，顾蕴璞译，河北教育出版社，1996年，第195 页。

④ Макогонекон Г. Лермонтов и Пушкин: Проблемы преемственного развития литературы: Монография. – Л.: Сов. Писатель, 1987, С.196.

⑤ Максимов Д.Е. Поэзия Лермонтова. – М. – Л.: Наука, 1964.

证。"他降生到世上就为了这些希望、/诗歌和幸福……但他热情如狂——/过早地挣脱了他身上穿的童装,/把心儿抛进了喧嚣生活的海洋,/社会不容他,上帝也不保全!/一直到死,他终生激动不安,/不论置身于人群或飘泊在荒原,/他心中从未熄灭感情的火焰;/他依然保存蓝色眼眸的光灿,/天真嘹亮的笑声和生动的谈吐,/对人、对新的生活的不屈信念。"[1]莱蒙托夫在高加索流放时结识了诗人弗·费·奥多耶夫斯基(В.Ф. Одоевский),后者是因为十二月党人起义失败而被流放的。该诗中的诗人形象是一个充满激情并对新生活充满了不屈信念的人。但其命运是悲剧性的,他不为尘世所接受,他与尘世格格不入:"……任凭尘世忘却/你这个与尘世格格不入的人,/你何需它那顶关怀备至的桂冠,/又管它什么无聊中伤的荆针!/你不曾为尘世效劳,从年轻时起/你就屏弃了它那阴险的锁链;/你爱喧腾的大海和不语的草原……"[2]

　　1841年写下的《先知》是莱蒙托夫最后一首关于诗人命运的诗歌。"自从永恒的法官给了我/先知的无所不晓的本领,/我便能从人们的眼神里,/发现写满的仇恨和恶行。/……孩子们,看看他的下场吧:他多么消瘦、苍白和阴郁!/看他赤身裸体,一贫如洗,/大家又是怎样瞧他不起!"[3]这里的先知喻指诗人,诗人如先知般无所不晓的本领在现世却遭到了冷遇,他不得不像乞丐一样逃离人世,在荒野里生活,荒野中的生灵却愿意遵循上帝的遗训,对先知很恭顺,就连星星都会聆听先知的话语。可是作为一代先知的诗人,原本的使命就是要正确引领一代人的精神生活,传播真理,推动人类社会进步。

　　俄罗斯学界的文学家一般都会将莱蒙托夫的这首《先知》与普希金的同名诗歌联系起来。著名学者鲍·米·艾亨鲍姆(Б.М. Эйхенбаум)认为莱蒙托夫的《先知》是对普希金《先知》的回应与反驳。[4]普希金1826年写下的《先知》中,先知的形象是被天使重塑的拥有先知双眼及先知双耳的形象,是被换上了充满智慧的舌头、拥有如赤炭般心脏的先知。于是诗中的先知听到了上帝的召唤,要按照上帝的意志去听、去看、去行事,用上帝的道把人心点燃。普希金的先知形象是脱胎换骨的形象,从属于物质层面的肉体开始到精神层面,全部都要具备上帝创造的先知样

---

　　① [俄] 莱蒙托夫：《莱蒙托夫全集 第2卷 抒情诗 II》,顾蕴璞主编,顾蕴璞译,河北教育出版社,1996年,第217页。

　　② [俄] 莱蒙托夫：《莱蒙托夫全集 第2卷 抒情诗 II》,顾蕴璞主编,顾蕴璞译,河北教育出版社,1996年,第219页。

　　③ [俄] 莱蒙托夫：《莱蒙托夫全集 第2卷 抒情诗 II》,顾蕴璞主编,顾蕴璞译,河北教育出版社,1996年,第334-335页。

　　④ Эйхенбаум Б.М. Статьи о Лермонтове. –М. –Л.: Изд-во АН СССР, 1961. C.342.

式，唯有如此，才能真正传播上帝的道。显然，普希金的先知形象是上帝的代言人，是公义的象征，是不能被世人所挑战和轻视的形象；而莱蒙托夫的先知形象却不被世人所接受。两位诗人都意识到了诗人的先知使命，但在面对世界的时候，诗人的命运是何等相似，最终都以悲剧性的决斗终结了与世界的冲突。

有限篇幅实难穷尽莱蒙托夫与普希金之间的渊源。互文文本、多元体裁创作演进的问题、对永恒问题的思索等论题，只能窥见两位作家渊源之面中的某个点。无论批评家们曾经做出过怎样的论断，在 21 世纪的今天，当我们重读经典，想象两个世纪前作家所处的那个时代，以及其所塑造的艺术空间中的时代，想象着作家为艺术而努力所做的尝试，完全不同时代背景下的我们，或许无法真正参透作家的意图，无法深刻体悟作家所展示的爱恨情仇、欢愉与痛楚。但无论时代如何变迁，人类所面对的永恒问题并没有改变。普希金是充满激情、追求浪漫与和谐的，他的爱情诗充满炽烈的情感，对爱情充满希望，并有其理想的女性形象；而莱蒙托夫是一位充满怀疑的诗人，是有些神经质的，有时候甚至显示出一种病态，但同时他又是一位思想性的诗人，他的爱情诗中常充满着一种矛盾感与无奈感，他的爱情观是悲剧性的。也许正是诗人的悲剧性意识，才会彰显出其作品强烈的张力。莱蒙托夫最大的悲剧在于其过早地离世，否则其文学前途无可限量。任何所谓文学研究如果不能有效引领大众阅读旨趣，那么其实际价值要大打折扣。对两位作家进行对比研究的目的并非要决出谁更胜一筹，正如谢·阿·安德烈耶夫斯基（С.А. Андреевский）所说：他们（普希金与莱蒙托夫）是无法比较的，就像无法比较梦与现实、星夜与白日一样。[①]莱蒙托夫与普希金的对比研究旨在期待当代读者在阅读经典之时能够有所思考，在俄罗斯 19 世纪文学的大背景下观照诸位经典作家，不仅能发现作家们之间的渊源，同时可以全面窥见俄罗斯社会、文化、传统的演进过程。无论在怎样的背景下，文学史的发展与作家的创作无疑会涉及传承与借鉴的问题。传承同质优秀传统、借鉴异质优秀文化，应该成为智慧作家创作生涯中一项重要的选择。

第二节　莱蒙托夫与白银时代文学

俄罗斯白银时代文学的重要价值与历史意义经过多年讨论与研究已经得到了学术界的肯定。此处不再探讨"白银时代"概念的界定、历史定位等问题，而是着重探讨莱蒙托夫精神遗产在这一时期所经历的知解、论说与传承。此处的白银

---

① Андреевский С.А. Лермонтов// М.Ю. Лермонтов:pro et contra/Сост. В.М. Маркович, Г.Е. Потапова, вступ. статья В.М. Марковича, коммент. Г.Е. Потаповой и Н.Ю. Заварзиной. – СПб.: РХГИ, 2002. С. 312.

时代文学特指 19 世纪末 20 世纪初的早期俄罗斯现代主义文学，主要包括象征主义、阿克梅主义和未来主义等文学流派和思潮。

一、白银时代对莱蒙托夫精神遗产的认知

任何一种精神文明的形成都离不开过去的文化经验、文化传统。"白银时代"相对于以普希金为代表的"黄金时代"而得名，是俄罗斯文学史上的第二个诗歌繁荣时代。从时间的界限看，这是一个社会动荡、政局不稳、即将遭遇变革的时期；从精神文化状态来看，这是一个充满了世纪末情绪、面临精神危机、寻找神秘彼岸世界的时代。任何一段历史时期之于其生存载体，在某种意义上都是特殊的。任何一个时代都不乏有识之士，他们关注社会的发展、祖国的未来、人的终极归宿等。白银时代的艺术家通过自己特有的感知方式、思维方式来表达他们的各种"主义"思想。然而他们对生存时代境况的思索、对未来的希冀，以及某种新思潮、新方法的生成并非建立在毫无生机的精神荒漠之上。"白银时代"的繁荣恰恰有殷实的"黄金时代"作为精神家底。因此，这一时期的艺术家并不应该缺少民族文化自信。"黄金时代"的两位重量级诗人普希金、莱蒙托夫——俄罗斯文学中"诗歌的太阳"与"诗歌的月亮"，照亮了各自昼与夜的天空。白银时代的各路诗人无法绕开"太阳"与"月亮"而独自闪耀。

在白银时代（1890—1917 年），俄罗斯学界没有停止过对莱蒙托夫精神遗产的讨论。其中尼·康·米哈伊洛夫斯基（Н.К. Михайловский）和瓦·奥·克柳切夫斯基（В.О. Ключевский）观点各异，在当时具有代表性。1891 年，米哈伊洛夫斯基在题为"不幸时代的英雄"一文中总结了莱蒙托夫最主要的精神特征。他认为莱蒙托夫作品的所有主人公都天生英勇、贪爱权力，人物形象特征多是重复的，只是加以小小变化。而且这些人物正是莱蒙托夫本人的变体，或是他对自己所认定的样子，或是希望自己成为的样子。米哈伊洛夫斯基确信，莱蒙托夫从小便憧憬伟人的角色，而伟大诗人的才气是与生俱来的："莱蒙托夫的本性不能不让人降服于自己，因为他可以随意拨动人的心弦，要么使人着迷，要么使人愤怒。"[①]莱蒙托夫个性中交织着两种矛盾的特质，有对权力的渴望，也有理性与良心的声音。米哈伊洛夫斯基认为，莱蒙托夫的每一首诗歌都是其"心灵状态的照片"，认为莱蒙托夫是"极度的主观主义诗人"，并在文章最后总结道：对他本人来说，

---

① Михайловский Н.К. Герой безвременья // М.Ю. Лермонтов:pro et contra/Сост. В.М. Маркович, Г.Е. Потапова, вступ. статья В.М. Марковича, коммент. Г.Е. Потаповой и Н.Ю. Заварзиной. – СПб.: РХГИ, 2002. С. 291.

那个时代完全是一个不幸的时代，而他则是不幸时代的真正英雄。[①]另外一位莱蒙托夫精神遗产的阐释者克柳切夫斯基在纪念莱蒙托夫逝世 50 周年的一篇名为"忧伤"的文章中将莱蒙托夫界定为"忧伤诗人"，认为莱蒙托夫创造出了一种"忧伤"的诗歌情绪，而这种"忧伤情绪"与俄罗斯基督教的土壤、与人民的宗教素养、与民族道德基础密不可分。"我国人民的宗教素养赋予这种情绪以特殊的色彩，使其已经超越了感情层面，变成了道德原则，变成了对命运的忠诚，即对上帝旨意的忠诚。这是俄罗斯情绪，不是东方的，也不是亚洲的，而是俄罗斯民族的。"[②]由此可以看出，莱蒙托夫精神遗产的民族宗教本质与民族特性是克柳切夫斯基较早提出来的。第一位莱蒙托夫传记作者巴·亚·维斯科瓦托夫（П. А. Висковатов）正是关注了莱蒙托夫的生平及与其创作中的民族性与宗教哲学的根基。在编辑《莱蒙托夫文集》6 卷本（1891）的过程中，维斯科瓦托夫在做注释时，对莱蒙托夫的诗学特征、文本的思想倾向、形象体系特点的解释不是用笼罩诗人个性的神秘光环来进行的，而是用他的世界观、对文化原型的理解来阐释的。维斯科瓦托夫为莱蒙托夫研究及其精神遗产的传播做出了巨大的贡献。传记作者以传统的俄罗斯基督教精神为路径揭示了诗人技艺的发展历程。

　　1905 年，涅·亚·科特利亚列夫斯基（Н.А. Котляревский）出版了《米·尤·莱蒙托夫：诗人个性及其作品》一书。书中展示的是诗人零散的生平经历，关注的是其作品的形式层面，并未就其创作中的精神探索展开研究。因此，科特利亚列夫斯基无法看到莱蒙托夫所创建的完整世界图景，也未能认识到其宝贵的精神价值。作者的结论也值得商榷：每次，当社会建立某种特定的理想时，人们会热心地将其带入生活，对莱蒙托夫诗歌的兴趣日渐式微；只有当建立起的理想不再符合社会需求时，当得不到满足的思想家以全新视角重新审视老问题的时候，兴趣才能复燃。[③]

　　莱蒙托夫诞辰 100 周年之际不幸遭遇第一次世界大战，因此人们未能展开大规模的庆祝活动。但在这一时期俄罗斯科学院出版了由德·伊·阿布拉莫维奇（Д.И. Абрамович）编辑的一套《莱蒙托夫文集》（1910—1916）。另外还出版了论文集《莱蒙托夫的花环》（1914），此书包括巴·尼·萨库林（П.Н. Сакулин）的

① Михайловский Н.К. Герой безвременья // М.Ю. Лермонтов:pro et contra/Сост. В.М. Маркович, Г.Е. Потапова, вступ. статья В.М. Марковича, коммент. Г.Е. Потаповой и Н.Ю. Заварзиной. – СПб.: РХГИ, 2002. С. 292.

② Ключевский В.О. Грусть (Памяти М.Ю. Лермонтова) // М.Ю. Лермонтов:pro et contra/Сост. В.М. Маркович, Г.Е. Потапова, вступ. статья В.М. Марковича, коммент. Г.Е. Потаповой и Н.Ю. Заварзиной. – СПб.: РХГИ, 2002. С. 263.

③ Котляревский Н.И. М.Ю. Лермонтов. Личность поэта и его произведения. – СПб., 1905. С. 293.

文章《莱蒙托夫诗歌中的地与天》、谢·瓦·舒瓦洛夫（С.В. Шувалов）的《莱蒙托夫的宗教信仰》、马·尼·罗扎诺夫（М.Н. Розанов）的《莱蒙托夫的影响》、伊·米·索罗维约夫（И.М. Соловьёв）的《孤独心灵的诗歌》等。安·亚·佳基娜（А.А. Дякина）在自己的博士学位论文《白银时代诗歌中的莱蒙托夫遗产》中将这一系列研究成果总结如下：

　　　　——莱蒙托夫是具有宗教信仰的诗人；
　　　　——"天与地"是其艺术世界的主要思想悖论；
　　　　——诗人创作中的两条线索：对上帝的"反抗"和对造物者的祈祷，
　　即莱蒙托夫的艺术观。①

　　1909 年，麦科夫（Б.А. Майков）在《米哈伊尔·尤里耶维奇·莱蒙托夫》一文中强调了诗人的颓废主义情绪。1914 年，德·尼·奥弗夏尼科-库利科夫斯基（Д.Н. Овсянико-Куликовский）在纪念莱蒙托夫 100 周年诞辰的一篇文章中认为，莱蒙托夫天性以自我为中心，显著的症候便是"精神的孤独"和"幻想"，并常常伴有精神的萎靡、情感的麻木。②而表达过类似观点的白银时代宗教哲学家、诗人弗·谢·索洛维约夫（В.С. Соловьёв）认为：莱蒙托夫才能最基本的首要特征是极度的紧张感，是对自己、对"我"的集中关注，是强大的个人感受力。不要试图在莱蒙托夫的诗歌里寻找那种坦率的敞开心扉的交心，但这一点在普希金的诗歌里却充满魅力。普希金在谈着自己的时候，就好像是在说着别人；当莱蒙托夫在谈着别人的时候，人们可以感觉到，他的思想会竭力地从无尽的远方回到自己身上，他的内心深处是关注着自己的。关于这一点没有必要从莱蒙托夫的作品中举例，因为其中很少能找到不符合这一点的作品。没有任何一位俄罗斯诗人的自我感知力能够比得上莱蒙托夫。③

　　的确，莱蒙托夫这种超乎寻常的对"我"的关注是其鲜明的特点之一。其抒情诗中对"爱"的阐释便围绕着"我"，其关注的似乎不是爱情本身，也不是所爱的对象，而是恋爱中的"我"。"我"的自我感受尤为重要，他爱着的只是一种爱的状态。"我悲伤，因为我在真心把你爱/……我悲伤……因为你没有感到烦

① Дякина А.А. Наследие М.Ю. Лермонтова в поэзии серебряного века: Диссертация на соискание учёной степени доктора филологических наук. – Елец, 2004. С. 61.

② Дякина А.А. Наследие М.Ю. Лермонтова в поэзии серебряного века: Диссертация на соискание учёной степени доктора филологических наук. – Елец, 2004. С. 63.

③ Соловьёв Вл. С. Лермонтов // М.Ю. Лермонтов:pro et contra/Сост. В.М. Маркович, Г.Е. Потапова, вступ. статья В.М. Марковича, коммент. Г.Е. Потаповой и Н.Ю. Заварзиной. – СПб.: РХГИ, 2002. С. 335.

忧"①，"不是，我这样热爱的并不是你，/你的美貌也打动不了我的心：/我在你身上爱着往昔的痛苦/和我那早就已经消逝的青春"/②。而在《恶魔》与《当代英雄》这样的名篇中，失败的爱情彰显着"自我"的完胜。无论是抒情主人公还是小说主人公们都在"爱"中体验着孤独与空虚。这种过于强烈的、对自己过分关注的个人力量，没有得到充分、满意的发挥，因而导致的孤独和空虚便是莱蒙托夫的诗歌和生活的第一个基本特点。③

白银时代的另外一位诗人、批评家、宗教哲学家德·谢·梅列日科夫斯基（Д.С. Мережковский）认为：在俄罗斯文学中，莱蒙托夫是第一位提出有关恶的宗教问题的人。④对尘世的超凡的爱，这是莱蒙托夫的特点，也几乎是世界诗歌史上绝无仅有的特点。⑤梅列日科夫斯基触及了莱蒙托夫创作中的宗教问题，而这的确是莱蒙托夫创作的一大特色。迄今为止，中国学界鲜有文章探讨莱蒙托夫的宗教观或是其创作中的宗教问题。但在文艺争鸣的白银时代，俄罗斯学者已经开始就这一主题相继发表自己的研究成果。代表学者有亚·尼·佩宁（А.Н. Пынин.）、维斯科瓦托夫、弗·达·斯帕索维奇（В.Д. Спасович）、阿布拉莫维奇、科特利亚列夫斯基、谢·尼·杜雷林（С.Н. Дурылин）、列·彼·谢苗诺夫（Л.П. Семёнов）、米·马·尼基金（М.М. Никитин）和舒瓦洛夫等。从以上现象足以见得俄罗斯学界对这一问题的关注。学者彼·米·比齐利（П.М. Бицилли）在《莱蒙托夫在俄国诗歌史中的地位》一文中就莱蒙托夫创作中的宗教神秘主义做了非常详细的分析与论断："莱蒙托夫是我国诗歌史上第一位宗教神秘主义的真正代表。诗歌史上从罗蒙诺索夫开始就创造了很多虔诚信教者的形象，但都是教会层面的信教，或者是在理性上承认客观存在彼岸世界的一种信仰，或者是渴望彼岸世界的一种信仰，即渴望进入彼岸世界，认识它，接触它。莱蒙

---

① [俄] 莱蒙托夫：《莱蒙托夫文集 诗人之死 抒情诗（1832—1841）》，余振译，上海译文出版社，1998年，第218页。

② [俄] 莱蒙托夫：《莱蒙托夫文集 诗人之死 抒情诗（1832—1841）》，余振译，上海译文出版社，1998年，第284页。

③ Соловьев Вл. С. Лермонтов// М.Ю. Лермонтов:pro et contra/Сост. В.М. Маркович, Г.Е. Потапова, вступ. статья В.М. Марковича, коммент. Г.Е. Потаповой и Н.Ю. Заварзиной. – СПб.: РХГИ, 2002. С.337.

④ Мережковский. Д.С. М.Ю. Лермонтов. Поэт сверхчеловечества // М.Ю. Лермонтов:pro et contra/Сост. В.М. Маркович, Г.Е. Потапова, вступ. статья В.М. Марковича, коммент. Г.Е. Потаповой и Н.Ю. Заварзиной. – СПб.: РХГИ, 2002. С. 367.

⑤ Мережковский. Д.С. М.Ю. Лермонтов. Поэт сверхчеловечества // М.Ю. Лермонтов:pro et contra/Сост. В.М. Маркович, Г.Е. Потапова, вступ. статья В.М. Марковича, коммент. Г.Е. Потаповой и Н.Ю. Заварзиной. – СПб.: РХГИ, 2002. С. 379.

托夫第一个触及了彼岸世界，但这并非其渴望的对象，而只是他的感觉，他在神秘的感觉中拜谒了这个世界，他不仅了解了这个世界，还体验到了它的客观现实。然而他并没有走完自己的神秘主义道路，他知道他会过早死去，他正在走向死亡，但是死亡使他不安，让他感到可怕。他渴望离开的生活、这个建立在生活之上的世界对于他来说是宝贵的，并不放他离去。"[①]

二、白银时代对莱蒙托夫精神遗产的传承

从历史的维度看文学，传统无法规避。从某种程度上讲，莱蒙托夫是普希金传统的优秀继承者，同时莱蒙托夫也为俄罗斯文学贡献了自己鲜明、独特的莱蒙托夫传统，在其后的文学发展进程中起着重要的作用。而关于莱蒙托夫传统的问题在白银时代就开始探讨了。

白银时代的宗教哲学家、文学批评家瓦·瓦·罗扎诺夫（В.В. Розанов）在《永远悲伤的决斗》一文中反驳一些批评家将普希金和果戈理视为俄罗斯文学的发端，他也并不赞同果戈理对莱蒙托夫的评价，果戈理认为莱蒙托夫还没有成熟到可以做到简洁。罗扎诺夫大胆地力挺莱蒙托夫，反对诸多大作家对莱蒙托夫评价的不公：这是果戈理对莱蒙托夫最深刻的评判，我们通常否认他的重要性。应当看到，持这种观点的批评家只是在仿效一些大家：谢·季·阿克萨科夫（С.Т. Аксаков）在冗长的文学回忆录中只两三次提到莱蒙托夫；果戈理在《与友人书简选》中也只是稍加提及莱蒙托夫，更多地则在讲尼·米·亚济科夫（Н.М. Языков）；列·尼·托尔斯泰（Л.Н. Толстой）在《哥萨克》的开头，尽管没有明指莱蒙托夫，但却明显地嘲笑他描写的哥萨克人；费·米·陀思妥耶夫斯基（Ф.М. Достоевский）在最初几期的《作家日记》和某些文学作品中毫无疑义地表现出对莱蒙托夫的厌恶，而且是因为他的"残酷"。[②] 在接下来的论述中，罗扎诺夫的关注点是普希金，最后得出的结论是："因此，我们不能再说我们的文学'起源于普希金'。"[③]罗扎诺夫试图证明，普希金与莱蒙托夫之后的陀思妥耶夫斯基和托尔斯泰这两位大家事实上都与莱蒙托夫有相似的地方。

---

① Бицилли П.М. Место Лермонтов в истории русской поэзии // М.Ю. Лермонтов:pro et contra/Сост. В.М. Маркович, Г.Е. Потапова, вступ. статья В.М. Марковича, коммент. Г.Е. Потаповой и Н.Ю. Заварзиной. – СПб.: РХГИ, 2002. С. 836.

② Розанов В.В. Вечно печальная дуэль // М.Ю. Лермонтов:pro et contra/Сост. В.М. Маркович, Г.Е. Потапова, вступ. статья В.М. Марковича, коммент. Г.Е. Потаповой и Н.Ю. Заварзиной. – СПб.: РХГИ, 2002. С. 317.

③ Розанов В.В. Вечно печальная дуэль // М.Ю. Лермонтов:pro et contra/Сост. В.М. Маркович, Г.Е. Потапова, вступ. статья В.М. Марковича, коммент. Г.Е. Потаповой и Н.Ю. Заварзиной. – СПб.: РХГИ, 2002. С. 318.

他甚至认为莱蒙托夫和陀思妥耶夫斯基的影响力远远地超过了普希金。而陀思妥耶夫斯基《罪与罚》的主人公拉斯科尔尼科夫长期的思考、斯维德里盖洛夫的冲动、索尼娅·马尔梅拉多娃的命运等在之前的果戈理那里都是找不到相关联系的。而托尔斯泰作品中受伤的博尔孔斯基公爵在奥斯特利茨战场上的思考，安娜·卡列尼娜"自发"的游戏与激情交织的情景，《伊凡·伊里奇之死》与《克莱采奏鸣曲》中所表达的作者的不安等，罗扎诺夫认为，这些托尔斯泰思想的典型特征无论在果戈理还是在普希金那里都找不到思想的萌芽。相反，这两位作家（陀思妥耶夫斯基和托尔斯泰）及果戈理本人，都与莱蒙托夫具有相似性。[①]

尽管在罗扎诺夫的论述中，陀思妥耶夫斯基似乎不喜欢莱蒙托夫，但在陀思妥耶夫斯基去世前的半年最后一次评价莱蒙托夫的时候曾经说道："多么有才华啊！……不到 25 岁，就已经写下了《恶魔》。而且他所有的诗都好像那柔和、奇妙的乐曲，你在读它们的时候甚至会感受到一种肉体上的享受。而他所创作的形象多么丰富啊，他的思想即便对哲人来说都是那么令人惊叹。"[②]事实上，陀思妥耶夫斯基早在 1840 年就读过莱蒙托夫的作品，并留下了深刻的印象。而在 19 世纪 60—70 年代，陀思妥耶夫斯基持续不断地关注莱蒙托夫的生平与创作，他曾引用《恶魔》《沉思》《我常常出现在花花绿绿的人中间》等作品中的诗句。在陀思妥耶夫斯基《地下室手记》与《赌徒》中可以找到与莱蒙托夫《假面舞会》中相似的情境。陀思妥耶夫斯基创作中的反上帝主题、恶魔主题、自我心理分析等艺术手法可以说源自莱蒙托夫传统。

19 世纪的另外一位伟大作家托尔斯泰与莱蒙托夫之间的渊源亦可进行深入研究。托尔斯泰的日记及书信当中记载着大量对莱蒙托夫的评价。托尔斯泰认为莱蒙托夫的《塔曼》是他年少时给他留下深刻印象的一部书。自 19 世纪 50 年代起，托尔斯泰开始持续关注莱蒙托夫，开始思索他的作品，他曾说，在读完《假面舞会》之后他才开始明白什么是真正的戏剧。托尔斯泰认为莱蒙托夫的文学遗产在俄罗斯文学发展中起着非常重要的作用。众所周知，托尔斯泰是俄罗斯文学界一位孜孜不倦的道德探索者，他一生关注自我道德的完善。他在莱蒙托夫身上看到了这一点，在与亚·鲍·戈利登韦泽尔（А.Б. Гольденвейзер）的交谈中托尔斯泰曾说道：看，在谁身上会有这种对真理持之以恒、强烈的探索精神！普希金没有这种道德影响力……[③]托尔斯泰本人曾指出自己在社会问题与道德问题上与

---

① Розанов В.В. Вечно печальная дуэль // М.Ю. Лермонтов:pro et contra/Сост. В.М. Маркович, Г.Е. Потапова, вступ. статья В.М. Марковича, коммент. Г.Е. Потаповой и Н.Ю. Заварзиной. – СПб.: РХГИ, 2002. С. 319.

② Опочинин Е.Н. Беседы о Достоевском, в сб.: Звенья, т. 6, – М. – Л., 1936. С. 470.

③ Гольденвейзер А.Б. Вблизи Толстого. – М., 1959. С. 68.

莱蒙托夫的一致性。而车尔尼雪夫斯基认为在心理分析运用方面，莱蒙托夫是托尔斯泰的前辈。托尔斯泰与莱蒙托夫之间的继承关系还表现在一些相似的情节与形象上。比如高加索主题，比如一些与莱蒙托夫作品主人公相似的人物类型（赫洛波夫大尉与马克西姆·马克西梅奇、罗森克兰茨与格鲁什尼茨基、奥列宁与彼乔林等）。关于战争题材，研究者不止一次地将莱蒙托夫的《瓦列里克》与托尔斯泰的《袭击》进行比较。1909 年，托尔斯泰在与杜雷林的谈话中曾说莱蒙托夫的抒情诗《波罗金诺战场》是其《战争与和平》的"核心"。[①]莱蒙托夫对托尔斯泰的影响要比普希金对他的影响在程度上深得多，虽然是潜藏的，但可以进行系统研究。[②]

1964 年，莱蒙托夫研究者马克西莫夫曾经写道：莱蒙托夫是俄罗斯精神发展过程中必不可少的一个阶段。从 19 世纪 40 年代开始，许多俄罗斯作家便紧紧追随莱蒙托夫的创作传统。他们在世界观、在艺术手法上受到了莱蒙托夫的影响，同时他们担负起解决莱蒙托夫曾经痛苦并充满激情地提出的一些社会问题的责任。[③]后来学者乌·里·福赫特（У.Р. Фохт）也曾写道：莱蒙托夫的永恒性首先表现在他对后来一代代作家意识的影响上。[④] 的确，白银时代的诸多作家都或多或少地受到了莱蒙托夫的影响。

白银时代象征主义流派的产生在某种程度上反映出传统人道主义精神出现了危机。作为俄罗斯经典作家之一的莱蒙托夫必然会在这一特殊时期显露出其独有的魅力，成为文学界竞相探讨和借鉴的对象。有关莱蒙托夫创作特色及其影响问题，学者马·利·史朗宁[⑤]（М.Л. Слоним）曾做过如下评述："莱蒙托夫的诗，精悍有力，但又骚扰不安。间歇性的节奏，加上阳刚的韵律，比诸和谐统一更能表现出力量。普希金的诗光辉明亮，用字圆熟；莱蒙托夫则桀骜不驯，充满曲喻。这位年轻诗人所呈现于外的一切特质：先知式的忧伤，内在的矛盾，有时意志消沉，有时又充满理想的渴望，内心永远不安，但永远真挚，使得他的作品历数代而不衰；十九世纪末叶的象征派作家都尊崇他为该派的先驱。"[⑥] 对于象征派的作家来说，莱蒙托夫是一位浪漫主义作家。莱蒙托夫的独特之处是他始终是一位浪漫主义作家，甚至在其创作的最后阶段，他仍然持守着他一生所钟爱的主题与

---

① Мануйлов В.А. Лермонтовская энциклопедия. – М.: Советская энциклопедия, 1981, С. 577.

② Мережковский Д.С. М.Ю. Лермонтов. Поэт сверхчеловечества // М.Ю. Лермонтов:pro et contra/Сост. В.М. Маркович, Г.Е. Потапова, вступ. статья В.М. Марковича, коммент. Г.Е. Потаповой и Н.Ю. Заварзиной. – СПб.: РХГИ, 2002. С. 378.

③ Максимов Д.Е. Поэзия Лермонтова. – М. – Л.: Наука, 1964. С. 247.

④ Фохт У.Р. Лермонтов. Логика творчества. – М.: Наука, 1975. С. 183.

⑤ 又译马克·斯洛宁或斯洛尼姆。

⑥ [美] 史朗宁：《俄罗斯文学史》，张伯权译，枫城出版社，1975 年，第 65 页。

形象及其阐释的形式，不仅如此，在刻画现实时他还综合了一些新的、现实主义的方法。[①] 因此，象征派作家认为，莱蒙托夫式的世界观、非理性的神秘主义都让他们感到亲切。而莱蒙托夫的先知意识使其创作具有启示录般的意义，莱蒙托夫创造了一个独特的艺术世界，在这个世界中生活高于现实。因为这个世界不仅仅包括可见的现实世界，也包括那神秘的超验世界。因此，他塑造的形象中有天使和恶魔。他让恶魔来到人间爱上塔玛拉，他打破了理性与非理性之间的界限。莱蒙托夫也塑造了一个当代英雄形象，他的心灵历史比许多社会事件更重要，他的形象充满了矛盾、神秘，但却魅力非凡。象征派诗人的艺术创作哲学建立在一种新的宗教意识基础之上，因此，他们更关注莱蒙托夫精神遗产中的宗教哲学层面。在《莱蒙托夫对自然的审美态度》一文中，伊·费·安年斯基（И.Ф. Анненский）认为："宗教是莱蒙托夫心灵的需要，他爱上帝，这种爱使得他诗歌中大自然的美、和谐与神秘有了意义。微风在他看来是祈祷的时刻，而清晨则是赞美的时刻。……他的祈祷或是悲痛心灵的哭诉，或是胆怯的隐秘请求。祈祷时，他的心灵既不需要雪山，也不需要雪山之上那蔚蓝色的天幕，他寻求的不是美，而是象征。"[②]安年斯基对莱蒙托夫的象征理解是多元的，认为其每个自然形象都是人身上某种特质的象征。安年斯基称莱蒙托夫为"大自然的心理学家"，因为莱蒙托夫具有极强的艺术联想力，而这恰恰符合了浪漫主义世界观。该文中安年斯基还分析了莱蒙托夫的心理及精神结构，对比了诗人塑造的艺术世界图景与诗人的宗教意识。莱蒙托夫独特的心理结构、其象征表达的深度对安年斯基本人及其同时代人都具有非常重要的意义。

象征派重要代表诗人康·德·巴尔蒙特（К.Д. Бальмонт）称莱蒙托夫为拜伦的"弟弟"、普希金的"学生"，认为他在创作主题的选择上是浪漫主义作家，而在写法上却是现实主义作家。巴尔蒙特认为莱蒙托夫的《山峰》一诗是世界级的优秀诗篇，事实上这首诗歌参照了约翰·沃尔夫冈·冯·歌德（Johann Wolfgang von Goethe）的《流浪者之夜歌》一诗，俄文标题也表明是译自歌德，但实际上只有第一行和最后两行是从原文翻译过来的，其余诗行皆为自创。即便如此，巴尔蒙特还是选取了"山峰"一词来为其一部批评文集冠名。

安德烈·别雷（Андрей Белый）分别在《关于通神术》《圣色》《俄罗斯诗歌中的启示录》《绿色草地》等文章中解析了莱蒙托夫精神遗产及与之相关的文学流派等问题。别雷指出了俄罗斯诗歌的两大潮流，一是源自普希金，二是源自

---

① Федоров А.В., Лермонтов и литература его времени. –Ленинград: Художественная литература. Ленинградское отделение, 1967. С. 99.

② Анненский И.Ф. Книги отражений. – М.: Наука, 1979. С. 249.

莱蒙托夫。他预言了两大潮流在未来的融合。同时，作者强调了莱蒙托夫精神遗产的历史意义及其个人的标志性意义：在他的身上反映了整整一个时代的命运，世界历史性的命运。[①]别雷认为莱蒙托夫就像一扇窗，通过这扇窗吹来了未来之风。

　　象征派诗人亚·亚·勃洛克（А.А. Блок）与莱蒙托夫之间的渊源曾引起不少学者的关注。首次指出勃洛克诗歌中具有"莱蒙托夫气质"的是别雷。尼·斯·古米廖夫（Н.С. Гумилёв）认为勃洛克的抒情诗即出自莱蒙托夫的诗歌。科·伊·丘科夫斯基（К.И. Чуковский）则称勃洛克是"我们时代的莱蒙托夫"[②]。两位作家之间的深刻渊源彰显于勃洛克对莱蒙托夫创作的认知，体现在两位诗人作品中类似元素的遥相呼应。勃洛克诗歌中对莱蒙托夫文本的片段引用、莱蒙托夫传统中浪漫主义手法的延续、宗教主题及恶魔主题的再创造等充分阐释了莱蒙托夫对勃洛克诗歌创作的深刻影响。本书专门设立一节来探讨勃洛克创作中的莱蒙托夫传统问题。象征派的另外一名诗人瓦·亚·勃留索夫（В.Я. Брюсов）同样也受到了莱蒙托夫的影响。勃留索夫在回忆录《我的一生》中承认自己在年轻时代受到了莱蒙托夫创作的巨大影响。[③]勃留索夫早年的一首长诗《国王》（1890—1891）即是模仿莱蒙托夫的《恶魔》而成，而在其他一些零零碎碎的诗歌中反映出莱蒙托夫元素的例子不胜枚举。对勃留索夫来说，莱蒙托夫是其诗歌技艺的第一个榜样，他惊异于莱蒙托夫诗歌的紧凑。莱蒙托夫的创作帮助勃留索夫形成了现实与理想的二律背反的观念[④]，这决定了勃留索夫的诗学观。勃留索夫抒情诗中的基本主题之一是恶魔主题，这正是源于莱蒙托夫。在许多作品的题词中，勃留索夫都引用了莱蒙托夫的诗句。而白银时代女诗人济·尼·吉皮乌斯（З.Н. Гиппиус）的创作中的恶魔主题也是源自莱蒙托夫，关于这一点，佳基娜在自己的博士学位论文《白银时代诗歌中的莱蒙托夫遗产》中有详尽的论述。[⑤]

　　白银时代现代主义三大流派之一的阿克梅派试图对象征派的美学原则进行创新，其反对象征派的神秘主义，反对通过神秘学、神智学来认识未知，肯定世界上每一种现象的自我价值，号召返回"此岸"世界。在诗歌艺术方面，阿克梅派主张掌握一切艺术表现手段。在艺术世界中，阿克梅派以一种新的方式来审视人

---

① Белый А.А. Апокалипсис в русской поэзии.//Символизм как миропонимание. – М.: Республика,1994. С. 414.

② Чуковский К. И. Александр Блок как человек и поэт: Введение в поэзию Блока. – Петроград: Изд-во А. Ф. Маркс, 1924. С. 136.

③ Дякина А.А. Наследие М.Ю. Лермонтова в поэзии серебряного века: Диссертация на соискание учёной степени доктора филологических наук. – Елец, 2004. С. 192.

④ Максимов Д.Е. Поэзия Валерия Брюсова. – Л., 1940. СС. 29-30.

⑤ Дякина А.А. Наследие М.Ю. Лермонтова в поэзии серебряного века: Диссертация на соискание учёной степени доктора филологических наук. – Елец, 2004. СС. 208-223.

对上帝和世界的态度。对阿克梅派来说，本土文学中的经典作家仍是其价值建构中的根基。其中，莱蒙托夫的成就即是这些经典作家财富中不可剥离的一部分。阿克梅派代表诗人安·安·阿赫玛托娃（A.A. Ахматова）曾写道："他曾模仿普希金和拜伦来写诗，突然他开始写一些不模仿任何人的诗歌，然而所有人整整一个世纪都在渴望模仿他。显而易见，这是不可能的，因为他所掌握的是演员们所谓的'第一百种音调'。"[①]这里阿赫玛托娃强调了莱蒙托夫的独特性。不仅如此，她还非常赞赏莱蒙托夫的小说，认为"他超越了他自己一百年"，称他的小说是"诗人小说"。两位诗人诗学个性最明显的联系表现在对待爱情主题的态度上，他们都是通过爱情感受来展示人的内心与周围生活的。阿赫玛托娃一直非常欣赏莱蒙托夫诗歌的朴素与深刻，同时莱蒙托夫通过高超技艺表现在诗歌中的个人世界观对于阿赫玛托娃来说也是十分宝贵的。他们都同样思索过诗人崇高的创作使命,同样具有先知意识。阿赫玛托娃在对爱情实质的理解上与莱蒙托夫相似，她认为快乐、平安与爱情感受互不相容。女诗人认为没有爱情的生活是空虚和没有意义的，但爱情也是缥缈而又转瞬即逝的。多舛的命运并不能为抒情主人公带来幸福："我不哭泣，我不抱怨，/我不幸福。"[②]阿赫玛托娃爱情诗中的莱蒙托夫元素包括反抗的激情、深刻的冲突和痛苦等。同时莱蒙托夫所喜爱的祈祷主题和恶魔主题，阿赫玛托娃也加以运用并进行发展。

阿克梅派另外一位代表诗人古米廖夫在一些文章及评论文集中常常援引莱蒙托夫的成果。古米廖夫在《读者》中指出莱蒙托夫创作的伟大和美，在《诗歌翻译》中指出其抒情诗的精确性与形象性，在《俄国诗歌书简》中强调了诗人思想的深邃。古米廖夫在莱蒙托夫诗歌中体验到了"安宁与忧伤"，认为莱蒙托夫并没有进行道德说教。在古米廖夫看来，莱蒙托夫的创作已经达到了世界级水平，他已成了俄罗斯文学中泰斗级人物之一。"从小到现在我最喜欢的诗人都是莱蒙托夫……早就应该明白，莱蒙托夫在诗歌创作上的影响力并不比普希金小，而在小说创作上的影响力较普希金要大得多……这是我最真实也最深刻的观点。俄罗斯的小说开始于《当代英雄》。莱蒙托夫的小说创作是个奇迹，是比诗歌创作更大的奇迹……请读一遍《梅丽公爵小姐》，它完全没有过时。只要俄语存在，它就永远不会过时。假如莱蒙托夫没有去世该有多好啊！"[③]古米廖夫不仅撰文推崇莱蒙托夫所留下来的精神遗产，事实上，在其诗歌创作中同样融合了莱蒙托夫传统。两位诗人都十分关注人的生命力。古米廖夫在心理层面与个人经历层面找到了与莱蒙托夫相类似的地

---

① Ахматова А.А. Сочинения: в 2 т. – М.: Правда, 1990. Т. 2. С. 134.

② Ахматова А.А. Сочинения: в 2 т. – М.: Правда, 1990. Т. 1. С. 29.

③ Мануйлов В.А. Лермонтовская энциклопедия. – М.: Советская энциклопедия, 1981. С. 123.

方，如他们早年都到过高加索，他们都对东方主题十分钟爱。两位诗人的诗歌中伴随着尘世的可见图景，还存在着神性元素。天与地、精神与物质、灵魂与肉体等悖论式的主题都是两位作家所喜爱的。莱蒙托夫在很大程度上影响了古米廖夫对待诗人使命、诗歌语言的态度。古米廖夫抒情之"我"的形象是在莱蒙托夫影响下成长并成熟起来的。[①]上文提到的佳基娜在自己的博士学位论文《白银时代诗歌中的莱蒙托夫遗产》中同样对古米廖夫的创作与莱蒙托夫传统进行了对比研究。

尽管白银时代的未来派宣称不接受经典作家们的遗产，他们试图摒弃传统，标新立异，但未来派中最有才华的诗人们都借鉴了莱蒙托夫的主题、形象和语言。鲍·列·帕斯捷尔纳克（Б.Л. Пастернак）撰书《我的姐妹——生活》（1917 年夏）来纪念莱蒙托夫，以《纪念恶魔》一诗开篇。在莱蒙托夫的影响下弗·弗·马雅可夫斯基（В. В. Маяковский）创作了诗歌《塔玛拉与恶魔》。维·弗·赫列勃尼科夫（В.В. Хлебников）在回忆起莱蒙托夫时，心怀感恩，认为是莱蒙托夫将一些源自俄罗斯历史的新主题引入了俄罗斯文学，如《瓦季姆》《大贵族奥尔沙》等作品。尽管赫列勃尼科夫曾在许多宣言中号召大家要摆脱经典作家的影响，但却从未攻击过莱蒙托夫。在创作主题的选择上赫列勃尼科夫受到了莱蒙托夫的影响，如关于高加索和东方的主题。赫列勃尼科夫曾经到过高加索，对莱蒙托夫的故地非常熟悉。有批评家曾找出了赫列勃尼科夫的《战壕之夜》与莱蒙托夫《波罗金诺战场》在主题及修辞上的相似性。两位诗人的相似性并不是在于表达诗歌情绪的形式，而是在于他们共同关注的永恒问题。他们都关注人、世界、时代、宇宙的命运。他们都感受到了人所共有的悲剧意识，莱蒙托夫倾向于用传统的基督教思想来解释世界，而赫列勃尼科夫则融合了科学、哲学、宗教等来认识人与自然。莱蒙托夫无论是早期诗作（《春》《秋》《高加索的早晨》等），还是晚期诗作（《当那苍黄色的麦浪在随风起伏》《从科兹洛夫草原望见的山景》《我独自一人走上广阔的大路》等），都没有离开对大自然的描绘，通过描绘大自然的美来赞美造物主，歌颂造物主的伟大；莱蒙托夫善于将大自然中的日月星辰、动植物等形象拟人化，通过这些化身为人的形象表达抒情主人公的思想情感。赫列勃尼科夫同样积极思索了人与自然、人存在的实质等问题。两位诗人都试图解决尘世生活的和谐化问题，他们都以自己的方式来尝试认识宇宙、认识上帝，试图通过上帝来帮助堕落的人类走向灵魂的复活。有限篇幅无法穷尽莱蒙托夫对现代主义三大流派的影响。延伸开去，莱蒙托夫与各作家之间对比的个案研究都可能挖掘出潜在的价值。

---

① Дякина А.А. Наследие М.Ю. Лермонтова в поэзии серебряного века: Диссертация на соискание учёной степени доктора филологических наук. – Елец, 2004. С. 278.

白银时代文化背景之下的莱蒙托夫精神遗产极其宝贵，莱蒙托夫传统恰好迎合了转折时期的时代精神。白银时代的精神文化中正是充满了不安与矛盾的情绪，无论是在生活还是在艺术领域，人们都经历着紧张的精神探索，不可避免地要从前人的经验中寻找答案。而莱蒙托夫作为先辈中的精英作家之一，他曾经历的精神之痛、深至入骨的自我分析、自我分裂式的内心独白、抒情形式的创新、诗歌语言的表情力量与乐感美——所有这一切都为白银时代艺术作品提供了形式与思想上的参照。莱蒙托夫的客观历史文学意义不仅仅在于他在思想上丰富了俄罗斯诗歌，使得俄罗斯诗歌具有了批判精神，更在于他在前人的基础上完善了心理分析、对人内心世界的认知等艺术手法。因此，莱蒙托夫在俄罗斯文学史中占据着非常重要的地位，他的创作是不朽的，而对其创作的研究也会源源不断。

第三节　莱蒙托夫与勃洛克

莱蒙托夫凭借其极具个性的艺术创作和个人命运的悲剧性魅力吸引了白银时代诗人的极大关注，这体现为诗人笔下的形象得到重塑，典型主题得以延伸，以及诗学传统得到发展。其中，莱蒙托夫传统在勃洛克创作中的反映吸引了白银时代批评家及后来研究者不少的关注。1903 年，别雷在给勃洛克的信中谈到他诗歌中的"莱蒙托夫气质"。古米廖夫甚至认为勃洛克的抒情诗正是出自"莱蒙托夫的诗歌"[①]。丘科夫斯基则称勃洛克是"我们时代的莱蒙托夫"[②]。两位作家的渊源首先始于勃洛克对莱蒙托夫创作的认知。通过对两位作家作品的文本细读，我们可以发现，莱蒙托夫传统的延续表现在互文性文本及互文性主题的再现上。

一、勃洛克论莱蒙托夫

有观点认为，对于早期的勃洛克来说，尤其是在创作《美妇人诗集》的阶段，莱蒙托夫的影响是不太明显的。研究者们普遍认为，在他的第一卷诗集里，占据统治地位的是费特传统和索洛维约夫神秘主义的爱情主题。《美妇人诗集》的主要抒情基调是远离可怕的现实世界，远离生活的矛盾，诗人力图达到内心的和谐与安宁。这种基调与莱蒙托夫那种敏锐紧张的个性意识、悲剧性的怀疑和反抗精神、勇敢而强烈的感召力显得格格不入。此外，早期勃洛克在论述最新诗歌流派

---

① Гумилев Н.С. Письма о русской поэзии. П., 1923. С. 131.

② Чуковский К.И., Александр Блок как человек и поэт. Введение в поэзию Блока. – Петроград.: Изд-во А. Ф. Маркс, 1924. С.136.

的文章里，只在谈到费·伊·丘特切夫（Ф.И. Тютчев）时稍微提及了莱蒙托夫。然而，在早期大量的抒情作品中，勃洛克曾对莱蒙托夫表示过"锲而不舍的关注"[1]，他从前辈那里引用过大量代用语、题词及某些情境等。因此，莱蒙托夫在勃洛克早期的抒情诗创作中占据着十分重要的地位。

1900—1903 年，勃洛克几乎把全部的精力都放在了索洛维约夫的神秘主义诗学和哲学上，后者与莱蒙托夫在诗歌精神上有着很大分歧。1899 年，索洛维约夫有过一场著名的关于莱蒙托夫的演讲。在这位哲学家看来，莱蒙托夫具有成为超人的天资异禀——他具有"无可比拟的强烈的自我感知力量"；此外，他还遗传了其苏格兰祖先的先知能力，能够预知自己的命运。然而莱蒙托夫的自私、骄傲和自我神化，尤其是意识到恶魔性的邪恶后反将之理想化的做法引起了索洛维约夫的不满和批判。他沉痛地指出，"莱蒙托夫的天赋水平有多高，他的道德水准就有多低下"，并在最后声称要"揭露被诗人所歌颂的恶魔性的谎言"[2]。

勃洛克后来曾在对莱蒙托夫的诗歌《梦》（"炎热的正午我躺在达吉斯坦山谷"）的注解中写道：索洛维约夫在该诗中找到了诗人具有"第二视力"的惊人证据，他指出"莱蒙托夫不仅看到了梦中之梦，还看到了梦中梦之梦——梦的三次方"[3]。可见勃洛克在一定程度上同意索洛维约夫的某些观点，并深受其影响。不过勃洛克在索洛维约夫评论莱蒙托夫的文章中留下了两处标记，显然持有明确的批判态度，一处是为莱蒙托夫的艺术做辩护，另一处表示自己不赞同索洛维约夫对诗歌《恶魔》采取的轻蔑态度。

1906 年，勃洛克发表了评论文章《学究论诗人》，此文对文艺学家科特利亚列夫斯基关于莱蒙托夫的研究著作《米·尤·莱蒙托夫：诗人个性及其作品》提出了尖锐的批评。科特利亚列夫斯基认为：莱蒙托夫在谈到自己的才能时很不谦虚，他的诗学幻想与生活的外在事实不相符，青年时期的苦难画面是杜撰出来的而非亲身经历，因而言行举止中有"矫揉造作的痕迹"；他也在"尝试着战胜自己身上自私的阴暗……却越陷越深，堕落到写爱情诗的地步"[4]。勃洛克却对莱蒙托夫创作的空想和幻想表示欢迎，他反对软弱无个性的诗人形象，哪怕他的面

---

① Мануйлова. В.А. Лермонтовская энциклопедия. – М.: Советская энциклопедия, 1981. С. 784.

② Соловьев. Вл.С. Лермонтов // М.Ю. Лермонтов: pro et contra/Сост. В.М. Маркович, Г.Е. Потапова, вступ. статья В.М. Марковича, коммент. Г.Е. Потаповой и Н.Ю. Заварзиной. – СПб.: РХГИ, 2002. СС. 330-347.

③ Буравова С.Н. Редкое издание стихотворений Лермонтова. http://lermontov.info/kritika/rare.shtml, дата обращения: 18.02.2013.

④ Блок А.А. Собраний сочинений: В 8 т. Т 5. – М. –Л.: Государственное издательство художественной литературы, 1962. C.66.

貌仍是黑暗的、遥远的、可怕的。在勃洛克看来，预见性的精神忧虑是莱蒙托夫诗歌的基本特征。对于勃洛克的同时代诗人向莱蒙托夫的靠拢，勃洛克表示热烈欢迎，他写道："近年的文学力求回归至莱蒙托夫这一源头，或冲动，或热烈，或平静，或忐忑地对他表示敬重……莱蒙托夫的宝藏值得不断去努力挖掘。"[①]

与这篇书评同时完成的还有另一篇文章《萧条时代》（1906），其中勃洛克称莱蒙托夫是"深不可测的智慧导师"，将这位俄罗斯命运的先知同果戈理相提并论，甚至看得高于陀思妥耶夫斯基。[②]

1919—1920 年，勃洛克参与了马·高尔基（М. Горький）主编的有关 18、19 世纪俄罗斯作家的专著，和他一起工作的还有学者丘科夫斯基。勃洛克选择了自己喜爱的诗人莱蒙托夫并热情地投入工作。然而据丘科夫斯基的日记所述，勃洛克曾因为这份工作感到"疲惫和痛苦不堪"[③]，因为勃洛克试图按照自己的想法去撰写，他关注的可能是莱蒙托夫创作中具有预见性的梦境，或是想写写能看见上帝的莱蒙托夫。对于勃洛克来说，莱蒙托夫是魔法师，是先知，是与上帝抗争的人，他是神秘而又独一无二的。而高尔基的目标是要把莱蒙托夫的形象塑造成"文化的动力，社会进步的推动者"，以适应时代的进步和政治的需要。上层的压力让勃洛克陷入了悲剧性的两难境地。

丘科夫斯基后来又回忆到，勃洛克曾经久久地凝视着书中莱蒙托夫的画像并对他说："莱蒙托夫难道不就是这样的吗？就只是在这幅肖像上。其他的都不是他。"[④]可见，自始至终，对于勃洛克来说，莱蒙托夫只是他自己，是简单的一个人，而不是其他的什么符号，或是某种力量的代言人。

二、莱蒙托夫与勃洛克创作的互文性

正如前文所提到的，在早期抒情作品中勃洛克曾对莱蒙托夫表示过"锲而不舍的关注"，从作品的题词、代用语、类似情境，到反抗上帝的主题、恶魔主题等都可以发现这种"关注"，与莱蒙托夫文本、创作主题形成了互文性。当然，应该指出的是，即便是在创作初期，这种情况也绝对不是由于勃洛克个人创作能力的不足。首先，这显示了勃洛克有意和无意地模仿前辈大师的愿望。许多伟大

---

① Блок А.А. Собраний сочинений: В 8 т. Т 5. –М. – Л.: Государственное издательство художественной литературы, 1962. С. 27.

② Блок А.А. Собраний сочинений: В 8 т. Т 5. – М. – Л.: Государственное издательство художественной литературы, 1962. С. 70.

③ Чуковский К.И. Дневник 1901-1929. – М.: Советский писатель, 1991. С.142.

④ Чуковский К.И. Александр Блок как человек и поэт. Собр.соч. В 15т. Т.8. – М., 2004. С. 105.

作家都是从模仿开始自己的写作征程的。其次，勃洛克所吸收的莱蒙托夫创作传统与早期勃洛克诗歌的特点、思想和心态基本是契合的，并非生搬硬套。最后，勃洛克有意寻找已经被使用过的词语或形象，是为了表达自己类似的心情、想法和心理感受，以达到隐喻的效果。

（一）互文性文本

勃洛克曾一字不差地引用过莱蒙托夫诗歌中的一些片段。例如，莱蒙托夫的著名诗篇《我独自一人走上广阔的大路》（1841），其中有"星星和星星正在低声地倾谈……"[①]。这一句被勃洛克引用到诗歌《片断》（"夜表露出莫名的忧伤……"）（1899）中。在抒情主人公的心里，神秘的繁星满天的夜晚与神秘的宇宙联系在了一起。这里不仅仅是字面上一字不差的吻合，也是形象内涵上的吻合，使用的是有固定出处的文本中熟悉的元素。

再如诗歌《四周是辽阔的平原》（1901）里最后一节中有这样的诗句："将来的一切，过去的一切，/冰冷且毫无生气的骸骨，/有如田野中这孤零零/爱情坟墓上的镇墓石……"[②]这句诗的出处是莱蒙托夫的长诗《大贵族奥尔沙》（1835—1836）。有学者认为，这里的文本吻合应该是属于无意识的，但实际上并非如此。勃洛克的诗歌中涉及的是"爱情的坟墓"，其中抒情主人公怀疑不可能再同理想中的人结合，但遗骸的形象打消了他的疑虑，因为它象征着爱情的暂时死亡，之后依然能够重生。而莱蒙托夫笔下的主人公阿尔谢尼则没有这样的希望。虽然两位主人公的遭遇不同，但遗骸的象征意义是一致的，我们可以认为，勃洛克很熟悉莱蒙托夫这部作品的上下文语境。

有些情况下，勃洛克在创作中引用莱蒙托夫的诗句更像是有意识地达成呼应的效果。例如，在诗歌《被炎热灼烧的七月的夜晚……》（1899）中，勃洛克的主人公感慨道："不要合在一起，我的疲倦的眼皮！"[③]而莱蒙托夫笔下《星星》（1830）的主人公曾经说过同样的话："我也合不拢/疲倦的眼睑"[④]。这两首诗本身在主题上就非常接近，其中都有着被夜晚和爱情折磨的主人公。此外，同样

---

① [俄] 莱蒙托夫：《莱蒙托夫文集 诗人之死 抒情诗（1832—1841）》，余振译，上海译文出版社，1998年，第286页。

② Блок А.А. Собраний сочинений: В 20 т. Т1. Стихотворения. Книга первая (1898-1904). – М.: Наука, 1997. С. 73.

③ Блок А.А. Собраний сочинений: В 8 т. Т 5. – М. –Л.: Государственное издательство художественной литературы, 1962. С. 79.

④ [俄] 莱蒙托夫：《莱蒙托夫文集 独白 抒情诗（1828—1831）》，余振译，上海译文出版社，1998年，第101-102页。

在诗歌《我独自一人走上广阔的大路》中，"我想要昏昏沉沉地进入梦乡"这一句被勃洛克引用到诗歌《致朋友》（"我们暗暗地敌视对方……"）（1908）中："永远地进入沉沉的梦乡……"①两位诗人都透露出想要"沉浸在永恒的梦中"的愿望，也反映出在那些充满怀疑和失望的日子里诗人们沉重、绝望的心境。

（二）浪漫主义主题的互文性

年轻的诗人们常常在浪漫主义的主题上不谋而合。当然，有些也许完全是诗人为了表达自己类似的心境感受而有意引用的。勃洛克在诗歌《为什么，为什么掉进了虚空的黑暗》（1899）中写道："我想活着，尽管这里没有幸福……"②这一句不禁使人想起莱蒙托夫的诗句："我想要生活！我想要悲哀，/故意跟爱情和幸福为难"③除了字面上的呼应，这两首诗均是浪漫主义的主题，年轻的诗人们都表达了对尘世生活的强烈渴望，尽管会有灾难和不幸，但是他们眼中的生命仍然是崇高的、丰富多彩的。他们也已意识到，诗人作为上帝的宠儿，承受痛苦和打击乃是他们共同的宿命。

勃洛克在诗歌《是时候将幸福的梦遗忘》（1898）中写道："是时候将充满幸福的梦遗忘，销魂已使我们足够痛苦……"④这一句与莱蒙托夫一首诗的开头十分相似："是时候从最后的梦中醒来，我在这世上已足够老朽……"（《是时候从最后的梦中醒来……》，1831）⑤。这两首诗都是诗人们早期的诗歌，都有着假想厌倦生命然后寻求遗忘的主题。

对于早期的勃洛克来说，莱蒙托夫的《沉思》是不得不提的一部重要作品。诗歌《当一群人簇拥着偶像》（1899）就是一个鲜明的例证。该诗的题词正是《沉思》中的两行诗："对于善与恶我们都可耻地漠不关心，/在生活的开端就无声无息地凋零。"⑥随后在诗中还存在与这一引言在主题上的呼应："我——一个冷

① Блок А.А. "Друзьям", 1908//Блок А. А. Собраний сочинений: В 8 т. Т 3. – М. – Л.: Государственное издательство художественной литературы, 1962. С. 125.

② Блок А.А. Нечаянная Радость. – М.: Скорпион, 1907. С. 23.

③ [俄] 莱蒙托夫：《莱蒙托夫文集 诗人之死 抒情诗（1832—1841）》，余振译，上海译文出版社，1998年，第55页。

④ Блок А.А. Собраний сочинений: В 8 т., Т5. – М. – Л.: Государственное издательство художественной литературы, 1962. С. 7.

⑤ Лермонтов М.Ю. Собрание сочинений: В 4 т. Т1./АН СССР. Ин-т рус. лит. (Пушкин. дом). – Изд. 2-е, испр. и доп. – Л.: Наука. Ленингр. отд-ние, 1979. С. 220.

⑥ [俄] 勃洛克：《勃洛克诗歌精选》第2版，丁人译，北岳文艺出版社，2010年，第20页。

漠的忧郁的孤独者……"①"我们这群忧郁的即将被遗忘的人/将无声无息地在这个世界上走过"②"一群人在叫喊——我却无限冷淡，/一群人在呼唤——我却呆然不动，默默无言。"③

显然，这些呼应之处并非文本上的完全吻合，但在节奏和主题上都很相近，两位诗人都表达出由自己的冷漠而导致的遗憾和苦恼之情。只不过莱蒙托夫注意到，自己身上的这一特点属于整整一代人，而勃洛克则将其视作个性的独特表现。

学者阿·彼·阿夫拉缅科（А.П. Авраменко）认为，勃洛克抒情诗的主题特点是浪漫主义的，有种与"人群"相对抗的使命感，而《沉思》正是因为包含这一鲜明的主题才引起勃洛克格外的关注。他认为：勃洛克试图在莱蒙托夫的晚期作品中寻求其早已经遗弃的东西。④这里谈的与其说是对个人主义的崇拜，倒不如说是两位诗人对真善美理想的不懈追求。他们在自己所选择的道路上艰难前行，遭遇了各种各样的阻碍，或来自外界，或归咎于内心。因此当勃洛克难免产生怀疑的情绪时，转而从莱蒙托夫处寻求慰藉并非出于偶然。勃洛克写道："但是，很明显，由于我的深沉的苦闷，/已经淹没了希望的航船！"⑤莱蒙托夫在诗歌《不，我不是拜伦，是另一个》（1832）中也有着与此类似的表达，只是稍微有些差别："在我心中，像大海中一样，/希望的碎片仍然在浮沉。"⑥两位诗人都表达了伴随着成就而来的忧伤，苦恼于潜藏在自己身上的精神力量和创造力未能得以充分发挥和利用。

（三）宗教主题的互文性

两位诗人的心里都有一个至高无上、纯净美好的宗教世界。勃洛克的诗歌世界里，一直闪耀着宗教理想的光辉，与至高无上的神保持着"亲密接触"，这在早期《启明集》中就有了很好的体现。诗人尝试着能看见"遥远未来的彼岸"（《我寻找新奇……》，1902），能听到"宇宙乐队"的声响。然而当他在神秘而又令人不安的夜晚，仰望着"无形太空"和"星辰之海"时，他不得不战战兢兢地承

① [俄] 勃洛克：《勃洛克诗歌精选》第2版，丁人译，北岳文艺出版社，2010年，第20页。
② [俄] 莱蒙托夫：《莱蒙托夫文集 诗人之死 抒情诗（1832—1841）》，余振译，上海译文出版社，1998年，第158页。
③ [俄] 勃洛克：《勃洛克诗歌精选》第2版，丁人译，北岳文艺出版社，2010年，第20页。
④ Авраменко А.П. А. Блок и русские поэты XIX века. – М.: Изд-во МГУ, 1990. С. 218.
⑤ [俄] 勃洛克：《勃洛克诗歌精选》第2版，丁人译，北岳文艺出版社，2010年，第20页。
⑥ [俄] 莱蒙托夫：《莱蒙托夫文集 诗人之死 抒情诗（1832—1841）》，余振译，上海译文出版社，1998年，第40页。

认自己的弱小和那个世界的高不可攀。他带着懊恼和自嘲呢喃道："……星辰与天空——星辰与天空!——而我只是凡人!"①而莱蒙托夫亦早就不止一次地意识到,接近上帝的路是难以想象的。然而莱蒙托夫心中对宗教世界的神往却无法抑制:"它认为人世间贫乏的歌/代替不了天国之音。"(《天使》,1831)②对上帝至高无上的权力的信仰使得他们相信,上帝将"无法实现的愿望"注入我们的心灵,是为了让我们追求"自我完善"和"世界的完善",感受爱与希望的力量,并懂得什么才是"完美的幸福"(《假如造物主想谴责我们》,1831)。

　　信仰和祷告在诗人们的世界里都占据着特殊的地位。他们认为,在尘世的人类情感中,只有用"痛苦和忧虑"换来的"幸福抑或折磨的……一些瞬间"是崇高的。他们愿意为了这些瞬间放弃"悠闲的平静",且心中充满了通过爱来拯救的渴望,是祈祷带给他们力量。莱蒙托夫在《祈祷》("不要指责我,全能的上帝")(1829)、《祈祷》("我,圣母啊,现在向你虔诚祈祷")(1837)、《祈祷》("在生命艰难的时刻")(1839)等作品中都涉及这一主题,勃洛克则更是完全把诗歌当作祷告,他的大多数作品,尤其是早期的,都带有祷告的基调,在倔强地重复和咏叹。"请你给我这个不幸的诗人,/打开进入新的神殿的大门,/指出一条从黑暗迈向光明的途径!…… / 啊,请你把我带进那远方的国度吧,……"(《献给一位神秘的神灵》,1899)③莱蒙托夫提到,祈祷使心情得到了放松:"好像从心头卸下了重负 / 怀疑便从心中走开—— / 我有所信赖了,放声恸哭, / 是这般地轻快、轻快……//"[《祈祷》("在生命艰难的时刻"),1839]〉④。勃洛克则通过祈祷获得了"英勇善战的"信心,他的主人公们已准备好了"佩带宝剑",来捍卫自己的理想。

　　"美妇人"是谈论勃洛克的艺术世界时无法绕开的形象。她是诗人关于梦想和超凡之美的神秘意象的化身。她见证着勃洛克天然的宗教性,证明其思维在基督教文化的世代传承中早已形成定式。有时"美妇人"是天上的神秘女性形象,"室女星""朝霞""圣女""不可企及的女神"等都是对同一个形象的不同称呼;有时她又是真实的、尘世的女子,是爱人或者妻子。通常,研究者都会注意到柏拉图(Plato)

　　① Блок А.А. Собраний сочинений: В 8 т. Т 1. – М. – Л.: Государственно издательство художественной литературы, 1962. C. 257.

　　② [俄] 莱蒙托夫:《莱蒙托夫文集 独白 抒情诗(1828—1831)》,余振译,上海译文出版社,1998 年,第 435 页。

　　③ [俄] 勃洛克:《勃洛克诗歌精选》第 2 版,丁人译,北岳文艺出版社,2010 年,第 34 页。

　　④ [俄] 莱蒙托夫:《莱蒙托夫文集 诗人之死 抒情诗(1832—1841)》,余振译,上海译文出版社,1998 年,第 173 页。

和索洛维约夫的思想对勃洛克笔下这一形象的影响，尤其是索洛维约夫关于"世界灵魂"和"永恒女性"的学说。但在此，同样可以发现莱蒙托夫的影响。

在莱蒙托夫的诗歌世界里，尘世中即可以看见天堂的标志。梅列日科夫斯基就曾经明确指出："对尘世超凡的爱是莱蒙托夫的特点，……这与基督教中身在尘世对天国的向往之情相反，是身在天国，而对尘世故土的思念之情。"[1] 所以他所塑造的理想女性形象，融合了尘世之美和天国之美，结合了年轻、善良、温柔、永恒，以及不可企及的崇高的特质。诗人的理想对象由其想象而产生："我在想象中创造出/自己的意中人，/从那时起我把这虚无缥缈的幻象/珍藏在心中，抚爱，温存"（《在神秘的、冰冷的半截面具之下》，1841）[2]。这一幻象完全被爱与温柔的气氛所包围。他的抒情主人公在对"一个人"尘世的爱情中寻找自己的"天堂"，例如，在他眼中，"你那噙满泪水的双眸 / 美如天国"[3]。爱人已同神圣的世界联系在一起。只是勃洛克有一天直接称呼她为"天上的圣女"。勃洛克吸收了莱蒙托夫关于"美化身为女性"的思想，并赋予其独有的特色。如果说莱蒙托夫发现了宗教领域里女性的温柔因素，画出了一个"草图"的话，那么则可以说勃洛克用精细的线条将之刻画了出来，并赋予其神秘感，而在这种神秘感的背后我们似乎听到了上帝的脚步声。

总之，勃洛克的宗教世界里渗透着莱蒙托夫精神。诗人们在对宗教、对浪漫主义的感知上彼此相似，正是这种感知力决定了他们如何看待天国和尘世，看待人对美、爱情和光明的不懈追求。

（四）恶魔主题的互文性

众所周知，恶魔主题是莱蒙托夫倾其一生思索的主题，恶魔式主人公贯穿于莱蒙托夫的抒情诗、叙事诗、戏剧及小说等不同体裁的创作中。而恶魔主题同时是勃洛克成熟时期创作的重要主题之一，是其艺术观向悲剧性转变的一大体现。

---

① Мережковский Д.С., М.Ю. Лермонтов. Поэт сверхчеловечества//М.Ю. Лермонтов: pro et contra/Сост. В.М. Маркович, Г.Е. Потапова, вступ. статья В.М. Марковича, коммент. Г.Е. Потаповой и Н.Ю. Заварзиной. – СПб.: РХГИ, 2002. C. 379.

② Лермонтов М.Ю. Сочинения в двух томах. Том первый/Сост. И комм. И.С. Чистовой; Встп. Ст. И.Л. Андроникова. – М.: Правда, 1988. C. 212.

③ Лермонтов М.Ю. Собрание сочинений в четырех томах/АН СССР. Институт русской литературы (Пушкинский дом). – Издание второе, исправленное и дополненное. – Л.: Наука. Ленинградское отделение, 1979-1981 год. Том 1, Стихотворения 1828-1841 годов. C. 215.

　　恶魔性的世界观首先反映在认识到浪漫主义本质的双重性上。例如，莱蒙托夫在叙事诗《塔玛拉》（1841）中塑造的女主人公，是一个残忍又淫荡的女王，美丽得像天使，又邪恶得像恶魔，她的身上存在着神性与恶魔性的统一。这一点勃洛克在自己神秘的爱人身上也发现了。别雷在 1903 年 1 月 6 日写给勃洛克的信中，指出了对永恒女性双重诠释的可能性：体现基督时，她是索菲亚，是熠熠生辉的圣母；不体现基督时，她是月光女郎阿斯塔尔塔，火热的巴比伦荡妇。别雷在最后撰写的《回忆勃洛克》中，亦再次肯定勃洛克的"美妇人"形象是双重的。[①]

　　究其原因，诗人自己也感受到了这种双重性的折磨，原本宁静和谐的世界中闯入了不安的音符："我害怕我的双重灵魂，/小心翼翼地把/自己野蛮的魔鬼形象，/藏进这神圣的铠甲里。/我在虔诚的祈祷中/寻求基督的庇护，/但虚伪的面具背后，/说谎的双唇透着笑意。"（《我爱庄严的教堂》，1902）[②]

　　此外，勃洛克创作中出现的有关宗教主题的形象和故事，诠释着诗人对生命永恒规律和价值的认知，同时清楚地展现了善与恶、神圣与卑劣的特质在同一人物载体上的二元对立。例如，在有着迷人魅力的缪斯身上，却有"注定死亡的信息"，有着"神圣遗训的诅咒"和"对幸福的凌辱"。对别人来说她是缪斯和奇迹，而对主人公来说她却是地狱和痛苦。在这一方面，我们可以发现勃洛克对莱蒙托夫传统的继承。早在《当代英雄》中莱蒙托夫就展现了对立双方不可分割的统一性和斗争性，尤其展示出了人类神秘的双重天性。

　　毫无疑问，两位诗人笔下的恶魔形象是有所关联的。勃洛克曾在自己的第一部三卷本诗集的附注中，指出了其中的继承性：莱蒙托夫和米·亚·弗鲁贝尔（М.А. Врубель）笔下的恶魔之间的联系值得研究，这些诗歌中就含有对此的暗示。[③]诗人们笔下的恶魔，是叛逆的浪漫主义者，试图在炽热的爱情中找到通向永恒的出路，以求摆脱日常生活的单调。莱蒙托夫笔下的恶魔拜访塔玛拉这一著名场景在勃洛克的诗歌《地狱之歌》（1909）中有着相似的画面："在那儿，她安详地睡着，安详地呼吸，/于是，我满怀钟情的悲伤向她弯下身子，/我把宝

　　① 俄罗斯科学院高尔基世界文学研究所：《俄罗斯白银时代文学史》第三册，谷羽，王亚民等译，敦煌文艺出版社，2006 年，第 118 页。

　　② Блок А.А. Полное собране сочинений и писем в двадцати томах. Том первый. Стихотворения. Книга первая (1898-1904). – М., Наука, 1997. С. 103.

　　③ Блок А.А. Собрание стихотворений. Снежная ночь(1907-1910). – М., 1912. С. 196.

石戒指戴上她的手指!"①尽管"恶魔是否定与恶的灵魂",但爱情在这里正是象征着这一恶的灵魂对美、善与和谐的渴望。

恶魔性世界观的悲剧性在于理想和现实之间存在着不可避免的冲突。诗人们笔下的恶魔们都曾向女主人公哀求,祈求能得到令人头晕目眩的爱情和幸福。而正是他们这种对极限幸福的疯狂幻想,导致了自身的悲剧性结局,也造成了被他们诱惑过的女主人公的死亡。尽管如此,恶魔们的身上却体现了不可驯服的意志、对爱和美的热烈追求、对感受和行动的强烈渴望。"当朝霞映红她的脸庞,/我将挺起胸膛去迎接战斗,/我将高高地昂起头颅,/直向那暴风雨的云头。"②

莱蒙托夫传统在勃洛克创作中的折射尚有诸多表现,值得更细致而深入的研究。大量的类似片段、情境的引用表明,勃洛克的诗歌创作中隐匿着莱蒙托夫的创作文本,而在浪漫主义主题上的遥相呼应、宗教和恶魔性等主题上的继承与发展则进一步体现了同处在时代风口浪尖的两位诗人精神上的完美邂逅。由此可见,莱蒙托夫对其后辈的创作有着不可忽视的影响。

在19世纪与20世纪之交,当勃洛克深刻地体验知识分子所面临的危机时,他对莱蒙托夫的关注已经超越诗歌范畴,而转向了生活与哲学领域。勃洛克曾提到,莱蒙托夫的诗歌中充斥着的尖锐思想和悲剧性的责任意识,帮他战胜了优柔寡断的封闭式抒情。这使得他在复杂难辨的局势下,没有沉迷于神秘论的预言幻象,没有逃避,而是清醒、敏锐地观察并思考着。

对新时代的悲剧和个人悲剧的愤懑之情,使得勃洛克像自己的前辈莱蒙托夫一样,把目光也投向了"诗人之死"。1921年,勃洛克创作了最后一首遗嘱性的演讲诗篇《致普希金之家》。"普希金也根本不是死于丹特士的子弹。是空气匮乏把他置于死地。"③这一言论不仅是对其前辈普希金和莱蒙托夫命运的昭示,也是诗人自身结局的预言。5个月后,诗人在抑郁和愤懑中离开了人世。

作为勃洛克的崇拜者之一,娜·亚·巴甫洛维奇(Н.А. Павлович)在回忆自己的偶像时说道:"他告诉我,他从年少时就思索自己应该做出功绩,应该继续莱蒙托夫的事业,但他没有尽到这个义务。"④然而勃洛克并不知道,他所做的努力和尝试并没被世人遗忘,他的名字是与他所敬仰的前辈莱蒙托夫并列的。

---

① [俄] 勃洛克:《勃洛克诗歌精选》第2版,丁人译,北岳文艺出版社,2010年,第249页。

② [俄] 勃洛克:《勃洛克诗歌精选》第2版,丁人译,北岳文艺出版社,2010年,第63页。

③ 俄罗斯科学院高尔基世界文学研究所:《俄罗斯白银时代文学史》第三册,谷羽,王亚民等译,敦煌文艺出版社,2006年,第147页。

④ Павлович Н.А. Воспоминания об Александре Блоке. Блоковский сборник. – Тарту, 1964. С. 484.

第二章　莱蒙托夫与西方文学

第一节　莱蒙托夫与拜伦

一、关于"拜伦对莱蒙托夫的影响"问题

研究莱蒙托夫，不可避免地会涉及影响与借鉴问题，无论是本土文学传统，还是西方文学传统，无疑都在莱蒙托夫的创作中留下了痕迹。就莱蒙托夫创作中西方文学影响元素来说，"拜伦对莱蒙托夫的影响"问题是文学批评家及学者探讨较多的话题。中国著名莱蒙托夫研究专家、翻译家顾蕴璞先生在《普希金与莱蒙托夫》一文中曾提到："两人同是伟大的诗人、小说家和剧作家，两人同受西欧浪漫主义文艺思潮，特别是英国诗人拜伦的影响……"①根据一些史料记载及学术专著的探讨我们可以发现，俄罗斯学界对这一问题存有不同的观点。

（一）非学术性认知

通过对一些作家和莱蒙托夫的亲戚、朋友、熟人的日记或者书信的分析，我们可以发现,关于莱蒙托夫与拜伦之间的联系问题曾是大家讨论的热门话题之一。莱蒙托夫的同时代人曾多次提到他对拜伦的迷恋之情。例如，莱蒙托夫的表弟阿·巴·尚吉-列伊（А.П. Шан-Гирей）曾经回忆道："米舍利（莱蒙托夫的小名）通过阅读拜伦的作品开始学习英文，几个月后他便能够自由地读懂拜伦。……他学习英文的出色之处在于从这时起他便开始学习拜伦了。……这很可能是一种会让人觉得更有趣的假象，因为那个时代拜伦风格以及失望情绪处于强势地位。"②关于莱蒙托夫与拜伦的渊源，一般认为始于 1830 年。而与莱蒙托夫同时代的女诗人叶·彼·罗斯托普钦娜（Е.П. Ростопчина）在 1858 年去世前不久给法国作家亚历山大·仲马（Alexandre Dumas）的信中曾写道：他（莱蒙托夫）并没有承认

---

① 顾蕴璞：《普希金与莱蒙托夫》，《俄罗斯文艺》，1999 年第 2 期，第 79 页。

② Гиллельсон М.И., Мануйлов В.А. М.Ю. Лермонтов в воспоминаниях современников. – М.: Художественная литература, 1972. CC. 34-35.

自己是否喜欢拜伦，但他决定装成拜伦的样子来引诱人或者吓唬人。因为当时流行拜伦风格。唐璜成了他的主人公，不仅如此，也成了他的典范；他开始追求神秘、忧郁和讽刺。[①] 一位是亲戚，一位是同行，他们都不约而同地关注了莱蒙托夫成长与创作中的拜伦影响因素。其后的两位世界级文豪伊·谢·屠格涅夫（И.С. Тургенев）与陀思妥耶夫斯基也同样注意到了这一点。屠格涅夫在回忆莱蒙托夫时曾写道："毫无疑问，他追随了当时的时髦，故意写出了那种众所周知的拜伦风格，只是另外还带着其他一些最糟糕的任性与怪癖。"[②] 陀思妥耶夫斯基在《作家日记》1877 年 12 月号的第二章中对莱蒙托夫做出了一种非常肯定的论断："莱蒙托夫当然是一位拜伦主义者，但他那伟大的、独具一格的艺术力量使他成为一个特殊的拜伦主义者，一个有点爱嘲弄人的、任性的、鄙夷一切、竟然连自己的灵感、自己的拜伦主义都从来不相信的人。"[③] 由此可见，拜伦之于莱蒙托夫举足轻重。正是鉴于此，俄罗斯文学界在后来的不同时期皆有学者关注这一问题，并形成了不同的学术观点，有些学者认为莱蒙托夫是一个纯粹的拜伦模仿者，而另外一些则更加强调莱蒙托夫的独特性，也有一些中立的观点认为，莱蒙托夫在创作中融合了拜伦的风格而形成了自己的风格。

（二）学术性探究

对莱蒙托夫创作文学探源式或影响性研究中涉及的拜伦与莱蒙托夫之间关系的论题可分为三类，即强调影响派、强调融合派、强调独创派。

1. 强调影响派

早在 1858 年，俄罗斯文学史论家阿·达·加拉霍夫（А.Д. Галахов）在《俄罗斯通报》上发表了《莱蒙托夫》一文，文章详细分析了拜伦对莱蒙托夫的影响。加拉霍夫将莱蒙托夫对拜伦的模仿分成了两类：自觉的和不自觉的，但同时他也指出了二者的相互不可分割性。加拉霍夫总结了莱蒙托夫创作中所模仿的拜伦元素，其中包括个别的语言表述、诗歌的建构以及人物的性格等。在谈到具体模仿时，加拉霍夫同时引用莱蒙托夫及拜伦作品文本加以对比，拜伦作品用的是俄译

① Гиллельсон М.И., Мануйлов В.А. М.Ю. Лермонтов в воспоминаниях современников. – М.: Художественная литература, 1972. С. 280.

② Гиллельсон М.И., Мануйлов В.А. М.Ю. Лермонтов в воспоминаниях современников. – М.: Художественная литература, 1972. С. 229.

③ [俄] 陀思妥耶夫斯基：《作家日记》（下），张羽，张有福译，河北教育出版社，2009 年，第 946 页。

本。他认为将莱蒙托夫与拜伦进行对比研究是有价值的，不能简单地对莱蒙托夫的模仿加以谴责，因为这并不妨碍他准确地反映现实生活。

另外一位学者科特利亚列夫斯基在《米·尤·莱蒙托夫：诗人个性及其作品》（1912）一书中指出："有时候整首诗歌都建立在拜伦的线索之上，更经常碰到一些已经打上拜伦标签的喜剧情景及形象。……莱蒙托夫诗歌中受拜伦直接影响的痕迹是毫无疑问的……"[①]科特利亚列夫斯基指出了莱蒙托夫对拜伦式情绪的热爱，这是因为莱蒙托夫与拜伦在心理状态上比较相似。拜伦风格对莱蒙托夫来说只是更加深刻地彰显了其自身的个人情绪。然而，由于莱蒙托夫的生命很短暂，有学者认为他只是掌握了拜伦风格很肤浅的一面，即否定。科特利亚列夫斯基强调，之前的研究者夸大了拜伦对莱蒙托夫的影响，因此，在研究这一问题时学者应该小心并尽可能做到客观。由此可见，科特利亚列夫斯基承认拜伦对莱蒙托夫创作的影响，但并不认为莱蒙托夫是深刻理解并掌握了拜伦风格之后而加以继承的。

在谈论拜伦对莱蒙托夫的影响问题上，大多学者更多关注的是莱蒙托夫的诗歌体裁创作，然而诸多研究中也不乏学者关注莱蒙托夫的戏剧体裁创作。例如，米·哈·亚科夫列夫（М.А. Яковлев）在 1924 年出版的《戏剧家莱蒙托夫》一书中就分析了莱蒙托夫戏剧作品中的文学渊源及国外的影响。这部专著的优点在于作者指出了莱蒙托夫戏剧与国外作家作品之间的互文联系。亚科夫列夫认为，拜伦的《希伯来歌曲》对莱蒙托夫的悲剧作品《西班牙人》产生了影响，并以《希伯来歌曲》中的具体诗歌文本为例分析了其与《西班牙人》的互文性联系。同时他也指出拜伦的长诗《异教徒》对该剧的影响。[②]

列·彼·格罗斯曼（Л.П. Гроссман）在《俄罗斯的拜伦主义者》（1924）一文中主要考察了拜伦对莱蒙托夫创作影响的最一般问题。他认为，对莱蒙托夫的拜伦风格研究通常都会归结为两位作家创作个性、心理、生平等方面的相近性及相似性问题。尽管格罗斯曼承认莱蒙托夫的独特性，但是他仍认为拜伦的影响是首要的。格罗斯曼认为莱蒙托夫是受拜伦影响最深的一位俄罗斯作家。而其后一些作家创作中的拜伦影响元素并没有被确定。在《莱蒙托夫与东方文化》（1941）一文中格罗斯曼分析了拜伦的《希伯来歌曲》对莱蒙托夫的影响问题，尤其是对其悲剧《西班牙人》、抒情诗《希伯来乐曲》《巴勒斯坦的树枝》等作品的影响。作者列举了一些互文联系，并对一些词语的使用进行了解释。

[①] Котляревский М.М.Ю. Лермонтов: Личность поэта и его произведения, 4 изд. – СПб.: Типография М. М. Стасюлевича, 1912. СС. 54-55, 62.

[②] Яковлев М.А. М.Ю. Лермонтов как драматург. – Л. – М.: Книга, 1924. СС. 113-115.

杜雷林在《米哈伊尔·尤里耶维奇·莱蒙托夫》（1944）一书中谈到了莱蒙托夫少年时代的诗歌体裁创作与拜伦的相似性。他强调，在世界文学中有许多作家都曾受过拜伦的影响，然而莱蒙托夫在这些人中却占有独特的地位，无法找出另外一个诗人比莱蒙托夫更接近拜伦。但是这种接近并非模仿，而是一种内在的相近……对于莱蒙托夫来说拜伦如此亲近与宝贵并非因为他是一位伟大的自由的歌者，而是因为他是一位为自由而战的斗士。[①]

艾亨鲍姆对莱蒙托夫诗学及拜伦对莱蒙托夫创作影响问题的研究做出了巨大的贡献。在《俄罗斯抒情诗歌的旋律学》（1922）一文中艾亨鲍姆分析了莱蒙托夫借鉴拜伦创作的原因：摆在莱蒙托夫面前的是非常复杂的诗学任务，那就是战胜普希金的规则。他沿着普希金的脚印在走，他创作高加索题材，他研究拜伦，只是为了战胜普希金……他在提升俄语及俄罗斯诗歌，尽力赋予其新的面貌，使之变得更加敏锐且充满激情。[②] 在莱蒙托夫创作中外来影响的问题上重要的并非拜伦的气质，或者世界观，而是莱蒙托夫对外国文学的这种倾向性。艾亨鲍姆在《米哈伊尔·尤里耶维奇·莱蒙托夫生平与创作》（1959）一文中表达了类似的观点："在学习普希金的同时，莱蒙托夫从一开始就在寻找一些新的道路……莱蒙托夫似乎意识到了摆在自己面前的历史任务：掌握普希金的艺术，但是要为诗歌找到一条符合新时代思想、情绪及追求的新道路。他借用了被普希金所放弃的拜伦，他尝试用所有体裁进行创作，从抒情诗到叙事诗，从叙事诗到戏剧，他贪婪地研究着俄罗斯文学及世界文学。"[③]可以看出，莱蒙托夫诉诸西方文学，旨在找到属于自己的一条创作道路。

在《莱蒙托夫抒情诗（综述）》（1940）一文中，艾亨鲍姆分析了一系列莱蒙托夫的诗歌，并谈到拜伦对莱蒙托夫叙事诗这一创作体裁的影响。而在另一篇文章《莱蒙托夫的艺术问题》（1940）中艾亨鲍姆强调：他，莱蒙托夫喜爱拜伦，他在他身上看到了一位诗人哲学家……对于莱蒙托夫来说，拜伦就是他在俄罗斯文学中没有找到的一所学校。年轻的莱蒙托夫对拜伦的崇拜并不只是源于普希金，还源于法国文学。[④] 在《莱蒙托夫的文学立场》（1941）一文中艾亨鲍姆指出，莱蒙托夫对拜伦的喜爱与其说是与普希金这个名字相关，还不如说是与法国文学

① Дурылин С.Н. Михаил Юрьевич Лермонтов. – М.: Молодая гвардия, 1944. CC. 41-42.

② Эйхенбаум Б.М. Мелодика русского лирического стиха. – Петербург: ОПОЯЗ. 1922. CC. 90-91.

③ Эйхенбаум Б.М. Михаил Юрьевич Лермонтов. Очерк жизни и творчества//Статьи о Лермонтове. – М. – Л.: Издательство АН СССР, 1961. С.16.

④ Эйхенбаум Б.М. О поэзии. – Л.: Советский писатель, 1969. CC. 185-186.

相关。艾亨鲍姆谈到了普希金与莱蒙托夫创作中拜伦风格的差别，因为在拜伦创作中那些让莱蒙托夫感兴趣的方面并不能吸引普希金。文中也谈到了莱蒙托夫的《一八三一年六月十一日》与拜伦的《书寄奥古斯达》之间的联系。在《莱蒙托夫·历史文学评价初探》（1924）一书中艾亨鲍姆对莱蒙托夫作品进行了系统的分析，研究了莱蒙托夫的借鉴与自我重复。为了论证莱蒙托夫对拜伦的借鉴，艾亨鲍姆列举出莱蒙托夫的四首诗歌与拜伦的作品进行文本间联系的分析。艾亨鲍姆将莱蒙托夫长诗《萨什卡》中的一系列诗句与拜伦的《贝波》《拉拉》进行对比。艾亨鲍姆区分了拜伦以及英国作诗法对莱蒙托夫的影响，而这种区分性的研究非常必要，这样便能分辨出哪些是受拜伦的影响，哪些影响与拜伦无关。比如，诗句重音节与轻音节变动之间并不均匀的间隔这样的问题，同样在四音步、五音步抑扬格中的阳韵问题……拜伦的《锡雍的囚徒》在这个意义上没有任何新意，因为"阴韵"在英国诗歌中非常罕见，而茹科夫斯基的《锡雍的囚徒》是诗歌创新，这里与拜伦主义无关。①

A. 格拉谢（А. Глассе）的《莱蒙托夫与叶·亚·苏什科娃》（1979）一文以传记性的记载探讨了拜伦对莱蒙托夫的影响。在这篇具有史料性质的文章中，我们可以看出莱蒙托夫与苏什科娃之间的朋友关系与拜伦的深刻影响同时反映在莱蒙托夫的创作中，正是在与苏什科娃相识的这段时间莱蒙托夫仔细地研究了拜伦的生平与创作。格拉谢以莱蒙托夫的多首诗歌为例，列举出了拜伦与莱蒙托夫文本之间的多处联系，从而阐释了拜伦对莱蒙托夫的影响。

在《莱蒙托夫诗歌意识中的拜伦》（1991）一文中阿·马·兹维列夫（А.M. Зверев）指出，莱蒙托夫整个一生在某种程度上都受到了拜伦创作的影响。莱蒙托夫既从未战胜过拜伦主义，也不曾直接模仿拜伦。莱蒙托夫的拜伦主义既不能说是一种时髦，也不能说是一种转瞬即逝的思潮，从莱蒙托夫成熟时期创作中大量与拜伦相关的内容就可以看出。兹维列夫同时指出，与其说莱蒙托夫喜爱的是拜伦的长诗，不如说他喜爱的是拜伦的抒情诗，尤其是悲剧性的，如《希伯来歌曲》。

2. 强调融合派

学者斯帕索维奇在《欧洲通报》1888 年第 3 期上发表了《普希金与莱蒙托夫的拜伦风格》一文。他认为，文学批评的任务不仅仅是探讨拜伦对莱蒙托夫产生

---

① Эйхенбаум Б.M. Лермонтов. Опыт историко-литературной оценки//О литературе: Работы разных лет. – М.: Советский писатель, 1987. CC. 165-166.

了怎样有益的影响，还有必要研究莱蒙托夫在接触拜伦作品之后在创作中产生了怎样的变化。斯帕索维奇强调，莱蒙托夫深深领会了拜伦诗歌的精神，并且仿照拜伦的主人公形象创作出了属于自己的形象。而二者作品的基调也完全不同，拜伦作品中所表现出来的所有明快基调在莱蒙托夫的作品中已经消失了，取而代之的是黑暗的基调。他甚至认为，莱蒙托夫比拜伦更像拜伦。两位诗人所拥有的共同典型特征是他们都能很好地再现很久以前所经历过的情感。最后斯帕索维奇还将普希金和拜伦对莱蒙托夫的共同影响进行了对比研究。

亚·尼·韦谢洛夫斯基（А.Н. Веселовский）在自己的专著《新俄罗斯文学中的西方影响》中对 19 世纪俄罗斯文学中的拜伦风格进行了最为详细的研究。该书在 19 世纪末 20 世纪初先后出版过几个版本（1881—1882、1883、1906、1916）。韦谢洛夫斯基强调拜伦创作在 19 世纪俄罗斯文学发展过程中所起的重要作用，他在谈及普希金和莱蒙托夫的拜伦风格时，以心理原因、教育、出身及周围环境的特点作依据来解释莱蒙托夫对拜伦的喜爱。韦谢洛夫斯基指出，莱蒙托夫创作中的拜伦式主人公的丰富性与其他拜伦追随者相比达到了最高的程度。他分析了拜伦在艺术、个人及精神等不同层面对莱蒙托夫的影响。韦谢洛夫斯基指出了莱蒙托夫的独特性，但是他强调，拜伦的影响决定了莱蒙托夫的独特性及其世界观的形成，因为莱蒙托夫总是能够从拜伦的创作中汲取营养并获得帮助。在传记性特写《拜伦》（1902）一书中，韦谢洛夫斯基也提到了莱蒙托夫的拜伦主义问题，与此同时他也指出了莱蒙托夫作为一个作家的独特性与独立性。

鲍·维·托马舍夫斯基（Б.В. Томашевский）在《莱蒙托夫小说与西欧文学传统》（1941）一文中触及了一些关于拜伦对莱蒙托夫的影响问题。他谈到了普希金及莱蒙托夫作品中作者与主人公之间的一种新型关系。无论是普希金还是莱蒙托夫都已经不害怕把"作者"同主人公一样作为一个人物引出来，普希金《叶甫盖尼·奥涅金》第一章的前言与莱蒙托夫《当代英雄》的前言是非常典型的，这里他们都否认这是主人公的自画像。[①]托马舍夫斯基指出，拜伦的《恰尔德·哈洛尔德游记》的前言有所不同，因为拜伦在前言中强调，他的长诗并不是日记，而是文学作品。拜伦与莱蒙托夫和普希金不同，他并没有把解释作者内在形象与主人公性格之间的关系作为自己的任务。因此，可以说普希金与莱蒙托夫只是在拜伦那里借鉴了形式，然后填充了新的内容，正是因为如此，才表现出了他们的独特性与创新性。在谈到莱蒙托夫的小说《瓦季姆》时，托马舍夫斯基强调，莱

---

① Томашевский Б.В. Проза Лермонтова и западноевропейская литературная традиция//Литературное наследство. – Т. 43-44. – М.: Издательство АН СССР, 1941. С. 499.

蒙托夫小说主人公的恶魔性与拜伦主人公的恶魔性相关，而且瓦季姆的恶魔性正好符合莱蒙托夫对生活的看法。

在《莱蒙托夫与西方文学》（1941）一文中，费奥多罗夫用了大量的篇幅来谈论拜伦与莱蒙托夫的关系问题，他指出："在莱蒙托夫的创作中可以找到其对拜伦风格的继承，并且得到了独立的发展，这不仅包括拜伦诗歌内容本质的哲学思想特征，同时包括积极表现这一内容的主人公类型，而这不仅决定了莱蒙托夫长诗创作的主题，也决定了其抒情诗的创作主题。"[①]而在专著《莱蒙托夫与其同时代文学》（1967）中，费奥多罗夫也表达了类似的观点，他认为莱蒙托夫对拜伦作品的学习加快了其自身艺术思想的成熟。

尼·雅·季娅科诺娃（Н.Я. Дьяконова）在《彼乔林日记研究》（1969）一文中主要考察了拜伦的《书信与日记》对《彼乔林日记》的影响，尤其是对整部小说的影响。季娅科诺娃总结指出，拜伦的《书信与日记》和《彼乔林日记》有10点共同特征，而且这些列举的特征都有相应的文本作依据。除了两位作家的相似之处，季娅科诺娃还总结了二者之间的区别，认为区别主要在于莱蒙托夫的作品中叙述的成分多一些，而且他追求情节的统一。季娅科诺娃称拜伦为彼乔林的原型，但是她同时又称，《当代英雄》中莱蒙托夫已经超越了拜伦风格，但这并不表明他完全放弃了拜伦风格，而是表明他对拜伦持有批判立场。

3. 强调独创派

著名文学批评家亚·米·斯卡比切夫斯基（А.М. Скабичевский）在《米·尤·莱蒙托夫 其生平与文学活动》（1996）一书中称莱蒙托夫是个天才，他兴趣广泛，才华横溢。批评家认为，人们对莱蒙托夫的认知太片面。事实上，莱蒙托夫创作中的拜伦风格已经具有了俄罗斯民族特征。因为莱蒙托夫的创作中已经没有拜伦那种刻薄的怀疑主义，没有冰冷的讽刺，没有厌倦与道德上的疲惫。同时，莱蒙托夫的创作却表现出了那种"毫无出路感的忧郁，无畏的勇敢，对追求无限自由所迸发出的激情等"[②]。

克柳切夫斯基在《俄罗斯思想》1891年第7期上发表的《忧郁》一文中将莱蒙托夫的创作分为两个时期。第一个时期（1835年前）是其模仿阶段，第二个时

---

① Фёдоров А.В. Творчество Лермонтова и западные литературы//Литературное наследство. Т. 43-44. – М.: Издательство АН СССР, 1941. С. 218.

② Скабичевский А.М. М.Ю. Лермонтов. Его жизнь и литературная деятельность. Челябинск: – Урал, 1996. С. 274.

期（1835年后）是其民族及艺术独创性彰显阶段。克柳切夫斯基否定莱蒙托夫的拜伦风格，他认为："诗歌中代表英国伟大诗人的那种情绪是因许多理想而形成的，西欧社会正是带着这样的理想而跨越了18世纪，这种情绪也是由于它在19世纪初所经历的那些事实而形成的。拜伦风格即是废墟诗歌，是翻船之歌。莱蒙托夫坐在了哪个废墟上呢？他又为哪一个被毁掉的耶路撒冷而悲叹呢？他都没有。"[1]这里，我们足以看出，克柳切夫斯基在承认莱蒙托夫早期模仿拜伦风格的同时，更强调莱蒙托夫的独特性。

具有类似观点的还有伊凡诺夫，他于1897年在《米哈伊尔·尤里耶维奇·莱蒙托夫传记介绍》一文中总结了莱蒙托夫作为作家和一个人的最基本特征：具有高度的自我意识和完整而深邃的道德世界，生活上追求大胆的理想主义。莱蒙托夫的恶魔性被伊凡诺夫解读为最高级的理想主义。所有这些特点无论如何绝不能与任何外在的影响相联系起来，这些特点还是在莱蒙托夫知道拜伦之前就存在了，只不过他在了解这种对他来说非常亲切的精神之后，这些特点融入了更加完美、更加成熟的和谐中了。[2]伊凡诺夫认为拜伦与莱蒙托夫创作的差别在于，莱蒙托夫的诗歌并非失望的诗歌，而是忧愁与愤怒的诗歌。这里伊凡诺夫并不否认两位诗人的相似性，但他认为莱蒙托夫的创作特点并非拜伦影响所致。

莉·雅·金兹堡（Л.Я. Гинзбург）的专著《关于抒情诗》（1974）是认识拜伦对莱蒙托夫创作影响的一部力作，也有助于理解俄罗斯拜伦主义的实质。该书作者认为，拜伦主义不是对拜伦的模仿，而是一种属于世界的文学，其中包括俄罗斯文学的一种重大的思想运动。拜伦主义的开始要先于拜伦本人……在俄罗斯要区分十二月党人与后十二月党人的拜伦主义……拜伦主义在世界范围内表达了革命意识的悲惨……实质上，莱蒙托夫的拜伦主义最初表达的就是另外一种意识，是俄罗斯社会意识中的后十二月党人的内容。[3]

阿·利别尔曼（А. Либерман）在《莱蒙托夫与丘特切夫》（1989）一文中认为，莱蒙托夫与拜伦的主人公是绝对不像的，而两位作家本人也不像。尽管他承认莱蒙托夫与拜伦同样都是天才，但他同时指出，莱蒙托夫意识到了他自己与拜伦的不同，这在莱蒙托夫的《不，我不是拜伦，是另一个》这首诗中充分且诚恳地表达出来了。

---

① Ключевский В.О. Грусть (Памяти М. Ю. Лермонтова)//Собрание сочинений. – Т. 8. – М.: Издательство социально–экономической литературы, 1959. С. 114.

② Ивванов И.И. Биографические сведения о Михаиле Юрьевиче Лермонтове//Русская критическая литература о произведениях М.Ю. Лермонтова: Хронологический сборник критико-библиографических статей. Часть первая – М.: Типография А.Г. Кольчугина, 1897. С. 17.

③ Гинзбург Л.Я. О лирике . – Л.: Советский писатель, 1974. СС. 148-151.

　　迄今为止，专门以"莱蒙托夫与拜伦"为题进行研究的学者主要有米·诺尔曼（М. Нольман）和瓦·彼·沃罗比约夫（В.П. Воробьев）。前者在长达 50 页的一篇文章中详细阐述了这两位作家之间千丝万缕的联系。诺尔曼的文中既有引用如别林斯基、车尔尼雪夫斯基等权威批评家的观点，也有微观的文本细节分析。文中例证部分多选用莱蒙托夫创作成熟期的作品，诺尔曼并不赞同使用诸如"影响"、"借用"或者"模仿"这样的字眼，他认为自己研究的是"继承性"问题。而后者的专著《莱蒙托夫与拜伦》（2009）是近年来研究拜伦创作对莱蒙托夫创作影响问题的力作。该书总结了前人的研究成果，并从体裁角度出发，分别以抒情诗与叙事诗为例，详细地分析了两位作家创作中的文本间联系。其中包括词汇使用、句法、诗歌韵律等形式元素，以及主题、情节、人物类型等内容元素。

　　综上所述，我们可以发现，从莱蒙托夫同时代的评论家到当代学者，针对莱蒙托夫创作的西方文学之源的探索从未停止过。尽管评论界曾一度认为莱蒙托夫的创作是一种模仿性的创作，并经过种种或宏观概括或微观分析的手法来论证这一观点，也因此曾对莱蒙托夫在俄罗斯乃至世界文学中的地位定位有失公允，但是，持续不断的关注恰恰证明了作家创作本身的不朽性。对经典作家创作中文本源的探究，在不同文学及文化的语境下进行文本细读，我们可以发现经典文学的发展规律，也可为进一步深入认识作家提供史料性的理论支持。

二、莱蒙托夫与拜伦之渊源

　　年少的莱蒙托夫非常喜爱拜伦，总是拿拜伦的命运与自己相比，他认为自己早年的爱情也与拜伦的爱情相似。"当我 1828 年开始写诗的时候，我好像本能地抄写并整理他的诗。如今那些诗我还留存着。我阅读了拜伦的生平，他也做了同样的事，这种相似性令我感到震惊。"[①]接着，他又写道："我的生活也与拜伦勋爵相类似：曾有老太婆在苏格兰对拜伦的母亲预言，拜伦会成为一个伟大的人，会结两次婚；在高加索也曾有老太婆向我的外婆做过同样的预言。但愿关于我的一切都会实现，哪怕让我像拜伦一样不幸。"[②]在莱蒙托夫短暂的文学创作生涯中，西方文学的滋养起着非常重要的作用，而其与拜伦之间的渊源尤其深厚。

---

　　① Полное собрание сочинений Лермонтова в 5 томах, Том V. под ред. Б.М.Эйхенбаума. –М. –Л.: «Academia», 1935-1937. С. 348.

　　② Полное собрание сочинений Лермонтова в 5 томах, Том V. под ред. Б.М.Эйхенбаума. –М. –Л.: «Academia», 1935-1937. С. 351.

事实上两位作家的渊源是从莱蒙托夫开始阅读拜伦的俄译本作品开始的，莱蒙托夫从 1828—1829 年开始读茹科夫斯基翻译的《锡雍的囚徒》、伊·伊·科兹洛夫（И.И. Козлов）翻译的《阿比道斯的新娘》、瓦·叶·维尔杰列夫斯基（В.Е. Вердеревский）翻译的《巴里西纳》等，同时莱蒙托夫也阅读一些法文的译本。也许是由于对拜伦的迷恋，1829 年莱蒙托夫开始学习英文，几个月后他已经能够阅读拜伦的英文原著，并且理解得很好。1830 年，莱蒙托夫翻译了拜伦的《黑暗》《拿破仑的告别》和长诗《异教徒》《贝波》的开头。正是在这一年，莱蒙托夫开始接触大量的英文原文诗歌，也开始更加关注拜伦，这从一些回忆性的资料和作家自己的札记中可以找到相关的证明。这一年，莱蒙托夫还翻译了拜伦的《别了！》及《唐璜》第十六章第 40 节中阿德玲所唱的歌，但只是翻译了歌中的第一段、第三段及第四段的前四行，命名为"短歌"（"当心！当心！在布尔果斯的大道上"）。除了翻译拜伦作品之外，莱蒙托夫还改写了拜伦的《在马耳他，题纪念册》。莱蒙托夫曾两度关注该诗，1830 年改写时只是借用了拜伦的"墓地"和"题诗"两个形象，最早发表在 1844 年的《读书文库》上，名为"题纪念册"（"不！我不希求人注意"）还带有副标题"拟拜伦"，而主题则是莱蒙托夫熟悉的"孤独"。有资料显示，此诗是献给莱蒙托夫所钟情的女性苏什科娃的。1836 年，莱蒙托夫再度翻译此诗，名为"题纪念册"（译自拜伦），这次的翻译比较接近原作。1831 年，一首《致 Л.》（仿拜伦）是参照了拜伦的《绝句致＊＊＊，写于离开英国时》。与拜伦不同的是这首诗是三节八行诗，而拜伦的是十一节六行诗，莱蒙托夫用的是三、四音步混合抑扬格，而拜伦用的是四音步抑扬格。另外一首写于 1830 或 1831 年的《拟拜伦》（"朋友，别讥笑这激情的牺牲品"）也能反映出莱蒙托夫对拜伦的兴趣以及对拜伦抒情诗的迷恋，该诗与拜伦的《致友人书，以答谢所赠劝我乐观的诗》有所联系。1832 年的一首《我的心该平静了》①中前四行是拜伦《这一天我满三十六岁》前四行的意译。1836 年，莱蒙托夫翻译了拜伦的《我的心灵是阴沉的》（出自《希伯来歌曲》组诗），翻译的篇名即为"希伯来乐曲"（"我的心多么阴沉。快来啊，歌手，快来！"），该译本基本正确地传达出了原文的内容和形象，在感情色彩上更加浓烈。同年写下的《垂死的角斗士》与拜伦长诗《恰尔德·哈罗尔德游记》的第四章第 139—141 节相关，可以说是对拜伦长诗的改写，其中拜伦长诗的第 140 节被莱蒙托夫引用来作为题词——"我看到一个角斗士倒在我的面前"。

---

① 有版本译为《自从另外一颗心不再》。

从翻译、改写、模仿到独立创作，莱蒙托夫的创作历程中拜伦的影响毋庸置疑。从前文的研究综述我们可以看出，有关拜伦对莱蒙托夫的影响一直是俄罗斯学界持续探讨的问题之一。21世纪以来，对该问题研究最为全面与细致的当属沃罗比约夫的专著《莱蒙托夫与拜伦》（2009）。该书不仅详细梳理了前人的研究成果，而且对莱蒙托夫与拜伦作品文本间的联系进行了对比，作者找出了大量的例证，非常令人信服地论证了拜伦对莱蒙托夫创作的影响。该书的研究成果可以充分展示一幅完整的互文画卷。

在该书的第二章，作者主要以莱蒙托夫抒情诗创作为研究对象，选取了莱蒙托夫1830—1840年创作的16首抒情诗歌与拜伦的作品进行文本对比。16首诗包括《夜Ⅰ》（1830）、《夜Ⅱ》（1830）、《断片》（"我不敢对人生抱有希望"）（1830）、《预言》（1830）、《梦》（"我梦见：凉爽的一日已经消逝"）（1830）、《七月十一日》（1830）、《初恋》（1830）、《我的家》（1830）、《情歌》（"欢乐之声虽在我琴弦上飞奔"）（1830）、《一八三一年六月十一日》（1831）、《梦》（"我梦见一个青年：他骑着他的"）（1831）、《我喜爱连绵不断的青山》（1832）、《诗人之死》（1837）、《巴勒斯坦的树枝》（1837）、《遗言》（"老兄，我很想跟你在一起"）（1840）、《别了，满目污垢的俄罗斯》（1840）等。

沃罗比约夫通过对比两位作家的文本，找出了莱蒙托夫上述16首诗歌与拜伦的25首诗歌之间的90处文本间联系，每处联系都有例证。作者发现，莱蒙托夫的《梦》（"我梦见：凉爽的一日已经消逝"）与拜伦5部作品相关，共有11处文本联系，是16首诗中关联最多的一首，因此作者认为该诗是受拜伦影响最大的诗歌。而《诗人之死》受影响最小，只与拜伦的两首诗相关，共有3处联系，是数量最少的。通过作者的对比分析我们可以总结出，对莱蒙托夫诗歌产生影响的拜伦诗歌可以分为4类。

第一类作品是拜伦的早期诗歌，包括4首诗歌：《题骷髅杯》《致纽斯特德橡树》《当我像山民一样……》《悼念一位淑女之死》，每首诗歌都对莱蒙托夫的《初恋》产生了影响。每种情况中都只有1处联系，4首诗歌中影响最大的是《当我像山民一样……》。

第二类作品是拜伦的东方叙事诗（1813—1816年）。拜伦的这6首叙事诗［《异教徒》、《阿比道斯的新娘》、《海盗》、《莱拉》、《科林斯的围攻》、《巴里西纳》（又译《巴里西娜》）］被许多研究者所使用。《异教徒》《阿比道斯的新娘》《科林斯的围攻》都对莱蒙托夫的3首诗歌产生了影响，但是这些叙事诗的影响程度却各不相同。《异教徒》与莱蒙托夫的3首诗歌相关，有18处文本相似的联系；《科林斯的围攻》中有8处联系；《阿比道斯的新娘》中有3处，《巴里西纳》影响了莱蒙托夫的 2 首诗歌，共有 6 处文本联系；《莱拉》影响了莱蒙托夫 1 首诗歌，有 1 处联系。

第三类作品是拜伦 1816 年的作品及《恰尔德·哈罗尔德游记》的第四章。对莱蒙托夫影响最大的是《梦》，与莱蒙托夫 5 首诗歌有关，共有 16 处文本联系；《书寄奥古斯达》与莱蒙托夫 2 首诗有关，共有 7 处文本联系；《给奥古斯达的诗章》影响了莱蒙托夫 1 首诗，有 1 处联系；《谢里丹之死颂诗》与《恰尔德·哈罗尔德游记》第四章对莱蒙托夫 1 首诗产生影响，有 2 处文本联系；《锡雍的囚徒》与莱蒙托夫 1 部作品相联系。

第四类作品是拜伦的组诗《希伯来歌曲》中的 5 首。其中对莱蒙托夫影响最大的是《幽灵出现在我面前》，这首诗与莱蒙托夫的 2 首诗有 5 处联系；《当这副受苦的皮囊冷却》与莱蒙托夫 1 首诗有 2 处联系；《野羚羊》《在约旦河岸》《在巴比伦河边我们坐下来哭泣》对莱蒙托夫的 1 首诗产生了影响，每首诗皆有 1 处文本联系。因此，对莱蒙托夫诗歌产生影响的所有诗歌中影响最大的当属《梦》和《异教徒》。

在该书的第三章，沃罗比约夫以莱蒙托夫的叙事诗创作为研究对象，同时选取了拜伦 6 首东方叙事诗进行对比研究。作者主要论证了拜伦对莱蒙托夫叙事诗创作的影响事实，从作品的副标题、题词、人物名字等显在的联系，到二者作品文本间的具体联系。作者借用了维·马·日尔蒙斯基（В.М. Жирмунский）论证过的"抒情叙事方式"这一概念，后者将这一方式归纳出 5 个语言特征，包括作者提问、作者的感叹、作者对主人公的称呼语、抒情重复和抒情插叙等。而沃罗比约夫将抒情感叹分为两类：诗人的感叹和人物的感叹。在研究中，作者对两位诗人叙事诗中作者的提问、感叹、称呼等进行了统计，最后得出了具体的数据。除此之外，作者还统计了抒情重复、节律重复、抒情插叙的数据，数据以表格的形式在附录中列出。作者在比较两位诗人的抒情叙事方式时，找出了二者长诗在诗歌韵律、韵脚体系、诗节切分等方面的相似之处，也找出了二者的差别之处。

作者具体分析了莱蒙托夫 17 首叙事诗，发现其中 5 首叙事诗中有 8 处题词出自拜伦的东方叙事诗，4 个题词引自《异教徒》，2 个引自《海盗》，《阿比道斯的新娘》和《巴里西纳》各 1 个。作者甚至认为，为作品冠以题词这样的做法都是师承拜伦。因为拜伦的 6 首长诗中有 4 首都带有题词。另外，莱蒙托夫的 17 首长诗中有 7 首长诗带有副标题。副标题中有 6 处使用"小说"一词，1 处使用"传说"一词。而拜伦的 6 首东方叙事诗中 4 首使用了副标题，每个副标题都有"故事"一词。《异教徒》和《阿比道斯的新娘》中副标题具有更为具体的意义："土耳其小说"。除了题词与副标题之外，莱蒙托夫有 4 首长诗共 5 位主人公的名字借用了拜伦东方叙事诗中人物的名字。3 个名字出自《阿比道斯的新娘》，出自《海盗》和《异教徒》的名字各 1 个。另外，莱蒙托夫的《裘里奥》与《立陶宛姑娘》（又译《立陶宛女郎》）中女主人公的名字劳拉与克拉拉是由拜伦作品的主人公莱拉这一名字的字母错位而构成的。作者研究发现，莱蒙托夫《死亡天使》中女主人公与拜伦的女儿同名，都叫阿达。因此，莱蒙托夫有 7 首长诗中的 8 位主人公的名字与拜伦的生活与创作有关。

　　以《两个女奴》（77 行诗）为例，沃罗比约夫发现了该诗抒情叙事特征的表现：3 处作者提问，5 处诗人感叹，7 处人物感叹。在形式上，《两个女奴》是用四音步抑扬格写成，而拜伦东方叙事诗的主要格律便是四音步与五音步抑扬格。作者统计出，拜伦的《异教徒》中 98.9% 的诗行是用四音步抑扬格写成的；《巴里西纳》有 92.5% 的诗行是四音步抑扬格；而《阿比道斯的新娘》有 84.1% 的诗行是四音步抑扬格。除此之外，作者还统计出，《两个女奴》中 49.4% 的诗行由双叠韵连接而成。而双叠韵是东方叙事诗的主要格律，《莱拉》中双叠韵达到 100%。

　　通过文本对比研究，作者总结出，莱蒙托夫的 17 首叙事诗中的每一首诗都与拜伦东方叙事诗中的某一首或某几首具有文本间的联系。《伊斯梅尔-贝》《巴斯通吉山村》《恶魔》与拜伦的 6 首东方叙事诗都有联系。莱蒙托夫的 13 首叙事诗与《异教徒》有文本联系（61 处例证），10 首诗与《科林斯的围攻》相关（13 处例证），9 首诗与《莱拉》相关（32 处例证），8 首诗与《阿比道斯的新娘》《巴里西那》相关，6 首诗与《海盗》相关。由此可见，对莱蒙托夫叙事诗创作影响最大的是《异教徒》，而受拜伦创作影响最大的莱蒙托夫作品是《巴斯通吉山村》，这首长诗与拜伦 6 首长诗均有文本间联系，共有 17 处例证；受影响最小的是《裘里奥》，只与拜伦的 1 首东方叙事诗有关，有 3 处文本联系。[①]

　　以上总结多以数据统计为主，具有严谨的科学性特征，因此，统计结果令人信服。沃罗比约夫借用统计学方法所进行的研究足以证明莱蒙托夫创作的确受到了拜伦的影响，这一点已经毋庸置疑，尤其在莱蒙托夫的创作初期。而成熟时期的莱蒙托夫仍然保持着与拜伦的某种联系，但创作上已经完全独立。与拜伦相比，莱蒙托夫的创新明显表现在 1836—1841 年。研究显示，拜伦的抒情主人公大多具有诗意的悲剧性想象，因此拜伦的写作特点是语言上运用成语式写法以及复杂的句法结构。而莱蒙托夫的语言相对简单，更为日常化。莱蒙

---

① Воробьёв В.П. Лермонтов и Байрон: монография. – Смоленск: Маджента, 2009. СС. 10-155.

托夫成熟时期抒情诗所表现出的强烈的心理性特征以及社会意识，已然证明其创作在借鉴之后的超越。

第二节　莱蒙托夫与歌德

2014 年是莱蒙托夫诞辰 200 周年，这一年也恰好是德国作家歌德诞辰 265 周年。两位天才的渊源始于 1829 年。在题名为"莱蒙托夫的练习簿 1829 年"的笔记本中有如下的记录："歌德于 1749 年 8 月 28 日出生于美因河畔法兰克福。他的父亲是法学博士，是市里受人尊敬的官员。歌德得到了父亲的在家教育。歌德禀赋超群，之后在莱比锡大学继续自己的学习。在德累斯顿听过温克尔曼的课，也曾在斯特拉斯堡学习过。他在 22 岁时回到了家乡。他的知识面非常广：医学、雕刻、哲学、炼金术、语言研究、美术理论等，所有这一切都吸引了歌德敏锐的目光。在发表了几部短剧之后，1773 年歌德发表了剧作《铁手骑士盖兹·冯·贝尔力希杰》，这是他的第一部悲剧，也是第一部长篇，这一现象震惊了德国。所有文化人都争相结识这位在创作之初便展现了自己非凡才能的年轻作家。"①据学者马努伊洛夫推测，这一记录是莱蒙托夫在莫斯科大学贵族寄宿中学四年级或五年级时写下的，是要翻译成法文的俄语原文本。而莱蒙托夫也记下了自己的翻译版本。显然，在这一文本中，我们可以发现莱蒙托夫最早提到歌德名字的这一事实。同时这一文本的法文译本也反映了莱蒙托夫的法文水平，据留存至今的莱蒙托夫成绩单显示，莱蒙托夫的法文课得了"良好"的成绩。当然，莱蒙托夫对于歌德的了解绝不仅仅局限在这一文本中。莱蒙托夫 1829—1831 年的抒情诗创作可以证明，作家对歌德的创作是非常熟悉的。

1829 年，莱蒙托夫意译了歌德的叙事诗《渔夫》（1779），原稿写好后又全部涂掉。歌德原诗是音步整齐的抑扬格，而莱蒙托夫译成音步长短不齐的抑扬抑格。同年创作的《一个土耳其人的哀怨（给外国友人的信）》中首句诗行"你可知道……"借鉴了歌德《威廉·麦斯特的学习时代》《迷娘曲》中的诗句。这不仅确定了整首诗歌的感情基调，而且确定了诗歌的思想内涵：专制统治是可怕的，在专制制度的压迫下，无论是弱者还是强者，追求美好的企图注定失败。在讽喻诗《魔王的筵席》（1830—1831）中莱蒙托夫借用了歌德《浮士德》中靡菲斯陀与浮士德这两个人物形象。莱蒙托夫在 1831 年创作的《遗言》（"有一个地方：

---

① Мануйлов В.А. Запись о Гете в школьной тетради Лермонтова//М.Ю. Лермонтов: Исследования и материалы. – Л.: Наука. Ленингр. отделение, 1979. С. 370.

在幽僻的小径旁")的清稿上标注了"译自歌德",有学者认为这是歌德《少年维特之烦恼》中维特写给绿蒂最后的信中的一段意译。除上述诗歌的意译片段或是借鉴之外,莱蒙托夫生前还发表了《译歌德诗》("高高的峻峭的山峰")。该诗发表于 1840 年的《祖国纪事》上。该诗是歌德《流浪者之夜歌》第二部《群峰》一诗的意译。"莱蒙托夫译文中的主体和形象整个体系跟歌德原诗完全不同,歌德只是描写逐渐沉沉入睡的自然景象,人也应该走入梦境,莱蒙托夫的译文却是许诺着解脱人间的苦难而得到永恒的休息。俄文译文照德文原文译过来的只有第一行和最后两行,其余都是完全的意译。"①

莱蒙托夫通过翻译歌德作品可以深刻地理解歌德,为其独自创作开拓了更广阔的视野。除翻译其诗歌之外,莱蒙托夫在其他体裁的创作中或多或少都受到了歌德的影响。莱蒙托夫本人曾不止一次在自己的作品中直接提到了歌德笔下的人物。

一、《怪人》与《少年维特之烦恼》

《少年维特之烦恼》是歌德早期创作中的重要作品之一。它是一部用第一人称写成的散文书信体小说。这部小说在莱蒙托夫的艺术创作中占有特殊的地位。莱蒙托夫曾通过对比让-雅克·卢梭(Jean-Jacques Rousseau)的《新爱洛漪丝》和歌德的《少年维特之烦恼》来表达自己对维特的喜爱:"我正在读《新爱洛漪丝》,我承认,我本来期待更多天才的表现,更多对自然、对真理的认知。这里智慧过多,而理想中又有什么?理想是美好的,是奇妙的,但那些用华丽语句装饰起来的不幸的诡辩并不能掩盖它们只不过仍是理想而已。而维特更好,那部小说中展示的是人,是更真实的人……"②这部小说之所以影响着莱蒙托夫,是因为他可以在这部小说中找到与其感情经历相类似的东西,那便是他对苏什科娃的单相思。他的早期戏剧《怪人》便是受其影响的作品之一。1830 年在创作该戏剧之前,他曾有过这样的记录:"有一位俄罗斯年轻人,他非贵族出身,被社会抛弃,同时遭到爱情的拒绝,为上司贬抑(他的出身不是教士就是小市民。他曾入大学学习,并且公费四处游历)。最后,他开枪自杀了。"③可以看出,莱蒙托夫参照了《少年维特之烦恼》的故事,只是把事件移到了俄罗斯的大地上。

戏剧《怪人》在结构上与传统戏剧不同,它无幕之分。整部戏剧分成 13 个标

---

① [俄] 莱蒙托夫:《莱蒙托夫文集 诗人之死 抒情诗 (1832—1841)》,余振译,上海译文出版社,1998 年,第 193 页。

② Лермонтов М. Ю. Собр. Сочю: в 4 т. – Л., 1981. Т. 4. С. 354.

③ Лермонтов М. Ю. Собр. Сочю: в 4 т. – Л., 1981. Т. 4. С. 341.

有日期的场景，每一场都按照类似日记或书信的形式注明准确的日期。正是这一点，使得该剧的情节结构与歌德的小说结构相类似。显然，莱蒙托夫借鉴了歌德小说的形式。《怪人》与歌德小说一样都是以一个专门的序言开头的。试比较如下内容。

歌德写道：“关于可怜的维特的故事，凡是我能找到的，我都努力搜集起来，呈献在诸位面前了；我知道，诸位是会感谢我的。对于他的精神和性格，诸位定将产生钦慕与爱怜；对于他的命运，诸位都不免一洒自己的同情泪……”①

莱蒙托夫写道：“我决心把这一件富于戏剧性的真情实事叙写出来，这件事曾使我长期处于骚乱不宁之中，也许还会使我永远耿耿于怀，难以排遣。我描绘的人物均取自现实；我愿有些人感到似曾相识，那么，悔悟想必会造访他们的心灵……不过，但愿他们别来责难我：我希求并应当为不幸的幽灵辩护。”②

由上述文本可见，这里的共性并非仅在形式，而且在内容。莱蒙托夫与歌德都在讲述着那些真实的事件，都表达了对主人公悲剧性命运的同情。维特的悲剧是其受伤心灵的悲剧：爱情、生与死在他的心中都交织到了一起。莱蒙托夫的主人公弗拉基米尔也经历着同样的悲剧。维特的不幸经历，是通过个人对自由的追求与一个古老世界重重限制之间的冲突展开的。歌德利用书信体这一极为自由的形式，细致地揭示了维特全部思想感情的矛盾和变化，赋予其不幸的恋爱以巨大的社会内容和悲剧意义，并对封建等级偏见、德国市民阶级的守旧性和自私性等做了揭发与批判。在《怪人》的第五场，莱蒙托夫也把注意力集中到了反农奴专制这一层面。虽然，歌德与莱蒙托夫在同情主人公的同时，都对主人公所生存的社会环境加以批判，但他们又有所不同。在《怪人》的第五场中，从农村来的庄稼汉详细地讲述了女地主及其管家的暴行，其实弗拉基米尔对这一叙述是充满同情的，可当庄稼汉走后弗拉基米尔却说：“还有比这个庄稼汉更值得同情的人呢。看得见的不幸会过去，可是那种在内心深处负载着全部痛苦根源的人，在他的心中就象（像）蛰伏着一条蛆虫，它会把你的哪怕是一星星的欢乐也啃啃掉……他有心愿，但毫无指望……他成了所有的人，甚至爱他的人的负担……那个人啊！可是，谈它干吗？别人不会怜恤他们的：没有人，没有人理解他们。”③很明显，这里他所指的比庄稼汉更值得同情的是他自己这种人。接着，他又说：“一个是人的奴隶，

① [德] 歌德：《歌德文集 第6卷 少年维特之烦恼》，杨武能译，人民文学出版社，1999年，序言。
② [俄] 莱蒙托夫：《莱蒙托夫文集 西班牙人 戏剧（1829—1831）》，金留春，黄成来译，上海译文出版社，1998年，第293页。
③ [俄] 莱蒙托夫：《莱蒙托夫文集 西班牙人 戏剧（1829—1831）》，金留春，黄成来译，上海译文出版社，1998年，第333-334页。

另一个是命运的奴隶。前者还可以期待有个好主人，还有选择的可能，而后者却永远没有这种可能。他被盲目的机遇玩弄于股掌之上。"①由此可见，这一场景不仅仅是对社会环境的批判，在更大程度上是对主人公自身悲剧的揭示。

对比莱蒙托夫《怪人》和歌德《少年维特之烦恼》中男女主人公之间的对话，我们也会发现两部作品之间的联系。《怪人》中娜塔莎对弗拉基米尔安慰道："我们不该再见面；我请求您：忘了我吧！这就可以使我们俩人避免许多不快。年轻人散心、解闷的玩意儿有的是！……您以后中意了另一个人，就娶她……那时，我们可以重新见面，成为朋友，共度快乐的时光……而在那之前，我恳请您别再心挂一个不该听到您抱怨的姑娘！……"②而《少年维特之烦恼》中绿蒂对维特说着类似的话："难道世间就没有一个姑娘合你心意了么？打起精神去找吧，我发誓，今年你一定能找到的……打起精神来！去旅行一下，这将会，一定会使你心胸开阔起来。去找吧，找一个值得你爱的人，然后再回来和我们团聚，共享真正的友谊的幸福。"③而维特似乎接受了这样的劝慰。"你这一套可以印成教科书，推荐给所有的家庭教师哩，"维特冷笑一声，说。很显然他已决定一死。"亲爱的绿蒂！让我稍稍安静一下，然后一切都会好了。"④弗拉基米尔对娜塔莎的话则反应更为强烈，他想强调他与维特的不同："好漂亮的忠告！（冷笑着，来回踱步）您从哪本小说里……从哪个女主人公那儿搬来了这套明智的训诫？……您希望在我身上找到维特！……这构想美妙得很……有谁能想得到呢？……"⑤莱蒙托夫在这里直接提到了维特的名字，公开了该戏剧与歌德小说之间的联系。莱蒙托夫对这些场景上的相似性毫不掩饰，表现在类似情景下女主人公行为的相似性上，反过来，他又明确强调主人公之间的差别。维特忍受着痛苦的折磨，他为了别人的幸福宁愿牺牲自己。而弗拉基米尔是一个高傲的、具有反抗精神的个体，他甚至向至高无上的上帝发起了挑战："上帝呀！上帝！我现在不再爱你，不再信你了！但请别因叛逆的怨尤来惩罚我……你……是你自己用不堪忍受的折磨逼出了这种怨詈。你为什么给了我一颗火辣辣的心，它会爱到极点却不能恨到极点！

① [俄] 莱蒙托夫：《莱蒙托夫文集 西班牙人 戏剧（1829—1831）》，金留春，黄成来译，上海译文出版社，1998 年，第 334 页。
② [俄] 莱蒙托夫：《莱蒙托夫文集 西班牙人 戏剧（1829—1831）》，金留春，黄成来译，上海译文出版社，1998 年，第 371 页。
③ [德] 歌德：《歌德文集 第 6 卷 少年维特之烦恼》，杨武能译，北京：人民文学出版社，1999 年，第 110 页。
④ [德] 歌德：《歌德文集 第 6 卷 少年维特之烦恼》，杨武能译，北京：人民文学出版社，1999 年，第 110 页。
⑤ [俄] 莱蒙托夫：《莱蒙托夫文集 西班牙人 戏剧（1829—1831）》，金留春，黄成来译，上海译文出版社，1998 年，第 372 页。

过错在你！就让你的雷霆降落在我桀骜不驯的头上吧：我不愿象（像）一条虫豸那样，用濒死的哀鸣来愉悦你！"[①]

维特以自杀的方式结束了自己的生命。他的精神是正常的，死前他已经预见到了一切。弗拉基米尔却痛苦不堪，受尽精神折磨，以至于最后发疯而死。这就是歌德和莱蒙托夫笔下的两个悲剧性人物，他们之间既有共性，又有差别。

二、互文性形象

（一）《塔曼》中的少女与《威廉·麦斯特的学习时代》中的迷娘形象

莱蒙托夫在创作时总能联想到歌德笔下的人物，似乎在不经意间便会将读者带入歌德的艺术世界中。莱蒙托夫曾多次联想到歌德小说《威廉·麦斯特的学习时代》中迷娘这一形象。在创作《当代英雄》的《塔曼》这一章时，作者对那位神秘少女的描述便借鉴了迷娘这一形象。在《威廉·麦斯特的学习时代》中，当威廉见到迷娘时，歌德描写道："她的外貌不很端正，但是惹人注意；她额上充满神秘，她的鼻子非常美，她的嘴唇虽然闭着，好像和她的年龄不相称，嘴唇也时常向一边努动，却依然是诚实的，妩媚的。从脂粉里几乎看不出她棕色的面色。"[②]莱蒙托夫在《塔曼》中的肖像描写直接参照了歌德的小说："我简直从来没见过这样的女子。她远远算不上什么美女，但我对于美也有自己的偏见。……她那苗条异常的身段，那别有风韵的侧歪头的姿势，淡栗色的长发，脖子和肩膀上那泛着金色光泽的微微晒黑的皮肤，尤其是那端正的鼻子——这一切都使我销魂。尽管我在她的斜睨中看出一种奇怪和可疑的神气，尽管她的微笑中有一种难以捉摸的意味儿，我还是抵挡不住偏见的力量：端正的鼻子使我神魂颠倒。我仿佛觉得我已经找到歌德笔下的迷娘——他凭德国式想象塑造的这个别有风韵的人物。确实，在她们之间确实有许多相似之处：同样会从极度的焦虑不安一下子变得十分沉静，同样喜欢说费人猜测的话，同样喜欢蹦蹦跳跳，唱古怪的歌儿。"[③]很显然，莱

[①] [俄] 莱蒙托夫：《莱蒙托夫文集 西班牙人 戏剧（1829—1831）》，金留春，黄成来译，上海译文出版社，1998 年，第373-374 页。

[②] [德] 歌德：《歌德文集 第 2 卷 威廉·麦斯特的学习时代》，冯至，姚可昆译，人民文学出版社，1999 年，第 84 页。

[③] [俄] 莱蒙托夫：《莱蒙托夫全集 第 5 卷 小说·散文·书信》，顾蕴璞主编，力冈，冀刚，乌兰汗等译，河北教育出版社，1996 年，第 309 页。

蒙托夫直言不讳地强调其作品女主人公与迷娘的相似性，在同一个句子里重复三次使用了"同样"一词。

（二）童僧与浮士德形象

《童僧》是莱蒙托夫的重要长诗之一。他笔下的童僧形象与歌德笔下的浮士德形象有许多共同之处。不难看出，莱蒙托夫在创作这一形象时，也同样联想到了浮士德。他们拥有类似的激情以及对生活积极的态度。他们都处于不断的探索中，他们都显示了对自由的强烈向往和追求。但是，他们无论在何地都找不到稳定的依靠。

童僧是莱蒙托夫心爱的形象之一。童僧在六七岁的时候，便被一个俄罗斯将军俘获并带在身边。后来童僧生了重病，经受不住旅途的辛劳，便被留在了当地的修道院里。他虽年幼，却有着祖先的坚强性格和勇敢精神。他尽管患病，但人们从来听不见他哪怕一声微弱的呻吟。他拒绝进食，一个修道士看他太可怜，就把他收养起来。这种人间的爱救活了他，从此他就留在了修道院中。但是，他思念着家乡和亲人，渴望着自由空间，渴望着大自然。他不愿过俘虏的生活，他宁愿用两个这样的俘虏生活，去换取一个真正自由人的生活。他心中充满了火一样的热情，于是他逃出修道院，奔向了大自然。当与大自然面对面之时他又与其进行了殊死的搏斗。最后，他被人们找到又被带回修道院，尽管他为其所失感到难过，但他并不后悔他对自由的追求："我甘愿拿天国与永恒/去换取在我那童年时候/在陡峻而阴沉的山岩间/嬉戏过的几分钟的时辰……"[①]童僧是一个为了自由而献出生命的艺术形象。他的结局是又悲惨地返回到他的出发点，毫无怨言地死去。也许只有死才能熄灭他心中那种对自由的强烈渴望。

歌德笔下的浮士德向往光明，不断追求真理，一直向前，不断攀登新的高峰。在魔鬼的代表靡菲斯陀的诱惑下，浮士德既经历了肉体的享受，也经历了事业上的享受，但他并没有得到终极的满足。他与葛丽卿的爱情也以悲惨的结局收场。他为腐败的宫廷服务，但也只是被封建皇帝当作可供玩弄的魔术师；他神游希腊神话世界，与美女海伦结合，但他们的儿子不幸身亡，海伦悲痛欲绝，也随子消逝。浮士德最终只得到海伦留下的一套衣裳。最后，他在海滨砌堤，想从海水中夺取耕地，但这只是一种幻想，在当时根本无法实现。浮士德年老体迈，加上忧愁来袭，结果双目失明，根本看不见真实的情景，于是他在幻想的幸福预感中第一次感到了满足。但他就此倒地而死。眼看浮士德就要失败，靡菲斯陀正要夺取浮士德的灵魂，但这

---

① [俄] 莱蒙托夫：《莱蒙托夫文集 恶魔 叙事诗（1835—1841）》，余振，智量译，上海译文出版社，1998年，第210页。

时，天使飞来，驱走了魔鬼，超度了浮士德的灵魂，浮士德转为胜利。浮士德不断追求真理，他对中世纪的知识感到怀疑和不满，甚至感到绝望。在经过了漫长的生活历程之后，他终于得出了智慧的最后结论，即认识到了人生的真理。

> 这是智慧的最后结论：
> 人必须每天每日去争取生活与自由，
> 才配有自由与生活的享受！
> 所以在这儿不断出现危险，
> 使少壮老都过着有为之年。
> 我愿看见人群熙来攘往，
> 自由的人民生活在自由的地上！
> 我对这一瞬间可以说：
> 你真美呀，请你暂停！
> 我有生之年留下的痕迹，
> 将历千百载而不致湮没无闻。——
> 现在我怀着崇高幸福的预感，
> 享受这至高无上的瞬间。①

浮士德所认识到的人生真理就是：人必须每天每日去争取生活与自由，才配享受生活与自由。童僧与浮士德都渴望建立功勋，都勇于尝试，甚至付出生命代价都在所不惜。只是与浮士德相比童僧的经历较为简单，但同样显示了其对自由、对理想的执着追求。

（三）恶魔形象

《浮士德》是歌德毕生的代表作。除浮士德形象之外，靡菲斯陀也是贯穿全剧的一个重要形象，而且靡菲斯陀有各种化身，扮演各种角色。因此，对靡菲斯陀的解读也是多种多样的。显然，莱蒙托夫也受到了这一形象的影响。关于恶魔主题，莱蒙托夫在不同体裁作品中以不同的方式呈现。其典型的恶魔形象则出自长诗《恶魔》。显然，莱蒙托夫也熟知歌德塑造的靡菲斯陀这一形象。对比两位作家笔下不同的恶魔形象，我们可以发现二者之间的相似之处。

---

① [德] 歌德：《浮士德》，董问樵译，复旦大学出版社，1983 年，第 667 页。

1. 二者都是否定的化身

作为否定的化身，靡菲斯陀的职能在于使一切东西贬值和衰落，这同样表现在破坏形式和维持僵化上。他在太古的寂寞中，只有自身成为朋友、伙伴和诱惑者；他毫不停顿地寻求绝对的静止；他在美丽假象的讽刺戏中，以滑稽形式表演虚无的严肃；他纵然千变万化，其本质始终不变。[①]靡菲斯陀对自我有着清醒的认知：

> 我是那种力量的一体，
> 它常常想的是恶而常常做的是善。……
> 我是经常否定的精神！
> 原本合理：一切事物有成
> 就终归有毁；
> 所以倒不如一事无成。[②]

靡菲斯陀是先验的否定者。由于他本不是人，所以他没有时间，没有历史，从起初就是古老的，只能戴上面具表演，他否定个人的自由和命运。莱蒙托夫笔下的恶魔作为一个强有力的反叛者也同样具有否定性。他曾经是上帝身旁纯真的司智天使，但他反对一切束缚人类自由、理性和意志的东西，于是便和上帝发生了冲突，结果他被上帝罢黜了。他被逐出幸福、安乐的天国，在世界的荒野中徘徊，找不到一个栖身之所。就这样，一个世纪接着一个世纪地过去了。他对世界上的一切事物都抱着极端怀疑、全面否定的态度，对一切都加以无情的批判。他否定世界上的和谐，轻蔑地望着不幸的人类和无比美丽的自然景色。

2. 二者都具有恶魔的特质

靡菲斯陀作为恶魔在剧中是与作为人的浮士德对立的。他对浮士德所做的各种诱惑都从"作恶"的动机出发，目的是使浮士德趋于沉沦与毁灭；但这种动机却在浮士德的生活实践和自我斗争中转化为"向善"的结果。恶魔非同于人，在他身上固然也有某种感性和精神的结合，但两者都无限地朝着罪恶的方向发展。靡菲斯陀说："因此你们叫做罪孽、毁灭等一切，简单说，这个'恶'字便是我的本质。"[③]恶魔不知羞耻为何物，对他来说感性的爱就是赤裸裸的性欲。莱蒙

---

① 董问樵：《〈浮士德〉研究》，复旦大学出版社，1987 年，第 179 页。
② [德] 歌德：《浮士德》，董问樵译，复旦大学出版社，1983 年，第 69 页。
③ [德] 歌德：《浮士德》，董问樵译，复旦大学出版社，1983 年，第 69 页。

托夫笔下的恶魔也同样具有"恶"的性质。他极端自私，他必须满足自己的一切欲求。他明知自己的吻会断送塔玛拉的性命，但是却没有克制自己。他的吻使致命的毒液渗入了塔玛拉的心里，塔玛拉立即中毒死亡。恶魔终究没有摆脱邪恶的一面。

3. 二者的命运都具有悲剧性

尽管恶魔具有邪恶的本质，具有极大的破坏力，可以恣意妄为，但他们都有着悲剧性的命运。靡菲斯陀在序幕中已经不是作为上帝的反对者，而是作为上帝的仆从出现的。他明知是恶而为之，他不仅仅欺骗着世界，也欺骗着自己，他深知这一点，也因此而受苦。他可以在人世施展无边的法力，可一遇到从天而降的力量，他就会变得一无是处。作为一个存在着的个体，他是失败的，他所做的一切都是悲剧性的。莱蒙托夫笔下的恶魔同样是不幸的，从天使堕落成为恶魔的命运注定了他的悲剧性。当他蔑视和否定上帝至高无上的权力时，他的形象是高大的，但他因此而被逐出天国，只能孑然一身。追求个性自由的结果是他在世界上孤独地生活着，孤独地痛苦着。当他遇到塔玛拉之时，本来他已得到了爱情，却因自己的自私亲自断送了也许是唯一的幸福的源泉。于是，"失败了的恶魔只好诅咒/自己的那些狂乱的幻想，傲慢、孤独的他在宇宙间/又孑然一身，同已往一样，/既没有爱情，也没有期望！……"[①]

第三节 莱蒙托夫与司汤达[②]

俄罗斯 19 世纪前 30 年的文学发展与法国文学密切相关。法国古典主义、启蒙思想等先进的理念，法国大革命及俄法战争等重大历史事件无不对俄罗斯文学产生了重要的影响。两种文化之间的相互碰撞形成一股合力，不仅为文学构建了一幅宏大的文化研究图景，而且拓展了莱蒙托夫创作的阐释空间。"莱蒙托夫精通法语，尽管他的创作演变与法国文学传统联系紧密，但他本人却对法国文学持批判性的态度。他坚持追求俄罗斯文学的独立性，认为：'我们应该活出自己的特色，应该为全人类作出自己独特的贡献，'——他对安·亚·克拉耶夫斯基说道。——'为什么我们非要跟在欧洲和法国文学的后面……'……1834 年以前，莱蒙托夫一直排斥法国文学，尽管他读过法国经典。他指责法国人的'愚蠢规则'

---

① [俄] 莱蒙托夫：《莱蒙托夫文集 恶魔 叙事诗（1835—1841）》，余振，智量译，上海译文出版社，1998年，第 280-281 页。

② 原名马里-亨利·贝尔（Marie-Henri Beyle），又译斯当达。

和'甜腻的口味'，指责他们缺少真正的诗歌。"[①] "莱蒙托夫与法国文学"的专题研究曾被认为是缺乏的，但这一问题在拉·伊·沃尔佩特（Л.И. Вольперт）的专著《莱蒙托夫与法国文学》出版后得以解决。沃尔佩特在该书中充分论证了莱蒙托夫与法国文学传统的深刻渊源，既有宏观的史料性梳理，又有微观的文本对比研究。而本书的研究方法是定格于法国文学谱系中一位显赫的作家代表——司汤达，通过显微镜式的观察来查验其创作枝蔓间可能被移植的元素，并观照其与莱蒙托夫创作中移植元素的契合度及两位作家之间的文化亲缘关系。

一、共同的拿破仑情结

对于司汤达来说，拿破仑·波拿巴（Napoléon Bonaparte）曾经是他的偶像。在司汤达十多岁的时候法国社会发生了巨大的变化。法国大革命之后，拿破仑上台执政。而司汤达也怀揣梦想，想跟拿破仑一起去开创新的事业，于是 16 岁便参加了拿破仑的军队，两度随军作战。在 1796 年战役之后，司汤达甚至把拿破仑作战的战场几乎全部都看了一遍。然而 1812 年，拿破仑在俄罗斯惨败，司汤达的梦也随之破灭。1814 年，拿破仑被迫签署退位书，而后被流放至意大利的厄尔巴岛。

司汤达第一次见到拿破仑是 1800 年 5 月 22 日在巴德城堡。拿破仑于 1806 年进入柏林，1812 年进入莫斯科，1813 年进入西里西亚。在这几个关键的历史年份司汤达都见到了拿破仑。在 1813 年的那次战役间隙中，司汤达与拿破仑在西里西亚有过一次长谈。而 1813 年 12 月，司汤达在格勒诺布尔执行任务时，拿破仑曾激动地向他传达了指令的细节，因此，司汤达认为自己很有信心来书写一位伟人的历史。因此，在与拿破仑第一次见面过去 37 年之后，司汤达写下了《拿破仑：男人中的男人》。"我怀着一种宗教的情怀，大胆地写下了拿破仑历史的第一篇章。"[②]司汤达写作这部书的目的是让人们真正了解这位伟人。尽管拿破仑死后有诸多争议，但是并不妨碍司汤达对他的崇拜。司汤达试图纠正一些对拿破仑并不客观的评价，他想还原事实，还原拿破仑帝国灭亡前的那段历史。尽管如此，他对拿破仑的态度经常令人费解，从旁观者的角度或许可以多维了解他的思想。法国著名作家普罗斯佩·梅里美（Prosper Merimee）认为："要弄清他对拿破仑的想法实属不易。他与当时流行的观点几乎总是背道而驰。他所说的拿破仑，有时候就像个被艳俗的衣服迷得晕头转向的暴发户。他不断违反'逻辑'规则，有时候对后者表现出一种近乎崇拜的欣赏，有时候像古里耶一样爱好责难，有时又

① Лермонтовская энциклопедия. Гл. Ред. В.А. Мануйлов. – М.: Советская энциклопедия, 1981. С. 599.
② [法] 司汤达：《拿破仑：男人中的男人》，冷杉，王惠译，江苏文艺出版社，2013 年，第 24 页。

像拉斯·卡拉那样奴颜媚骨。为帝国效力的人们跟他们的主子一样，看待他们的视角多种多样。"①而德国哲学家弗里德里希·威廉·尼采（Friedrich Wilhelm Nietzsche）则认为："亨利·贝尔，这位令人敬佩的先驱和预言家，拥有拿破仑式的气魄，以一个欧洲人的灵魂跨越了'他的'欧洲的几个世纪的历史，同时发现了这个灵魂。"②尼采将才华横溢的作家司汤达与拿破仑相提并论，无疑再次展示了两人之间的渊源。司汤达的创作生涯始于追随拿破仑征战的终结。他的创作命运也与拿破仑的命运紧密相连："他最为偏爱的创作理由，就是拿破仑、爱情、能量和幸福。"③

司汤达不仅亲自操笔来回忆他心目中的一代伟人，试图还原一个真实的拿破仑，而且拿破仑的形象如同幽灵般经常会出现在司汤达的小说创作中。其小说《红与黑》中男主人公于连的形象在某些方面很像拿破仑，比如，他记忆力非凡，能将《圣经》倒背如流，他视拿破仑军队的公报汇编和《圣赫勒拿岛回忆录》为自己的命根子，他对拿破仑狂热地崇拜着。小说也通过一些细节来分析于连崇拜拿破仑的原因。可以说，对拿破仑的崇拜情绪弥漫在整部小说中。除此之外，为了探讨拿破仑的是非功过，作者在小说中还特意安排了一场辩论。在这场辩论中，波拿巴分子法尔科兹自然是"挺拿派"代表，而圣吉罗则是"反拿派"代表。在小说《红与白》中主人公的榜样是拿破仑，而在《帕尔马修道院》中主人公法布里斯也同样崇拜拿破仑，因此他去投奔这位皇帝，但是他赶上了滑铁卢的失败，后来不得不隐退到帕尔马修道院中。他对拿破仑的态度是受了姑妈的影响，而他的姑妈是一位波拿巴分子，她嫁给了一位年轻的军官，只是因为这位军官同她一样崇拜拿破仑。司汤达创作中的拿破仑形象或是拿破仑主题可以作为单独课题进一步加以详细深入的研究。

拿破仑帝国灭亡的 1814 年正是莱蒙托夫诞生之年，相比拿破仑（1769—1821）莱蒙托夫要年轻得多，他无法亲眼看到莫斯科街道上行进的军队，但他却可能听说过莫斯科的大火、拿破仑军队的溃败以及拿破仑逃跑的故事。而拿破仑去世的那一年莱蒙托夫才 7 岁，年幼的他对这位皇帝的印象也许还是充满浪漫主义色彩的。莱蒙托夫抒情诗创作中共有两组诗是纪念拿破仑的。第一组诗包括《波罗金诺战场》（1830）、《两个巨人》（1832）、《波罗金诺》（1837）3 首；第二组诗包括《拿破仑》（波浪冲击着高高的海岸）（1829）、《致***》（"不要说：

———————————

① [法] 克洛德·鲁瓦：《司汤达》，刘成富，周春悦译，上海人民出版社，2012 年，第 208 页。

② [法] 克洛德·鲁瓦：《司汤达》，刘成富，周春悦译，上海人民出版社，2012 年，第 212 页。

③ [法] 克洛德·鲁瓦：《司汤达》，刘成富，周春悦译，上海人民出版社，2012 年，第 218 页。

我的心灵仅仅是"）（1830）、《拿破仑》（1830）、《拿破仑墓志铭》（1830）、《圣赫勒拿岛》（1831）、《幻船》（1840）、《最后的新居》（1841）7 首。如果说第一组诗与拿破仑的联系是间接（隐喻式）的，那么第二组诗则是直接的。

《波罗金诺战场》（1830）中的名句："'弟兄们，/莫斯科不就在我们后边？/要死在莫斯科城下？/要像我们弟兄死去一般。'/我们都许下决死的宏愿，//我们在波罗金诺战役中/谨守这忠诚的誓言。//"[①]表达了俄罗斯军人强烈的爱国主义精神和誓死捍卫祖国的决心。在这首诗歌中拿破仑的形象是以"敌人"的隐喻方式出现的。波罗金诺战役难分真正胜负，两国历史学家就此曾激烈争论过，各执一词。无论如何评判，此次会战在俄罗斯 1812 年卫国战争的进程中影响巨大，有人说它标志着拿破仑军队覆灭的开始。

《波罗金诺》（1837）是对《波罗金诺战场》的进一步改写，保留了那段有关誓言的名句，添加了老兵的形象，借助老兵之口，讲述了那段历史，讲述了战场上作战的细节："你们没有见过这样的激战！……/旌旗阴影般在空中招展，/浓烟滚滚，炮火闪闪，/刀剑在鸣响，霰弹在嘶鸣，/战士的手臂砍杀得发酸，/死尸堆积成山，阻挡住了/凌空飞过来的炮弹。//"[②]

而《两个巨人》（1832）的标题已经限定了其抒情对象。"戴着顶黄金铸成的头盔/年老的俄罗斯巨人等待/另一个巨人从那遥远的/异国向着他的身前走来。//……来了个不曾满月的勇士，/已带着战争的雷雨上前，/他突然伸出他不逊的手/要一把抓取对方的冠冕。//但俄罗斯的武士朝着他/从容地报以宿命的微笑：/他看了一眼——只摇了摇头……/勇士惨叫了一声——便倒下了！/但他倒在遥远的大海里，/倒在不可知的花岗岩上，/在那里，风暴在深渊上空，/广漠的海上不停地喧嚷。//"[③]这首诗写于 1812 年卫国战争 20 周年纪念日之际。两个巨人隐喻着以米·伊·库图佐夫（М.И. Кутузов）为代表的俄罗斯和以拿破仑为代表的法国。这首诗中彰显的是俄罗斯这一巨人的伟大，对拿破仑形象充满了讽刺，戏称其为"不曾满月的勇士"，而"巨人"也是反讽，恰恰影射了拿破仑物理高度上的"矮"。

第二组诗中的 7 首诗明显地分为两个时期：早期（1829—1831 年）与晚期（1840—1841 年）。早期与晚期的创作之间相隔近 10 年。莱蒙托夫曾渴望建立

---

① [俄] 莱蒙托夫：《莱蒙托夫文集 独白 抒情诗（1828—1831）》，余振译，上海译文出版社，1998 年，第 292 页。

② [俄] 莱蒙托夫：《莱蒙托夫文集 诗人之死 抒情诗（1832—1841）》，余振译，上海译文出版社，1998 年，第 123-124 页。

③ [俄] 莱蒙托夫：《莱蒙托夫文集 诗人之死 抒情诗（1832—1841）》，余振译，上海译文出版社，1998 年，第 64-65 页。

英雄伟业，因此拿破仑无疑是其钦佩的对象。其创作涉及了命运与荣誉的主题，而在创作技艺上也不断成熟。

1829 年的《拿破仑》（波浪冲击着高高的海岸）中莱蒙托夫从拿破仑的坟墓开始，通过一个吟唱诗人来回顾伟人的一生，质疑他的所作所为："为什么他竟这样地追逐光荣？/为了荣誉而瞧不起幸福？/同无辜的各族人民进行战争？/而用铁的权杖击碎王冠，弃之不顾？/为什么要跟公民的血开玩笑，/既蔑视友谊，也蔑视爱情，/在造物主面前，从容自如？……//"①曾经辉煌一时的英雄却难逃失败的命运："你在莫斯科城下吃了大败仗……/逃跑了！……把你的崇高的思想之/悲惨的遗迹藏匿在遥远的大海上。//"②失败的结局是过早地死亡，在总结这段命运时作者的语气是充满悲凉感的。

《致***》（"不要说：我的心灵仅仅是"）（1830）中写道："你成功地干了一件坏事——/巨人；不成功呢——便成奸佞；/在那一望无际的亲兵中/拿破仑几乎是一位天神；/在我们的雪原上吃了败仗，/便被人指责为一个狂人。//"③这表现出作者对一代伟人的惋惜之情。

《拿破仑》（1830），在这篇诗中拿破仑是以幽灵的形象出现的，幽灵在遥望远方——他的祖国，他虽然早已经死了，但是他仍然带着昔日的骄傲，他的形象似乎一直没有变："……那宁静的褐色的脸，/紧紧地蹙起的眉头，戴着帽子，/两臂在他的胸前交叉成十字。//"④

《拿破仑墓志铭》（1830）中写道："任谁也不会来责备你的阴魂，/命运的伟人！命运高踞在你的头顶；/只有晓得捧你的人，才能够推翻你；/但谁也改变不了伟大的东西。//"⑤此诗表达了莱蒙托夫对拿破仑的崇敬之情，视其为"命运的伟人"。

《圣赫勒拿岛》（1831）中写道："我们向孤岛致以虔诚的敬礼，/在那岛上拿破仑常常地/陷入了沉思，在海岸上回想起/他亲爱的遥远的法兰西！/大海之子，坟墓也在大海之中！/这是对于多时的痛苦的报复！/这罪恶的国家因伟大的生命/

① [俄] 莱蒙托夫，《莱蒙托夫文集 独白 抒情诗（1828—1831）》，余振译，上海译文出版社，1998 年，第 55 页。

② [俄] 莱蒙托夫，《莱蒙托夫文集 独白 抒情诗（1828—1831）》，余振译，上海译文出版社，1998 年，第 56 页。

③ [俄] 莱蒙托夫，《莱蒙托夫文集 独白 抒情诗（1828—1831）》，余振译，上海译文出版社，1998 年，第 116 页。

④ [俄] 莱蒙托夫，《莱蒙托夫文集 独白 抒情诗（1828—1831）》，余振译，上海译文出版社，1998 年，第 157 页。

⑤ [俄] 莱蒙托夫，《莱蒙托夫文集 独白 抒情诗（1828—1831）》，余振译，上海译文出版社，1998 年，第 158 页。

怕在这国度结束将会受到玷污。//阴郁的逐放者，背信弃义和那/盲目任性的命运的牺牲，/死与生一样——没有祖先和儿孙——/虽然失败了，但还是英雄！/他因命运偶然的儿戏而诞生，/像风暴似地从我们面前飞过；/他与人世无缘。他一切都神秘，/他兴起的日子——和灭亡的时刻！"①

以上5首诗不无惋惜之情、悲凉之感，莱蒙托夫表达了对一代伟人的敬佩，叹其虽死犹荣，"虽然失败了，但还是英雄"，道出了莱蒙托夫对拿破仑最直接的态度。

《幻船》（1840）是根据奥地利诗人的诗改写而成的，而且在莱蒙托夫生前发表。1840年，法国政府把拿破仑的骨灰从圣赫勒拿岛运回巴黎并举行了安葬仪式。此诗与该事件相关，字里行间诗人毫不掩饰其惋惜而又谴责的语气。惋惜的是曾经的一代伟人竟落得如此下场，谴责的是当局者对拿破仑的不公："敌人们没有给举行葬仪/就把他埋在松松的沙里，/给他压了块沉重的石头，/使他不能从坟墓中爬起。//"②诗中皇帝复活，从坟墓中站起来，他依旧是人们常见的那副装束，依旧高傲如常："他头上戴着一顶三角帽，/身上穿一套灰色的军衣。//交叉起他那有力的双臂，/向胸口垂下高傲的头颅，/他走上前去，坐在舵轮前，/很快地驰上自己的程途。//"③

《最后的新居》（1841）与《幻船》一样，都是基于同一个历史事件。该诗充满了斥责的语气。莱蒙托夫认为，法国人在拿破仑客死孤岛多年之后还要去搅扰亡灵，这是对拿破仑的侮辱。拿破仑是法国大革命的合法继承者，是把法国革命从雅各宾党人专政下夺取过来的拯救者，可如今法国人竟如此对待拿破仑，莱蒙托夫认为这是对拿破仑的背叛，这是对过去革命的背叛。于是他大声斥责："人们多么可怜而无聊啊！/你们真可怜，因为信仰、光荣和天才，/一切，人间所有伟大的、神圣的一切，/你们带着无知、怀疑的愚蠢的嘲笑/都任意践踏和加以轻蔑。/你们拿着光荣做成了伪善的玩具，/拿自由做就刑吏手中的刀斧，/你们举起了刀斧把祖先们的一切/神圣信仰砍得影踪全无，——/你们将要灭亡……"④"你

<hr>

① [俄] 莱蒙托夫，《莱蒙托夫文集 独白 抒情诗（1828—1831）》，余振译，上海译文出版社，1998年，第381-382页。

② [俄] 莱蒙托夫：《莱蒙托夫文集 诗人之死 抒情诗（1832—1841）》，余振译，上海译文出版社，1998年，第198页。

③ [俄] 莱蒙托夫：《莱蒙托夫文集 诗人之死 抒情诗（1832—1841）》，余振译，上海译文出版社，1998年，第198-199页。

④ [俄] 莱蒙托夫：《莱蒙托夫文集 诗人之死 抒情诗（1832—1841）》，余振译，上海译文出版社，1998年，第252-253页。

们像薄情的女子，背叛了他，你们出卖了他，连奴才都不如！"①诗中肯定了拿破仑所建立的功绩，肯定了他为国人所带来的荣耀："他目光炯炯地到来，/上帝的手指引导他胜利前进，/而全人类的公断都认为他是领袖，/你们的生命集于他一身——/你们在他的荫庇下又坚强起来，/而战栗的世界都在无言之中凝视/他给你们身上披挂起来的那一袭/光荣强盛的奇异的法衣。//"②莱蒙托夫对拿破仑死后的境遇充满了深深的同情，他宁愿拿破仑依旧安息在那座大海环绕的孤岛上，宁愿他享受那里的平静与酣梦。

从以上 10 首诗歌的文本分析中我们可以看出，对于俄罗斯人莱蒙托夫来说，拿破仑是曾经试图侵占俄罗斯的敌人，所以在第一组诗中他曾用"敌人""不曾满月的勇士"等字眼来隐喻拿破仑形象，但相对客观地描述了拿破仑入侵时双方军队激战的景象，除带有讽刺意味的字眼，并无对拿破仑整体形象的负面评断。在莱蒙托夫关于拿破仑的组诗中，他更多表达的是崇敬，在这一点上他与司汤达很像，否则也不会书写如此多的诗歌来纪念他。因此，总体来说，在莱蒙托夫的艺术世界中拿破仑是"命运的伟人"，是值得称赞的"英雄"。英雄情结在某种程度上可以说是男人的天性，拿破仑在世界历史上绝对是一个不可忽视的人物，对其评价因评价者所代表阵营的不同而褒贬不一。作为异邦人士的莱蒙托夫能如此真诚崇敬并心生悲悯之情而作诗以示纪念，亦堪称"英雄"。

二、形象体系建构之亲缘关系

（一）小人物与马的形象

莱蒙托夫与司汤达之间的相似性在很大程度上表现在转折时期，即莱蒙托夫创作《里戈夫斯卡娅公爵夫人》期间。在这部小说中莱蒙托夫小说诗学发生了根本性的变化。作者意识、世界观、对待写作对象的态度、主人公形象结构等都发生了变化，整个风格体系都发生了变化。③沃尔佩特认为，正是司汤达对生活客观的研究激情、对社会环境的不接受态度、直抵人心灵深处的表达、主人公的自

① [俄] 莱蒙托夫：《莱蒙托夫文集 诗人之死 抒情诗（1832—1841）》，余振译，上海译文出版社，1998年，第 254 页。

② [俄] 莱蒙托夫：《莱蒙托夫文集 诗人之死 抒情诗（1832—1841）》，余振译，上海译文出版社，1998年，第 253 页。

③ Вольперт Л.И. Лермонтов и литература Франции. Изд.2-е, испр. И доп. – СПб.: Алетейя, 2008. C. 149.

省意识、无法模仿的讽刺与评论技巧等使得他能够比其他任何一位作家给予转折时期的莱蒙托夫更多的影响。[①]

《里戈夫斯卡娅公爵夫人》是莱蒙托夫的一部未完成的小说，作家在生前从未发表过，初次发表是在 1882 年。然而这部小说是莱蒙托夫试图创作现实主义小说的最初尝试，在其整个创作发展中意义重大。莱蒙托夫的创作生涯主要集中在 19 世纪 30—40 年代，当时的俄罗斯文坛诗歌创作式微，这与社会发展进程相关。当时，文学多以沙龙形式传播开来，19 世纪 20 年代的文学选集中基本上都是诗歌，出版面向的是上流社会的沙龙。然而，从 19 世纪 30 年代开始，一些文学杂志已经不再仅仅面向"沙龙"读者了，而是要面向更为广泛的读者。但当时并非只是诗歌与小说之间的地位之争，浪漫主义与现实主义之争更为尖锐。19 世纪 30 年代中期，正值争论白热化之际，浪漫主义小说中一种新的支派——"上流社会小说"异军突起，成为当时时髦的小说体裁之一。顾名思义，上流社会小说讲述上流社会之人与上流社会之事，客厅、剧院、假面舞会等成为这类小说的主要场景。最为著名的上流社会小说代表作有亚·亚·别斯图热夫-马尔林斯基（А.А. Бестужев-Марлинский）的《考验》和《"希望"号战舰》、伊·伊·巴纳耶夫（И.И. Панаев）的《上流社会女人的卧室》和《她会幸福的》、奥多耶夫斯基的《米米公爵小姐》和《季季公爵小姐》、罗斯托普钦娜的《官衔与金钱》和《决斗》等。而莱蒙托夫的《里戈夫斯卡娅公爵夫人》创作于 1836—1837 年，这一时期在《望远镜》和《莫斯科观察家》杂志上正就"上流社会小说"进行着激烈的论战，俄罗斯文学正面临着该如何真实刻画当代社会的问题。正是在这样的文化背景下，这部小说诞生了。

莱蒙托夫从描述一个小公务员形象开始了小说的叙述。

> 一八三三年十二月十一日下午四点，耶稣升天大街上像往常一样，人群熙熙攘攘，其中有一个年轻的小公务员。……是的，耶稣升天大街上走着一个年轻的小公务员，他从司里出来，被千篇一律的工作折磨得疲惫不堪，正幻想着获得嘉奖和吃上一顿可口的晚餐——这是所有公务员都心向往之的！他头戴一顶便帽，身穿一件镶旧海狸皮领子的蓝色棉大衣；由于帽檐拉得很低、衣领高高竖起，街上又很昏暗，他的脸部特征便很难看清。……下了耶稣升天桥，他正打算沿水渠往右拐，突然听到一阵叫喊声："当心，让开！……"一匹枣红马径直朝他飞奔而来，马车

---

① Вольперт Л.И. Лермонтов и литература Франции. Изд.2-е, испр. И доп. – СПб.: Алетейя, 2008. С. 150.

夫身后闪过一颗白帽缨，飘过一件灰色大衣的领子。他刚抬起眼睛，一根白色车辕便朝他胸前撞来，奔马鼻子里喷出的热气直扑他的脸上；他下意识地用双手抓住车辕，可就在这一瞬间，奔马猛然一冲，把他摔倒在几步外的人行道上……周围发出一阵惊叫："轧死人了，轧死人了，"车夫们拥上去追赶肇事者，但是那白帽缨只在他们眼前闪了一下，便扬长而去。①

这个小公务员在被马车撞飞之后，莱蒙托夫就暂且放下这一人物，转而让另外一位主人公彼乔林正式登场了，事实上他就是撞飞小公务员的那位公子。在一次看戏的幕间休息时他去餐厅喝茶，与朋友们讨论起关于马的问题，于是彼乔林随意地谈起了他撞飞一个人后扬长而去的场景，他还把那个戴着皱巴巴便帽的小公务员的着装描绘了一番，也描绘了他倒在人行道上倒霉的样子。可是不曾想，那个小公务员就坐在他们的旁边，小公务员故意把茶壶、茶杯掀到了地上。而彼乔林把钱扔到桌子上，算是替年轻人赔偿了餐具钱。小公务员认为彼乔林的行为侮辱了他，于是找其进行理论，彼乔林没做任何解释，直接邀约进行决斗。可是小公务员顾念只有他一个儿子的老母亲，因此拒绝决斗。除了彼乔林与小公务员之间的恩怨之外，小说还有另外一条线索，即隐约的爱情线索。维罗奇卡曾经是彼乔林的恋人，只是因为他上了战场，他们才被迫分开，再见之时她已经是里戈夫斯卡娅公爵夫人。但彼乔林还是试图多多接触公爵夫人，于是主动提出要帮公爵解决难题，原来公爵正在打官司，而这个案子正好由一位姓克拉辛斯基的公务员来负责。彼乔林承诺带这位公务员前来拜见公爵。小说情节结构设置得出乎意料，彼乔林拜访公务员之家发现，原来克拉辛斯基就是那位被他撞飞的小公务员，这不免让小说蒙上了某种悬疑的色彩。即便克拉辛斯基理应对彼乔林充满仇恨，但是他最终还是去了公爵家，期望能够跻身上流社会，竟然也能说出诸如"为了这次极为难得的效劳，我应该比您更加感激彼乔林先生"②这样违心的话语来。

沃尔佩特认为小公务员克拉辛斯基这一形象与司汤达《红与黑》中的于连形象相似。克拉辛斯基的性格特征与《红与黑》中的于连有明显的相似之处，两位主人公都具有浪漫主义的外表，长得都很帅……③学者们认为，莱蒙托夫小说的形象结构确实与《红与黑》的形象结构具有亲缘关系。

---

① [俄] 莱蒙托夫：《莱蒙托夫文集　当代英雄　散文（1833—1841）》，冯春译，上海译文出版社，1998 年，第 147-148 页。

② [俄] 莱蒙托夫：《莱蒙托夫文集　当代英雄　散文（1833—1841）》，冯春译，上海译文出版社，1998 年，第 215 页。

③ Вольперт Л.И. Лермонтов и литература Франции. Изд.2-е, испр. И доп. – СПб.: Алетейя, 2008. С. 150.

沃尔佩特的研究中分析了两位作家对"马"这一形象的使用。《里戈夫斯卡娅公爵夫人》的开端便引入了马车撞人事件，撞人的罪魁祸首是一匹枣红马。当彼乔林与朋友们在餐厅聊天的时候，他们的话题也谈到了马匹。而《红与黑》中与"马"的形象相关的情景相对较多，也许因为马车乃当时主要交通工具之故，聚会时人们谈论的话题也常常与"马"相关。就像现如今，大家聚会愿意谈论私家车一般。

　　"这种天气里，在门口恭候的，还是府上的阿拉伯名马吗？"诺尔拜问他。"噢不，是一对新马，价钱要便宜得多，"泰磊答道，"左边一匹，花了我五千法郎；右边一匹，只值一百路易——但是，你可以相信，这匹马只有在夜里才套，跑起来却跟另一匹非常合拍。"① "凯琉斯伯爵爱马成癖，或许是装装样子的。他把时间都花在马棚里，饭也常在那里吃。这份痴情，再加上那不苟言笑的习性，使他在友朋之间颇受称道，得以鹰扬于这个小圈子里。"②

在《红与黑》中主人公于连骑马的场景也多次出现。最为显赫的一次是国王驾临维璃叶城时，瑞那夫人的暗中求情使得于连当上了仪仗队队员，于是他担负起了骑马迎驾的光荣使命："他天生胆大，所以骑马的姿势比山城里大多数小后生都优雅。他从女士们的眼神里看出，大家都在谈论他。"③除此之外，在他到了拉穆尔府上之后，闲暇时光，除了练习射击，便去骑马，"一有空，不像从前那样用来读书，而是跑到骑马场，要来最调皮的马骑。他同骑马师并辔出游，十次倒有九次给摔下马来"④。

《红与黑》中另有一场景不得不令人想起《里戈夫斯卡娅公爵夫人》中的马车撞人事件：

　　于连一骑上马，便问年轻伯爵："应该注意什么，才不致摔下来？"
"要注意的事很多呀，"诺尔拜大笑道，"比如说，身子要朝后仰"。
于连跃马前进。他们已到了路易十六广场。"啊！这冒失鬼，"诺尔拜

---

① [法] 斯当达：《红与黑》，罗新璋译，中央编译出版社，2015 年，第 252 页。
② [法] 斯当达：《红与黑》，罗新璋译，中央编译出版社，2015 年，第 301-302 页。
③ [法] 斯当达：《红与黑》，罗新璋译，中央编译出版社，2015 年，第 97 页。
④ [法] 斯当达：《红与黑》，罗新璋译，中央编译出版社，2015 年，第 254 页。

说，"这里车水马龙的，而且车夫都是些鲁莽家伙。你一跌倒，双轮马车就会从你身上碾过去，赶车的舍不得猛勒缰绳，怕把马嘴勒伤"①。

人的生命如此卑微，竟不如马。让奔跑中的马停下来，需要用力勒紧缰绳，但是这样定会致使马感觉到疼痛，甚至受伤，但这里似乎忽略了马车所碾过的人。这是社会地位之差别造成的。小公务员克拉辛斯基和于连这样的地位卑微之人在上流社会中遭到忽略被视为平常，但是作为独立且有个性的人，他们的存在是不应该遭受践踏的。

《红与黑》中也有一幕关于决斗的场景与《里戈夫斯卡娅公爵夫人》中的场景有些许类似。于连在咖啡馆遭到了某个穿礼服人士的白眼，他上前要求做出解释，却遭遇满口脏话的回击，于是他要求对方给他住址，对方朝他脸上扔出五六张名片后谩骂不休地离开。于连按照名片上的地址前去寻找，意欲决斗一雪前耻，然而发现名片主人并非彼人，而乃博华西骑士。离去时于连方发现博华西的马车车夫才是其寻觅之人，遂拽下车夫用马鞭狠抽之。这反倒促成了博华西骑士与于连的决斗，于连臂中一弹，养伤半月，但因祸得福，得以进一步与权贵交往。在这一点上，于连与克拉辛斯基的命运不同。

（二）不忠的妻子形象

司汤达小说《红与黑》中除了男主人公于连这一形象外，作者还塑造了法国文学史上比较著名的不忠的妻子形象——瑞那夫人。瑞那夫人在遇见于连之前是一个笃信天主教、视丈夫为世界上最重要男人的模范夫人。她与丈夫生活得相当和美。"收容所的阔所长瓦勒诺先生，据说曾向她献过殷勤，结果一无所获；此事给她贞淑的品德增添了异样的光彩。"②她内心纯朴，从来没有想到要去品评丈夫，在她的想象中，夫妇之间不会再有比她和丈夫之间更温馨的关系了。但是，在遇见于连之后，所有先前的观念和认知都发生了巨大的改变，她爱上了于连，且欲罢不能。于是他们开始了偷情之旅，直至一封匿名信揭发了他们的奸情，于连被调离夫人之家。之后于连又与侯爵女儿有了私情，瑞那夫人被迫写了一封密信揭发他，他一气之下找到瑞那夫人用枪射杀她。结局是于连被判处死刑，被断头而死。三天后，瑞那夫人也离开了人间。

---

① [法] 斯当达：《红与黑》，罗新璋译，中央编译出版社，2015年，第240-241页。
② [法] 斯当达：《红与黑》，罗新璋译，中央编译出版社，2015年，第15页。

瑞那夫人笃信天主教，但她却背叛丈夫，这一点表明司汤达已经摒弃了天主教的伦理，塑造了一个他心目中背叛丈夫的妻子形象。他赋予瑞那夫人坦率、真诚、富有激情的性格特征。面对于连这样一个与周围人不一样的人，她的爱情意识似乎被唤醒了，她开始重新审视自己的生活，与于连在一起的所有体验引领她在背叛丈夫的道路上越走越远。她也曾有过负罪感，尽管她并不屈服于某种伦理的审判，但却无法逾越自己对自己的审判。她会敏感到认为自己儿子生病的事实即是对自己罪过的惩罚。曾几何时她几乎处于疯狂的边缘。尽管于连本人常会怀疑别人，但他对瑞那夫人的真诚却深信不疑，也在她的绝望中看到了爱情的伟大。瑞那夫人是一个背叛了婚姻、背叛了丈夫的妻子形象，但是从小说中我们可以体察出作者司汤达对瑞那夫人的喜爱，读者眼中的瑞那夫人是充满魅力的。司汤达运用各种描写手法展现了主人公的复杂心理。可以看出，于连与瑞那夫人之间的情爱乃激情之爱，而司汤达也试图解释这样的激情之爱，或许作者认为激情之爱乃爱情的最高级表现形式。

莱蒙托夫是 19 世纪 20—40 年代俄罗斯小说家中第一位认为女性主题具有新现实意义的作家。[①]在 19 世纪前 30 年的俄罗斯，上流社会小说中关于妻子背叛的主题是有严格禁忌的，因此想要打破这一禁忌，作家需要巨大的勇气。普希金的小说《彼得大帝的黑奴》中开始涉及有关妻子背叛的主题，但是男女发生私情的背景是在巴黎社会，巧妙地绕过了会令大家敏感的俄罗斯上流社会。莱蒙托夫创作中涉及妻子背叛主题的作品主要有剧本《两兄弟》、小说《里戈夫斯卡娅公爵夫人》和《当代英雄》。

《两兄弟》是莱蒙托夫的最后一部剧本，创作于 1834—1836 年。不可忽视的是这部戏剧带有一定的自传成分。大学时期，莱蒙托夫结识了好友的妹妹瓦·亚·洛普欣娜（В.А. Лопухина）。尽管她当时只有 15 岁，但是很快莱蒙托夫便对其萌生了爱意。莱蒙托夫还为她写过一系列的抒情诗，但后来他们不得不分手。莱蒙托夫去了彼得堡，而洛普欣娜留在了莫斯科。但离别并没有削弱莱蒙托夫对她的爱情，他在诗中描绘过这种美好的爱情。然而，1835 年春，莱蒙托夫在彼得堡听说了洛普欣娜结婚的消息，他十分震惊。洛普欣娜嫁给了巴赫梅捷夫。据说这一是桩按照亲戚意愿成就的强制性婚姻，她并不幸福。莱蒙托夫与她见了最后一面之后，开始构思并创作该剧本。剧本中曾经深爱过维拉的哥哥尤里单纯善良，当他离家三年归来后，遇到了他所深爱的但已嫁给了公爵的女子维拉。他不肯放弃曾经有过的美好爱情，于是他继续向维拉表白，他深信维拉根本就不爱

① Вольперт Л.И. Лермонтов и литература Франции. Изд. 2-е, испр. И доп. – СПб.: Алетейя, 2008. С. 163.

她的丈夫，而是深深地爱着他。然而这一切都没有逃过弟弟亚历山大的眼睛，他深深地嫉妒着他们。因为当哥哥不在的时候他曾一度是维拉的情人。于是弟弟千方百计地阻止他们相互倾吐爱意，并且让他们彼此仇恨。最后维拉还是跟着她的公爵丈夫去了乡下。尽管维拉的原型是莱蒙托夫曾经的恋人洛普欣娜，但莱蒙托夫并没有将其塑造成如塔吉亚娜般俄罗斯文学中的理想女性形象，而是将其塑造成了他设想中的背叛丈夫的妻子形象。

《里戈夫斯卡娅公爵夫人》中的女主人公公爵夫人维罗奇卡，乃是男主人公彼乔林曾经的恋人，彼乔林因赴战场而被迫与之分开，再见之时，女主人公已嫁作人妇，但男主人公爱的激情却再次被燃起。由于小说没有完成，所以人们无从定格结局画面。而未完成的状态也增加了小说的神秘性以及无限的艺术想象空间。公爵夫人的背叛只是成为一种假设的可能，是隐约中情感线索发展的倾向。如果说这部作品是因其未完结性而终结了背叛主题的发展，那么可以说，《当代英雄》则深刻分析了女人的背叛逻辑。在当时俄罗斯上流社会小说盛行的创作背景下，《当代英雄》中所描述的有关妻子背叛的主题首次被阐释得如此深刻而完整。

莱蒙托夫勇于创新，不仅触及了当时被视为禁忌的夫妻不忠的主题，同时表达了一些复杂的情感和思想。《当代英雄》中，莱蒙托夫的主人公继续使用了《里戈夫斯卡娅公爵夫人》中主人公的姓——彼乔林。《里戈夫斯卡娅公爵夫人》中的彼乔林似乎是《当代英雄》中彼乔林的前世，如果说在《里戈夫斯卡娅公爵夫人》中的彼乔林形象还有些模糊和单薄的话，那么在《当代英雄》中的彼乔林无论是在自我认知方面，还是在人生体验方面都是相对成熟的形象。他绝对有实力成为俄罗斯文学经典中当之无愧的"典型"形象。在《当代英雄》中彼乔林在高加索与曾经的恋人维拉重逢，此时的维拉已经第二次嫁作人妇。而在彼乔林眼里，维拉是因为钱才出嫁的。因此，从彼乔林的角度看，是维拉两次背叛了他。在他们这次重逢之后，彼乔林为了掩人耳目假装追求梅丽公爵小姐，这样他就可以名正言顺地接近维拉。而夜半彼乔林偷偷潜入维拉的卧房与之幽会的场景同于连与瑞那夫人的夜半幽会如出一辙。彼乔林还总结出了女人背叛的逻辑："一般的逻辑是：'这个人爱我，但我已嫁人了，因此不应该爱他。'女人的逻辑则是：'我不应该爱他，因为我已出嫁了，但他爱我，所以……'"[①]彼乔林是一个非常善于自我分析的人，自我认知相当深刻，在这一点上维拉与之非常相像。维拉对世界同样有着彼乔林一般的不满足感，有着同样的悲剧意识，而且她似乎比别人甚

① [俄] 莱蒙托夫：《莱蒙托夫文集 当代英雄 散文（1833—1841）》，冯春译，上海译文出版社，1998年，第379页。

至彼乔林自己更能准确并深刻地分析彼乔林，真正懂得他的性格、他的思想、他的与众不同，她可以洞察他心中的一切秘密。维拉与彼乔林一样充满了神秘性，我们无从了解她的前史，她的形象从内到外，或通过别人的视角来展示，或通过自我评价来展示。她有着同一般女人一样的嫉妒，对彼乔林与梅丽公爵小姐的交往充满了警惕。在给彼乔林的分手信中她对彼乔林是否爱梅丽公爵小姐，是否会娶她还是充满疑问，她认为自己为爱情已经失去了世上的一切。维拉在彼乔林的情感经历中是一个非常重要的人物，是一个可以让他感觉到某种幸福的人物。因此，维拉这一形象在《当代英雄》的整个形象体系建构中具有重要意义，不仅丰富了莱蒙托夫塑造的女性形象长廊，同时为理解"典型"人物彼乔林提供了更为有力的依据。有趣的是在莱蒙托夫的这3部有关妻子背叛的作品中，女主人公的名字都叫"维拉"，冥冥中莱蒙托夫似乎在塑造着同一个形象，一个背叛丈夫的妻子的形象。

不同于司汤达《红与黑》中的情节设置，莱蒙托夫作品中的妻子背叛主题都是旧情复燃的结果。《红与黑》中于连认识瑞那夫人的时候她已经是一个有夫之妇，他们之前并没有任何感情纠葛。从这点上来说，莱蒙托夫所表现的主人公之间的私情似乎更容易让人产生同情。莱蒙托夫在小说中也试图为维拉的背叛进行辩解，试图找到某种道德上的支撑，使得维拉的行为更容易让人理解。尽管维拉嫁了两次，但她对彼乔林始终是长情的，无论分开了多久都始终在关注他。从这一意义上来讲，她又是忠诚的，对彼乔林从一而终。但维拉与彼乔林的私情注定会以悲剧告终，尽管不是像于连和瑞那夫人那样以死亡为代价。

第三章　莱蒙托夫抒情诗研究

　　莱蒙托夫的抒情诗创作是其文学遗产中的重要组成部分。在俄罗斯诗歌发展史中莱蒙托夫是 19 世纪继普希金之后影响深远的一位诗人。莱蒙托夫继承了十二月党诗人以及普希金的诗歌创作传统，沿着浪漫主义的路径书写抒情篇章。莱蒙托夫一生共创作了 400 首左右的抒情诗作品。一般分为早期（1828—1832 年）创作、过渡期（1833—1836 年）创作和晚期（1837—1841 年）创作。

　　早期抒情诗创作所表现出的特点与晚期创作具有很大的差别。从体裁上看，诗人在早期更倾向于自白体。这类体裁包括哀歌、信函、浪漫诗等。这一时期，讽喻类诗歌创作并不多。总体来看，莱蒙托夫讽喻作品创作也不多，但莱蒙托夫却善于在某些诗歌中使用讽喻元素。本章专设一节来分析莱蒙托夫的讽喻诗创作。

　　自白体抒情诗常常与诗人个人经历相关，而诗歌常常以日记体所标注的时间命名："一八三〇年五月十六日""一八三〇年六月十五日""一八三〇年七月十日""一八三一年六月十一日"等。充满自传性的情感表达显然是夸张的，甚至是极端的。刻画浪漫主义抒情主人公的主要手段是对比法。抒情主人公"我"的个人英雄主义气质与其现实世界中的地位处于矛盾状态。在现实社会中并不需要主人公建立功勋，因此其渴望建功立业的梦想都是无法实现的。主人公精神上的极端主义为世界所不理解，这便导致其具有迷失之感，充满了悲剧性的怀疑主义。但是莱蒙托夫作品的主人公始终保持着顽强的态度，对生活并不妥协，也不屈从于命运的打击。

　　在莱蒙托夫许多少年时代的诗歌中所有这一矛盾都是抽象的，具有形而上意义，诗人认为这就是他的命运。他无法摆脱这样的命运，因为他无法掌控他所处的环境，而这又加剧了他的痛苦和孤独。莱蒙托夫通过自我认知的过程意识到其个人的悲剧，他发现了自我内在的矛盾。这一过程已经表现在其早期的诗歌中，这里充满了丰富而具体的心理描写。抒情思考的形式本身就带有强烈的个人意识色彩。陷入哲学"沉思"的"我"被刻画成具有行动力的、骄傲的、意志坚强的、对现状不满的人。"我"在风暴中祈求平安，也在平安中祈求风暴（《帆》）。焦急不安和淡漠无情是"我"永恒的法则（《为什么我出生到世上》）。同时，抒情主人公将个人的精神力量与上帝的创造力相提并论："是我？是上帝？都无能为力？"（《不，我不是拜伦，是另一个》）莱蒙托夫诗歌创作涉及了宇宙主题，"我"可以感受到与宇宙间的和谐，向往"天上"自己的精神家园[《天空与星星》、《天使》、《星星》（"天边有一颗星"）、《我的家》]，但主人公经常与世界是矛盾的，否定世界的不完善，并且试图进行反抗。在抒情诗中还出现了反抗上帝的主题以及恶魔主题，主人公的孤独与绝望情绪愈发强烈。

莱蒙托夫早期抒情诗的数量远远多于晚期。过渡期是 1833—1836 年，正是在此期间莱蒙托夫创作的抒情诗和叙事诗数量都锐减。《我不愿世上的人们知道》《不要嘲笑我这预感不祥的忧愁》《我恐怖地望着我的未来》等，在自白性、浪漫主义主题与修辞手法等方面与早期诗歌联系紧密。但莱蒙托夫抒情诗逐渐发生内在的改变，《录自索·尼·卡拉姆津娜的纪念册》被视为诗人晚期美学观发生转折的宣言。

莱蒙托夫晚期抒情诗主题并没有太大的变化，抒情主人公表现的是意识的矛盾性。主人公仍旧是与社会格格不入的，仍旧是被世界放逐的漂泊者，会向天与地发起挑战，拒绝那宁静的爱的港湾，拒绝友谊和宗教式的顺服。如果说早期诗歌中评价现实的唯一标准是个人的观点，那么晚期诗歌则融入了其他人的立场。莱蒙托夫抒情诗的发展表现在从抽象的浪漫主义原则转向个人精神追求的具体社会心理上，个人对外部环境的依赖感更加强烈。外部世界在莱蒙托夫成熟期抒情诗中的展现并非同一的，而是具有差别的。外部世界融入主人公的思想意识中，同时反映在进入抒情主人公视野的现实客体中。反抗和否定的情绪仍然一如从前，针对的是上流社会（《我常常出现在花花绿绿的人中间》），但也扩及至俄罗斯整个社会生活（《诗人之死》《别了，满目污垢的俄罗斯》）。主人公正是在其否定的现实中试图找到反抗的支持力量，他沉迷于历史之中，普通人、士兵成为诗中的抒情主人公（《波罗金诺》）。诗人转向人民生活，在早期抒情诗中，人民是消极群众的形象，而最高价值的载体是秉持个人主义的反叛者。

莱蒙托夫晚期抒情诗中的自传色彩已经消失，主人公的命运具有了抽象的哲学意义。在《沉思》中主人公不仅被具体化，而且被视为"我们"这代人，但其存在的无目标、无痕性的社会及道德心理依据更加深刻。成熟时期的主人公失去了昔日夸张的特点。"激情的风暴"在这一时期似乎隐藏起来，热烈的情感因着外在的冷漠而变得冷却，而否定的力量却在加强。晚期抒情诗中最核心的问题不是个人命运的特殊性，而是精神的超然性，表现出抒情主人公敏锐的洞察力和鲜明的哲学观。抒情主人公失去了恶魔性特征而变得更加普通，离人群更近，但他并没有失去自身的坚忍、毅力和对幸福的渴望。尽管他已经对生活感到厌倦，但仍旧渴望爱情，同时又对幸福的爱情感到无望（《死者之恋》《不，我如此热恋的并不是你》）。

晚期抒情诗中的主观元素逐渐被一些客观形象所替代，如《密约》和《申辩》中暗示着紧张的冲突。抒情主人公"我"在景物象征诗歌中实现了客观化。客观形象的阐释是通过主观情感的表达来实现的，如《悬崖》《云》《叶》等。摒除了直白的隐喻，避免了复杂的话语结构，莱蒙托夫加强了哲学隐喻的功能。不是通过作者"我"直接来表达感受，而是刻画具有表现力的场景，在这一场景中人物独自行动，但整个场景是用来表达作者本人的隐秘情感的。在《被囚的骑士》中，莱蒙托夫遵循了具有历史真实性的细节，如"悔罪的祈祷""赞美心上人的歌声""那沉重的宝剑、钢铁的铠甲"等，客观场景是通过武士的个人情感来传达的。他渴望自由，而唯有死亡能赐给他自由。这种个人的口吻使得武士的内心感受与《囚徒》、《遗言》（"老兄，我很想跟你在一起"）中的抒情主人公有共同之处。

本章主要从诗歌主题和体裁类别两个方面对莱蒙托夫抒情诗进行研究。着重观照莱蒙托夫对"孤独"和"死亡"两大主题的书写，以及祈祷诗和讽喻短诗两大体裁类别的创作。

第一节　"无人可分忧"的境遇——"孤独"主题书写

莱蒙托夫是被公认的吟唱"忧郁"、"愁苦"和"失望"的歌者。事实上，他的确是一位充满忧郁与失望感的诗人。孤独是人在世界上的基本生存处境之一。人的孤独状态更多的是指一种精神状态，也可能是人的一种精神态度。人自出生起就开始面对与世界、与他者、与自我的关系。而孤独就是人与世界、与他者、甚至与自我的隔阂。孤独感会像伴侣一样伴随着一个人的精神成长。而在文学中，人几乎永远都是被塑造的核心，作为人精神状态之一的"孤独"早已成为文学创作时常眷顾的重要命题之一。莱蒙托夫的抒情诗创作中对孤独主题的表达几乎伴随着他的整个创作生涯。其对孤独主题的表达是通过弥漫在作品中那种悲剧性的世界观、永恒的漂泊感、与他者和世界的隔阂以及强烈的死亡意识来体现的。

一、对生命及生活的悲剧性认知

1829 年，时年 15 岁的莱蒙托夫已经写下《独白》这样的诗句："相信吧，渺小就是人世上的幸运。/渊博的知识、光荣的渴望、卓越的/才能和对自由的热爱，有什么用，/如果我们根本不能去享有它们？/我们，北国的子孙，好像这里的花，/开花没有多久，很快就枯萎凋零……/好像灰蒙蒙天空中冬天的太阳，/我们的生活也这样昏暗而阴沉。/它单调的运行也像它一样短促……/在祖国使人心感到万分的沉重，/窒息得透不过气，心灵也在哀伤……/不知道什么甜蜜的友谊和爱情，/无谓的风波折磨着我们的青春，/怨恨的毒素使它很快蒙上阴影，/无情的人生之酒我们觉得苦涩；/任什么都不能使心灵感到欢欣。"①如此年少且涉世未深的莱蒙托夫何以如此忧郁？抒情主人公已经意识到人在世上的渺小，即便人拥有"渊博的知识""对光荣的渴望""卓越的才能""对自由的热爱"也毫无用处，因为不能运用所拥有的这一切。他把人比作生命短暂的鲜花，花开花落如同人生人死。生活在他的感知中是昏暗而又阴沉的，人们所处的国家大环境也是沉重的，一颗敏感如他的心在不断哀伤，无从品尝友谊和爱情的滋味。青春之于莱蒙托夫乃是见证十二月党人失败后的阴暗岁月，乃是品尝人生之酒的苦涩阶段。莱蒙托夫再次运用比喻，将怨恨和失望比作毒药，这毒药已经毒害了人的心灵，使之在生活中看不到一丝亮光，看不到能使心灵感到愉快的亮光。如此的悲观情怀、如此充满哲理性并看透人世般的人生总结，对于一般人来说，要经历过多年的痛苦挫折才会得出。此后的莱蒙托夫对生活的认知态度一直没有改变。1830 年，莱蒙托夫以"孤独"为题写下："孤独中拖着人生的锁链，/这可要叫我们不寒而栗。/分享欢乐倒是人人愿意——但谁也不愿来分担悲戚。/我独自像个空幻的沙皇，/心中填满了种种的苦痛，/我眼看着，岁月像梦般地/消逝了，听从命运的决定，/它们又来了，带着镀过金、但依然是那旧有的幻梦，/我望见一座孤寂的坟墓，/它等着；为什么还在逡巡？/任何人也不为这个哀伤，/人们将（这个我十分相信）/对于我的死大大地庆幸，/甚于祝贺我渺小的诞生……"②这首诗描述了人从生到死的悲剧性命运。抒情主人公认为人要孤独过这一生，无人愿意分担痛苦，而人生如同沉重的枷锁，主人公带着满心的苦痛随着岁月的流逝而老去，而死后面对的命运同样是孤寂。世上无人留恋主人公的离去，甚至为他的死亡而感到庆幸，这是何等的悲哀！生无喜，死无哀。客旅于尘世的生命如此渺小，如此不被珍视，不能不让人思索人生的意义。或许，莱蒙托夫具有强烈悲剧性意识的世界观正是其诗歌的永恒价值。任何形式的艺术表达，其终极功能之一便是对这个世界以及对生命意义的探索。悲剧性的表达传递出的信息会更具震撼力。莱蒙托夫在十五六岁的年纪已经体验到由生至死历程中生命的短暂，以及生命所要承担的痛苦。莱蒙托夫的天才之处正在于其拥有先知般的智慧，其抒情主人公的预言最终以其自身的命运实现了检验。

---

① [俄] 莱蒙托夫：《莱蒙托夫文集 独白 抒情诗（1828—1831）》，余振译，上海译文出版社，1998 年，第 82 页。

② [俄] 莱蒙托夫：《莱蒙托夫文集 独白 抒情诗（1828—1831）》，余振译，上海译文出版社，1998 年，第 143 页。

孤独与悲观的情绪也同样萦绕在《像夜空流星的一抹火焰》（1832）中。"像夜空流星的一抹火焰，/在这世上我已没有用。/纵然心儿沉重得像石头，/底下总像有蛇在游动。//灵感虽曾拯救了我，/让我从尘世的琐事超脱，/但我就在这幸福本身，/对自己的心都难以摆脱。//我常常在为幸福而祈祷，/终于把幸福期盼了来，/但幸福使我感到累赘，/像皇冠在沙皇头上压戴。//我便摒弃了一切幻想，/又剩下我孤身一人——/像阴郁而空荡的城堡中/那微不足道的主人。//"[①]抒情主人公悲观地认为自己在世上已经"没有用"，像流星的火焰，心情沉重而又不安。尽管已经超脱于尘世的琐事之外，尽管已经祈求到了幸福，但感知中的幸福却是累赘和烦恼。生活中不再有所期盼，于是孤独便将是永恒的伴侣。无意义、无价值感充盈着抒情主人公的情绪空间。任何一位"思想者"无不在人生的某一时刻会思索生命的意义与价值，诗人作为使用语言进行艺术表达的"思想者"，无疑也会找寻生命的价值与意义。显然，此诗中表现的是一种寻而未见的景象。无法确认意义与价值的主体注定遭遇虚无的命运，也注定孤独。

莱蒙托夫晚期创作的一首诗《我独自一人走上广阔的大路》（1841）中重新思索了生命的价值，但同样充盈着强烈的孤独感。抒情主人公独自一人行走在夜空下，就像一个孤独的旅人，感受到了宇宙的庄严与奇妙。抒情主人公仍在追问："我在期望着什么？惋惜着什么？/我怎么这般难过？又这般苦痛？"[②]主人公处于迷惘中，似乎仍处在人生的十字路口，不知该走向何方。夜空中星星与星星都在"低声地倾谈"，而主人公却无人为伴。他对人生的希冀已经幻灭，心中充满了对平静与自由的渴望："对往事我早已没有什么惋惜，/对人生我早已没有什么期望；/我在寻求着自由，寻求着平静！/我想要昏昏沉沉地进入梦乡！"[③]主人公的心灵似乎已经老去，唯希望在自由与平静中寻找生命的价值。

二、永恒的漂泊者形象

纵观莱蒙托夫的抒情诗创作我们可以发现，孤独主题还体现在抒情主人公内心深处永恒的漂泊感，以及家园缺失的无处可归感。诗中的漂泊者形象，或漂泊

---

① [俄] 莱蒙托夫：《莱蒙托夫全集 第 2 卷 抒情诗 II》，顾蕴璞主编，顾蕴璞译，河北教育出版社，1996年，第 22-23 页。

② [俄] 莱蒙托夫，《莱蒙托夫文集 诗人之死 抒情诗（1832—1841）》，余振译，上海译文出版社，1998年，第 286 页。

③ [俄] 莱蒙托夫，《莱蒙托夫文集 诗人之死 抒情诗（1832—1841）》，余振译，上海译文出版社，1998年，第 286-287 页。

在茫茫的海上，或浮游于广阔的空中，在无边无际的宇宙中，找不到可以栖息的家园。

在谈到莱蒙托夫创作中的孤独主题时，他的著名诗作《帆》（1832）是公认的恰当例证：“大海上淡蓝色的云雾里/有一片孤帆闪耀着白光！……/它在寻求什么，在迢迢异地？/它抛下什么，在它的故乡？……//波浪在汹涌——海风在狂呼，/桅杆弓起腰轧轧地作响……/唉唉！它不是在寻求幸福，/不是逃避幸福奔向他方！//下面是清比蓝天的波涛，/上面是那金黄色的阳光……/而它，不安的，在祈求风暴，/仿佛在风暴中才有安详！//”[①]

“大海”这一形象便是漂泊的载体，大海上的“孤帆”则是漂泊的主体。此处两句设问强调的是“孤帆”漂泊的目的，它既不是在寻求幸福，也不是在逃避幸福，孤帆注定与幸福无缘。孤独中的帆并不想顺从命运的安排，它祈求风暴。帆是不安的象征，是叛逆的象征，它期待暴风雨的洗礼，无论其命归何处，它宁愿大胆探索，宁愿在暴风雨中寻找属于自己的归宿。

《云》（1840）中莱蒙托夫塑造了一个永恒漂泊者的形象。“天空的行云啊，永恒的流浪者！你们像逐放的流囚，同我一样，/经过这碧色的草原、联珠似地，/由可爱的北国匆匆奔向南方。//是谁在迫害你们：命运的决定？/暗中的嫉妒？还是公然的怨望？苦磨你们的是什么样的罪行，/还是朋友们居心狠毒的诽谤？//不是，你们厌倦了荒芜的田畴……/你们没有激情，也不会有忧伤；/你们永远冷漠，也就永远自由，/你们没有祖国，你们没有逐放。//”[②]作者将浮游于天空中的云比作自己的灵魂，企图获得存在的地位。莱蒙托夫选择云这一形象并非偶然。作者认为云在天空中的飘浮是毫无意义的，云的存在有如诗人的存在一般，毫无作为。云的飘浮永远都是被动的，被风吹动，被某种惯性支配。云永远都不知道自己的最终归宿，也从未知晓自己的家园在何方，而云的生命存在也可能随时被消解。永恒的漂泊者、没有目标的虚无、生命结局的未知等皆成为该诗的思想表达。该诗中莱蒙托夫否定了存在的封闭性与自足性。他认为只有高尚的精神追求才能真正满足人内心的需要，否则人就会成为精神孤儿，处于精神焦虑与无所归依的状态。莱蒙托夫的伟大之处在于他并没有选择妥协，他并没有沉寂于庸庸碌碌的日常生活。

---

① [俄] 莱蒙托夫，《莱蒙托夫文集 诗人之死 抒情诗（1832—1841）》，余振译，上海译文出版社，1998年，第81页。

② [俄] 莱蒙托夫，《莱蒙托夫文集 诗人之死 抒情诗（1832—1841）》，余振译，上海译文出版社，1998年，第227页。

《叶》（1841）中诗人再次塑造了一个漂泊者形象。"一片橡叶脱离了它的故枝，/在暴风驱赶下向着旷野飘行，/因为严寒、酷暑和悲伤而枯萎，/最后一直飘落到了黑海之滨。//黑海边长着一棵年轻的悬铃树，/微风抚摩着绿枝，在互诉衷肠，/极乐鸟在枝头轻轻摇晃着身子，/把海中那妙龄女皇的荣耀歌唱。//飘叶贴到了高耸的悬铃树的根上，/哀恳动人地乞求个栖身的居处，/并说道：'我是一片可怜的橡叶儿，/在酷寒的祖国过早地长大成熟。//'我早就孤独彷徨地东飘西颠，/没有遮阴、无眠和不宁使我枯萎。你就把我这异乡客留在翠叶间吧，/我知道不少故事，都离奇而优美。'//'我要你干吗？'年轻的悬铃回答，/'你又黄又脏，跟我的鲜叶儿难作伴，/你见多识广，可我何必听你的神话?/我连极乐鸟的歌声都已经听厌。'//'你再往前走吧，漂泊者！不认识你！/我受太阳的钟爱，为太阳争春；/这里我自由地伸出漫天的枝叶，/清凉的海水正洗涤着我的树根。'//"①

一片橡树叶被风吹离枝头，吹向南方的黑海之滨，它祈求年轻的悬铃树收留自己，但是悬铃树拒绝了它，因为她不需要已经凋零的干枯树叶。曾经鲜活的生命已经死亡，已成无用之物。如同那漂泊的云一样，干枯的树叶已经无家可归，它注定要消失在这茫茫的宇宙中。漂泊的干枯树叶象征着孤独的无望者，不管如何努力都无法改变自己漂泊的命运。

以上三首诗皆以拟人化的手法塑造了漂泊者的形象。永恒的漂泊感裹挟着抒情主人公的各种变体，以各种各样的姿态表达着灵魂无处安放的悲怆。莱蒙托夫的漂泊者形象通常都是无望的，他们没有归家的路，他们漂泊的路是没有尽头的，即便此生悲剧性的死亡也不能终止他们漂泊的命运，因为死亡意味着尘世漂泊之路在彼岸世界的延伸。

三、与他者和世界的隔阂

莱蒙托夫孤独主题的表达还体现为抒情主人公与他者、与世界之间的隔阂。不愿意向世人敞开自己，不屑于与他者、与世界共处。"我不愿世上的人们知道/在我心中的秘密的隐情；/我怎样爱过，为什么痛苦，/裁判的只有上帝和良心！……//我的心会向着他们倾诉；/也会向着他们乞求哀怜；/让那个制造我的痛苦的/把我来惩处，把我来责难；//庸人的诽谤不会使我的/崇高的心灵感觉到悲哀；/让那海中的波浪喧闹吧，/撼动不了花岗岩的悬崖；/它把额头高耸在云层里，/它是天地间阴郁的寄客，/除过风暴和雷雨，决不把/自己的心思向别人诉说……//"（《我不

① [俄] 莱蒙托夫：《莱蒙托夫全集 第 2 卷 抒情诗 II 》，顾蕴璞主编，顾蕴璞译，河北教育出版社，1996年，第 324-325 页。

愿世上的人们知道》，1837）[①]此处，抒情主人公与他者之间横亘着"我不愿"的鸿沟，"我不愿"阻挡了"我"与"他者"的亲密关系。内心最隐秘处的细微活动"我不愿"让他者知道，"我不愿"分享"我"的喜怒哀乐，"我"也不屑来自"庸人的诽谤"，"我"的心灵是崇高的，他者和世界全都无法企及。诗人再次使用比喻，把"崇高的心灵"比喻成花岗岩的悬崖，而将"庸人"比作海中的波浪，任凭波浪如何喧嚣，也无法撼动花岗岩的悬崖。崇高的心灵如此高傲与坚定，自愿隔离了自己。

《沉思》（1838）一诗开头便是"我悲伤地注视着我们这一代的人！"莱蒙托夫像一个无情的法官般对自己同时代人及自我进行了审判。他曾与这一代人格格不入，他深知这一代人的弱点，他曾经鄙视那些品质："我们对善和恶恬然漠不关心，/走上竞技场没有搏斗便退败下来；/在危难面前我们怯懦地畏缩犹疑，/在权力面前——却是下流卑贱的奴才。"[②]他似乎站在高处，这一代人的人生经历、命运走向他都尽收眼底，如先知般预言了这一代人的归宿："我们这群忧郁的即将被遗忘的人/将无声无息地在这个世界上走过，/也不给后人留下一点有用的思想，/留下一部用天才撰写的著作。/子孙们将带着法官与公民的严峻，/用轻蔑的诗句，用被欺骗了的儿子/对荒唐胡为的父亲的痛苦的讥笑/侮辱我们的无言的死尸。"[③]与其他诗不同的是，该诗中抒情主人公的叙述人称始终用"我们"，显然包括"我"自己。这里，表面上看抒情主人公似乎与他者已然属于同类，但事实上"我"仍然是不同于他者的，"我"是这一代人中的"清醒者"，是敢于站出来的"揭发者"，甚至可以"揭发"自我。显然，"我"是这一代人中的"进步人士"代表，但众人皆醉我独醒的处境注定是孤独的。

在《不要相信自己》（1839）中，莱蒙托夫首先引用了法国诗人奥·巴比埃（A. Barbier）《扬波集》诗序中的诗句作为这首诗的题词："最后我们何必理会这嚷叫的/骗子手、贩卖激情的商人之辈、/豪言壮语的制造者，以及什么/辞令上跳舞的小丑们的狂吠？//"[④]显然，题词中充满了对他者的蔑视。而莱蒙托夫诗歌

① [俄] 莱蒙托夫：《莱蒙托夫文集 诗人之死 抒情诗（1832—1841）》，余振译，上海译文出版社，1998年，第138页。

② [俄] 莱蒙托夫：《莱蒙托夫文集 诗人之死 抒情诗（1832—1841）》，余振译，上海译文出版社，1998年，第156页。

③ [俄] 莱蒙托夫：《莱蒙托夫文集 诗人之死 抒情诗（1832—1841）》，余振译，上海译文出版社，1998年，第158页。

④ [俄] 莱蒙托夫：《莱蒙托夫文集 诗人之死 抒情诗（1832—1841）》，余振译，上海译文出版社，1998年，第167页。

保持了这一基调，抒情主人公对他者、对世界充满了不屑，事实上这是因为其与他者、与世界的不相融合，抒情主人公不被世界所理解。即便在心灵悲哀的时刻，他也警告自己不要走入世界"去辱没自己"，无论在这样的世界中"贩卖"何物，遭遇的终将是冷漠。此诗的标题"不要相信自己"乃是对抒情主人公诗人身份的警告，警告诗人不要相信自己的灵感，那是消耗掉生命的"美酒"。诗人开始反思自己，如何才能与他者、与世界和好。

莱蒙托夫直到生命的最后阶段都没有停止过对自我、对他者、对世界、对关系的思索。其生前发表的诗作《又苦闷又烦忧》（1840）像是对其悲剧性世界观的一个总结，是诗人的哲理性独白。诗人直率地表达了他的孤独："又苦闷、又烦忧，向谁伸出自己的手，/在这心怀抑郁的时候……/"[1]在这个世界上无人可以分担他的烦忧。他也不再让自己怀有任何希望，因为希望在他看来都是徒然。他处于本是该享受爱情的年纪，却无人可爱，因为他鄙视短暂的爱情，而永恒的爱情可望而不可即。回顾往昔，他的心中没有留下丝毫痕迹，快乐和痛苦已经不再重要。而人生在诗人看来也只不过是"空虚的愚蠢的儿戏"。诗人对人生、对世界、对他者的认知充满了无望的虚无感。

莱蒙托夫抒情诗创作中孤独主题的表达在很大程度上源于其悲剧性命运的影响。莱蒙托夫三岁丧母，由外祖母抚养长大，由于父亲的抚养权被外祖母剥夺，因此，莱蒙托夫没有体验到完整的母爱与父爱。而且他从小身体欠佳，经常生病，动辄去高加索疗养。而他也没有像普希金那样读过皇村贵族学校。他生性内向、忧郁，没有普希金那种外向与开朗的性格。他从小就感觉到了自己的与众不同，忧郁的性格加之病弱的身体让他对生命、对环境、对情感有了更深的悲剧性体悟。除此之外，他所在的时代是十二月党人失败后的时代，是被称为尼古拉一世统治的黑暗时代。在这样的时局下，诗人深感因无力作为而无所作为的苦闷。如此境况造就了莱蒙托夫的悲剧性世界观。莱蒙托夫从未想通过创作来寻找自我认同感。在世时，他的诗人身份已经得到了认可，但他从未利用过自己的知名度，也从未想借此而让自己成为偶像。只是莱蒙托夫对自己、对生活充满了期待。他有着一颗崇高的、不安的灵魂，他的存在意识需要得到确认，他崇高的灵魂需要安放。但直到生命的最后莱蒙托夫都未从生活中得到答案，他带着自己深深的孤独之痛离去。唯有天才才会有如此强烈的、无法摆脱的灵魂之痛。

---

① [俄] 莱蒙托夫：《莱蒙托夫文集 诗人之死 抒情诗（1832—1841）》，余振译，上海译文出版社，1998年，第190页。

第二节　"彻底毁灭的焦虑"——"死亡"主题书写

　　死是人类一直在猜解的谜。古今中外历代哲人纷纷发表过对"死"的见解："毕达哥拉斯说它是灵魂的暂时的解脱,赫拉克利特则说它很平常,它就是我们醒时所看见的一切;德谟克利特说它是自然的必然性,蒙田和海德格尔则说预谋死亡即预谋自由,向死而是人的自由原则;塞涅卡说它是我们走向新生的台阶,费尔巴哈则说它完全属于'人的规定';有人说它是最大的恶,费尔巴哈则说它是地上'最好的医生';黑格尔说它就是爱本身,海德格尔则说只有它才能把此在之'此'带到明处。我们中国哲学家也给出了各色各样的谜底。庄子说:'死生,命也';荀子说:'死,人之终也';韩非说:'生尽之谓死';王充说:'死者,生之效';张载说,死者,气之'游散'也;熊伯龙说:'人老而血气自衰,自然之道也。'"[①]而文学中的死亡问题也是古今中外作家绕不开的主题。因此,死亡问题也一直是莱蒙托夫哲学反思与诗情表达的对象之一。作为诗人的莱蒙托夫,在其抒情诗创作中或直接抒发对死亡的认识,或将死亡问题隐匿于某些诗化的意象中。作为文学家的莱蒙托夫有时更像一位哲学家,对死亡问题的思索凝结出其跨越时空与西方哲人发生对话的死亡观。

一、死亡场景的直接书写

　　在俄罗斯"黄金时代"的诗歌中找不到像莱蒙托夫那样对死亡主题集中而又持续的表达,死亡主题贯穿莱蒙托夫早期诗歌习作至五岳城决斗那个夏天的最后创作中。[②]莱蒙托夫抒情诗中直接以"死"（смерть）命名的诗共有三首:《死》（"西天燃起一条火红的彩带"）（1830）、《死》（"年轻的生命之链猝然中断"）（1830—1831）、《死》（"在绚丽多姿的幻想抚慰之下"）（1830—1831）。而标题与死亡意象相关的抒情诗如《墓地》（1830）、《瘟疫》（1830）、《战士之墓》（1830）、《遗言》（"有一个地方:在幽僻的小径旁"）（1831）、《遗言》（"老兄,我很想跟你在一起"）（1840）、《死者之恋》（1841）等。尽管抒情诗受体裁形式限制,没有复杂的叙事情节与庞大的叙事场景,但有限的诗句还是表现出了一系列死亡场景。

---

　　① 段德智:《死亡哲学》,商务印书馆,2017 年,第 2 页。

　　② Очман А.В. М.Ю. Лермонтов: жизнь и смерть/Сочинение в 3-х частях. – М.: Гелиос АРВ, 2010. С. 402.

绝望的人们一批批倒下，
在他们周围已尸体横陈——
乐土变坟茔——直到如今
他们无畏地拥抱得紧紧！
……

人们来他们这里：用挠钩
钩住他的尸体，毫不怜惜地
把它拖向高高的尸体堆旁，
给添上点木柴，并把火点起……（《瘟疫》，1830）[①]

血淋淋的尸首堆成了山，
挡住炮弹的轨道……（《波罗金诺》，1837）[②]

战斗在山涧激流中持续了
两个小时。好像野兽似的，
人们残酷、默默地厮杀着，
溪流被堆积的尸体堵截。
……

一切都已静寂下来；尸体
堆积成了山；鲜血热气腾腾
沿着石堆慢慢地流淌，
空气中充塞着一阵阵
血腥味，恶臭难闻。（《我是偶然给您写信；说真的》，1840）[③]

　　这里所展现的死亡都是非正常死亡，或是瘟疫造成的，或是战争所致。从视觉角度看，目及之处是尸体，是鲜血；从嗅觉角度看，是空气中弥漫的死亡的味道——"血腥味，恶臭难闻"。灾难性死亡的场景通常是惨烈而又令人震撼的。除上述真实的死亡场景以外，莱蒙托夫还会通过梦境、想象等手段展示死亡场景。

---

① [俄] 莱蒙托夫：《莱蒙托夫全集 第 1 卷 抒情诗 I》，顾蕴璞主编，顾蕴璞译，河北教育出版社，1996年，第 233、235、236 页。

② [俄] 莱蒙托夫：《莱蒙托夫全集 第 2 卷 抒情诗 II》，顾蕴璞主编，顾蕴璞译，河北教育出版社，1996年，第 143 页。

③ [俄] 莱蒙托夫：《莱蒙托夫全集 第 2 卷 抒情诗 II》，顾蕴璞主编，顾蕴璞译，河北教育出版社，1996年，第 274-275 页。

我梦见：我仿佛已经死了；
我的心听不见肉体的枷锁，
……

我走下了监狱，窄小的棺材，
我的尸体在里面腐烂，——我留下了；
里面的骨头已露了出来——
一块块发青的肉挂在上面——我看见
一条条带着干涸的血迹的青筋……
我神情绝望地坐着，并观看：
一堆堆蛆虫怎样迅速孳生，
贪婪地吞噬着自己的食物；
蛆虫时而从眼窝中爬出，
时而又藏进丑陋的骷髅，
这爬出爬进的每个动作，
都给我痉挛疼痛的折磨。（《夜 I》，1830）[①]

死！这个字眼听起来多响亮！
它的含义多么丰富又多么欠缺；
最后一声呻吟——万事大吉，
无须进一步查问。以后如何？
以后把您好好放进棺材里，
蛆虫将会啃噬您的骷髅，……（《死！这个字眼听起来多响亮》，1832）[②]

她梦见在那达吉斯坦谷地，
一具熟悉的尸体横卧地上，
胸前发黑的伤口热气腾腾，
渐渐冷却的鲜血还在流淌。（《梦》，1841）[③]

---

① [俄] 莱蒙托夫：《莱蒙托夫全集 第 1 卷 抒情诗 I》，顾蕴璞主编，顾蕴璞译，河北教育出版社，1996年，第 122、124 页。

② [俄] 莱蒙托夫：《莱蒙托夫全集 第 2 卷 抒情诗 II》，顾蕴璞主编，顾蕴璞译，河北教育出版社，1996年，第 86 页。

③ [俄] 莱蒙托夫：《莱蒙托夫全集 第 2 卷 抒情诗 II》，顾蕴璞主编，顾蕴璞译，河北教育出版社，1996年，第 310 页。

二、"死亡是灵魂从身体的开释"

谢·伊·奥热科夫（С.И. Ожегов）的《俄语详解词典》对 смерть（死）的解释是："死是生命活力的终止。临床死亡是指呼吸及心脏活动停止后的短暂时间，此时，一些机体组织还保持着活力。"[1]而弗·伊·达里（В.И. Даль）的《实用俄语详解词典》对死亡的解释是：死亡是地上生命的结束，是消亡，是灵魂与肉体的分离，是人已经过完一生的状态。一个人的死亡是肉体生命的结束，是复活，是永恒灵魂生命的开始。[2]在奥热科夫的词典的解释中我们可以看出，作者是从物质层面来阐释死亡现象。而达里的词典对死亡的解释是多元的，作者相信人是有灵魂的，而且灵魂是不死的，因为东正教徒在死亡中看到了永恒要素。永恒与死亡无关，而灵魂的生命是无限的。这种观点认为死亡不是一个人存在属性的消失，而只是人在地上生命的结束，回到上帝身边，相信灵魂不死和复活可以战胜对肉体死亡的恐惧，使得人类生活充满宗教意义。莱蒙托夫在抒情诗中也不止一次提到了"灵魂"一词。

> 纵然我将死去……挨着昏暗的墓门，
> 不感到恐惧，不觉有锁链。
> 我的灵魂将会飞腾，越飞越高，
> 有如铁皮屋顶上的袅袅轻烟！（《译帕特库尔诗》，1831）[3]

> ……他呻吟了好久，
> 但声音越来越弱，渐渐变为静寂，
> 于是他把灵魂交给了上帝；（《我是偶然给您写信；说真的》，1840）[4]

> 无形体的灵魂，走吧，重回人世！[《死》（"在绚丽多姿的幻想抚慰之下"），1830—1831][5]

---

[1] Ожегов С.И., Шведова Н.Ю. Толковый словарь русского языка. – М., 1992. С. 233.

[2] Даль В. Толковый словарь живого великорусского языка: В 4 т. Т.4. – М., 1955. С. 285.

[3] [俄] 莱蒙托夫：《莱蒙托夫全集 第 1 卷 抒情诗 I》，顾蕴璞主编，顾蕴璞译，河北教育出版社，1996 年，第 468 页。

[4] [俄] 莱蒙托夫：《莱蒙托夫全集 第 2 卷 抒情诗 II》，顾蕴璞主编，顾蕴璞译，河北教育出版社，1996 年，第 275 页。

[5] [俄] 莱蒙托夫：《莱蒙托夫全集 第 1 卷 抒情诗 I》，顾蕴璞主编，顾蕴璞译，河北教育出版社，1996 年，第 314 页。

　　由此可见，莱蒙托夫相信灵魂存在说。早在古希腊时期，哲学家毕达哥拉斯（Pythagoras）就认为："人是由灵魂和身体结合在一块构成的。在人这个合体中，灵魂不仅'推动自己'，同时也推动身体。灵魂一旦离开身体，身体就变成了'尸体'，他也就死了。"①

　　莱蒙托夫在《夜》系列组诗中充分地探索着生与死的奥秘。这一组诗创作于1830年，作者力求展示对人本体地位的认识。统一的标题"夜"这一概念彰显的是关于存在、死亡的奥秘。对这一组诗的考察不能忽略俄罗斯的精神传统，当从整体上把握莱蒙托夫诗歌文本。在《夜 I》中作者营造了一个梦境，抒情主人公在梦境状态下经历死亡。在《夜 I》中，梦就如同生与死、尘世与尘世外之间的临界状态，它创造出一种个人经历死亡的条件，经历剧烈精神冲突的条件。在欧洲浪漫主义作家拜伦、海因希里·海涅（Heinrich Heine）的创作中，梦意味着尘世生活的异在。梦超越了存在层面与认知形式之间的界限，被理解为一种死亡模拟。②梦境中，自然之身（肉体）的死亡使得灵魂摆脱了有限物质世界的枷锁。灵魂可以洞察宇宙的奥秘，因其转换到了另外一个新的时空维度。"我漫无目的地向前飞奔；/眼前不是灰色或蓝色的天/（而我觉得，那并不是天穹，/只见昏暗的、死寂的空间）"③，而这个新世界的特点是无限性，"我"一直处于"飞"的动态中，没有希望，也没有目标。灵魂被怅然若失的情绪所笼罩，同时感受到了存在的悲剧性。

　　"死亡是灵魂从身体的开释"是柏拉图关于死亡本性的基本命题。柏拉图认定死亡是灵魂净化的根本途径。他曾试图证明灵魂不死的学说，分别从回忆说、理念论、灵魂结构、灵魂起源、道德论等角度来证明灵魂是不朽的。"柏拉图是西方哲学史上第一个把灵魂不死学说同认识论、本体论、方法论和道德伦理联系起来的人，从而赋予灵魂不死学说以一种普遍的世界观和人生观的意义。"④俄罗斯学者瓦·费·阿斯穆斯（В.Ф. Асмус）在《莱蒙托夫思想》一文中指出：众所周知，柏拉图哲学中的"回忆"（анамнезис）说具有非常大的影响。这一学说强调灵魂的超限起源，同时强调对似乎永恒不变的本质感性易变的、非真实的认识与真实的认识之间的对立性。柏拉图的"回忆"说极其神秘而又直观。它的目

　　① 段德智：《死亡哲学》，湖北人民出版社，1996 年，第 51 页。

　　② Косяков Г.В. Проблема смерти и бессмертия в лирике М.Ю. Лермонтова. Диссертация на соискание ученой степени кандидата филологических наук. – Омск, 2000. С. 60.

　　③ [俄] 莱蒙托夫：《莱蒙托夫全集 第 1 卷 抒情诗 I》，顾蕴璞主编，顾蕴璞译，河北教育出版社，1996 年，第 122 页。

　　④ 段德智：《死亡哲学》，湖北人民出版社，1996 年，第 69 页。

的是把思想归为理性知识类，完全不同于一般的知识。这一理论的基础是不相信感性世界与感性认识的现实，它反映在唯心主义美学与新时期艺术中，尤其是浪漫主义美学中。在莱蒙托夫的创作中有的不是哲学"回忆"说，而是诗学"回忆"说。[①]在《天使》（1831）中莱蒙托夫写道："他抱来一个初生的灵魂，/送到哀哭的尘世之上；/歌声留在这灵魂的心中，/不用歌词，却如诉衷肠。//这灵魂在人寰久久地受难，/心中仍怀着美好的希望，/人间的歌儿实在使他厌烦，/哪能抵得上天国的绝唱。//"[②]这首诗中所表达的思想与柏拉图神秘的"回忆"说非常相似。柏拉图认为，我们通过后天经验，只能获得关于"可见世界"的"意见"，而不可能获得关于"理念世界"的"知识"。要获得关于理念世界的知识，就必须通过"灵魂的回忆"。而灵魂之所以会先天具有关于理念世界的知识，正在于它对于身体的先在性，在于它在"投生为人以前就已经存在在某个地方"。换言之，正是灵魂的先在性和不死性构成了"知识就是回忆"这一认识论学说的可能性。[③]莱蒙托夫在该诗中的灵魂形象希望唤起的并不是超验的思辨，这一灵魂身上带着曾经体验过的美好情感，灵魂对当下的认识基于对过去的"回忆"。过去所经历的一切不会走向消亡，而会作为一种记忆留存。而在莱蒙托夫的抒情主人公身上，"过去"之于"现在"有着强大的覆盖力量。"回忆"昭示着主人公强烈的逆时之需。

在《天使》一诗中，莱蒙托夫在呼应"回忆"说的同时发展了灵魂永恒的思想。这一思想带有宗教主义色彩："天使在夜半的天空中飞翔，/他嘴里在轻轻地歌唱；/月儿、星星和云朵在一起，/谛听他那圣歌的声浪。//"[④]天使这一形象本就是出自《圣经》，而"月儿、星星和云朵"这一切按照基督教的创造论来看，都是上帝的创造。天使的歌声在这一语境下成为宇宙的中心，而整个宇宙都在留心倾听。天使用歌声来表达对上帝的赞美，而赞美的歌声深刻地印在了灵魂的记忆中。在哀哭的尘世中，关于天国的记忆使得灵魂认识到自己永恒的本质。灵魂的命运便是连接天国与尘世之间的重要线索。灵魂在尘世的生命表现是自我认知行为中的永恒意识。由此看来，莱蒙托夫所展示的此在意义是意识到灵魂的不朽

[①] Асмус В. Круг идей Лермонтова//М.Ю. Лермонтов/АН СССР. Ин-т рус. лит. (Пушкин. Дом). – М.: Изд-во АН СССР, 1941. – Кн. I. – С. 83-128. – (Лит. наследство; Т. 43/44). СС. 108-109.

[②] [俄] 莱蒙托夫：《莱蒙托夫全集 第 1 卷 抒情诗 I》，顾蕴璞主编，顾蕴璞译，河北教育出版社，1996 年，第 457 页。

[③] 段德智：《死亡哲学》，湖北人民出版社，1996 年，第 67 页。

[④] [俄] 莱蒙托夫：《莱蒙托夫全集 第 1 卷 抒情诗 I》，顾蕴璞主编，顾蕴璞译，河北教育出版社，1996 年，第 456 页。

性。在另外一首抒情诗《信》（1829）中，抒情主人公幻想着自己死后的场景："但你不要哭，我俩离得很近，/我的阴魂时刻准备着向你飞去，/……"①他甚至幻想自己的阴魂会在一个骠骑兵身上显灵。抒情主人公渴望死后的灵魂仍然参与尘世的生活，实现自己在尘世的梦想。

三、彻底毁灭的焦虑

在《一八三〇年五月十六日》中，莱蒙托夫写道："我怕的不是死。啊，不是！/我怕的是消失得无影踪。"②显然，诗人所谓的死是肉体的死亡，但他焦虑的是彻底的毁灭与消失。他渴望肉体毁灭后还能留下点什么。作为一名诗人，他的作品会留存。诗人意识到自己的作品与造物主之间的联系，将自己的存在意义扩大至创造层面。诗人渴望消除精神创造力与破坏力之间的矛盾。渴望表达自我的抒情主人公在面对精神之"我"的消亡时充满焦虑。尽管"死"是一个奥秘，但是莱蒙托夫并无兴趣去猜解这一奥秘。抒情主人公在有限的世界中试图保留精神的完整，但同时又不希望自己毁灭之后在人群中间徘徊游荡。"心中没有足够的自制力——/我竟爱上了人间的痛苦。/于是这个形象紧跟着我，/一道拼命地奔向死亡，/奔向那个你曾向我许诺/永久宁静的位置的地方，/但我觉得本没有宁静，/这里和那里处处都没有；/受难人永世也不会忘却/那些漫长的残酷的年头！……//"③渴望精神永恒的诗人"爱上了人间的痛苦"，因为人间的痛苦亦是个人精神体验的一部分。精神之痛给了诗人更多的灵感，残酷的尘世生活赋予诗人一种永恒的存在之感，而永恒存在的标志对于抒情主人公来说是精神之"我"的自由表达。

诗人向往永恒，不断思索永恒问题，他在诗中多次提到"永恒"。

每当艳红的夕阳西沉，
落入那蓝色的天际，
每当薄雾升起，而夜幕
把远处的一切遮闭，

---

① [俄] 莱蒙托夫：《莱蒙托夫全集 第 1 卷 抒情诗 I》，顾蕴璞主编，顾蕴璞译，河北教育出版社，1996年，第 38 页。

② [俄] 莱蒙托夫：《莱蒙托夫全集 第 1 卷 抒情诗 I》，顾蕴璞主编，顾蕴璞译，河北教育出版社，1996年，第 198 页。

③ [俄] 莱蒙托夫：《莱蒙托夫全集 第 1 卷 抒情诗 I》，顾蕴璞主编，顾蕴璞译，河北教育出版社，1996年，第 199 页。

我便总要在寂静之中，
思索起爱情和永恒，……（《黄昏》，1830—1831）①

那郁闷的钟声在黄昏时分
油然在我耳中悠悠地震荡，
它让我这颗受欺骗的心灵
重又回想起那永恒和希望。（《那郁闷的钟声在黄昏时分》，1830—1831）②

你比我幸运，在你面前，
命定的永恒有如生命之海，
展现出一片莫测的深渊。（《父亲和儿子的命运太凄惨》，1831）③

大胆相信那永恒的事吧，
它没有开头，没有终极，
它已经过去，还会到来，
它曾骗过你，还将骗你。（《大胆相信那永恒的事吧》，1832）④

不堪忍受短短路程的人
怎能朝无限的境界进发？
这种永恒会把我压得粉碎，
不得休息也令我惧怕！（《反复说着离别的话》，1832）⑤

莱蒙托夫早就意识到了生命的短暂易逝。"世间的万物都有终了的时辰；/人比花草是要稍稍显得长命，/但若与永恒相比，人的一生/实在不值得一提。只有心灵/才须活过摇篮里度过的光阴。//"（《一八三一年六月十一日》，1831）⑥

---

① [俄] 莱蒙托夫：《莱蒙托夫全集 第 1 卷 抒情诗 I》，顾蕴璞主编，顾蕴璞译，河北教育出版社，1996年，第 336 页。

② [俄] 莱蒙托夫：《莱蒙托夫全集 第 1 卷 抒情诗 I》，顾蕴璞主编，顾蕴璞译，河北教育出版社，1996年，第 338 页。

③ [俄] 莱蒙托夫：《莱蒙托夫全集 第 1 卷 抒情诗 I》，顾蕴璞主编，顾蕴璞译，河北教育出版社，1996年，第 463 页。

④ [俄] 莱蒙托夫：《莱蒙托夫全集 第 2 卷 抒情诗 II》，顾蕴璞主编，顾蕴璞译，河北教育出版社，1996年，第 64 页。

⑤ [俄] 莱蒙托夫：《莱蒙托夫全集 第 2 卷 抒情诗 II》，顾蕴璞主编，顾蕴璞译，河北教育出版社，1996年，第 78 页。

⑥ [俄] 莱蒙托夫：《莱蒙托夫全集 第 1 卷 抒情诗 I》，顾蕴璞主编，顾蕴璞译，河北教育出版社，1996年，第 378 页。

对于诗人来说，克服必然"终了"之命运，获得"永恒"之盼望的方式是"行动"。"我必须行动，真是满心希望/能使每个日子都不朽长存，/就像伟大英雄不衰的英灵，/我简直不解休息要它何用。//"[1]因生命必然消逝的焦虑衍生出"必须"行动的焦虑。莱蒙托夫如同一位先知，甚至预见到自己的"死亡"。他既不为自己祖国在世界历史上的命运操心，也不关心自己亲近之人的命运，唯一只关心自己的个人命运，——他当然比任何一个诗人都更像一位先知。[2]就在莱蒙托夫去参加那场致命决斗的几个月前，他在诗歌《梦》（"炎热的正午我躺在达吉斯坦山谷"）（1841）中看见自己被子弹打入胸口受了重伤，躺在达吉斯坦山谷的沙土上一动不动，四周是悬崖峭壁，他在梦境的幻象里看见了心在咫尺，身却相隔天涯的女子，那女子又在梦中看见了躺在山谷里的他的尸体。他通过梦境的三次方（索洛维约夫语）形式预见到自己的死亡。无论是在早期诗歌还是晚期诗歌中，莱蒙托夫都流露出一种强烈的预感，那就是自己注定会过早地死亡。而当他真正面对死亡时的表现也是令人惊异的："我望了他一眼，我永远都不会忘记，他就站在对准他的枪口前，可是他的脸上却浮现出一种平静、几乎可以说是愉悦的表情。"[3]——亚·伊·瓦西里奇科夫（А.И. Васильчиков）公爵如此回忆莱蒙托夫生命的最后时刻。

梅列日科夫斯基对莱蒙托夫死亡观的表述更令人信服：他并不完全是人，这在他对待死亡的态度上可以看出。也许，他对死亡的无畏并不具有积极的宗教意义，但却在他的个性上打下了无法磨灭的真实烙印：或好，或坏，不管怎样，他依旧是他。没有人如此直面死亡，因为没有人如此清楚地知道，其实根本没有死亡。[4]

第三节　与上帝的对话——祈祷诗

祈祷诗作为一种特殊体裁的诗歌，在俄罗斯诗歌史中占有一定地位。俄罗斯文学与《圣经》精神有着密切的联系。从古代开始，从事艺术工作的人为寻找新的故事情节就会诉诸《圣经》。《圣经》中的许多章节因鲜明的形象、深刻的思

① [俄] 莱蒙托夫：《莱蒙托夫全集 第 1 卷 抒情诗 I》，顾蕴璞主编，顾蕴璞译，河北教育出版社，1996年，第384、385 页。

② Вл. Соловьев. М.Ю. Лермонтов // М.Ю. Лермонтов:pro et contra/Сост. В.М. Маркович, Г.Е. Потапова, вступ. статья В.М. Марковича, коммент. Г.Е. Потаповой и Н.Ю. Заварзиной. – СПб.: РХГИ, 2002. С. 338.

③ М.Ю.Лермонтов в воспоминаниях. – М.: Художественная литература, 1989. С. 471.

④ Мережковский Д.С. М.Ю.Лермонтов. Поэт сверхчеловечества // М.Ю. Лермонтов:pro et contra/Сост. В.М. Маркович, Г.Е. Потапова, вступ. статья В.М. Марковича, коммент. Г.Е. Потаповой и Н.Ю. Заварзиной. – СПб.: РХГИ, 2002. С. 367.

想而成为人们灵感的源泉。苏联时期这一问题作为敏感问题曾一度被禁止论及。从 20 世纪 80—90 年代开始，文艺学界开始意识到俄罗斯文学与东正教之间的深刻渊源。回顾俄罗斯文学史，我们可以发现，19 世纪俄罗斯抒情诗中有许多不同形式的祈祷诗。俄罗斯诗歌史中以"祈祷"命名的诗歌也并不少见，如费·尼·格林卡（Ф.Н. Глинка）的《灵魂的祈祷》（1823）、亚济科夫的《祈祷》（1825）、维·卡·丘赫尔别凯（В.К. Кюхельбекер）的《祈祷》（1830）、阿·亚·格里戈里耶夫（А.А. Григорьев）的《祈祷》（1843、1845）等。祈祷抒情诗体裁并非是对祷告词的模拟，而是宗教语言的创作活动，包括与上帝的交流与认知。俄罗斯诗人的道德与审美意识中早已融入了东正教话语，其中包括祷告话语，这是俄罗斯东正教文化传统的影响。教堂礼拜中所使用的语言简洁、严谨、优美。这在俄罗斯的古典诗歌中表现得尤其鲜明。

研究者早就注意到，祈祷意识在莱蒙托夫的艺术世界中占有重要地位。19 世纪末 20 世纪初，一些研究者提出了诗人宗教信仰的问题。除了神话，莱蒙托夫还创作了一系列真正的祈祷文，原创的、不模仿任何人的。[1]——罗扎诺夫如此评价莱蒙托夫创作的创新特点。米·尼基京（М. Никитин）在《莱蒙托夫诗歌中关于上帝和命运的思想》一书中指出：莱蒙托夫深刻体会到了祈祷的喜乐。在其诗歌中最私密的、最真诚的东西都与祈祷和祈祷心境有关。[2] 20 世纪初，莱蒙托夫创作中的祈祷主题被评价为是对前辈文学风格的模仿，或者是反恶魔艺术思想的例证。20 世纪与 21 世纪之交，人们又开始关注"超人诗人"（梅列日科夫斯基语）的祈祷问题。

根据《圣经》原则，祈祷乃是信徒与上帝之间的语言交流。祈祷是耶稣基督赐给其信徒的特殊权柄，而应该如何祈祷，《圣经》文本中也有所教导，祷告的范本即为主祷文："所以，你们祷告要这样说：'我们在天上的父，愿人都尊你的名为圣。愿你的国降临。愿你的旨意行在地上，如同行在天上。我们日用的饮食，今日赐给我们。免我们的债，如同我们免了人的债。不叫我们遇见试探，救我们脱离凶恶。因为国度、权柄、荣耀，全是你的，直到永远。阿们。'"[3]通过这段主祷文我们可以看出，祈祷中表达了祈祷主体的顺服、感谢、饶恕、谦卑、祈求和赞美。在不同时代都有人编写优美的祷文，并且也达到了属灵生命的高度，这样的一些祷文也进入了教会的日常生活中。祈祷涵盖的内容很多，首先就是表

---

① Розанов В.В. О писательстве и писателях. – М.: Республика, 1995. С. 76.

② Никитин М. Идеи о Боге и судьбе в поэзии Лермонтова. – Нижний Новгород, 1916. С. 5.

③ 《圣经·新约·马太福音》第 6 章第 9—13 节。（本书《圣经》引文均出自《圣经（和合本）》2009 年版，下文不再一一标注。）

达对上帝的爱与信心，同时反省自己，祷告中承认自己的软弱与罪过，向上帝进行忏悔，祈求上帝的赦免，力求洁净自己、救赎自己。可以说，每个祈祷之人都为丰富祈祷语言做出了自己的贡献，这些语言经过教会的使用逐渐被固定下来，成为宗教生活和文化中的财富。每个信徒的属灵状态、认知状态都反映在了祈祷中。几乎所有俄罗斯诗人都有与上帝交流的需要，他们需要向上帝敞开自己，展示自己的生命与灵魂状态。正因为如此，俄罗斯具有古老的祈祷抒情诗传统，其中包括一些祷告词的使用，如"我的父神"，这在亚·彼·苏马罗科夫（А.П. Сумароков）和丘赫尔别凯的诗歌中都会找到。传统祈祷诗歌对于莱蒙托夫来说也并不陌生。

正是在这种祈祷传统的影响下，莱蒙托夫在自己的创作中构建了许多祈祷的情境，如为祖国祈祷（长诗《伊斯梅尔-贝》，1832）、战前祈祷[抒情诗《情歌》（"现在你就要走上战场"），1832]、安魂祈祷（长诗《立陶宛姑娘》，1832）、为他人代祷（抒情诗《祈祷》，1837）。在艺术世界中，诗人时常会使用一些宗教词语，描述一些与宗教情境相关的细节。如在长诗《伊斯梅尔-贝》中诗人提到的"刻有虔诚的圣诗的短剑"。在抒情诗《诗人》（"我的短剑闪耀着金色的饰纹"）中，对山民武器失去战斗功能的描写仍然是与祈祷问题相关。"清晨祈祷时谁也不再虔诚地/诵读它那铭刻的题辞……"[①]

在莱蒙托夫的抒情诗创作遗产中有四首诗中带有"祈祷"的字眼。除《士官生的祈祷》（1833）之外，其余三首诗单单只是名为"祈祷"（1829、1837、1839）。莱蒙托夫的祈祷诗遵循着东正教中的祷告传统，包含了忏悔、感谢、赞美、祈求和为他人代祷等内容。

一、《祈祷》（1829）——罪意识与忏悔

不要责难我，全能的上帝，/不要惩罚我，我在哀求你，——/因为我爱处处是苦难的、/如同坟墓般黑暗的大地；/因为你生动语言的激流/难得注入我愚顽的心房；/因为我的心远远离开你/而在无尽的迷惘中彷徨；/因为灵感的炽热的熔岩/在我胸膛中不停地沸腾；/因为粗野的奇异的激动/使我明亮的眼蒙上阴影；/因为我觉得人世太狭小，/而不敢深入到你/的心中，/上帝呀，我也不敢常常地/用罪恶的歌声求你宽容。/但是扑灭这奇异的火焰——/能够毁灭一切的大火吧，/把我的心变做一块顽

---

① [俄] 莱蒙托夫：《莱蒙托夫文集 诗人之死 抒情诗（1832—1841）》，余振译，上海译文出版社，1998年，第160页。

石，/制止这双贪婪的眼睛吧；/主啊，让我从诗的创作的/可怕的饥渴中解救自己，/那时我将从这条解救的/窄狭的小径重新奔向你。//①

　　写下这首祈祷诗的时候莱蒙托夫年满 15 岁。他第一次使用祈祷这样的体裁形式，其中带有祈求文本的仪式性元素。形式上，祷告词的建构性元素被保留了下来。首先是对祈祷对象的称呼——"全能的上帝"。正如上文所提到的《圣经·新约·马太福音》中记载的主祷文一样，首先称呼祷告的对象为"我们在天上的父"。年少诗人的罪意识已经开始表露，只有具有深刻罪意识的人才能进行深度忏悔。

　　诗人意识到自己远离上帝，上帝的话语并未真正进入他的心房，深知自己的心是"愚顽"的，诗人承认自己的"罪"，祈求上帝不要"责难"与"惩罚"。诗人在诗歌的第一部分开始例数自己的"罪"，向全能的上帝祈求恩典。诗人例数的"罪"包括对尘世的爱、激情、诱惑等。诗人将尘世生活称为"坟墓般黑暗的大地"。在诗人的认知中尘世不仅仅是人类生活的地方，同时是人人都会死去的地方。因"我爱处处是苦难的……大地"，诗人担心遭受上帝的惩罚，因为《圣经》中记载："不要爱世界和世界上的事。人若爱世界，爱父的心就不在他里面了。因为凡世界上的事，就像肉体的情欲，眼目的情欲，并今生的骄傲，都不是从父来的，乃是从世界来的。"②诗人因爱尘世而远离上帝，在"无尽的迷惘中彷徨"，被"灵感的炽热的熔岩"灼烧。似乎是创作使诗人忘掉了上帝，而灵感的熔岩在"胸膛中不停地沸腾"，有如火山喷发的景象，可以想见整个过程的力量美和破坏性。诗人有如火山般喷发出优美的诗作，这是一种不由自主的创作过程。内心急切想要创作的冲动"使我明亮的眼蒙上阴影"，充满激情的尘世会使人的灵魂变得阴郁。传统上一般认为诗人是上帝与人之间的媒介，但是诗歌中诗人的痛苦正是"人世太狭小"，而天上的世界又让他感到恐惧。因此，诗人用"罪恶的歌声"祈求上帝宽恕——诗人转向上帝。祷告的第二部分从一个连接词 Ho（但是）开始，与第一部分形成对比。该诗的结构建立在对称的基础上。结尾部分的诗行——"那时我将从这条解救的/窄狭的小径重新奔向你"，是一种对上帝的承诺。诗人无法抗拒不由自主的创作激情，也无法实现自我救赎。诗人相信只有上帝可以"扑灭这奇异的火焰"，可以把诗人的心"变做一块顽石"，可以制止"这双贪婪的眼睛"。造物主赋予诗人的一切也唯有造物主可以夺去。

　　① [俄] 莱蒙托夫：《莱蒙托夫文集 独白 抒情诗（1828—1831）》，余振译，上海译文出版社，1998 年，第 95-96 页。
　　② 《圣经·新约·约翰一书》第 2 章第 15—16 节。

　　该诗中诗人与上帝的交流总是被祷告主体忏悔的音调所打断。抒情情节在形式与内容的对立中展开。形式上遵守了祷告祈求的结构。根据基督教的传统，祷告是对人类智慧的提升，是灵魂靠近上帝的机会，但是在迷惘中，上帝的智慧便会远离。祷告中，诗人会有超验的经历。1829 年的《祈祷》诗中充满了基督教文本的隐喻。上帝与诗人都是创造者，上帝是通过话语来创造世界的，而诗人通过语言来创造艺术世界。诗人与造物主以平等的姿态进行了对话。该诗中抒情主人公的命运非常独特，不可复制。因此莱蒙托夫为俄罗斯文学创造出了一种非常独特的祈祷语言类型，即诗人的祈祷。基督教教义认为，祈祷是人与上帝生命的联结，通过祷告人们可以让上帝的生命内驻到祷告主体生命之中，达到真正的生命联结。对于基督徒来说，与上帝的交流（祈祷）、上帝生命的内驻乃是人类精神探索的终极目标。

二、《祈祷》（1837）——为他者代求

　　圣母啊，现在我站在你圣像前、/明亮的光轮前，向你虔诚祈祷，/不是带来感谢，不是祈求救援，/不是忏悔，不是战斗前的祝告，//更不是为了自己漠漠的心房、这人世上孤苦的流浪人的心；/而是想要把这个纯贞的女郎/交给冷酷世界的热情维护人。//愿你用幸福照拂美好的灵魂；/愿你赐与她满怀眷念的友伴，/给善良的心一个期待的世界、/明朗欢乐的青春、平静的晚年。//当最后的别离的时刻来临时，/在沉静的午夜或嚣嚷的清晨，/愿你能派一个最圣洁的天使/到病榻前接引她美丽的灵魂。//[①]

其中前八个诗行构成一个完整的句子。

Я, Матерь Божия, ныне с молитвою

Пред Твоим образом, ярким сиянием,

Не о спасении, не перед битвою,

Не с благодарностью иль покаянием,

Не за свою молю душу пустынную,

За душу странника в свете безродного;

Но я вручить хочу деву невинную

---

　　① [俄] 莱蒙托夫：《莱蒙托夫文集 诗人之死 抒情诗（1832—1841）》，余振译，上海译文出版社，1998 年，第 135-136 页。

Тёплой заступнице мира холодного.①

正如庚·叶·戈尔兰诺夫（Г.Е. Горланов）在其博士学位论文中写道：构成一个句子的八行诗，就像祈祷文一样具有节奏感。即便标题中没有"祈祷"一词，该诗读起来也会被视为祈祷文。② 《圣经》中教导："所以你们要彼此认罪，互相代求，使你们可以得医治。义人祈祷所发的力量是大有功效的。"③根据基督教的祷告传统，祷告内容中很重要的一部分是为他人代求。而在东正教文化中具有圣像崇拜的传统。而圣像中最为流行的是圣母像，祈祷者相信，圣母是祈祷者与耶稣基督之间的媒介，祷告祈求的内容会通过圣母传达给耶稣基督。1837 年的《祈祷》中诗人再现了圣像前的祈祷仪式情境。整首诗都是抒情主人公的独白，他为心爱的女人向圣母祈祷。诗中所提到的纯洁女郎是指洛普欣娜，她已嫁作人妇，但婚姻不幸。整首诗歌符合教会祷告文本特定的结构，有称呼、有陈述祈求、有感谢和赞美。开篇便明确了祷告的对象——圣母，接着诗人列举了基督教祷告的四种类型：感谢祷告、祈求救赎祷告、忏悔祷告、战前祝告等。但抒情主人公的祷告类型并不属于这四种类型，他摒弃了为自己祈求的机会，而是从第 7 行诗才开始陈明自己真正的意图——要为"纯洁女郎"的灵魂祷告。祷告情境中再现了祷告主体所爱之人的整个生活图景，他祈祷希望爱人免遭苦难，关心她的周遭，关心她的灵魂，祈求上帝为她预备快乐的青春与平静的晚年。他祈求圣母的护佑不仅照拂纯洁女郎的尘世生活，同时能护佑彼岸世界其灵魂的归宿。

该诗的结尾在抒情主体的祈求中展开，他恳求祷告对象能够感知到纯洁女郎那美丽的灵魂。即便她的肉身在病痛中经历着痛苦，也不能忽略她那美好的灵魂。抒情主人公为女郎的灵魂代求，期盼那永恒的生命。祷告话语所塑造的艺术空间是超越时空界限的，祷告情境通常会扩展至永恒，而纯洁的灵魂通过祷告主体的代求借着圣洁天使而得以进入永恒。祷告的语言中没有对死亡的恐惧，因为死亡只是对灵魂居所的变更。祷告言语的力量犹如圣像中圣母头上的光环所散发出的光辉洒向永恒。这些诗句饱含着敬虔的爱，堪称是对纯洁、柔和、心灵之美的赞歌。

---

① Лермонтов М.Ю. Собрание сочинений: В 4 т/АН СССР. Ин-т рус. лит. (Пушкин. дом). – Изд. 2-е, испр. и доп. – Л.: Наука. Ленингр. отд-ние, 1979-1981. Т. 1. Стихотворения, 1828-1841. – 1979. С. 380.

② Горланов Г.Е. Творчество М.Ю. Лермонтова в контексте русского духовного самосознания. Диссертация на соискание ученой степени доктора филологических наук. – Москва, 2010. С. 168.

③ 《圣经·新约·雅各书》第 5 章第 16 节。

三、《祈祷》（1839）——安慰的力量

> 每当人生的痛苦的时刻/悲哀闯进了心房时：/我便喃喃不绝地念诵着/奇异的祈祷的文辞。//在这流利文句的韵律中/有天赐的神奇力量，/而那难解的神圣的魅力/也在这文句中荡漾。//好像从心头卸下了重负，/怀疑便从心中走开——/我有所信赖了，放声恸哭，/是这般地轻快、轻快……//[①]

　　1839 年的这首诗仍旧是关于祈祷的，充分彰显了宗教言语对人心灵的安慰力量。相关材料显示，该诗是为玛·阿·谢尔巴托娃（М.А. Щербатова）公爵小姐所写。"玛莎嘱咐他苦闷的时候要祈祷。他答应了她，并且写了这首诗。"[②]这首诗中抒情的展开是由精神状态的变化而决定的。诗人首先表明了祈祷的需要是在"人生的痛苦的时刻"，这也恰恰呼应了《圣经》中救主耶稣的一句话："凡劳苦担重担的人，可以到我这里来，我就使你们得安息。"[③]生动而优美的祈祷词在人生艰难的时刻可以赶走忧郁，消除内心的疑虑。开头几行诗中所表现出来的紧张感一句句、一行行在减弱。祈祷除了赐予人足够的力量之外，还散发着神圣的魅力，祈祷可以变成生命的呼吸，令人充满信心。神奇的祈祷本身并非通过语言来表达，但却启示性地再造了祈祷事件的完整性及其宗教背景。莱蒙托夫细腻地展现了祈祷主体精神历程的方方面面。祈祷主体在人生艰难的时刻，心中有苦闷，于是开始念诵那"奇异的祈祷的文辞"，被其神圣的魅力所感动。最终，在信仰中、在祈祷的泪水中祈祷主体经历了灵魂的洗礼。在关于祷告的训诫中约翰·列斯特维奇尼克（Иоанн Лествичник）说道："如果你在某个祷告词语中感受到了特殊的甜美或者感动，那么就请停在那里，因为那一刻我们的保护天使与我们一同在祷告。"[④]感动的词语与忏悔的状态有关，摒弃罪过的念头，让阳光进到心里，而流泪的感动是灵魂得以洁净的标志。就如同烈火燃尽树枝一样，清洁的眼泪可以洗净内在的一切污秽。莱蒙托夫诗歌中流泪的感动标志着灵魂自我洁净的过程。这首简短的诗歌同时验证了《圣经》中对祈祷主体的应许："应当一无挂虑，只要凡事藉着祷告、祈求和感谢，将你们所要的告诉神。神所赐出人

---

① [俄] 莱蒙托夫：《莱蒙托夫文集 诗人之死 抒情诗（1832—1841）》，余振译，上海译文出版社，1998年，第 173 页。

② Смирнова-Россет А.О. Воспоминания. Автобиография. – М., 1931. С. 247.

③ 《圣经·新约·马太福音》第 11 章第 28 节。

④ Лествичник Иоанн. Лествица, возводящая на небо. – М.: Правило веры, 1997. С. 440.

意外的平安，必在基督耶稣里保守你们的心怀意念。"①

1837 年与 1839 年的《祈祷》已经是相对成熟的作品，而且与 1829 年的《祈祷》文本有某种联系，尽管 1829 年的《祈祷》在形式与内容的建构上具有矛盾的特征。而在 19 世纪 30 年代下半期的一些文本中作家更倾向于和谐，倾向于祷告形式与内容的有机结合。连接上述三个《祈祷》文本的是莱蒙托夫对待宗教语言的态度，宗教语言首先就是要与心灵的追求保持和谐。显然，在 1829 年的《祈祷》中抒情主人公还处于灵魂挣扎的阶段。在他的认知中，上帝的形象更多显现的是"审判者"形象，具有惩罚的权柄。此处的祈祷主体与祈祷对象坦诚相见，诗歌话语带有某种论战的腔调。而后来的 1837 年祈祷文本中，祈祷主体从关注自我转移到了观照他者，诗歌话语带有某种崇高的柔和感。1839 年的祈祷文本中，祈祷主体再次转向自我，然而此时的自我已经可以全然领受祷告文辞的奥秘，诗歌话语中彰显着抒情主人公"信靠"的力量。

诗人在 1837 年写下的《当那苍黄色的麦浪在随风起伏》一诗尽管在标题上与"祈祷"二字无关，但诗中却包含了与祈祷相关的内容。该诗前三段都是对大自然的描写，又采用了拟人的手法。抒情主体在与大自然的和谐交流中，体验到了祈祷所能达到的境界。

> 这时才能平息住我心头的烦忧，
> 这时才能展开我额头的颦皱，——
> 我在天国里才能够看得见上帝，
> 在人间才真领会幸福的根由……②

对于莱蒙托夫来说创造者的作为随处可见：在苍黄的麦浪中，在正午森林喧嚣的"风声"里，在庭院"紫红色的李子"中，在浓荫下的"绿叶"中，在那"嫣红色的傍晚或金黄色的清晨"，在那"寒冽的泉水冲击着山谷"之时。在那些特别平和的时刻，大自然让他感受到了上帝所造世界的华美。他的思绪沉浸在梦幻之中，他坦诚地忍不住要如此承认。③ 这里，祷告作为达到灵魂和谐、内心平和的手段成了对宗教意义的探索，反映了抒情主体认知上帝的积极行为，是真正"形而上的祈祷"。莱蒙托夫在此进行了深刻的抒情反省，旨在表达祷告具有神奇的改变力量。在人-自然-上帝的三元结构中，作者展示了抒情主体的自我感受。

---

① 《圣经·新约·腓立比书》第 4 章第 6—7 节。

② [俄] 莱蒙托夫：《莱蒙托夫文集 诗人之死 抒情诗（1832—1841）》，余振译，上海译文出版社，1998年，第 133 页。

③ Горланов Г.Е. Творчество М.Ю. Лермонтова в контексте русского духовного самосознания. Диссертация на соискание ученой степени доктора филологических наук. – Москва, 2010. C. 169.

　　根据祈祷内容，祈祷可以分为几种类型：祈求、赞美和感谢。除上述三首专门以"祈祷"命名的抒情诗外，1840 年莱蒙托夫写下的一首《谢》可归为"感谢"型的祈祷诗。在这类祈祷中，祈祷主体面对上帝并无任何诉求，他只是因上帝所赐予的一切而向上帝表达感谢之情。"我感谢你，为了一切的一切：/为了激情带来的内心的痛楚，/为了辛酸的眼泪和含毒的热吻，/为了朋友的中伤和敌人的报复；/为了在荒原耗掉的心灵的烈焰，/为了平生曾经欺骗我的一切……/但求你这样来安排我的命运，/让我今后对你还有几天可谢。//"[①]有研究者认为这首诗中所表达的"谢"带有讽刺意味，因为祈祷主体甚至向祷告对象发起了挑战："但求你这样来安排我的命运"，祈祷主体此处似乎在祈求"死亡"，他就像一位先知，预见到了自己短暂生命的终结。而在基督教的祈祷文本中，如此的祈求显然是不当的。有学者认为，"诗歌的主要基调是对赞美仁慈上帝的讽刺"[②]。但别林斯基曾论述道："在这一忧郁的'感谢'中，在这被内心感觉和生活所欺骗的讽刺中隐藏着怎样的思想？一切皆好：隐秘激情的折磨、辛酸的眼泪、生活的所有欺骗；但最好是没有这些，尽管没有这些就一无所有，没有心灵所渴望的，没有心灵的依靠，没有心灵所需要的，就如同灯油之于油灯！这是感情的折磨。内心渴望平静与安息，尽管不可能没有忧虑和精神起伏。"[③]这里并没有提到上帝，批评家并不认为该诗是对上帝的指责。

　　不管有怎样的争论，我们认为，除去最后两行诗外，如此的"谢"仍然具有祈祷诗的特征。一位奔萨省的神职人员曾在《尼瓦》杂志的附录中写道："如果注意到莱蒙托夫的诗歌比其他人的诗歌更具有主观主义的特点，即诗中大多是揭示诗人内心世界的内容，那么通过对宗教元素的研究，莱蒙托夫的宗教面貌就会更加清晰，从而更加明确诗人的宗教观在其整个世界观中的重要程度。"[④]我们不可否认的是莱蒙托夫在其抒情诗创作中融入了宗教元素。而祈祷体裁抒情诗在莱蒙托夫这里得到了新的、独特的发展，尽管他不是祈祷体裁的开创者，但却是

① [俄] 莱蒙托夫：《莱蒙托夫全集 第 2 卷 抒情诗 II》，顾蕴璞主编，顾蕴璞译，河北教育出版社，1996 年，第 257 页。

② Горланов Г.Е. Творчество М.Ю. Лермонтова в контексте русского духовного самосознания. Диссертация на соискание ученой степени доктора филологических наук. – Москва, 2010. С. 176.

③ Белинский В.Г. Стихотворения Лермонтова // Полное собрание сочинений: В 13 т. Т.4. – М.: АН СССР, 1953-1959. С. 532.

④ Троицкий А. Религиозный элемент в поэзии Лермонтова//Пензенские епархиальные ведомости. 1891. 1 ноября. – №21. Из диссертации Горланова Г.Е. Творчество М.Ю. Лермонтова в контексте русского духовного самосознания. Диссертация на соискание ученой степени доктора филологических наук. – Москва, 2010. С. 179.

这一诗歌体系中重要的一环。

第四节　诗艺的创新——讽喻短诗

讽喻短诗（эпиграмма）是一种短小的讽刺诗歌，其内容或讽喻某人，或对社会生活中的某些轰动事件加以评论。[①]在莱蒙托夫整个抒情诗创作中，讽喻短诗是其中的一类，但其生前并未发表过讽喻短诗。尽管如此，莱蒙托夫早年还是写下了不少讽喻短诗，共 30 首左右，留存于其少年时代的一些手稿之中，只是在 19 世纪下半叶才得以发表。这是一些日常讽喻短诗，接近于爱情短诗、墓志铭、与友人书简等体裁。

一、早期格言类讽喻诗

据统计，莱蒙托夫早期（1829—1831 年）创作的讽喻短诗大概有 25 首。其中 1829 年创作的《讽喻短诗》（"傻瓜和风骚的老妇一样"），以及包括 6 首短诗的《讽喻短诗》组诗，皆是格言类讽喻诗。这类诗歌大多以具有格言警句性质的文本为基础。这一体裁的特别之处首先在于其主体结构，其抒情主体隐藏于抒情对象的背后，而抒情对象总是处于台前，我们对意识载体的评价只能通过其可见的事实来进行。

（一）抒情主体的集体化

莱蒙托夫讽喻短诗文本意识载体的表达方式呈现多样性。在传统的理解中，抒情主体通常会借助于第一人称来表达自己的观点。例如，"达蒙，我们医生"，然而，多数情况下，抒情主体未必会借助于第一人称来表达自己的观点。

傻瓜和风骚的老妇一样：
胭脂和铅粉——是全部智商！……[②]

无论何种表达方式，这类讽喻诗所传达出来的都是具有普遍意义的醒世思想。并非某个具体人对生命、对生活思索的结果，而是集体智慧思索的结果。主观的个人经验已经不再重要，经历过考验的人类普遍经验和原则才是重要的，是抒情

[①] Белокурова С.П. Словарь литературоведческих терминов. – Санкт-Петербург: Париет. 2007. C. 205.

[②] [俄] 莱蒙托夫：《莱蒙托夫全集 第 1 卷 抒情诗 I》，顾蕴璞主编，顾蕴璞译，河北教育出版社，1996 年，第 23 页。

主体展现抽象道德精神的基石。醒世讽喻诗追求更高的智慧，旨在直接或间接地对人施以训诫或指导。

抒情主体所讽喻的对象并非某个人的具体缺点，而是具有抽象特征的人类所共有的弱点。格言警句的生成并非取自个别现象和情境，乃是对整个人类生活的总结。

> 使撒谎者知耻，将傻瓜嘲弄，
> 还有同女人去作争论，
> 都像竹篮子打水一场空，
> 天哪，让我远离这三种人。①

此处在讽喻诗句中不只缺少具体的讽喻对象，也没有统一的对象。抒情主人公质疑的是几种情境。使撒谎者知耻、嘲弄傻瓜及与女人争论等完全不同的事件如此并存，营造出了一种滑稽效果。然而，抒情主人公的用意在于揭示多个行为背后的真正含义所在。这些行为的共同特点就是毫无意义，如同"竹篮打水"一般。

（二）讽喻手段的多样化

讽喻诗短小精悍，但通常都一针见血。其讽喻的表现力可以通过其诗行的独特句法建构、词汇重复、"名字"外借等手段来展现。

> Дурак и старая кокетка —все равно:　傻瓜和风骚的老妇一样：
> Румяны, горсть белил —все знание его!..　胭脂和铅粉——是全
> 　　　　　　　　部智商！……

整首诗只有这两句诗行，而且原文中没有使用任何动词。从句法上看，两句的主语都是同等主语，而具有谓语意义的都是破折号，破折号后面还使用了词汇重复，强调了"傻瓜"与"风骚的老妇"的相似性。

在格言类讽喻诗中，一些诗句的建构原则是悖论性的，如：

> Тот самый человек **пустой**,　　浑身充满了自我的人，
> Кто весь **наполнен** сам собой　是一个最为空虚的人。②

---

① [俄] 莱蒙托夫：《莱蒙托夫全集 第 1 卷 抒情诗 I》，顾蕴璞主编，顾蕴璞译，河北教育出版社，1996年，第 57 页。
② [俄] 莱蒙托夫：《莱蒙托夫全集 第 1 卷 抒情诗 I》，顾蕴璞主编，顾蕴璞译，河北教育出版社，1996年，第 56 页。

"充满"与"空虚"形成意义上的悖论。逻辑上的悖论传达的是更为深层的含义：一个自私的人即是一个精神空虚的人。

> 达蒙，我们医生，当朋友辞世
> 潸然泪流；至今他还在发愁
> （但不是因为朋友失去了生命）：
> 五次忘了把入门证带在手！……①

该诗中医生的名字"达蒙"（Дамон）取自 18—19 世纪的讽刺作品。因此，这里的讽刺对象并无特指，可以理解为所有的医生。医生不是因为朋友的离世而伤心，反而在盘算着自己的得失。抒情主体再次讽刺的是人的贪婪和残忍。

1829 年组诗中的第三首和第四首诗（《你命中没有注定从编辑变成诗人》与《你的阿明达像个傻瓜》）较之组诗中的其他几首有所不同，诗句中出现了第二人称"你"，显然讽喻对象变成了具体人物。据考证，这两首诗分别是献给彼·伊·沙利科夫（П.И. Шаликов）和尼·费·巴甫洛夫（Н.Ф. Павлов）的。因此，讽刺内容已经摆脱了抽象性和泛指性，而是具有明确的指向性。

属于莱蒙托夫早期讽喻诗创作的作品还有《肖像》（1829）和《新年献诗及讽喻短诗》（1831）。组诗《肖像》由 6 首戏谑肖像描写诗构成。从形式上看，它们是不同篇幅的诗歌，从 2 行诗到 23 行诗不等。格律也各有不同，前 3 首是四音步抑扬格，第 4 首是六音步抑扬格，第 5 首是三音步抑扬抑格，第 6 首是四音步扬抑格。这一时期的讽喻诗篇幅较长，6 首诗中只有一首是 2 行诗，其余的都超过 4 行。《新年献诗及讽喻短诗》组诗包括 17 首诗歌，是为莱蒙托夫曾经参加的新年假面舞会而作。组诗中有 14 首诗用四音步抑扬格写成，其他 3 首中的《致布尔加科夫》运用三音步抑扬格和四音步抑扬格交替的方式写成，还有一首用四音步抑扬格和一音步抑扬格（《致阿里亚别娃》），另有一首用了三个重读音节的抑扬交错方法（《致托尔斯塔雅》）。莱蒙托夫所使用的格律中交叉韵、成对韵等相互结合。17 首诗中有 12 首诗是献给女性的，而 5 首诗是献给男性的。献给女性的诗机智俏皮，而献给男性的诗有些尖酸刻薄。这组诗中，莱蒙托夫已经不再使用类似于 1829 年组诗的格言式主题。这些组诗反映的是作者对讽喻对象的个人态度，同时展示了当时的社会状况。例如，《致布尔加科夫》表现出作者对讽喻对象的厌恶，这种厌恶感源自他们在莫斯科大学贵族寄宿中

---

① [俄] 莱蒙托夫：《莱蒙托夫全集 第 1 卷 抒情诗 I》，顾蕴璞主编，顾蕴璞译，河北教育出版社，1996 年，第 58 页。

学读书之时。而《致巴甫洛夫先〈生〉》表现出的是莱蒙托夫对巴甫洛夫的批评态度，因为后者改编了约翰·克里斯托弗·弗里德里希·冯·席勒（Johann Christoph Friedrich von Schiller）的《玛利亚·斯图亚特》。

莱蒙托夫早期的讽喻短诗各有独特的批判对象，但它们共同构成了一个文学整体。这是由此种诗歌体裁的共性所决定的。抒情主体的思想不受时间的限制，而讽喻的对象可以涵盖生活的各个层面，可以是对普遍真理的高度概括和总结。同时，通过讽喻诗诗人也可以展现抒情主体的世界观与其独特的批判立场。但莱蒙托夫早期的讽喻短诗更多是接受了他人的观点，其借用的形象也大多众所周知，而且严格遵守体裁规范。在讽喻组诗中，莱蒙托夫既保留了传统格言类讽喻短诗的功能指向，即批判某种社会陋习或是人类的普遍弱点等，同时表达了自己的倾向性，即明确讽喻对象，使得讽喻短诗变得更具批判力量。

二、晚期讽喻短诗

（一）针对具体人的讽喻诗

莱蒙托夫在 1835—1841 年创作了 7 首讽喻短诗，远远少于早年的创作。这一时期讽喻短诗的特点首先是具有明确的讽刺对象，其次是批判直接而尖锐，更有力度，诗歌标题直接表明讽刺对象，如《对涅·库科尔尼克的讽刺诗》。

> 我坐在彼得堡大戏院中，
> 正在上演斯科平——我在看，我也在听。
> 当幕布在人们掌声中徐徐落下时，
> 这时候有一个熟人对我说道：
> 喂，老兄，多么可惜！——斯科平死了！……
> 是的，不要出生，岂不更好。（1837）①

该诗写于 1837 年，诗人生前没有发表过。在诗歌结构上这首诗表现出与早期讽喻诗的不同，即从 2 行诗发展到了更为复杂的结构，利用 6 行诗文本表达了同一个意思，但仍然保留了早期那种文字游戏的特点。

该诗的讽刺对象涅·瓦·库科尔尼克（Н.В. Кукольник）是俄罗斯作家，著有历史剧《上天拯救祖国》（1834）和《米哈伊尔·瓦西里耶维奇·斯科平-舒伊

---

① [俄] 莱蒙托夫：《莱蒙托夫文集 诗人之死 抒情诗（1832—1841）》，余振译，上海译文出版社，1998年，第 344 页。

斯基公爵》（1835），后一部于 1835 年在彼得堡的亚历山大剧院和大剧院等地上演。该剧的艺术水准平庸，但官方媒体却评价很高。许多莱蒙托夫同时代的人对此心知肚明，别林斯基就曾发表评论说："……该剧毫无精致可言……如果只用理性而不加上情感与想象力去创作，那么作品就会显得荒谬，失去了合理性。"①斯科平-舒伊斯基是沙皇瓦西里·舒伊斯基的亲属，因其在 1609 年 7 月至 1610 年初领导解放了波兰和立陶宛军队压迫下的特维尔、伏尔加河沿岸及北方等地，从此声名大振，被定为沙皇瓦西里·舒伊斯基的继位人。他本来准备率领俄军救援被围困的斯摩棱斯克，但却突然死去。关于《对涅·库科尔尼克的讽刺诗》，马·利·斯科别列娃（М.Л. Скобелева）在自己的副博士学位论文中分析道：值得注意的是，关键性的一句"是的，不要出生，岂不更好"并非出自抒情主人公"我"本人，而是出自"一个熟人"之口，显然这位熟人不属于那些幕布徐徐落下时鼓掌的人。正如斯·伊·叶尔莫连科（С.И. Ермоленко）所言，作者的观点"不再是个人的，而是所有人或是大多数人的论断"②。抒情主体试图找到自己，他以其他人的声音和观点为参照。事实上，这也是莱蒙托夫表达讽刺的一种手段，即借助别人之口。但莱蒙托夫其实善于直接表达讽刺之情，如 1837 年的《讽喻法·维·布尔加林的短诗（一）》。

> 你们大家知道，法捷伊
> 并非头一回出卖俄国，
> 看来他还会出卖老婆和孩子，
> 又出卖人间，又出卖天国，
> 只要价合适，还会出卖良心，
> 只可惜它已抵押进国库。③

法·维·布尔加林（Ф. В. Булгарин）是半官方报纸《北方蜜蜂》的发行人兼编者，尼古拉一世的侦探和告密者。1837 年法捷伊以布尔加林的名义出版了《历史、统计、地理、文学等多方面的俄国》，但真正的作者并非他本人。这本书不受读者欢迎，积压在各书店，于是他便开始写广告，自我推销。他本人也是波兰

---

① Белинский В.Г. О критике и литературных мнениях «Московского наблюдателя» // Белинский В. Г. Полн. собр. соч.: в 13 т. – М.: Изд-во АН СССР, 1953-1959. –Т . 2. – 1953. С. 133.

② Скобелева М.Л. Комические жанры в лирике М.Ю. Лермонтова. Диссертация кандидата филологических наук [Место защиты: Ур. гос. пед. ун-т]. – Екатеринбург, 2009. С. 240.

③ [俄] 莱蒙托夫：《莱蒙托夫全集 第 2 卷 抒情诗 II》，顾蕴璞主编，顾蕴璞译，河北教育出版社，1996 年，第 163 页。

小贵族出身的俄国现役军人，在 1812 年的卫国战争中先是卖身投靠法国军队，拿破仑失败后又成为沙皇的忠臣。法捷伊叛变的事实在当时众所周知，普希金、彼·安·维亚捷姆斯基（П.А. Вяземский）等都曾写过针对他的讽喻短诗。而莱蒙托夫也针对这一事实写下了《讽喻法·维·布尔加林的短诗（一）》。诗的前两行中的"出卖俄国"一语双关，既卖书，又卖国——既卖研究俄国的书，又卖书中所研究的俄国。此处抒情主体毫不留情，语气尖锐，直接指出了讽刺对象背叛行为之恶劣程度：从形而下角度看，于公——他卖国，于私——他会出卖老婆和孩子——至近亲人。而从形而上角度看，他会出卖人间，又出卖天国。而他之所以可以出卖一切的根源在于，他肯出卖自己的良心，只要价格合适，但可惜的是他的良心已经拿去抵押了。最后一句是该诗讽刺的高潮，抒情主体的犀利程度显而易见。而在《讽喻法·维·布尔加林的短诗（二）》中，莱蒙托夫直接使用了"恶棍"一词："法捷伊正在出卖俄罗斯，恶棍出卖它已非头一次。"[1]一副无耻之徒的形象被鲜明地刻画出来。

另外一首诗原文为 Эпиграмма (Под фирмой иностранной иноземец...)，在 1996 年河北教育出版社出版的顾蕴璞翻译的版本中为《讽喻奥·伊·辛科夫斯基的短诗》（"外国人挂着外国的招牌"），标注的创作年份为 1836 年，而在 1998 年上海译文出版社出版的余振翻译的版本中为[讽喻短诗]（"外国人就在外国招牌下"），标注的年份为 1841 年。尽管讽刺对象似乎有些争议，但仍然还是针对某个具体的人，如《讽喻奥·伊·辛科夫斯基的短诗》。

> 外国人挂着外国的招牌，
> 怎么也掩饰不了自身——
> 开口漫骂：俨然像德国佬，
> 夸起人来：显然是波兰人。[2]

诗中的讽刺对象是奥·伊·辛科夫斯基（О.И. Сенковский），俄罗斯作家，《读者文库》的编者，他本是一名波兰商人，但其笔名是"勃兰贝斯男爵"，用了德国人的姓。1840 年，辛科夫斯基在《读者文库》上发表了两篇关于莱蒙托夫的文章，其中一篇论他的诗歌，一篇论《当代英雄》。有学者认为，此诗是莱蒙

---

① [俄] 莱蒙托夫：《莱蒙托夫全集 第 2 卷 抒情诗 II》，顾蕴璞主编，顾蕴璞译，河北教育出版社，1996 年，第 164 页。

② [俄] 莱蒙托夫：《莱蒙托夫全集 第 2 卷 抒情诗 II》，顾蕴璞主编，顾蕴璞译，河北教育出版社，1996 年，第 128 页。

托夫对他的回击。但事实上辛科夫斯基在文中并未对莱蒙托夫有任何"鄙俗的谩骂"。叶尔莫连科在《米·尤·莱蒙托夫诗歌遗产中的讽喻短诗》一书中分析该诗时指出:"两个并列的词会让人理解为'外国的外国人'（иностранный иноземец）,这一搭配乍一看很荒谬,但实则具有深刻含义:不知是德国人,还是波兰人。总之,是一个没有民族、没有故乡、没有祖国的人。而正是这位莱蒙托夫用讽喻诗来谈论的人却充当着俄罗斯文学批评家的角色。"[①]无论如何,我们认为,该诗是针对当时那些反对进步文学的批评家的。

（二）莱蒙托夫的诗艺创新

喝矿泉水的马卡维口吐花言有如撒网,
凶恶的骗子在荒原耍嘴皮将猎物守候,
他抻直了干瘪又紧绷的肌肉,他又从
敏感的耳朵里把塞进去的绒布团掏出,
正打算一句不落地捉住对他挖苦的话,
可怕地转动绿灰眼睛,想捕捉挖苦话,
像碰着黑煤炭,咯咯直响上牙磕下牙。（1837）[②]

（Се Маккавей-водопíца кудрявые речи раскинул как сети
Злой сердцелов! ожидает добычи, рекая в пустыне,
Сухосплетенные мышцы расправил и, корпии
Вынув клоком из чутких ушей уловить замышляет
Слово обидное, грозно вращая зелено-сереющим оком.
Зубом верхним о нижний, как уголь черный щелкая.）

怕没了鼻子——我们的马卡维,
他来到矿泉——仍带着鼻子回。（1837）[③]

（Остаться без носу-наш Маккавей боялся,
Приехал на воды —и с носом он остался.）

---

① Ермоленко С.И. Эпиграмма в поэтическом наследии М.Ю. Лермонтова . Екатеринбург: Урал. гос. пед. ун-т, 1997. С. 31.

② [俄] 莱蒙托夫:《莱蒙托夫全集 第 2 卷 抒情诗 II》,顾蕴璞主编,顾蕴璞译,河北教育出版社,1996年,第 165 页。

③ [俄] 莱蒙托夫:《莱蒙托夫全集 第 2 卷 抒情诗 II》,顾蕴璞主编,顾蕴璞译,河北教育出版社,1996年,第 166 页。

以上两首诗都是关于马卡维的讽喻短诗，相当于诗歌"两部曲"。这两首诗都是没有明确讽刺对象的诗。尽管两首诗都是针对同一个模糊的讽刺对象，但在抒情表达与展开内容的艺术手法上二者有很大区别。在谈到第一首诗的体裁渊源时，叶尔莫连科指出："这六行诗不仅会让人想起古希腊的讽喻短诗传统，也会让人想起更为古老的抑扬格体。"[①]但莱蒙托夫的讽喻诗和古诗及古体有怎样的联系，而这种联系又如何影响抒情主体情绪的表达，则需要进一步阐释。

第二首两行诗每行都是一个简单句，而且这两个句子的结构相似。第一个句子带有独立补语，借助于破折号来连接；第二个句子带有同等谓语，同样是通过破折号来连接。两个诗行皆以六音步抑扬格写成，因此两行诗在语调和节奏上是相同的。只是在这两首诗中没有任何传统讽喻诗所具有的部分切分，也没有传统的文字游戏或是俏皮话。第一首诗从头至尾在叙述马卡维是如何"捕捉挖苦话"的。不管是对莱蒙托夫还是对 19 世纪的讽喻诗来说，这两首诗的韵律都是不同寻常的。诗人使用了六音步扬抑抑格，即英雄史诗的传统韵律。1837 年，在诗人创作这首讽喻诗时，扬抑抑格算是陈旧的韵律，已经很少被使用了。莱蒙托夫对这一韵律做了很大的改变，本是六音步扬抑抑格，最后一个音步是非重读音节。在第一首六行诗中，只有三个诗行是用六音步扬抑抑格写成的。第一行与第五行诗他使用的是七音步扬抑抑格，而第三行是五音步扬抑抑格。而安·尤·尼洛娃（А.Ю. Нилова）在其副博士学位论文《米·尤·莱蒙托夫抒情诗中的体裁修辞传统（书信、哀歌、讽喻短诗）》中分析道："之所以这样，并不是因为莱蒙托夫没有掌握六音步扬抑抑格的方法。他所就读的莫斯科大学寄宿中学当时曾有像阿·费·梅尔兹利亚科夫（А.Ф. Мерзляков）和谢·叶·拉伊奇（С.Е. Раич）这样的古希腊罗马文学专家授课，后者还曾教授文学实践课程，当然不能不教自己的学生学会使用古希腊罗马文学的基本韵律，而且在莱蒙托夫的创作中也可以找到证据。他的诗歌《这个故事发生在强盛的罗马的最后年代……》同样是用六音步扬抑抑格写成的，32 行诗中有 5 行诗打破了规矩。这一切证据表明，莱蒙托夫有意识地对六音步扬抑抑格进行了讽刺性模拟。"[②]

诗中原文 Маккавей 在中文译本中都是直接音译，或译作马卡维，或译作马卡威。但据俄罗斯学者考证，该名字应该出自"Иуда Маккавей"即犹大·马加

---

① Ермоленко С.И. Эпиграмма в поэтическом наследии М.Ю. Лермонтова. – Екатеринбург: Урал. гос. пед. ун-т, 1997. С. 32.

② Нилова А.Ю. Жанрово-стилистические традиции в лирике М.Ю. Лермонтова (послание, элегия, эпиграмма). Диссертация на соискание учёной степени кандидата филологических наук. – Петрозаводск, 2002. СС. 222-223.

比,马加比是公元前 1 世纪的犹太族的统帅,同时犹大这一名字恰是合适的讽喻:会让人联想到《圣经》中出卖耶稣基督的犹大。[1]诗句所呈现出来的是一个怪诞的形象,模糊的"骗子"形象似乎是畸形的,失去了人的特质。如此隐晦的表达方式增强了讽喻的力量,同时营造出了揭露罪恶行为的愤怒情绪。

在词汇的使用方面,莱蒙托夫采用了拟古化手段,如使用了 Се、рекая、оком、корпии 等古斯拉夫词语。其中 корпии 一词是已经不再使用的词汇形式,在俄罗斯最权威的达里词典及其他现代词典中均无此词的记载。除此之外,复杂的修饰语,如 сухосплетенные、зелено-сереющим 等大大降低了读者的阅读速度,使得短小的讽喻诗文本变得更加丰富,拓展了叙事空间。

从内容上看,第二首讽喻短诗是对马卡维尖锐的讽刺。两行诗中都重复了同一个词 нос(鼻子):"без носу"和"с носом"。原意是"丢掉鼻子"和"鼻子还在"。那么在语义层面我们就可以理解为马卡维去矿泉治疗鼻病,可他失算了,上当受骗了。"С носом остаться"是一个具有讽喻意义的词组,出自一个典故——古时候有人带着贿赂去求官,但被拒绝,结果此人只能带着贿赂回去,如今该词组具有希望落空、遭遇欺骗的含义。莱蒙托夫借用典故增强了讥讽的效果。

除上述讽喻诗之外,还有一首具有过渡性质的诗可以归入莱蒙托夫讽喻诗创作之列。

> 戏院里,像人世的舞台上一样,
> 我们永远离不开芭蕾舞:
> 假如谁想要给自己
> 找一条通向荣誉、名位的康庄大路,
> 根本用不着什么绞脑汁——
> 只要学会抬起脚来开步。[2]
>
> (И на театре, как на сцене света
> Мы не выходим из балета:
> Захочется ль кому
> К честям и званию пробить себе дорогу.
> Работы нет его уму—
> Умей он поднимать лишь ногу.)

---

① Найдич Э.Э. Этюды о Лермонтове. – СПб.: Худож. литература, 1994. С. 61.

② [俄] 莱蒙托夫:《莱蒙托夫文集 诗人之死 抒情诗(1832—1841)》,余振译,上海译文出版社,1998年,第341页。

　　这首诗是莱蒙托夫早期讽喻诗与晚期讽喻诗之间的过渡诗。从形式上看，该诗在朝着"三部"讽喻诗的方向发展。前两行诗指出论题，接下来进一步解释，而解释在句法上又分为两个部分，每部分由两行诗构成。这样的句法结构是通过AABCCB这样的韵律结构实现的。从内容上看，该诗表现出了莱蒙托夫对当时社会的讽刺态度。"乍一看，这六行诗很像莱蒙托夫早期的格言讽喻诗。然而，我们认为，作品中表现的是完全不同于传统古典主义讽喻诗的另外一种处世态度。尤其是抒情与思想的对象，已经不是抽象的人类普遍弱点，而是抒情之'我'所处时代的某种社会现象。代代相传的现象，由于抒情之'我'的感受力量变得格外现实，对'当下'很重要，不仅具有超时间的意义，而且具有具体的历史意义。"①

　　该诗反映了抒情主人公对世界的认识，是他的精神体验。该诗不同于以往具有具体讽喻对象的诗，这里所指并非个别具体的人或是其行为，而是某一特定社会现象，是由抒情主人公个人认知所发现的。抒情主体对世界认知的复杂性在于他意识到了自己的随波逐流。他认为自己也是离不开"芭蕾舞"的一分子，但同时他也希望自己与那些"想要给自己找一条通向荣誉、名位的康庄大路"的人区分开来。抒情主体的立场具有某种意义上的双重性。

　　莱蒙托夫早期讽喻诗与晚期讽喻诗有所不同。在数量组成上，早期的组诗，从6首到17首不等；而晚期的讽喻诗只是两部曲。在整体建构原则上，早期组诗的建构原则是抒情主体观点的一致性。晚期作品中抒情主体从孤独中走出来，直面世界，关注点已经不再是个人的感受与情绪，而是自我之外的世界。抒情主体的内在动机不再仅是自我表达，而是同时展示自我与现实的关系。同时诗人自我的声音与他人的声音相融合，构成和谐统一的整体观念。

---

　　① Скобелева М.Л. Комические жанры в лирике М.Ю. Лермонтова. Диссертация кандидата филологических наук [Место защиты: Ур. гос. пед. ун-т]. – Екатеринбург, 2009. С. 252.

第四章　莱蒙托夫叙事诗研究

在莱蒙托夫的文学遗产中叙事诗创作占有特殊的位置。在其 12 年的创作生涯中，如果算上未完成稿，莱蒙托夫共创作了近 30 首叙事诗。在俄罗斯文学史中，莱蒙托夫算是高产作家。按照传统的说法，他继承了普希金的艺术发现，并在很多方面决定了俄罗斯叙事诗这一体裁的发展命运。莱蒙托夫叙事诗是俄罗斯浪漫主义长诗发展的高潮。

保存至今的一份莱蒙托夫手抄本上标注的日期是 1827 年，上面抄写着普希金的《巴赫奇萨拉伊的喷泉》和茹科夫斯基翻译的拜伦的《锡雍的囚徒》。在上寄宿中学前，作家的文学教育不能不受到俄罗斯文学中"拜伦式长诗"的影响。当时的文学环境使得莱蒙托夫不仅熟知普希金的"南方叙事诗"，也熟悉康·费·雷列耶夫（К. Ф. Рылеев）和别斯图热夫–马尔林斯基等十二月党人的长诗，这在某种程度上决定了诗人未来的文学立场。

莱蒙托夫创作第一部叙事诗《契尔克斯人》时只有 14 岁，而最后一部《童僧》是在其去世的前两年创作的。莱蒙托夫的叙事诗创作目的并非期待发表，事实上也只有四部长诗在其生前发表。1835 年，《阅读文库》在未经作者允许的情况下发表了《山民哈吉》。1838 年，《俄罗斯残疾人》报文学副刊刊登了《沙皇伊万·瓦西里耶维奇、年轻的近卫士和勇敢的商人卡拉希尼科夫之歌》[①]，同年，《现代人》杂志收录了《唐波夫财政局长夫人》的删减版。最后，1840 年《米·莱蒙托夫诗集》中收录了《童僧》。《恶魔》一作花费了莱蒙托夫十余年（1829—1839年）心血。而像《枪骑兵》《彼得宫的节日》这样歌颂士官生生活的作品只是莱蒙托夫个人的文学爱好，在作家的文学遗产中并不占有重要地位。莱蒙托夫的长诗创作从模仿《高加索的俘虏》开始。这部长诗是普希金"南方叙事诗"中非常著名的一部。而莱蒙托夫的同名长诗中有许多诗句是对普希金诗作原句的改写，或者直接使用，故事情节也借鉴了普希金的作品。莱蒙托夫的长诗具有俄罗斯传统哀歌体裁的特点。故事主人公具有程式化的特点：悲观失望，心路历程沉重，对生活没有热情，对爱情也没有兴趣。除此之外，哀歌式的主人公与环境格格不入。

---

① 以下简称《商人卡拉希尼科夫之歌》。

　　早期的莱蒙托夫为哀歌这一体裁的发展做出了自己的贡献。他更加注重刻画主人公的内心世界，这在不同程度上表现在诸如"海盗"、"瓦季姆"（《最后的自由之子》），甚至伊斯梅尔-贝等主人公性格的塑造上。《裘里奥》（1830）作为哀歌式的叙事诗取得了高超的艺术成就。其中的景物描写融入了心理因素，长诗弱化了外在的情节，加入了抒情插话。这部长诗运用了1829—1830年系列抒情诗的主题。年轻的莱蒙托夫很善于学习，他以拜伦的东方叙事诗为学习对象，早在借鉴这一体裁的创作之初就开始寻找属于自己的特色。莱蒙托夫的《高加索的俘虏》以模仿哀歌这种体裁丰富了其早期的叙事诗创作。他在早期的叙事诗创作中已经在探索一些独特的情节和人物性格。即便是模仿作品《高加索的俘虏》，他也尝试改变普希金所设置的情节冲突。在莱蒙托夫的长诗中，浪漫主义主题更加复杂，契尔克斯人姑娘的父亲杀死了俘虏，而姑娘最后也选择了自杀。研究者发现，该诗的情节借鉴了拜伦的《阿比道斯的新娘》，而这样的情节设置具有更强的抒情表现力，这是19世纪30年代俄罗斯"拜伦式长诗"的典型特征。这类长诗中通常塑造的是罪犯型主人公。按照惯常的说法，他始终处于与社会对立的状态，常常会打破社会道德准则。他既是社会的牺牲品，也是社会的报复者。也正因为如此，他的罪过总是被理解为悲剧性的。但他的罪过与一般意义上的暴行是不同的，如长诗《罪人》（1829）中主人公的乱伦，《两兄弟》（1829）和《巴斯通吉山村》（1833）中主人公们仇恨亲人。主人公的爱与痛是同样深刻的，对于这类主人公来说，浪漫主义的爱情观念决定着他们的价值标准。在这种观念中，爱情即生命，而背叛即死亡。因此，莱蒙托夫的浪漫主义主人公通常都充满了激情。爱情破灭，意味着其肉体的存在也会终结。爱情与死亡这两大主题常常并存于莱蒙托夫的同一作品中。

　　类似的冲突我们可以在莱蒙托夫的长诗《死亡天使》《阿兹拉伊尔》，以及《恶魔》的早期版本中看到。与哀歌式的主人公不同，拜伦式的主人公不是在思考和分析，而是在感知和行动。主人公的性格特征是在突变的情节冲突中不断展现的，莱蒙托夫长诗中贯穿着一种强大的抒情力量。由于受篇幅结构限制，诗中思想节奏紧张，事件发展迅速。叙事通常围绕几个具有冲突性的情境进行，有时似乎缺少某一故事细节的交代就营造出一种神秘的气氛。诗中也会插入大量的对话，但对话通常都是短小的、片段似的对白。1829—1836年，莱蒙托夫的叙事诗创作基本保持了这样的特征。但同时，他并未丢弃叙事元素，而且随着时间的推移，他也在诗中增加了叙事的比重。这也是莱蒙托夫叙事诗创作与普希金、拜伦式长诗不同的地方。

在莱蒙托夫不同主题类别的叙事诗创作中，叙事元素的体现各有不同，这在早期的长诗创作中已经可以发现，例如，高加索题材的长诗《卡累》《伊斯梅尔-贝》《巴斯通吉山村》《山民哈吉》；另一类长诗即历史叙事诗，主题与俄罗斯的中世纪有关，如《奥列格》《最后的自由之子》《忏悔》《立陶宛姑娘》《大贵族奥尔沙》等。这些长诗之间的差别不只是主题上的，还包括长诗所反映的问题以及诗学问题的不同。"高加索长诗"是浪漫主义东方叙事诗的一种，这类诗中的叙事元素尤其明显。故事中自由插入充满异域风情的景物描写、日常生活场景、民族特点及民俗元素。这类作品中通常会刻画独特的民族性格，这是一种"天然"的性格，与欧洲文明秩序无关的性格，因此，这种性格在展示自己的情感时是无拘无束的。

历史叙事诗所刻画的性格则具有另外一些特点，有学者把这类长诗称为"北方"叙事诗。这类叙事诗的典型特征就是有象征性的"北方"景色，情节较为单一，没有抒情插叙。这类诗歌比"高加索长诗"更像拜伦式长诗。这从形式的写法上可以看出，它们通常都是用阳韵的四音步抑扬格写就，而这种写法是拜伦式长诗的典型写法。这类叙事诗的主人公也不是"自然人"，他们的性格忧郁、自制，但却充满激情，如《立陶宛姑娘》中的阿尔赛尼，或者大贵族奥尔沙。事实上，在这类主人公身上，民族性格特征并不像在"高加索长诗"的主人公身上那么突出。作家更为强调的是他们的"北方人"特征，或者是"冷酷的斯拉夫人"特征。

莱蒙托夫在长诗《伊斯梅尔-贝》中刻画的是一位欧化的复杂山民形象。叙述背景已经不仅仅是背景，在抒情插叙中出现了心理附论、日常生活场景，同时还有社会哲学方面的议论。这些都颠覆了典型的抒情叙事诗结构。历史叙事诗也在不断发展，人物性格中民族、文化历史的特征更加明显。

在谈莱蒙托夫叙事诗创作的发展时，有人说，他经常会自我重复。比如，某篇长诗中的某个文本片段会出现在另外一部长诗中。因为莱蒙托夫在写作中经常会使用之前写下的草稿性材料。例如，早年的《忏悔》为《童僧》播下了种子；《裘里奥》中的诗句后来被转移至《立陶宛姑娘》中；《立陶宛姑娘》中的整句诗甚至主人公的名字（阿尔赛尼）又被挪移到了《大贵族奥尔沙》中；而《大贵族奥尔沙》中的片段又进入了《童僧》中。但这些长诗中，莱蒙托夫自己主动发表的就只有《童僧》，像是对自己早期创作的一个总结。被视为早期和成熟期之间过渡时期的作品是《大贵族奥尔沙》。

事实上，我们可以在《大贵族奥尔沙》中看到莱蒙托夫在拜伦式长诗创作上的变化，尽管该诗在人物性格和故事情境方面与拜伦长诗具有一定的联系，该诗结尾时的战斗场景可以在拜伦的《异教徒》中找到。《大贵族奥尔沙》中有两位主人公，两人的个性都十分鲜明，各具特点。可以说，他们是两种对立"真理"的代言人。对于阿尔赛尼来说，个人感情至上；而对于奥尔沙来说，俄罗斯贵族奉为道德法典的法律、传统和习俗至上。莱蒙托夫提出了这样两种对立的价值观，改变了浪漫主义抒情长诗惯有的思想结构，不再单纯强调个人主义。"正面"主人公和"反面"主人公在莱蒙托夫笔下，得到了客观的展现。

　　而《商人卡拉希尼科夫之歌》中的人物形象很容易会让人联想到《大贵族奥尔沙》。商人卡拉希尼科夫出身于一个正直的贵族家庭，他按照上帝的律令生活。当他得知妻子受辱后挺身而出，在拳斗中勇敢迎战近卫士，并将其命送黄泉，终为妻子洗刷耻辱，而他自己也因此被送上刑场。这一形象的原型便是大贵族奥尔沙。而另外一位近卫士基里别耶维奇则具有阿尔赛尼的特征，他推崇个人主义，对他来说个人激情至上，因此肆无忌惮地调戏商人卡拉希尼科夫的妻子。但这部长诗中，近卫士形象已经退居次要地位，这是莱蒙托夫长诗创作发展过程的一个重要转变。在其创作成熟期，人物特征更多是在一定的社会历史语境下呈现的。莱蒙托夫尝试构建更为复杂的结构，阐释更为深刻的思想，对诸多问题进行重新思考和评价，这些都直接反映在了《恶魔》的创作中。这部长诗的构思源于1829年，尽管诗人当时还处于创作的模仿期，但长诗的基本冲突已经确定，并保留到最后一个版本。一位堕落的天使，身上承载着宇宙的诅咒，他爱上了一位修女，他想在爱中获得重生，而这位修女也爱上了他。但恶魔身上的恨与报复的情绪战胜了爱情的感觉和对复活的希望。他诱惑了修女，并害死了修女，由此他战胜了对手。1829—1831年，莱蒙托夫创作了四个版本的《恶魔》，并且试图在《阿兹拉伊尔》和《死亡天使》中展示类似的主题。后来，中间有过中断。1833—1834年，莱蒙托夫重回这一主题，创作出了第五个版本。之后，该诗再次搁浅，直至1838年。

第一节　恶魔思想的演变

　　《契尔克斯人》作为莱蒙托夫叙事诗创作的开山之作，展现了年仅14岁诗人的思想境况。当时的诗人已经意识到宇宙的神性基础，他把生命视作上帝的恩赐，就好像是造物主创作的一首长诗。莱蒙托夫在人的生命历程中看到了存在的意义。同时，他也感受到了世界中两种神秘力量的存在，一种是上帝之力，另一种是恶魔之力。恶魔之力颠覆了上帝关于世界的构想，并将恶魔之力传递给人类，使得人类成为破坏活动的参与者，颠覆上帝计划构建的世界。尽管在该诗中他对恶魔之力只字未提，但契尔克斯人与俄罗斯人两大阵营之间相互厮杀的血腥场面足以彰显恶魔的摧毁之力，开头与结尾的景物描写充满了可怕的不祥之感。莱蒙托夫在该篇长诗中开始认真思考恶之源头问题。

在《高加索的俘虏》中莱蒙托夫继续关注隐秘存在于宇宙中的恶魔之力，只是作家的关注视角发生了变化，从聚焦于血腥场面变成了聚焦于个别人的命运。长诗的男女主人公面对恶魔之力无能为力，恶魔之力不仅摧毁了他们的生命，而且摧毁了他们的理想。长诗主人公那种最朴素、最自然，也许也是最崇高的理想无法实现，对于年轻的莱蒙托夫来说，这或许就是生命存在的规律。恶魔之力会无情摧毁生命之美和人类情感之美。长诗主人公是一位没有希望获得自由的俘虏。在莱蒙托夫艺术观中，自由的丧失就是浪漫主义主人公的典型特征。然而一个失去自由的生命存在无疑是莫大的悲剧，彰显着充满理想的生命在对抗恶魔之力时的渺小与无助。

在《罪人》中，莱蒙托夫深入思考有关恶魔的问题。同《高加索的俘虏》一样，莱蒙托夫关注的是个人的命运，关注一个受恶魔之力影响的人会有怎样的命运轨迹。与之前的长诗不同，此处，作家让主人公的内心降服于恶魔之力。长诗主人公与继母有着不道德的关系，最后走上犯罪的道路，成为强盗首领。只是他对恶的降服并没有让他彻底变成残酷的人，他的良心并未完全泯灭。他那被恶扭曲的心灵还保留着些许的善，他无法与残暴的世界完全同流合污。这也是其内心存在矛盾性的原因之一。其内心矛盾的另外一个原因是其本性中的个性特征。主人公并非平庸之辈，他可以坦诚面对自我。他能感受到自我的强大，但他同时意识到，他的力量用错了地方。他意识到自己很独特，这让他无法承认自己在生活上的失败，但他的内心中还存有最基本的是非观。骄傲的主人公最终试图以独特的方式来表达自我肯定："把我的利刃，涂满血迹的利刃／插在这橡木桌上，纵声大笑！……"[1]他如此肯定自己与生活之间的关系，同时他非常清楚，他彻底失败了。他的笑正如一位不肯承认自己失败的失败者的反应。《罪人》中的首领形象开启了莱蒙托夫创作中系列复杂、矛盾形象的画廊之门。他们感受到了自己的独特性，但却被迫选择恶魔一方，降服于恶魔之力，之后便忍受着精神之痛。

在《卡累》中，刚开始，主人公阿吉受毛拉[2]的教导，认为毛拉的建议即天意神言，接受了毛拉对自己生命的定位，于是阿吉完成了复仇使命，杀害了敌人的全家，包括无辜的女孩。然而他发现，这一切对于他来说就是一个谎言，他因

---

① [俄] 莱蒙托夫：《莱蒙托夫文集 海盗 叙事诗（1828—1835）》，智量译，上海译文出版社，1998 年，第 81 页。

② 伊斯兰教主持宗教礼仪的神职人员。

为这些谎言而成为一个罪人。最终，他远走山间，离开了这个世界，切断了与这个世界的一切联系。毛拉这一形象即象征着这个世界的精神价值体系。阿吉发现自己最终无法接受这样的价值体系，于是，他杀死了残酷无情的毛拉。他杀害毛拉并非因为受骗而报复，他只是以自己的方式表达着反抗。阿吉的最终命运是遁入山间，成为人们传说中的怪人，他"如同野兽，躲开人群；/连女人他也不能去亲近！"①在莱蒙托夫看来，远离此在的世界，即是保留"自我"的一种途径。如果说在《罪人》中首领已经掌握了外面世界的残酷规则，并且成为其一部分，那么在《卡累》中诗人构建了另外一种人与世界的关系模式。《卡累》的主人公与首领一样也是不由自主地被卷入了生活的残酷规则，但在犯罪之后他忽然醒悟了，他明白了两个真理：一方面，沾染恶是外部世界存在的恒久不变的规则，与之抗衡毫无意义；另一方面，杀人经验让他明白，对于他来说，按照残酷标准来生活完全是不能接受的，除了切断与世界的一切联系，他毫无办法。个人反抗存在之恶的问题是莱蒙托夫在后来创作中的基本问题。

《最后的自由之子》可以被视为是《卡累》主题的延续。该诗的开头可以被认为是《卡累》的续写：主人公瓦季姆切断与周围世界的一切联系，隐居湖畔。留里克专政在本质上与《卡累》中毛拉的精神统治相类似。这种政权在本质上都是虚假和残酷的，无论是瓦季姆还是阿吉都无法苟同这一反人道主义的残酷做法。但是，瓦季姆在处理与现实的关系中跨出了一步，他最终明白，他无法隔绝自己的存在，于是他重返诺夫哥罗德，再建自己的家园。当他发现自己心爱的女孩列达已死，他感觉自己失去了希望，然而他心中不是仅有爱情，如果仅有爱情，他宁愿就此长眠不醒。他心中还有祖国和家乡的自由。他决定去复仇，他向统治者留里克发起了挑战，明知力量悬殊还宁愿如此牺牲。该诗的主人公瓦季姆与之前的长诗主人公一样，最后也同样遭遇死亡的命运。在与存在的恶势力做斗争时，主人公注定失败。瓦季姆在恶魔专制面前显得软弱无力。

上述几部作品都是莱蒙托夫在 1832 年前创作的，可以称其为早期长诗。这些长诗保留了浪漫主义作品的外部特征，但在思想内容上，要比浪漫主义长诗深刻得多。它们都有一个共同主题，那就是个人对现存之恶的反抗。而《死亡天使》开启了莱蒙托夫长诗创作的新系列，有关浪漫主义的个人问题。

《死亡天使》是莱蒙托夫对浪漫主义主人公态度转变的开始。通常浪漫主义主人公会与社会秩序相对抗，追求一种孤立的存在。最初，作者在描述浪漫主义

---

① [俄] 莱蒙托夫：《莱蒙托夫文集 海盗 叙事诗（1828—1835）》，智量译，上海译文出版社，1998 年，第 177 页。

主人公时还想继续保持对他的同情。该诗主人公索拉伊姆是一个放逐者，他在世上只是个漂泊者，他在别人身上寻求完美，而自己却并不比别人好。因此作者并不承认该诗主人公具有崇高的心灵，认为他并不符合崇高存在的理想。他对姑娘阿达的爱感动了死亡天使。阿达濒临死亡之际，死亡天使心生怜悯，将自己的灵魂注入姑娘的身体，挽救了姑娘的生命。然而，索拉伊姆却因为自己的碌碌无为而深受折磨，于是他前去从军，最终战死沙场。他为了追求尘世的荣耀而舍弃了生活中真正的幸福。最终死亡天使也抛弃了过去的善良与诚挚："他看透了人类：'他们不配/享受任何真正的同情；/不是褒奖——而是惩罚、治罪，/在最后的时刻该降给他们。/他们一个个诡诈而又残忍，/他们的德行——便是害人，/他们从小便该终生遭受灾害……'"①此处，作者探讨的是恶之源头问题。在莱蒙托夫看来，人之恶具有双重源头，一是来自周围环境，二是来自人的本性。

《立陶宛姑娘》中莱蒙托夫还保留着对浪漫主义主人公的同情态度。主人公阿尔赛尼的生活几乎与外界隔绝，他的居所本身就显示了他的独特性："是谁的老旧危楼矗立在陡峭的山冈？"②他勇敢无畏，纵横沙场，卓尔不群。作为一个生命的存在，他既追求卓越的战功，又追求随心所欲的爱情。他背叛了妻子而爱上了女俘虏立陶宛姑娘克拉拉："为一个女俘虏，年轻的立陶宛姑娘，/为一个来自异邦的骄傲的姑娘。/只求讨她欢喜，从她狡猾的嘴里/听到两句甜蜜的话，阿尔赛尼愿意/牺牲自己的妻子、儿女、祖国、灵魂，/他愿付出一切，只求能得到她的欢心！"③克拉拉逃走以后，当他得知自己失去了渴望的爱情时，他的心中好似黄昏，既无黑暗，也无光明，他感到生命可厌。当他再次于战场中与克拉拉相遇，当他听到克拉拉号召士兵们向他宣战，并许诺以身相许时，他傲慢回应，但那一刻："仿佛心灵中一根最美好的弦/忽然断裂，恰在这一个瞬间。"④在他生命终结的那一幕中，作者对其个性进行了总结："于是三支长矛刺进他的胸膛，/这胸膛啊，多么希望能够歇息、休养，/多少年来，恶与善在他胸中争雄，/而最终仍

---

① [俄] 莱蒙托夫：《莱蒙托夫文集 海盗 叙事诗（1828—1835）》，智量译，上海译文出版社，1998 年，第 218 页。

② [俄] 莱蒙托夫：《莱蒙托夫文集 海盗 叙事诗（1828—1835）》，智量译，上海译文出版社，1998 年，第 337 页。

③ [俄] 莱蒙托夫：《莱蒙托夫文集 海盗 叙事诗（1828—1835）》，智量译，上海译文出版社，1998 年，第 340 页。

④ [俄] 莱蒙托夫：《莱蒙托夫文集 海盗 叙事诗（1828—1835）》，智量译，上海译文出版社，1998 年，第 356 页。

是恶占了上风。"① 尽管莱蒙托夫再次谈到了恶的问题，但其在该诗中同样谈到了另外一种价值观，这种价值观体现在阿尔赛尼的妻子这一形象身上。丈夫的背叛让她遁入空门，成为一名修女，在与世隔绝的环境中，她仍没有忘情，长诗最后的场景即是她为亡夫祷告。她因丈夫而遭受痛苦，然而在她内心中却有一种怜悯之爱、一种无私之爱，与那种想要拥有阿尔赛尼的自私之爱截然相反。长诗结尾象征着这种爱的永恒性，而这种牺牲的爱也彰显出莱蒙托夫思想中的宗教源头，隐喻着受难耶稣的形象。

《山民哈吉》中，主人公哈吉与其他浪漫主义主人公不同，他并不具备明显的独特性，也失去了来自作者的同情。但跟其他长诗主人公一样，哈吉失去了存在的理想，尽管这是浪漫主义主人公最本质的需求。因此，复仇就成了他唯一可以接受的存在方式。复仇的情绪使得主人公陷入一种恶劣的环境，而在这样的环境中善恶界限无法区分，保留自己的浪漫主义个性毫无可能。在这样的环境中，人受恶魔之力控制。主人公充满了复仇的渴望，因受复仇理想的控制，他已经失去了精神自由，因此他不仅滥杀无辜，而且消灭了存在的诗意美好。列伊拉在诗中是美的化身，她享受着爱情带来的欢乐，热爱当下朝气蓬勃的生活。然而哈吉却因为要报复布拉特-贝而杀死了他心爱的女人列伊拉。主人公亲手葬送了别人真正爱情的同时，也葬送了"自我"，最终与仇人一起结束了自己的生命。除了需要一种理想的存在方式外，在浪漫主义主人公身上，莱蒙托夫还发现了隐秘的个性的萌芽，这使得主人公变成了恶魔的追随者。

在《商人卡拉希尼科夫之歌》中，莱蒙托夫尝试塑造一位与以往长诗主人公不同的形象。因此，他在俄罗斯民间勇士赞歌的题材中寻找灵感。商人卡拉希尼科夫与之前的长诗主人公不同，他的个性并不矛盾，没有浪漫主义主人公惯有的精神之痛。从浪漫主义角度来看，他似乎是一个平淡无奇之人，但他是一个内心坚定、精神健康的人。同时，他也不是一个自私的人，他对妻子的爱是成熟的，他为了保护妻子宁愿牺牲自己。他不畏强权，也就是说他不畏恶魔之力，尽管他与恶魔之力斗争的结果是自我的牺牲。然而肉体的死亡对于莱蒙托夫来说并不意味着战胜恶魔之力。尽管恶魔之力的强大几乎笼罩着整部长诗的艺术空间，但是人类的信仰经验让人深信，真理和爱最终一定会得胜，因为他们知道，耶稣已经得胜。这样的信仰经验对于莱蒙托夫来说可能更为客观，更具说服力。因此，结尾处作家写道："在那土拉、梁赞、弗拉季米尔的/三叉路口，在那广阔的旷野中，/人们给

---

① [俄] 莱蒙托夫：《莱蒙托夫文集 海盗 叙事诗（1828—1835）》，智量译，上海译文出版社，1998 年，第 357 页。

他堆起了一堆湿润的土，/还把枫木十字架立上他的坟顶；"①"光荣归于全体基督教的人民！"②在1840年莱蒙托夫生前出版的唯一一部诗集中，他将该部长诗作为诗集的首篇作品展示，足以说明他对此诗的态度。

《唐波夫财政局长夫人》继续书写《商人卡拉希尼科夫之歌》中平凡的英雄主义精神。只是莱蒙托夫已经不再是从勇士赞歌中，而是从自己时代的现实中找到了这种伟大精神。在该诗中，莱蒙托夫选择了俄罗斯偏远外省地区的代表人物作为主人公。无聊与单调是唐波夫城百姓生活的主要特征。莱蒙托夫以些许讽刺与调侃的语调描绘了他们的日常生活、精神风气，以及他们的兴趣爱好。可以说，主人公们所生活的环境平淡无奇，毫无特色，已经没有浪漫主义主人公们惯常所处的环境。主人公上尉加林是一位浪荡公子，本想勾引局长夫人，而局长夫人的心中也有对其隐秘的倾慕之情。然而，当加林来到夫人家里试图引诱夫人之时，"忽然间，一阵羞愧/不由地占有了她的灵魂——/她勃然大怒，把手一伸，/将他推到了一旁：'您住嘴，/够了——我可不愿再听，/您不走开吗？我要喊人！……'"③局长夫人拒绝了他的诱惑，而这一幕恰恰被刚好进来的局长撞见。加林已经做好迎接决斗的准备，不料他却是被邀请去赌博，赌场上局长最后竟然输掉了自己的夫人。最后，加林抱走了昏倒在地的夫人，而故事也就此结束。莱蒙托夫在这里想表现的是普通人身上的善与崇高。

《恶魔》与《童僧》一直被认为是莱蒙托夫叙事诗创作的巅峰之作，因此本书专门分出独立小节来分析这两部长诗。

第二节　《恶魔》

《恶魔》不仅在莱蒙托夫叙事诗体裁的创作中堪称巅峰之作，而且在其整个创作遗产中也堪称经典。该诗的创作耗时足以证明诗人对该题材的偏爱和打造经典的决心。莱蒙托夫从1829年开始着手该诗的创作工作，历经十余年，八易其稿。十余年间，他反复完善自己的构思，丰富个中情节，最终造就了一部思想容量极大的作品。

---

① [俄] 莱蒙托夫：《莱蒙托夫文集 恶魔 叙事诗（1835—1841）》，余振，智量译，上海译文出版社，1998年，第125页。

② [俄] 莱蒙托夫：《莱蒙托夫文集 恶魔 叙事诗（1835—1841）》，余振，智量译，上海译文出版社，1998年，第126页。

③ [俄] 莱蒙托夫：《莱蒙托夫文集 恶魔 叙事诗（1835—1841）》，余振，智量译，上海译文出版社，1998年，第154页。

一、关于《恶魔》的争论

莱蒙托夫在完成《恶魔》的第六版之后曾一度想发表该作，甚至也通过了最初的审查，但他并没有发表，只是在一些文学沙龙中朗读过，也准许别人拿去传抄。于是该长诗开始以各种版本的手抄本形式流传开来，第一时间便在读者中引起了极大的反响。十月革命前，关于《恶魔》的研究存在着自画像观点以及模糊论观点。这样的观点大概是基于文学家彼·库·马尔季亚诺夫（П.К. Мартьянов）记录的一段对话。

> "请问米哈伊尔·尤里耶维奇，您是以谁为原型塑造了您的恶魔？"——弗·费·奥多耶夫斯基（В.Ф. Одоевский）公爵问道。
>
> "以我自己为原型，公爵，"——诗人回答道，"难道您没看出来吗？"
>
> "但是您并不像如此可怕的新教徒和忧郁的引诱者。"——公爵怀疑道。
>
> "公爵，您要相信，我比我的恶魔还要糟糕。"——诗人如此笑道。[1]

因此，一些研究者认为，长诗主人公的性格特征与莱蒙托夫本人比较相像，可以说恶魔是莱蒙托夫的自画像。持这种观点的代表学者有斯帕索维奇、奥弗夏尼科-库利科夫斯基、亚·卡·扎克尔热夫斯基（А.К. Закржевский）等。他们认为，莱蒙托夫为刻画自己的形象，表达自己的鲜明个性，努力塑造了这样一个恶魔形象，是想通过文学创作摆脱困扰他的思想及幻象。恶魔是一个非现实的形象，诗人通过诗歌再现的方式试图摆脱恶魔的困扰。这种观点的鼻祖当属果戈理，他曾在自己的《与友人书简选》中写道："诗人承认有某种具有诱惑力的恶魔在影响着自己，他试图刻画这一恶魔形象，似乎是想通过诗歌来摆脱他。但这一形象最终并没有被确切表现出来，甚至他想赋予其强大的诱惑力都没有成功。"[2]十月革命前的许多研究者都认为，该诗的创作除了心理动机，别无其他动机，恶魔形象也不承载任何思想意义。因此，持自画像观点的研究者们只是把该诗视为一种心理现象，否定其思想意义。除此之外，该诗的独特性也被否认，同时被指借用太多，恶魔形象模糊等。斯·谢·杜德什京（С.С. Дудышкин）认为："毫无疑问，莱蒙托夫在《恶魔》中并未解释清楚自己追求的理想。《恶魔》的创作是受拜伦神

---

[1] Михайлов В.Ф. Михаил Лермонтов: роковое предчувствие. – М.: Эксмо: Алгоритм, 2012. С. 219.

[2] Гоголь Н.В. Собр. Соч.: в 7 т. Т. 6. – М., 1978. CC. 364-365.

秘诗剧《该隐》的启发，并对其进行了模仿：包括主人公性格的描写（拜伦笔下是路西法）、对世界的看法、对世界上恶之源头的观点、恶魔之力对人本性的影响等。"①另外一位莱蒙托夫研究者亚·伊·维坚斯基（А.И. Введенский）认为："长诗并非一部深思熟虑的完整作品，诗中融合了多种元素，但实际上，这些元素在逻辑上彼此并无联系。对大自然的着力描写对于讲述恶魔与塔玛拉的故事并无必要，更无必要的还有对高加索生活的描写。甚至恶魔与塔玛拉的故事本身都不是一个连贯完整的故事，而且对恶魔特征的描述与他的爱，以及他爱塔玛拉的表现都是不相符合的。"②持模糊论观点的还有学者康·瓦·莫丘利斯基（К.В. Мочульский），他认为："恶魔形象对于莱蒙托夫来说，直到最后都是模糊不清的。莱蒙托夫强调其爱情的真诚性、他的向善性，强调他的忏悔，同时让人觉得恶魔那些热情而又激昂的话语只不过是诱惑与欺骗……我们最终也无法知道，恶魔究竟想要什么，是想通过纯洁少女的爱来救赎自己，还是想通过自己奸诈的诱惑害死她。"③

当然，并非所有19世纪批评家都对长诗《恶魔》持怀疑态度。著名批评家别林斯基就肯定了该诗中主人公身上那种为争取个人自由与权利而进行反抗的激情，因为这是社会历史发展的必要条件。这部长诗的思想比《童僧》的思想更为深刻和成熟，尽管在表达上有些不成熟，但长诗场面奢侈，富有诗情，诗句优美，思想高深，塑造的形象富有魅力，这一切使得该诗远远高于《童僧》，也超越了所有可以给予它的赞美。但同时，别林斯基也认为，该诗的艺术水准不高，甚至从严格意义上来讲，都算不上是艺术创作。④

白银时代学界对《恶魔》的关注热度未减。尤其是象征主义作家对《恶魔》进行了重新解读。索罗维约夫首次从宗教意识层面来观照莱蒙托夫问题。艾亨鲍姆认为：诗歌创作的宗教哲学及心理学阐释一直都会有，而且一定会有争议，会自相矛盾。这些阐释评价的不是莱蒙托夫，而是它们所引出的现代性。⑤这是对

---

① Дудышкин С.С. Материалы для биографии и литературной оценки Лермонтова//Лермонтов М. Ю. Соч. 2-е изд. СПб., 1863. Т. 2. С. XXX-XXXVI. Из книги: Игумен Нестор (Кумыш), Тайна Лермонтова. – СПб.: Филологический факультет СПбГу; Нестор-История, 2011. С. 180.

② Введенский А.И. Общественное самосознание в русской литературе: критические очерки. – СПб., 1900. С. 68.

③ Мочульский К.В. Великие русские писатели XIX века. – СПБ., 2000. С. 75.

④ Белинский В.Г. Собр. Соч. в 13 т. Т. 4. – М., 1955. С. 544.

⑤ Эйхенбаум Б.М. Лермонтов как историко-литературная проблема // М.Ю. Лермонтов:pro et contra/Сост. В.М. Маркович, Г.Е. Потапова, вступ. статья В.М. Марковича, коммент. Г.Е. Потаповой и Н.Ю. Заварзиной. – СПб.: РХГИ, 2002. С. 476.

莱蒙托夫创作遗产的一种全新的、极其严肃而又可靠的理解，象征主义作家的功绩正在于此。然而，象征主义作家关心的与其说是如何阐释莱蒙托夫诗歌语言的客观意义，不如说是如何将其纳入自己的宗教哲学理论学说。[1]尽管学界对宗教哲学批评方法有诸多争议，但是白银时代的学者还是提出了许多令人信服的论断。时至今日，在宗教批评方法日趋成熟且持续保持前沿地位的语境下，显然，在莱蒙托夫学中白银时代宗教批评家的鼻祖地位仍是不容撼动的。

众所周知，十月革命给俄罗斯社会生活带来了巨大的改变。而学界的研究理念和方法也同样发生了变化，对恶魔形象的阐释带着当时意识形态的印记，认为恶魔身上体现着阶级敌人的心理。在新的时代背景下，出现了一种新的社会学研究方法。福赫特在《作为一种风格现象的莱蒙托夫的〈恶魔〉》一文中写道："莱蒙托夫的抗议纯粹是反动的，是为了恢复过去，而不是为了创造未来，他的抗议是微不足道的，也是无力的。这是地主反动势力的表现之一，而不是资产阶级革命的表现。莱蒙托夫通过恶魔这一文学形象完美体现了 19 世纪 30 年代贵族反动分子的社会特征。"[2]弗·马·马尔科维奇（В.М. Маркович）在《莱蒙托夫与其阐释者》一文中同样指出："原则上，可以给予莱蒙托夫的形象以另外一种阐释，比如，强调主人公与作者阶级属性的丧失。"[3]但是这种带有强烈政治色彩的批评方法并没有持续存在太久。马尔科维奇在同篇文章中提到：20 世纪 30 年代中期，庸俗社会学观点被官方否认。[4]在接下来的 20 世纪四五十年代，莱蒙托夫《恶魔》研究者可以分为两大阵营，一大阵营坚持别林斯基提出的观点，认为恶魔是一位战士，长诗主题思想是高呼战斗的激情，主要代表学者有维·安·马努依洛夫（В.А. Мануйлов）、艾亨鲍姆、杰·阿·吉列耶夫（Д.А. Гиреев）、叶·亚·迈明（Е.А. Маймин）等；另一大阵营则持相反观点，否定主人公身上的个人主义，对恶魔个性进行了批评，代表学者有索·伊·列乌舍娃（С.И. Леушева）、谢·费·叶列昂斯基（С.Ф. Елеонский）、安·列·鲁巴诺维奇（А.Л. Рубанович）等。当然，无论哪一阵营的观点，在当今的学者看来都是充满

---

① Игумен Нестор (Кумыш). Тайна Лермонтова. – СПб.: Филологический факультет СПбГу; Нестор-История, 2011. С. 183.

② Фохт У.Р. «Демон» Лермонтова как явление стиля. Сост. В.М. Маркович, Г.Е. Потапова. М.Ю. Лермонтов pro et contra. – СПб.: РХГИ, 2002. С. 529.

③ Маркович В.М. Лермонтов и его интерпретаторы. Сост. В.М. Маркович, Г.Е. Потапова. М.Ю. Лермонтов pro et contra. – СПб.: РХГИ, 2002. С. 42.

④ Маркович В.М. Лермонтов и его интерпретаторы. Сост. В.М. Маркович, Г.Е. Потапова. М.Ю. Лермонтов pro et contra. – СПб.: РХГИ, 2002. С. 42.

争议的。修道院院长涅斯托尔（库梅什）在《莱蒙托夫的奥秘》一书中指出："两大阵营代表的观点都很难让人满意。两种观点都充满着内在的矛盾，都不太符合长诗的文本，每种观点中对莱蒙托夫诗歌语言的阐释都有勉强的成分。如果恶魔是一个英雄人物，那么结尾处他与塔玛拉之间的关系怎么能与他的英雄主义联系起来？如果长诗的写作目的只是批判恶魔个性，那么为什么结尾处还要强调女主人公的命运？在长诗的结尾，塔玛拉不仅摆脱了恶魔的追求，而且与天使的力量相结合，进入了天国的怀抱，已经一去不复返，不会再遭受恶魔的影响。莱蒙托夫设置了这样的一个结局，与其说是关于恶魔的作品，不如说是关于塔玛拉的作品。"①总之，该书作者认为，《恶魔》的意义之于莱蒙托夫并非仅仅批判个人主义的极端性，同时宣扬反恶魔思想的价值观。

在苏联时期的文学研究中，学者在分析恶魔形象时尝试结合不同方法。因此，他们认为恶魔身上既包括正面元素，也包括负面元素。马克西莫夫认为："关于恶魔的长诗中包含了莱蒙托夫关于孤独反抗之美与绝望的思想，同时莱蒙托夫认为，一个反抗世上一切的孤独的主人公不可避免地要承受反抗所带来的悲剧性后果。"②持类似观点的学者认为，长诗主人公的矛盾性也反映了莱蒙托夫本人意识的矛盾性。尽管如此，该作品仍一直保持着自己的魅力。研究者不断探索，试图找到更为令人信服的新阐释。而解读长诗中的哲学思想是《恶魔》研究史上的一个重要突破。其中叶·普利赫里图多娃（Е. Пульхритудова）在《哲学叙事诗〈恶魔〉》一文中写道："莱蒙托夫创作的研究者都认为长诗《恶魔》是诗人最真诚的作品，认为该诗是其宝贵情感以及深刻思想的体现。因此，毫不奇怪，所有研究莱蒙托夫的人都认为有必要在自己的著作中提到《恶魔》，哪怕写上几句也好。但令人奇怪的是，几乎没有人研究长诗的哲学内容。而该部长诗的哲学问题非常复杂。19世纪三四十年代的俄罗斯思想界在认识论及历史哲学领域所做的探索，莱蒙托夫在《恶魔》中都有所响应。我们在该文中将就长诗所体现的这些思想加以论述。"③该文作者认为，恶魔的悲剧是认知的悲剧，整部长诗几乎就是一本独特的关于认识论问题的文学论文。

同样从哲学层面解读《恶魔》的还有鲍·季·乌多多夫（Б.Т. Удодов）。他

① Игумен Нестор (Кумыш). Тайна Лермонтова. – СПб.: Филологический факультет СПбГу; Нестор-История, 2011. СС. 184-185.

② Максимов Д.Е. Поэзия Лермонтова. – М.; – Л., 1964. СС. 80-81.

③ Пульхритудова Е. «Демон» как философская поэма//Творчество М.Ю. Лермонтова: 150 лет со дня рождения. 1814-1964/АН СССР. ИМЛИ. – М., 1964. С. 76.

在长诗人物形象结构中解读出了黑格尔哲学中的三段论:无论是恶魔还是塔玛拉,其形象演变在很多方面都是一致的。这种演变似乎都是按照黑格尔的三段论展开的:正题-反题-合题。[①]而叶·瓦·洛吉诺夫斯卡娅(Е.В. Логиновская)在自己的著作《莱蒙托夫的长诗〈恶魔〉》中写道:"为了表现自己的理想,浪漫主义诗人使自己的作品充满了哲学思想,其中反映了'否定之否定'的规律,这一人类精神生活的永恒规律:为了新的真理和道德,恶魔否定了旧的真理和道德……"[②]由此可以看出,研究者想方设法寻找长诗中可能展现的"哲学思想",试图彰显《恶魔》的多面性及深层内涵。无论何种阐释,只要能自圆其说,都是在为莱蒙托夫学做贡献。纵观《恶魔》研究史,不能不让人产生些许怀疑,有些研究似乎离文本本身有些遥远。

《莱蒙托夫百科全书》的出版是莱蒙托夫研究史中的一项重要事件。在该百科全书中,专门设有关于《恶魔》的词条。该词条介绍了《恶魔》的创作历史、不同版本之间的主要差别,同时还评述了《恶魔》作为一个艺术整体的情节建构,对恶魔形象进行了分析,另外还介绍了一些代表性的《恶魔》研究成果及部分观点。其中,指出了一个重要的观点:在近20年的研究成果中[主要代表人物有马克西莫夫、弗·尼·图尔宾(В.Н. Турбин)、列·梅丽霍娃(Л. Мелихова)、塔·涅多谢京娜(Т. Недосекина)、普利赫里图多娃等],有观点认为《恶魔》的思想具有复调性,长诗中不同"真理"并存且相互争鸣。[③]然而,该词条撰写者认为,长诗的复调性正是莱蒙托夫本人有意为之,诗人通过思想的复调性实现了自己的创作构想。或许,莱蒙托夫在此设置的并非封闭的思想结构,目的是彰显其作品的无限性与永恒性。

二、恶魔形象与思想的建构

任何一部伟大的作品都会涉及人类的永恒问题。无论时代如何变换,自古以来,人类通过艺术作品展示着表达的欲望,宣泄着思想的结晶。

(一)《圣经》中恶魔的投影

显然,莱蒙托夫非常熟悉《圣经》中恶魔的前世今生。诗人在自己的《恶

---

① Удодов Б.Т. М.Ю. Лермонтов. Художественная индивидуальность и творческие процессы. – Воронеж, 1973. C. 431.

② Логиновская Е.В. Поэма М.Ю. Лермонтова "Демон" [Текст] – М.: Худож. лит., 1977. C. 117.

③ Лермонтовская энциклопедия. Гл. ред. В.А. Мануйлов. – М.: Советская энциклопедия, 1981. C. 136.

魔》中，开篇就回顾恶魔的历史："忧郁的恶魔，谪放的精灵，/飞翔在罪恶大地上空，/而那些美好时日的回忆/一桩桩在他的面前闪动；/那时在救世主的居所里/谁不尊敬纯真的海鲁文？/"①《恶魔》的主人公回忆起往日的幸福时光，他曾是天使，在上帝的居所同享上帝的荣耀，那时的他是造物主的幸运儿，"还有着信仰，还有着爱情，/不知什么是怀疑和罪行"，如今他被逐出伊甸园，飘荡在尘世的上空，找不到安身之所。堕落后的天使有着与上帝抗衡的力量，然而随心所欲带来的并非平安与幸福。刻画恶魔状态的诗句中充满了紧张感："他主宰着这渺小的人世，/散播着罪恶得不到欣喜。/无论何处他从未遇到过/能抵敌他的艺术的东西——/对罪恶也终于感到烦腻。"②诗中恶魔的命运与《圣经》中的描述相呼应："你曾在伊甸神的园中，佩戴各样宝石，就是红宝石、红璧玺、金刚石、水苍玉、红玛瑙、碧玉、蓝宝石、绿宝石、红玉和黄金，又有精美的鼓笛在你那里，都是在你受造之日预备齐全的。你是那受膏遮掩约柜的基路伯；我将你安置在神的圣山上；你在发光如火的宝石中间往来。你从受造之日所行的都完全，后来在你中间又察出不义。因你贸易很多，就被强暴的事充满，以致犯罪，所以我因你亵渎圣地，就从神的山驱逐你。遮掩约柜的基路伯啊，我已将你从发光如火的宝石中除灭。你因美丽心中高傲，又因荣光败坏智慧，我已将你摔倒在地，使你倒在君王面前，好叫他们目睹眼见。你因罪孽众多，贸易不公，就亵渎你那里的圣所。故此，我使火从你中间发出烧灭你，使你在所有观看的人眼前变为地上的炉灰。各国民中，凡认识你的，都必为你惊奇。你令人惊恐，不再存留于世，直到永远。"③长诗的故事便是围绕这样一个带有传统特征的恶魔形象展开的。无论从主题，还是从具有《圣经》原型的形象来看，该诗都不可避免地会触及、探讨一些经久不衰的永恒性问题：善与恶、上帝与魔鬼、恶之源头、救赎等。正如大主教伊拉里昂（阿尔费耶夫）〔Илларион（Алфеев）〕所说："莱蒙托夫在自己的长诗中提出了善与恶、上帝与魔鬼、天使与恶魔等自古以来就有的道德问题。"④

---

① [俄] 莱蒙托夫：《莱蒙托夫文集 恶魔 叙事诗（1835—1841）》，余振，智量译，上海译文出版社，1998年，第 233 页。

② [俄] 莱蒙托夫：《莱蒙托夫文集 恶魔 叙事诗（1835—1841）》，余振，智量译，上海译文出版社，1998年，第 234 页。

③《圣经·旧约·以西结书》第 28 章第 13—19 节。

④ Митрополит Илларион (Алфеев) Православие Том 1. [Электронный ресурс] http://pravoslavie.by/page_book/pravoslavie-v-russkoj-kulture-xix-veka. Дата обращения: 30. 01. 2017.

（二）恶魔之恶的发展

《圣经》中的恶魔是全然恶的代表，是诱惑人类堕落的罪魁祸首，是黑暗世界的统治者，其与上帝相抗衡，争夺人心。在《圣经》中，恶魔被预言要遭到上帝的最终审判，将被下放到阴间，永居地狱。然而，《恶魔》中的恶魔形象并非全然恶的代表。当他看到年轻美貌的塔玛拉公主时，他的内心发生了奇异的变化："恶魔真地看见了……刹那间/在他的心里突然感觉到/有一种难以名状的激荡。/一种幸福的声音填满了/他那空漠的沉静的心房——/而他突然又重新懂得了/爱情、至善以及美的神圣！……"①作者甚至提到了"复活"的字眼，复活乃是基督教神学中一个重要的概念，也是基督徒信仰中的一项重要事件。复活象征着旧生命的死去与新生命的诞生。而著名的耶稣复活事件昭示着一种得胜，某种意义上也是善的胜利。因此，长诗中提到的"复活"是对恶魔之恶的一种怀疑，表达的是作者对恶魔的一种不确定态度，不确定他是不是全然之恶的载体。在他的恶中偶尔还会闪现善的火花。这不由得让人想起陀思妥耶夫斯基的名句——"美拯救世界"。塔玛拉的"美"在恶魔的身上唤起了良善的意念，他又想起了堕落前的一切美好，闪现出"复活"的愿望，然而骄傲的恶魔并不肯祈求上帝"忘掉"其堕落的历史。在恶魔的本性中并无忏悔的意识。正如尤·弗·曼恩（Ю.В. Манн）所说：恶魔想与天国和好，但却不想忏悔。②恶魔的善念也只是一闪而过而已，塔玛拉的美并没有拯救他。他被恶驱使一步步走向自己的目标——夺取塔玛拉的灵魂。

诗中塔玛拉这一形象出现之时便是待嫁的新娘，正在等待着新郎的到来。恶魔发现了正在跳舞的美人塔玛拉，尽管诗中并未直接指明恶魔所要实施的计划，然而接下来的场景显示这一切与恶魔有关。新郎在赴婚宴的途中不幸身亡，其中的细节表明，他的死与恶魔有关。新郎途经的"路旁有座小小的礼拜堂……/多年来供奉着一位王公，/他是被复仇的手所杀死，/如今他已经被尊为神灵。/无论是节日或参加战斗，/无论是匆匆地奔向何方，/行人带来了虔诚的祈祷/向着这座小小的礼拜堂；/而那样的祈祷真能保佑/避开了邪教徒们的刀剑。/但是勇敢的新郎没理会/祖先们传下的这个习惯。/奸黠的恶魔用他狡猾的/幻想已搅乱了

① [俄] 莱蒙托夫：《莱蒙托夫文集 恶魔 叙事诗（1835—1841）》，余振，智量译，上海译文出版社，1998年，第240页。

② Манн Ю.В. Завершение романтической традиции//Лермонтов и литература народов Советского Союза. – Ереван, 1974. С. 52.

新郎的心：/他在想象中，夜的黑暗里/正在吻着新娘子的芳唇"①。由此可以看出，新郎并未遵守古老的基督教传统，他没有像先祖一样前去礼拜堂敬拜。按照《圣经》中有关魔鬼的记载，可以解释说，这是受了魔鬼的诱惑。他用情欲占据新郎的思想，诱惑他远离在教堂祈祷的机会，而祈祷则是可能战胜魔鬼的机会。新郎偏离宗教传统，受到魔鬼诱惑，从而遭受死亡的结局。新郎之死让塔玛拉感到极度痛苦，这恰恰是"钟情"的恶魔所需。通过杀害新郎，他不仅解决掉了自己的对手，而且让塔玛拉的心里充满痛苦。这种痛苦正是恶魔试图俘获塔玛拉灵魂计划的一部分，为恶魔实施另外一个策略做好了准备。②在塔玛拉深陷痛苦之际，恶魔用他那魅惑的声音对她说话，让她不要哭，告诉她不要为受造物那无常的命运感到悲哀，并向她承诺了"甜蜜的黄金色的梦"。然而，塔玛拉却因此感到不安和恐怖，于是请求父亲把她送到修道院，希望能在圣物的平静中找到寄托。恶魔继续实施着自己的计划，尽管他也曾在修道院前有过犹豫，想过要"放弃这个残酷的计谋"。他也曾领悟了爱情的哀伤和激动，也曾为此流泪。他走进了修道院，带着为幸福而敞开的心，准备去爱。但是他看到了天国的使者，圣洁的基路伯，正在保护着美丽的塔玛拉。由于嫉妒，往昔的憎恨又在恶魔的心中苏醒。他赶走了塔玛拉的保护者，想要掌控这一切，包括他所希望的爱情。正如他所说："只由我支配、只随我爱憎！"他跪在塔玛拉的面前，祈求她的怜悯，认为塔玛拉的爱会让他重生："啊，怜悯我吧，请听我来说！/你只要用一句话就可以/让我重回到至善和天国。/披上你爱情的神圣衣饰，/我还能在那里出现，成为/新的光辉中的新的天使；"③似乎在恶魔的命运中，爱具有拯救的力量，让他怀念从前的美好，让他羡慕并不美满的人间欢乐。从恶魔与塔玛拉的对话中我们可以发现，他对自己有非常清醒的认知。由于堕落而被逐，从此处于痛苦的深渊，人所经尝的一切苦难与厄运都无法同他不被认可的痛苦相比，人犯罪可以获得上帝的赦免，可是恶魔的悲哀却是永恒的，他永不得安宁。这是背叛上帝所要付出的沉重代价。塔玛拉要求他起誓，要他断绝对罪恶的欲念。于是恶魔发出了令人震惊的誓言，他以他所能想到的一切来起誓："我以创世的第一日起誓；/我以创世的末一日起誓；/我以犯罪的凌辱与羞耻、/以永恒真理的胜利起誓；/

---

① [俄] 莱蒙托夫：《莱蒙托夫文集 恶魔 叙事诗（1835—1841）》，余振，智量译，上海译文出版社，1998年，第 242-243 页。

② Игумен Нестор (Кумыш). Тайна Лермонтова. – СПб.: Филологический факультет СПбГу; Нестор-История, 2011. CC. 196-197.

③ [俄] 莱蒙托夫：《莱蒙托夫文集 恶魔 叙事诗（1835—1841）》，余振，智量译，上海译文出版社，1998年，第 261 页。

我以沉沦的痛苦的磨难、/胜利的短暂的幻想起誓；/我以我们俩欢乐的相会/而又可怕的诀别来起誓；/我以那么一大群的精灵，/归我统率的弟兄的命运，/无情的天使、我那警觉的/敌人的刀剑锋刃来起誓；/我以至高的天国和地狱、/人间的圣物和你来起誓；/我以你最后目光的一瞬、/你那滴最初淌出的眼泪、/你那温柔的芳唇的呼吸、/柔美的鬈发波纹来起誓；/我以幸福与痛苦来起誓；/我以自己的爱情来起誓：——/我已经断绝往日的仇恨，/我已经断绝高傲的心志；/今后狡猾的奉承的毒素/再不去激动任谁的心智；/我要同神圣的天国和解，/我想要相信真理和至善，/我想要祈祷、我想要去爱……"[①]在俄罗斯文学史中，恶魔的这段誓言堪称经典。当该部长诗最初被传阅之后，就有上流社会女士亲口对莱蒙托夫表达了自己对恶魔形象的喜爱。谢尔巴托娃公爵小姐读过长诗之后对莱蒙托夫说："我很喜欢您的恶魔，我真想和他一起下到海底，飞向云端。"而玛·伊·索洛米尔斯卡娅（М.И. Соломирская）女士在一次舞会上对舞伴莱蒙托夫说："莱蒙托夫，您知道吗，我迷恋您的恶魔……他的誓言极富魅力……我认为，我会爱上这个强大、威严而又骄傲的人，我真的相信，他在爱中像在仇恨中一样坚定而伟大。"[②]然而，这一切貌似真诚的誓言都是恶魔惯用的谎言，目的是让塔玛拉相信她可以完成拯救恶魔的使命。而且恶魔也在竭尽全力使塔玛拉相信，尘世中"没有一点点真实的幸福"，也没有"长久的美"，只有"犯罪和刑罚"，"所有的只是庸俗的趣味"。而后，恶魔之吻夺去了塔玛拉年轻的生命，他的诱惑获得了胜利。但是，当神圣的天使带着塔玛拉的灵魂飞向天国的时候，恶魔前来抢夺，并傲慢地声称"她是属于我的"，恶魔终于在塔玛拉的灵魂面前露出自己的真实面目："他的目光是那样地凶狠，/心中怀着的是多么深的/誓不两立的无尽的敌意，——/从他凝神不动的面孔上/发出坟墓般寒冷的气息。"[③]然而，这次天使并没有让步，他告诉恶魔，上帝审判的时刻已经到来，而上帝的审判是公正的，天国的大门向塔玛拉的灵魂敞开。于是，失败了的恶魔"又孑然一身，同已往一样，既没有爱情，也没有期望！"[④]

---

① [俄] 莱蒙托夫：《莱蒙托夫文集 恶魔 叙事诗（1835—1841）》，余振，智量译，上海译文出版社，1998年，第268-270页。

② Михайлов В.Ф. Михаил Лермонтов: роковое предчувствие. – М.: Эксмо: Алгоритм, 2012. С. 219.

③ [俄] 莱蒙托夫：《莱蒙托夫文集 恶魔 叙事诗（1835—1841）》，余振，智量译，上海译文出版社，1998年，第279页。

④ [俄] 莱蒙托夫：《莱蒙托夫文集 恶魔 叙事诗（1835—1841）》，余振，智量译，上海译文出版社，1998年，第281页。

长诗的故事结局是恶魔失败了，而塔玛拉的灵魂得到了救赎。这样的结尾昭示的仍旧是传统中善战胜恶的定律。关于恶、关于诱惑、关于救赎等的理念也符合基督教《圣经》的圣训。但恶魔在此作为一个艺术形象是复杂而多面的，对恶魔形象的阐释及重构仍在继续。

（三）塔玛拉——罪人的救赎之路

在莱蒙托夫长诗《恶魔》研究中，相对于恶魔形象，女主人公塔玛拉这一形象得到的关注要少得多。但一些研究者也指出，塔玛拉在《恶魔》中的地位与恶魔形象一样重要。瓦·巴·阿尔扎马斯采夫（В.П. Арзамасцев）认为："最后几个版本最显著的特点就是人物体系的变化。如果说在 1838 年之前的版本中恶魔远远高于所有其他诗中人物形象，对其刻画的篇幅也最多，那么在最后的版本中，给予塔玛拉的篇幅与恶魔是一样多的。"[①]持类似观点的还有瓦·埃·瓦楚罗（В.Э. Вацуро）："如今，塔玛拉成了跟恶魔形象并列的人物，我们在莱蒙托夫其他长诗中所看到的一个主人公一统天下的现象不见了。"[②]而在传统的阐释中，研究者大都认为塔玛拉是莱蒙托夫表达道德之美的理想形象。塔玛拉对莱蒙托夫来说是善良、纯洁与和谐的理想化身。从艺术角度来说，这一完美形象无可补充。[③]然而，在这部宗教题材的长诗中，人物形象体系的建构脱离不开某种宗教思想。将人物形象置于宏大的宗教背景之下进行阐释，会使人看到更多的隐喻空间，人物形象在这一隐喻空间之内代表的只是一个思想符号。

相对于恶魔，塔玛拉这一形象在《恶魔》中是更接近于现实的一个形象。她在诗中的命运恰恰体现了基督教中一个罪人的救赎之路。在塔玛拉的未婚夫死后，就在她伤痛欲绝之时，恶魔前来实施他的诱惑计划。关于诱惑，《圣经》中有所记载，即便是上帝的儿子耶稣也会遭遇恶魔的诱惑。《圣经·新约·马太福音》第 4 章第 1—11 节，《圣经·新约·马可福音》第 1 章第 12—13 节和《圣经·新约·路加福音》第 4 章第 1—13 节中都记载了耶稣在旷野中受魔鬼试探的情景。几部福音书记载的情景中，魔鬼用了各种各样的手段来试探和诱惑耶稣，但最终都失败了，耶稣抵挡住了各样的试探。而《恶魔》女主人公塔玛拉在经受恶魔试探的时候，她心中出现了莫名的不安、恐惧和悲凄，她觉得自己的心被搅乱了，

① Арзамасцев В.П. Звук высоких ощущений.... – Саратов, 1984. С. 89.

② Вацуро В.Э. Лермонтов//История всемирной литературы. – М., 1989.Т. 6. С. 360.

③ Игумен Нестор (Кумыш). Тайна Лермонтова. – СПб.: Филологический факультет СПбГу; Нестор-История, 2011. С. 234.

她认出了这不是天上飞来的天使，不是自己的保卫者。她知道自己被一个狡猾的精灵所诱惑，神志几近失常，于是恳求父亲将她送进修道院。她通过归隐修道院来寻求救赎之路："那里救世主许会保护我，/我对他将倾吐我的哀怨。"①她期盼在这一神圣安宁之地可以免受恶魔的搅扰，她期盼可以通过向上帝的祈祷而获得拯救。然而，看似平静神圣的庇护之地修道院并没能让塔玛拉的心得到解放，恶魔的诱惑之力仍可以穿越修道院的高墙来搅扰她，哪怕是在神坛前，在赞颂上帝的庄严时刻，在祈祷中。原来，恶魔并不害怕修道院这样的圣地，她想在这里寻求庇护，但恶魔似乎故意在这样的地方引诱她，而且这还不算完，塔玛拉第一次看见了一个"无声无影"的形象，在那轻轻缭绕的烟雾中忽隐忽现。这一形象好像融入了礼拜仪式中，与之形成一个不可分割的整体，给人一种印象，好像他与天使的世界是和谐统一的。②塔玛拉与恶魔的争战一直持续着，作为一名信神之人，她知道可以把祷告作为一种武器，试图通过祷告来帮助自己，但是"她有时本想要祈祷圣灵——/而她的内心却向'他'祈祷；③这里的"他"是指恶魔，此时的状态正是塔玛拉深受恶魔折磨的情景。但是塔玛拉一直没有放弃与恶魔的争战。

《圣经》有云："神就照着自己的形像造人，乃是照着他的形像造男造女。"④这一点在长诗《恶魔》中也有提及，天使在接走塔玛拉的灵魂之时对恶魔说："造物主拿上最好的灵气/做就这些人的生命之琴。"⑤因此，按照基督教教义的解释，人身上具有神性，而塔玛拉身上神之"形像"的最主要特征就是牺牲的爱。从恶魔与塔玛拉的对话中我们可以看出，塔玛拉是一个敬畏上帝之人，她提醒恶魔，有上帝在听他们谈话，还有地狱的惩罚和磨难在等待着他。她也曾怀疑恶魔的语言是狡猾的，怀疑他心中藏着欺诈，但她还是对恶魔心生怜悯，试图用自己的爱拯救恶魔，让他断绝罪恶的欲念，甚至要求他发誓。她选择相信誓言，选择相信爱。"塔玛拉心中充满了对恶魔的同情，因此，用爱来回应他，为爱牺牲自己的

① [俄] 莱蒙托夫：《莱蒙托夫文集 恶魔 叙事诗（1835—1841）》，余振，智量译，上海译文出版社，1998年，第252页。

② Игумен Нестор (Кумыш). Тайна Лермонтова. – СПб.: Филологический факультет СПбГу; Нестор-История, 2011. C. 206.

③ [俄] 莱蒙托夫：《莱蒙托夫文集 恶魔 叙事诗（1835—1841）》，余振，智量译，上海译文出版社，1998年，第256页。

④ 《圣经·旧约·创世纪》第1章第27节。

⑤ [俄] 莱蒙托夫：《莱蒙托夫文集 恶魔 叙事诗（1835—1841）》，余振，智量译，上海译文出版社，1998年，第280页。

生命。……女主人公牺牲自己，以此来捍卫上帝所造世界的永恒价值。"[①]恶魔之吻夺去了塔玛拉的肉体生命，他想最终夺取塔玛拉的灵魂，然而，天使却接塔玛拉的灵魂去了天堂。在基督教的传统认知中，得救人的归宿即天堂，因此，塔玛拉在诗中的结局是灵魂得到了救赎。她的形象特征符合《圣经》中对"义人"形象的界定。在生命的关键时刻，她始终懂得转向上帝，寻求上帝的庇护。她深知自己的罪性，懂得忏悔和祷告。即便最后，在天使与恶魔争夺其灵魂的那一刻，她还是谨守着上帝的戒命："连忙用祈祷使自己镇定，/紧紧伏在保护者的怀中。"[②]她选择跟随天使去天堂，寻求灵魂的得救。可以说，塔玛拉形象也是善战胜恶的助推者。

莱蒙托夫一生受恶魔问题的困扰，他既不是恶的捍卫者，也不是骄傲的讴歌者，他背负着诗歌的责任，他通过自己的创作来实现服务真理的伟大使命。在其总结性的作品中，塔玛拉与恶魔这两个主人公具有同等的艺术表现力、同样的生命力和说服力，因为莱蒙托夫内心真实经历着恶魔性否定的沉痛与高尚的牺牲之爱的美，两种相互对立的因素决定了诗人精神发展历程中的紧张性与极度复杂性。[③]莱蒙托夫的《恶魔》具有永恒的艺术魅力，值得不断去探寻并挖掘出新的思想宝藏。时代在变，文化环境在变，人们的阅读旨趣也在发生着变化。当年一经问世便被争相传阅的《恶魔》现如今难入普通读者的阅读视野，尤其对于中国读者来说，外国文学中的长诗更是让人有种天然的距离感。似乎类似的文学作品只能留给学界来作为学术研究的对象。然而，经典毕竟是经典，无论被尘封还是被漠视，其艺术价值都不容忽视。

第三节　《童僧》

《童僧》的创作完成时间是 1839 年 8 月 5 日，这一日期是莱蒙托夫亲手写在手稿本封面上的。1838 年 4 月末，诗人第一次被流放后回到彼得堡，距第二次高加索流放只有短短两年的时间，这一时期诗人生活表面上相对平静，但实际上其生活以及交际圈都发生了变化。之前莱蒙托夫并未坚持发表自己的作品，而这一

---

① Игумен Нестор (Кумыш), Тайна Лермонтова. – СПб.: Филологический факультет СПбГу; Нестор-История, 2011. С. 242.

② [俄] 莱蒙托夫：《莱蒙托夫文集 恶魔 叙事诗（1835—1841）》，余振，智量译，上海译文出版社，1998年，第 279 页。

③ Игумен Нестор (Кумыш), Тайна Лермонтова. – СПб.: Филологический факультет СПбГу; Нестор-История, 2011. С. 247.

时期他沉浸在彼得堡的文学世界中，并未被埋没，反而形成了自己的特色。他与茹科夫斯基、维亚捷姆斯基、果戈理、叶·阿·巴拉腾斯基（Е.А. Баратынский）相识，与安·亚·克拉耶夫斯基（А.А. Краевский）及杂志《祖国纪事》建立了紧密的联系，开始在该杂志上发表诗歌，如《沉思》《诗人》《美人鱼》《巴勒斯坦的树枝》《三棵棕榈》《祈祷》《哥萨克摇篮曲》《又苦闷又烦忧》等。小说《当代英雄》也是通过该杂志得以问世。同时，其他杂志也开始陆续发表莱蒙托夫的作品。《现代人》杂志上刊登了《唐波夫财政局长夫人》，《奥德萨选集》刊登了莱蒙托夫的《天使》和《囚徒》。在定期出版的刊物上出现了别林斯基以及其他一些批评家对莱蒙托夫诗歌热情洋溢的评论。而彼时的莱蒙托夫也经常参加一些沙龙活动，与首都文学及文化界的精英有所交往。

在创作《童僧》这一年的早些时候，莱蒙托夫情绪比较悲观。1839 年初春，他在给自己好友阿·亚·洛普欣（А.А. Лопухин）的信中写道："亲爱的朋友，你们那里又发生了什么事？请写信告诉我吧。冬天的时候，我曾三次申请休假去莫斯科，到你们那里去，哪怕去十四天的时间，可是没有获得允许！兄弟，真是没办法！我真想退役，可是我外祖母不愿意我这样，总该为她做点牺牲吧。我向你承认，有时候我真的是很灰心。"[①]而就在这个夏天，莱蒙托夫完成了长诗《童僧》。他似乎预感到死亡的临近，从该诗的题词开始就提出了死亡问题。在该长诗的题词中他引用了《圣经》中的经文，出自俄文圣经《列王纪上》第 14 章第 43 节，而对应的中文圣经是《撒母耳记上》第 14 章第 43 节："我实在以手里的杖，用杖头蘸了一点蜜尝了一尝。这样我就死吗？"[②]这段经文记载扫罗在带领百姓作战时叫百姓起誓说："凡不等到晚上向敌人报完了仇吃什么的，必受咒诅。"[③]而扫罗的儿子约拿单在没有听到父亲叫百姓起誓的情况下，用手中的杖头蘸了蜂蜜，转手送入口内。因这一违背百姓誓言的行为，约拿单必须死。约拿单的这段话是在问父亲，难道只是尝了尝蜂蜜就要死吗？话语中带有指责的意味，他感到不可思议的是父亲的荒唐决定，而且勇于指出父亲的愚蠢，最终他赢得了百姓的爱戴。由于百姓的求情，他免于一死。而此处的"蜂蜜"一词在广义上可以喻指世上的幸福和自由。一个配得幸福与自由生活的人为什么应该去死呢？这也许就是莱蒙托夫引用该段话作为长诗题词的用意所在。

---

① Лермонтов М.Ю. Собр.соч.: в 4 т. Т. 2. – М. – Л., 1958-1959. С. 612.

② 《圣经·旧约·撒母耳记上》第 14 章第 43 节。

③ 《圣经·旧约·撒母耳记上》第 14 章第 24 节。

纵观长诗《童僧》的研究史我们可以发现，几乎所有研究者都认为该诗是浪漫主义长诗。曼恩在《俄罗斯浪漫主义诗学》一书中对《童僧》的研究不仅力图展示其浪漫主义特征，而且对马克西莫夫的观点委婉地提出了争辩。马克西莫夫认为莱蒙托夫的《童僧》已经背离了浪漫主义长诗的标准，他指出：童僧与拜伦笔下的人物不同，他失去了一些诸如非凡性、选民光环、神秘性等外在特征。①而曼恩则认为："选民光环和非凡性特征如果不是通过肖像的细节来强调的，那么就是通过行为来体现。正如浪漫主义长诗中常常会有的决定性的一步，那就是逃出修道院，而童僧是在暴风雨之夜实现了这一行为。唯有暴风雨才能表现童僧此刻的心理状态。作者在我们面前展现的是一个欣喜若狂之人与愤怒的大自然交好的画面，在闪电的照射中一个瘦弱的小男孩身影长成了巨人的身量。"②但马克西莫夫也承认，不管《童僧》的浪漫主义手法有多么特别，它的浪漫主义本质不应引起怀疑。③就《童僧》的浪漫主义问题进行讨论的还有亚·尼·索科洛夫（А.Н. Соколов），他遵循传统的观点，认为《童僧》是正统的浪漫主义长诗，但同时他认为自己有责任指出该诗中有普希金现实主义长诗《波尔塔瓦》和《青铜骑士》影响的痕迹。④而福赫特认为，在《童僧》之前的现实主义作品中所使用的方法影响到了长诗的结构、内容和风格。但是"现实主义方法"对《童僧》的影响并未改变其浪漫主义的特质。⑤

长诗《童僧》的人物形象结构非常简单，故事情节只是围绕童僧一个人展开的，但其中周围环境以及主人公的行为都具有一定的象征意义。

一、顺服的童僧形象

诗中，童僧是将军带回的一个被俘的小男孩，途中小男孩生病，于是他被留在一座修道院中，之后他受洗并在基督教的礼俗中长大。在他即将宣誓成为一名真正的修士前，在一个秋天的夜里，他突然失踪了。人们找了他整整三天都没找到，后来在草地上找到了他，但此时的他已经奄奄一息。他被带回修道院，对人们的追问闭口不言。死亡的脚步已经临近，他的师父来到他面前为他祈祷，他终于竭尽最后的力量向师父敞开心扉，道出了心中秘密。逃跑中的三日对于童僧来说

① Максимов Д.Е. Проблема и символика поэмы Лермонтова «Мцыри» // М.Ю. Лермонтов: pro et contra/Сост. В.М. Маркович, Г.Е. Потапова, вступ. статья В.М. Марковича, коммент. Г.Е. Потаповой и Н.Ю. Заварзиной. – СПб.: РХГИ, 2002. С. 671.

② Манн Ю.В. Поэтика русского романтизма. – М., 1976. СС. 198-199.

③ Максимов Д.Е. Поэзия Лермонтова. – М. – Л.: Издательство «Наука», 1964. С. 188.

④ Соколов А.Н. Очерки по истории русской поэмы XVIII и первой половины XIX века. – М., 1955. С. 614.

⑤ Фохт У.Р. Лермонтов. Логика творчества. – М., 1975.СС. 94-95.

具有特殊的意义，这是自由的、幸福的三日。他想起了自己的母语，想起了故乡的山川，想起了自己的亲人。这三日中，他看到了高加索大自然的美景，看到了美丽的格鲁吉亚女郎，并与凶猛的豹子搏斗。所有这一切场景对于他来说就像过了一辈子。他向师父承认，他内心充满着唯一火热的激情，那就是对自由的向往。他并没有为自己的逃跑行为而感到懊悔。让他感到难过的是他注定以奴隶和孤儿的身份死去。临终前，他恳求人们把他抬到花园里洋槐盛开的地方，他要最后一次尽情享受白昼的光辉，最后一次望一望远处的高加索，那个他魂牵梦绕的故乡。

莱蒙托夫描写的修道院见习修士不只是一个渴望自由的年轻山民，也不只是那个时代的一个俄罗斯人，他可以是任何一个注定孤独、失去自由并渴望自由的人。[①]童僧作为一名见习修士，按照基督教的传统理应顺服，顺服修道院礼教和生活方式，但他却最终选择了逃出修道院，但这并不能说明他背离了上帝。他冒着生命危险在寻求另外一种存在方式——非修道院式的，他在寻找着自己的真正使命。他对上帝的顺服体现在他不断的探索中、不断的追问中。尽管他最终也没有实现自己的理想，但他仍是在和解的状态下离开了这个世界。纵观童僧短暂的一生我们可以发现，他是一个体验到了神国之美的人。自其生命存在于世始，他便体验到了和谐之美。他的童年充满了和谐的温情之美，在这段时期他懂得了什么是纯洁与真诚之爱。童年给他留下的深刻印象就是这种独一无二的、无法复制的完美之爱。"我又想起我年轻的姊姊……/她们美好的晶莹的眼睛，/和她们俯伏在我摇篮上/娓娓的低语、袅袅的歌声""我想起我们静穆的房子，/还有那夜晚时围着火炉/讲过的没完没了的故事/讲着古时候人们的生活，/那时世界比如今好得多。"[②]在童僧的记忆中，这完全是另外一个世界，他无法忘怀并一直渴望回归的世界。总之，这是他的生活理想。在其回忆童年的生活中，亲人、祖传的老屋、美丽的大自然构成了一幅和谐的画面，人与人、人与物、人与自然都充满了和谐。在和谐的环境中，作为个体的人更容易产生幸福感，而幸福感是每个生命个体穷尽一生的追求。

诗中的修道院形象也具有象征意义。童僧所生活的世界被分为两个世界，一个是童年生活的世界，另一个是修道院的世界。在传统的认识中，修道院是神圣之地，是人在世上寻求神国的理想之境。童僧是接受这里的教导与训诫而长大的，

① Максимов Д.Е. Проблема и символика поэмы Лермонтова «Мцыри» // М.Ю. Лермонтов: pro et contra/Сост. В.М. Маркович, Г.Е. Потапова, вступ. статья В.М. Марковича, коммент. Г.Е. Потаповой и Н.Ю. Заварзиной. – СПб.: РХГИ, 2002. С. 679.

② [俄] 莱蒙托夫：《莱蒙托夫文集 恶魔 叙事诗（1835—1841）》，余振，智量译，上海译文出版社，1998年，第187-188页。

因此，他熟知什么是善、什么是爱。他懂得感恩，临终前他对自己的师父表达了自己的感激之情，尽管他认为自己过的是俘虏的生活，他宁愿用两个这样的生活换另外一个充满自由和热情的生活，但他并不否认修道院的正面意义。只是这个空间限制了他的灵魂追求，让他感到压抑的是修道院生活的死气沉沉。而他那颗年轻的心渴望行动，渴望表现自己的才能，渴望更崇高的服侍。这种渴望并非浪漫主义式的空想，而是其心灵的特质。事实上，他所追求的是每一个年轻生命渴望追求的。童僧无法理解修道院中的其他人，甚至他的师父。他们似乎已经习惯了那种日复一日毫无生气的生活，他们胸中那曾经的"火焰"已经熄灭。他们都渐渐老去，变得衰弱。童僧认为，假如没有他出逃那三天的幸福，那么他要比自己师父"衰朽"的残年更加凄惨。尽管在修道院生活多年，他还是无法真正融入这里的生活。对童年、对遥远故乡的记忆与现实修道院世界形成了鲜明的对比。他忠实于童年的世界，无法真正顺服现实世界。修道院无法成为他的第二个家，他仍不由自主地向往故乡，向往他心中那个理想的地方。

事实上，童僧的理想并非抽象模糊的概念。他的理想是具体的，切实可见的。他的理想就是追求那充满活力的现实生活，那种生活从童年时代起便成了他生命的一部分，融入了他的血液。他并非渴望某种不同寻常的感觉，并非要去实现某种不可实现的伟业，他只不过想回到他曾经体验过的生活，回到更符合他天性的生活。童僧的理想非常自然，也非常符合人性的需求。这一理想的浪漫主义色彩并非因为理想本身的实质内容，而是因为童僧对这一理想的执着。艾亨鲍姆在评价《童僧》时写道："此处善与恶的关系问题被放置一旁，但却提出了另外一个对于莱蒙托夫晚期生活与创作都至关重要的问题，即精神价值问题——人的行为问题、自尊与信仰问题、对人以及另外一种生活的信仰问题。"[①] 与莱蒙托夫的其他叛逆主人公不同，童僧没有破坏行为，也没有主动伤害别人的行为。他的逃跑只是为了他所追求的理想世界而做出的努力。因此，童僧的顺服体现在对美、对心中理想的追求中，体现在为实现自我价值的探索中。

二、"逃跑三天"的宗教隐喻

《圣经·新约》中记载，上帝的儿子耶稣被钉于十字架，受死，埋葬，第三天从死人中复活。由此，我们可以在基督教的语境下阐释《童僧》。童僧逃离修道院之后所度过的三天可以视为其灵魂生命复活的过程。尽管长诗中童僧的结局是面临肉体的死亡，但其灵魂经由三天的大自然的洗礼复活了。当他走出修道院，

---

① Эйхенбаум Б.М. Статьи о Лермонтове. – М. – Л.: Издательство АН СССР, 1961. C. 91.

走入广阔的大自然，他仿佛进入了上帝的世界："你想要知道，我在跑掉时/看见什么吗？——美丽的田野，/长满花冠般树木的山峦；/树木到处繁茂地生长着，/鲜丽地一簇簇地喧嚷着，/好像跳着环形舞的伙伴。/我看见一堆堆黑黝岩石，/当着山洪把它们冲散时，/我还猜得透它们的心思：/这是上天给与我的启示！"①童僧从禁锢自己的世界中走出来，他看到了一个神造的世界，他感到自己也是那神造世界的一部分，他对自然万物的认识带有神秘感，他承认上帝的启示。莱蒙托夫通过这一情节强调，个人认识存在之奥秘的途径是必须要离开禁锢自己的世界。同时，童僧如此参与崇高而又诗意的创造也恰恰体现了莱蒙托夫作品主人公的人物特点。童僧心灵纯洁，这使他得以认识神秘的上帝，得以接受上帝的启示。②三天的修道院外旅程，童僧沉浸在上帝所造的世界中，他可以自由地徜徉于这个世界之中，他小心翼翼地感受着这个世界的美好。"神的花园在四近开着花；/花花草草的五彩衣衫上/还留着上天眼泪的痕迹，/卷发似的葡萄藤盘绕着，/它那透明的碧绿的颜色/在树丛中越发显得美丽；/好像是无数的宝石耳环，/藤蔓上一串一串的葡萄/美妙地悬挂着，而有时候/飞来了一群胆怯的小鸟。……早晨的天穹是这样清朗，/甚至于人的精细的目光/可以看得清天使的飞翔；/它是这样地透明而深远，/充满了这样无边的碧蓝！"③他的纯净之心在感受着神造之物的美，他的纯净之眼看到了上天的眼泪和天使的飞翔。童僧眼中的自然世界不禁让人想起《圣经·旧约·创世纪》中所提到的伊甸园。伊甸园是神造世界的完美典范，在人类始祖亚当、夏娃堕落之前，他们生活在伊甸园之中，充分享受着和谐之美，那里没有灾难和痛苦。童僧向往着伊甸园式的美丽与和谐。哪怕只有短短的三天，他已了无遗憾。

然而当他走出森林听到那悠悠的钟声时，他发现自己又回到了"原来的那个牢房"，此时，童僧的境遇呈现出了一种受难者的象征意义。他将自己比作狱中的小花，孤寂而枯黄，等待着阳光，可是待到他被移植到一所花园里，朝阳刚刚升起，这朵生长在狱中的小花却被炎热的阳光烧得枯萎。表面上看，童僧逃跑的三天似乎是徒然，但却实现了他整个的生命历程。临近肉体死亡之际，童僧也在寻索着灵魂的归宿："愿我的幽灵/在天国、神圣的云外境界/能够找得个栖身的

① [俄] 莱蒙托夫：《莱蒙托夫文集 恶魔 叙事诗（1835—1841）》，余振，智量译，上海译文出版社，1998年，第 185-186 页。

② Игумен Нестор (Кумыш), Тайна Лермонтова. – СПб.: Филологический факультет СПбГу; Нестор-История, 2011. CC. 265-266..

③ [俄] 莱蒙托夫：《莱蒙托夫文集 恶魔 叙事诗（1835—1841）》，余振，智量译，上海译文出版社，1998年，第 191-192 页。

所在……"① 由此可见，童僧相信灵魂复活后的生命，相信天国。只是他对失去的童年时光如此怀念，以至于他可以用永恒的生命去换："唉！——我甘愿拿天国与永恒/去换取在我那童年时候/在陡峻而阴沉的山岩间/嬉戏过的几分钟的时辰……"②无论经历怎样的苦难和失败，童僧自始至终充满了盼望。

三、罪感与诱惑

《圣经·新约·罗马书》记载："世人都犯了罪，亏缺了神的荣耀。"③在修道院内长大的童僧理应深谙《圣经》的教导。从他临终前的忏悔我们可以看出，他也同样体验到了自己身上的恶魔性。长诗第十八章童僧与豹子搏斗的场景中，童僧对那一刻的自我进行了分析："在这时候我也是可怕的；凶狠、野蛮，像荒野的斑豹，/我怒火中烧，像它似吼叫；/仿佛我自己也是出生在/荒山深林清新的帷幔下，/豺狼和虎豹的家族当中。/好像是，我早已经忘掉了/人间的语言——我的胸膛里/也发出那样可怕的叫声，/仿佛从童年时我的舌头/就不会发出其他的声音……"④即便纯洁如童僧之人，当他与野兽搏斗之时也会显现出野兽般的凶狠与野蛮。在他的心性中结合着纯洁之美与恶魔之罪。童僧已经深刻意识到了人身上的这种罪性，而这种罪性在极端的情境下会表现得非常明显。面对生命的威胁，出于自我保护的本能，童僧爆发出了连他自己都感到惊讶的野兽般的狠劲儿，最终打死了那只凶猛的豹子，继续朝着自己的梦想前进。

《圣经·新约·马太福音》第4章第1—11节记载，当时，耶稣被圣灵引到旷野，受魔鬼的试探，他禁食四十昼夜，后来就饿了。那试探的人进前来，对他说："你若是神的儿子，可以吩咐这些石头变成食物。"耶稣却回答说："经上记着说：'人活着，不是单靠食物，乃是靠神口里所出的一切话。'"魔鬼就带他进了圣城，叫他站在殿顶上，对他说："你若是神的儿子，可以跳下去，因为经上记着说：'主要为你吩咐他的使者用手托着你，免得你的脚碰在石头上。'"耶稣对他说："经上又记着说：'不可试探主你的神。'"魔鬼又带他上了一座最高的山，将世上的万国与万国的荣华都指给他看，对他说："你若俯伏拜我，

---

① [俄] 莱蒙托夫：《莱蒙托夫文集 恶魔 叙事诗（1835—1841）》，余振、智量译，上海译文出版社，1998年，第210页。

② [俄] 莱蒙托夫：《莱蒙托夫文集 恶魔 叙事诗（1835—1841）》，余振、智量译，上海译文出版社，1998年，第210页。

③ 《圣经·新约·罗马书》第3章第23节。

④ [俄] 莱蒙托夫：《莱蒙托夫文集 恶魔 叙事诗（1835—1841）》，余振、智量译，上海译文出版社，1998年，第200-201页。

我就把这一切都赐给你。"耶稣说:"撒但退去吧!因为经上记着说:'当拜主你的神,单要侍奉他。'"于是,魔鬼离了耶稣,有天使来伺候他[1]。该段经文表明,人在世上会受到不同的试探与诱惑。《童僧》中有一细节恰恰描述了主人公遭受诱惑的情景。那是他死前的幻觉,幻觉中他好像躺在一条小河的河底,他记得有一条小金鱼,他留恋这条金鱼的柔情与抚爱。小金鱼用银铃般的声音对他唱出了诱惑的言语:"我的可爱的孩子,/就同我留在这水中:/这里有的是自由的生活,/有的是凉爽和清静。//我把我的姊妹们都唤来!/她们用舞姿和歌声/来愉悦你那蒙胧的双眼/和你那疲惫的心灵//…… 啊,亲爱的,我并不隐瞒你,/我爱你是出于至诚,/我爱你像爱活泼的流水,/像爱我自己的生命……"[2]这里的小金鱼和《圣经》中试探耶稣的魔鬼一样,它也是用各样的应许来诱惑主人公。马克西莫夫认为:"莱蒙托夫的小金鱼既美妙又极其温存,但从她的话语来看,她是恶魔的化身。她不仅向主人公应许了爱,还用死亡来诱惑他……"[3]小金鱼所应许的爱与温存恰恰是童僧在地上生活中所失去的。但童僧最终抵挡住了小金鱼的诱惑,他挣扎在死亡的边缘,没有屈从于死亡可能带来的平静,他更渴望此在的生活,尽管要经受痛苦,但却瞬间体验到了天国的奥秘。

第四节 叙事诗中的民间文化传统

对于具有多面创作能力的莱蒙托夫来说,叙事诗是其整个创作体系的有机组成部分。纵观莱蒙托夫叙事诗创作,我们不难发现俄罗斯民间文化传统对莱蒙托夫诗学的影响。

一、高加索民间文化传统

高加索民间创作中的主题与形象在莱蒙托夫的创作中占有重要地位。高加索作为一个地理概念,与莱蒙托夫的个人命运联系紧密。1820—1825 年,莱蒙托夫曾随外祖母伊·阿·阿尔谢尼耶娃(Е.А. Арсеньева)到过五岳城拜访亲戚哈斯塔托夫家。一家之主阿·瓦·哈斯塔托夫(А.В. Хастатов)是一位将军,曾参加

---

[1] 《圣经·新约·马太福音》第 4 章第 1—11 节。

[2] [俄] 莱蒙托夫:《莱蒙托夫文集 恶魔 叙事诗(1835—1841)》,余振,智量译,上海译文出版社,1998 年,第 208 页。

[3] Максимов Д.Е. Проблема и символика поэмы Лермонтова «Мцыри» // М.Ю. Лермонтов: pro et contra/Сост. В.М. Маркович, Г.Е. Потапова, вступ. статья В.М. Марковича, коммент. Г.Е. Потаповой и Н.Ю. Заварзиной. – СПб.: РХГИ, 2002. С. 692.

过俄土战争，在战争中与著名的契尔克斯大公伊斯梅尔-贝·阿塔茹金（Измаил-бей Атажукин）相遇。该大公曾为俄罗斯服务，后来回到祖国，与自己的人民一起发动起义，反抗高加索的殖民地化。在长诗《伊斯梅尔-贝》中，莱蒙托夫借用了这一具有半传说性质的故事。同时，莱蒙托夫来到高加索地区之后了解了一些歌谣、传说、民间故事等，也熟悉了山民的一些民族习俗。在长诗《卡累》（1830—1831）中莱蒙托夫描写了血亲复仇的传统习俗，这是山民生活中的典型习俗之一。

尽管莱蒙托夫在莫斯科大学及士官生学校读书期间中断了与高加索的联系，但却因为新的境遇而接触到了一些关于高加索的文献，其中包括一些俄罗斯及外国作者的游记、一些军官的高加索回忆录和笔记等。当时的莫斯科大学设有东方语学院，开设了一些有关东方学的课程。这些都增强了莱蒙托夫对高加索历史及文化的兴趣。在运用山民的民间创作时，莱蒙托夫力求更加准确。在一些高加索题材的长诗中，莱蒙托夫运用了一些历史人物的生平，提到了一些重要的高加索战争，展示了五岳城附近一些乡村破败的景象等。同时，他在民间口头创作中汲取营养，模仿一些歌谣，并将歌谣文本运用到自己的长诗中。在《伊斯梅尔-贝》中有一段"契尔克斯的歌"（"我们深山里有许多美貌女郎……"），这是对民间口头创作的模拟作品。而在该诗的第三章有段"塞林之歌"（"月儿光光，清静明亮……"）被一些研究者认为是直接源自高加索民间口头创作的文本。该诗中，有关伊斯梅尔及其哥哥的故事就发生在并不久远的过去，是一位车臣老人向流浪诗人讲述的故事。

在《山民哈吉》中又出现了布拉特-贝公爵这一形象，他英勇善战，是许多高加索族系的仇人。这一形象已经在伊斯梅尔-贝的家族历史中有所提及。契尔克斯族的历史传说一再被运用到文学作品中与这一古老民族的父权制生活有关。莱蒙托夫早期长诗中展示了这一民族的风俗习惯和文化传统，如保卫祖国、复仇、侵袭、各种庆祝活动、仪式、抢新娘等。

除了使用早期高加索抒情叙事作品中的一些歌曲和口头历史传说之外，莱蒙托夫还运用了一些更为古老的神话形象，通常这些形象都为主要情节服务。山民主人公在与大自然单独相处之时，在其知觉中便会出现拟人化的元素，人物的记忆会使关于高加索山河的古老神话形象复活，骑手的忠诚朋友永远都是马。马是莱蒙托夫长诗中神话诗学的形象之一，还会出现其他一些动物形象，如鹿、羚羊、豹子、雄鹰、蛇等。在展示人与自然的关系时，莱蒙托夫喜欢运用比喻，在这些比喻中，白云、小溪、暴风雪等大自然的景色更加生动。

古希腊神话中的普罗米修斯形象与高加索的民间传说相结合形成了独特的古高加索神话。在长诗《伊斯梅尔-贝》中有一段提到了这一形象："你是凛然可怕的，沙坦山啊，/你这荒野的年迈的巨人；/人们传说，是一个凶恶的精灵/用他的大胆的手把你筑成，/为了在这上天和大地之间/忘掉他的放逐，哪怕只是一瞬。/在这里他茫然地度过三百年，/他被沉重的锁链锁在山顶，/那时他从新筑成的山岩上想要/射死预言者，非常傲慢不驯。/"[1]此处，"凶恶的精灵"即神话传说中的阿米拉尼（即普罗米修斯），为人间偷得火种之后，宙斯把他锁在高加索的山上，任由鹰鹫啄食他的肝脏。在莱蒙托夫所运用的浪漫主义神话中，天上神庙中通常会有恶魔。这跟波斯的信仰有关，而这些信仰又是高加索文化的重要组成部分。《伊斯梅尔-贝》中有段描述契尔克斯人妻子歌唱远方祖国情景的内容："车尔克斯人沉湎在幻想里，/仿佛望见祖国天空的云朵！/那里草地更芳菲，白日更清和，/草上的露珠也更为晶莹闪烁；/恶魔们，当他们心花怒放时，/常常在那里用五色的彩虹/在云端架起美丽的长桥一座，/为了从这个山头到那个山头/可以从这条云路上来回通过……"[2]而莱蒙托夫在描述契尔克斯人死亡的场景时使用了一些关于天堂仙女的东方神话，这些仙女会送别死去主人公的灵魂。在长诗《山民哈吉》中列兹金老人在回忆自己死去的儿子时讲道："他临终时面带着笑意！/一定是，他看见天堂的仙女/这时飞到了他的面前，/向他挥动五彩的花冠！……"[3]

尼·亚·卡拉乌洛夫（Н.А. Караулов）的研究对比分析了传统成规与伊斯兰教法典，并指出："每个村庄都有自己的传统成规……最基本的特征是血亲复仇，而且全族人团结一致参与其中。"[4]而莱蒙托夫在描写契尔克斯人的村庄时，清真寺是必不可少的细节，而毛拉则是事件的参与者，如长诗《卡累》或是《巴斯通吉山村》中的毛拉。但伊斯兰教传统的特征在莱蒙托夫早期叙事诗中只是偶尔会出现。在一个父权制的山民家中一些不成文的古老传统会成为他们的主要风俗习惯。其中血亲复仇是莱蒙托夫在长诗中表达得更为深刻的主题。在《山民哈吉》中主人公哈吉为了给自己的一位兄弟复仇，杀死了列伊拉和布拉特-贝。莱蒙托夫再现了传统摧残敌人的方式，那就是砍头。哈吉砍下了列伊拉的头颅作为对布拉特-贝的报复。因为在他们的文化中，如果尸首分离，那么死后的灵魂是不会获得安宁的。

---

① [俄] 莱蒙托夫：《莱蒙托夫文集 海盗 叙事诗（1828—1835）》，智量译，上海译文出版社，1998 年，第 279-280 页。

② [俄] 莱蒙托夫：《莱蒙托夫文集 海盗 叙事诗（1828—1835）》，智量译，上海译文出版社，1998 年，第 270 页。

③ [俄] 莱蒙托夫：《莱蒙托夫文集 海盗 叙事诗（1828—1835）》，智量译，上海译文出版社，1998 年，第 401 页。

④ Караулов Н.А. Основы мусульманского права//Сб. материалов для описания местностей и племен Кавказа. – Тифлис, 1903. Вып. 40. С. 34.

　　莱蒙托夫在第一次被流放至高加索地区时（1837年）就开始研究高加索的民俗文化、历史及诗歌。他曾在给斯·阿·拉耶夫斯基（С.А. Раевский）的信中写道：我开始学习鞑靼语了，鞑靼语在这里，在整个亚洲，就像法语在欧洲一样是必需的。遗憾的是，现在我无法学完，而以后可能用得上。[①]从这一时期开始，莱蒙托夫一些高加索题材的作品中有关格鲁吉亚历史、民间创作，以及民族神话等内容占有重要的地位，这在长诗《童僧》中表现很明显。在童僧的记忆中，他曾出生的那个山村，那个已经离他很远的父权制世界正是他逃跑的动力。在这一主人公身上，莱蒙托夫揭示的是两种认知的争战，一种是其潜意识中对本族生活、风俗的认识，另一种是对修道院生活、基督教训诫的认识。主人公逃跑这样的元素是民间口头文学中常见的一种情境。也就是说，主人公要遭受某种考验。通常这种考验要通过系列必要元素来实现，如要有森林、搏斗、神奇的帮助者等。童僧是一个俄罗斯将军带回的俘虏，显然这是战争的结果，与高加索战争相关。长诗中所涉及的历史时间跨度很大，从一开始就提到了格鲁吉亚归并俄罗斯的那段历史。

　　《童僧》中的一些细节体现了古老的民族礼俗，比如童僧准备与豹子战斗的时刻："我拿起一根丫杈的树枝，/等待着战斗的时刻；心头/突然燃起了战斗与血的/渴望……是的，这时命运之手/把我带上了另一条道路……/但是这时候我还很自信，/即使在我祖先的故土上/我也不算是不中用的人。"[②]这一考验的重要特征是主人公孤身一人，而且渴望去战斗。我们可以将这一场景与古老的成年仪式相对比，所谓成年仪式就是让少年人成为父权制集体中的一员，与其他成年人享有同等的权利。俄罗斯著名民俗研究专家弗·亚·普罗普（В.Я. Пропп）在描述成年仪式的特点时指出，举行仪式的地点是森林，需要一系列的条件，要与族系其他成员隔离开来，要保持沉默。少年要做出系列仪式性的行动，其中一项最重要的仪式就是要杀死一只图腾动物。[③]诗中选择豹子作为童僧的战斗对象也并非偶然，豹子是高加索地区许多民族的图腾动物。叶·巴·维尔萨拉泽（Е.Б. Вирсаладзе）在分析格鲁吉亚的猎人神话时写道："被打死的野兽是被视作神圣之物而受到特别关注和崇拜的对象，一些大的猛兽，如豹子，人们会为其哀悼，有时甚至会给它们穿上男士的服饰，为它们举行哀悼仪式。"[④]

① Лермонтов М.Ю. Соч. Т. IV. Л., 1979-1981. С. 404.

② [俄] 莱蒙托夫：《莱蒙托夫文集 恶魔 叙事诗（1835—1841）》，智量译，上海译文出版社，1998年，第199页。

③ Пропп В.Я. Исторические корни волшебной сказки. – Л.: Изд-во ЛГУ, 1986. С. 57.

④ Вирсаладзе Е.Б. Образы хозяев леса и воды в кавказском фольклоре//IX Международный конгресс антропологических и этнографических наук. Доклады советской делегации. – М., 1973. С. 4.

除了豹子，小金鱼形象的出现也与古老的格鲁吉亚文化传统有关。许多民族的神话都把逝者的世界与深水联系起来，格鲁吉亚神话也是如此。潺潺的流水与长眠的场景是东方文化中非常典型的画面，这在莱蒙托夫之前已经成为俄罗斯的诗歌传统。而在莱蒙托夫的《童僧》中出现了小金鱼形象，小金鱼召唤着主人公进入另外一个世界，一个拥有自由和清静生活的世界。在格鲁吉亚人的信仰中，金鱼作为一个神圣的存在是具有医病功能的，它能复原失去的力量。同时，金鱼作为神话形象与死人世界相关。因此，"金鱼之歌"出现在《童僧》的文本中并非偶然。美人鱼形象常是一些叙事诗中的神话成分，它是另外一个世界的代表形象。金鱼的出现是呼唤生命的一种仪式行为，在格鲁吉亚文化中有唱"临终歌"的仪式。契尔克斯人认为，一刻都不能离开那些受伤或者生病的人，因为魔鬼很容易会让他们死，因此"临终歌"可以驱赶魔鬼，可以在那些危险的时刻给人以保护。[1]举行这一仪式是濒死主人公的最后愿望："而当我临终时，在我附近，/又可以响起亲切的声音！/而我将这样想，我的朋友/或弟兄俯伏在我的身边，/用他那关切而慎重的手/从垂死者脸上擦擦冷汗，/我将要想，他给我低声地/歌唱着我那可爱的家园……"[2]

二、壮士歌的形象与结构

莱蒙托夫最具民间创作风格的叙事诗是《商人卡拉希尼科夫之歌》。该长诗创作于 1837 年。这一时期的莱蒙托夫创作趋向成熟，逐渐形成了自己的特点。这部叙事诗结合了民间创作的不同元素，是一部综合叙事诗，其中包括壮士歌的形象与结构、关于伊凡雷帝的历史之歌、关于强盗的审讯和死亡的场景、民间日常抒情诗体裁，等等。莱蒙托夫试图通过客观手法来再现当时的场景，因此，诗人选择了民间歌手作为叙述者，他们虽然对政治不了解，但是对各种风俗习惯却十分熟悉。

叙事诗《商人卡拉希尼科夫之歌》的主人公是商人卡拉希尼科夫，这个名字并非莱蒙托夫原创，而是来自民间传说。卡拉希尼科夫作为叙事诗的正面主人公，尤其是在决斗场景中，会让人联想到壮士歌中的勇士形象。卡拉希尼科夫为了家庭的荣誉而向沙皇的宠臣基里别耶维奇复仇，这正符合了人民对于荣誉的理解。但是与壮士歌中的勇士形象不同，卡拉希尼科夫选择决斗并不是为了保卫祖国，而是为了维护个人的尊严，他守住了家庭的荣誉和个人的尊严，但却遭遇到悲剧性的死亡。从这个层面上看，这个形象更像民间壮士歌中的主人公。卡拉希尼科

① Ковалевский М. Закон и обычай на Кавказе. – М., 1980. Т. I. С. 30.

② [俄] 莱蒙托夫：《莱蒙托夫文集 恶魔 叙事诗（1835—1841）》，余振，智量译，上海译文出版社，1998年，第 211 页。

夫在决斗后与沙皇的对话带有民间强盗之歌的色彩："我告诉你吧，东正教的沙皇：/我打死他是出于有心，/为了什么，我不对你说，/我只告诉上帝一个人。/你下令对我处以极刑吧——/快把我罪孽的头送上断头台；……"①

卡拉希尼科夫来自社会底层，但他特别强调自己是属于俄罗斯的，属于东正教，属于上帝。"基辅造的带有圣徒死尸的十字架"是他的标志，所以在某种程度上，他的决斗带有为真理而战的色彩，因为他的力量来自俄罗斯民族，来自上帝。

尽管基里别耶维奇的形象与卡拉希尼科夫相对立，更像是一个强盗，但是他的身上仍带有勇士的特征。一方面，他损坏了一个家庭的名誉，代表着邪恶；但另一方面，作为沙皇的近卫士，他也是勇敢的化身。为了塑造这个形象，莱蒙托夫使用了民间抒情诗歌中的元素：一个优秀的年轻人遭遇了不幸的爱情。阿莲娜·德米特里耶夫娜是一个带着幼弟的孤女，而基里别耶维奇像童话里的王子一样，能够为"可怜的灰姑娘"带来幸福。如果女主人公没有结婚，这样的故事也许会有一个幸福的结局。因此，基里别耶维奇虽然破坏了别人的家庭，但仍能得到一点同情。尽管基里别耶维奇像是一个带有悲剧色彩的恋人，但他仍然代表着沙皇的势力，他的社会等级观念仍是与家庭亲属关系相对立的。所以，商人与沙皇势力之间的斗争也反映出宗法制的关系和精神正受到个人激情的冲击。

对该篇叙事诗主人公命运产生重要影响的还有一个特殊的人物——沙皇伊凡·瓦西里耶维奇（即伊凡雷帝）。他的出场符合历史传说及民间趣事中的情节。文学与民间文化的研究者柳·阿·霍丹年（Л.А. Ходанен）还发现，除了与民间创作元素上的某种重叠外，诗中对沙皇的描写还有一个细节与历史事实相符，即带有铁铸尖头的手杖，看到这个手杖，会让人联想到沙皇曾用此物杀死自己亲生儿子的场景。莱蒙托夫所处的时代曾进行过关于伊凡雷帝的讨论，别林斯基在给尼·阿·波列沃伊（Н.А. Полевой）的著作撰写书评时，把当时存在的对伊凡雷帝的评价做了总结：关于伊凡雷帝我们有几种不同观点占主导地位，尼·米·卡拉姆津（Н.М. Карамзин）认为，他是一个具有双重性格的人，一方面，我们看到的是个天使，是圣洁而无罪的；而另一方面，他是大自然在不睦的时候自己冒出的怪物，是为了让普通人类受苦受罪而存在的，他的这两半是被可怜的线缝在一起的。伊凡雷帝对卡拉姆津来说是个谜。其他人认为，他不仅是可怕的，而且还是个目光短浅的人。还有一些人则认为他是个天才。波列沃伊持中庸的态度："他，

---

① [俄] 莱蒙托夫：《莱蒙托夫全集 第 3 卷 长诗》，顾蕴璞主编，顾蕴璞，张勇，谷羽译，河北教育出版社，1996 年，第 561 页。

约翰并不是天才，只是个出色的人罢了。"①民间创作传统与具体历史细节的结合让沙皇的形象变得高大起来；他高于一切，备受推崇，如太阳般，具有可怕的力量，他身上具有关于毁灭和愤怒的回忆。在该篇叙事诗中，沙皇象征着公平的力量，象征着繁荣、稳定和持久，这在民间创作中非常重要，并且具有历史根源。所以在描写伊凡雷帝时，诗人使用了固定的民间创作表达方式。

> 不是红红的太阳在空中辉耀，
>
> 不是蓝蓝的云朵在赏玩着阳光；
>
> 那是威严的沙皇伊凡·瓦西里耶维奇
>
> 头戴金冠在餐桌前把佳肴品尝。②

伊凡雷帝在宴会上对待基里别耶维奇的态度，以及在决斗后对待卡拉希尼科夫的态度都表现出了宽宏大量。他决定处死卡拉希尼科夫是因为要遵守法律和传统。根据民间创作的逻辑，死刑不是暴行，而是沙皇的恩惠，因为真正的勇士会以为尊严牺牲而自豪。

该诗的情节以沙皇的宴会作为开始，这在叙事谣曲的创作中不仅仅是一次庆祝活动，也是大公的一次会议。在这样的会议上，人们不仅要享受节日的盛宴，勇士们还要接受任务和使命。通常，如果叙事谣曲是以宴会作为开始，那么必定以凯旋后的类似场景作为结局，但是莱蒙托夫的这首叙事诗并没有类似的环形重复，而是以两位主人公的死亡作为结局。这个宴会体现了俄罗斯沙皇宫廷的一个明显特征：沙皇宴请的是他的心腹，这些人都是沙皇意志的忠实执行者。这不仅引起了关于壮士歌中宴会传统象征的联想，还赋予了情节以多面性。根据一些学者的考证，莱蒙托夫的叙事诗是受到了基尔沙·丹尼洛夫（Кирша Данилов）《古俄罗斯歌谣集》的影响。在这部歌谣集中有一首壮士歌《马斯特留克·捷姆留克维奇》（伊凡雷帝的一个妻子名为玛丽亚·捷姆留克夫娜），莱蒙托夫的描写明显借用了这首壮士歌中的场景："啊，那是沙皇，国王，/伊凡·瓦西里耶维奇沙皇！/所有的公爵、贵族/强壮的勇士/正在吃喝玩乐/享受喜悦；/只有一人不吃也不喝/是沙皇你尊贵的客人/马斯特留克·捷姆留克维奇……"③

---

① Белинский В.Г. Полн. Собр. Соч.: В 13т. Т. 2. – М.: Изд. АН СССР, 1953-1959. С. 108.

② [俄] 莱蒙托夫：《莱蒙托夫全集 第 3 卷 长诗》，顾蕴璞主编，顾蕴璞，张勇，谷羽译，河北教育出版社，1996 年，第 543 页。

③ Мастрюк Темрюкович//Древние Российские стихотворения, собранные Киршею Даниловым. – М.: Наука, 1977. С. 29.

　　《商人卡拉希尼科夫之歌》的矛盾是由基里别耶维奇对卡拉希尼科夫家庭的侮辱行为引起的，后者的家庭具有典型的亲属层次关系：丈夫、妻子、孩子、长兄和其他兄弟。看到受辱的妻子，商人首先想到用传统民歌当中所用的言语来威胁她："你别是跟贵族的公子哥儿/勾勾搭搭，花天酒地！……/妻啊，你我在圣像面前/交换戒指，举行婚礼，/难道就是为的这个目的……/我定要把你关进铁皮大门，/马上用一把铁锁把你锁住，/不让你再看见花花世界，/不让你再把我的名声玷污！……"①矛盾最终以卡拉希尼科夫与基里别耶维奇之间的决斗结束。很多研究者都认为这与壮士歌中的基调相类似。拳斗往往都是壮士歌的中心情节。尽管两人相对立，但是他们的决斗与敌人间的生死搏斗略有不同，更像是两个勇士之间的斗争。叙事诗中的拳斗情节在诗中如此重要不仅是因为它展现了一幅精神画面，更是因为这是对古老传说的生动再现。众所周知，莱蒙托夫非常喜欢观看拳斗，在他看来，拳斗是民族精神的典型特征，是民族力量的象征，是俄罗斯国家力量的体现。

　　在《商人卡拉希尼科夫之歌》当中，莱蒙托夫还使用了传统的民间象征。例如，用太阳来象征沙皇，而太阳周围的云彩象征贵族、大公和宠臣。鹰是俄罗斯民歌当中最常使用的象征形象，莱蒙托夫在自己的叙事诗中也沿用了这一传统：卡拉希尼科夫和他的兄弟都被比作鹰，而鹰是理想和勇敢的化身。基里别耶维奇与阿莲娜·德米特里耶夫娜的相遇是发生在一个暴风雪的夜晚，这个场景在传统民歌当中预示着家庭的变故。决斗之后卡拉希尼科夫被埋在了一块无名的墓地里："他被埋葬在莫斯科河对岸，/在土拉、梁赞、弗拉基米尔/这三条在野外交叉的大路口，/就在这里垒起湿润的坟丘，/把枫木的十字架树在坟头。/在这块无名无姓的墓地之上/阵阵劲风常常呼啸、遨游。"②俄罗斯中部地区有两种根深蒂固的埋葬习惯："墓地"是埋葬去世的父母和祖先的地方，而"埋葬地"则是埋葬非正常死亡的"死人"的地方。他们常常被埋在十字路口，或是田野的边缘地区。原因在于：一个人没来得及度完自己的余生，死在了异国他乡，他想返回故土，却迷了路。莱蒙托夫的叙事诗当中卡拉希尼科夫并没有对自己的埋葬之地做出要求，但是他最终的归宿却正是民歌当中英年早逝之人的"遗言"："兄弟，请把我埋在三条道路之间，/在基辅路、莫斯科路和著名的穆罗姆路之间；/请让我的

---

　　① [俄] 莱蒙托夫：《莱蒙托夫全集 第 3 卷 长诗》，顾蕴璞主编，顾蕴璞，张勇，谷羽译，河北教育出版社，1996 年，第 551-552 页。

　　② [俄] 莱蒙托夫：《莱蒙托夫全集 第 3 卷 长诗》，顾蕴璞主编，顾蕴璞，张勇，谷羽译，河北教育出版社，1996 年，第 563 页。

马儿陪在我脚旁，/请在我的头上挂上神圣的十字架，/请给我的右手放上一把锋利的马刀。"[①]

除了在某些细节上借鉴了民间创作元素，莱蒙托夫还使用了民间诗歌创作的不同艺术手法。诗人创作的是歌，因此，叙事诗中能找到不少民间壮士歌的不同结构因素。

（一）壮士歌的引子

壮士歌式的开头并不是与故事情节直接相关的，而是由情节外的人物引起，在《商人卡拉希尼科夫之歌》中，发挥这一功能的是古斯里琴手，即诗人在叙事诗中的形象。通过这种方式，诗人指出了接下来情节冲突的关键所在，设置了悬念，营造了紧张的冲突氛围。

> 啊，万岁沙皇伊凡·瓦西里耶维奇！
> 你的狡猾的奴仆蒙骗了你，
> 他没有对你说出其中实情，
> 他没有告诉你，他说的这个美人
> 已经在天主的教堂里完婚，
> 她已依照我们基督教的教规，
> 行过婚礼嫁给了年轻的商人……[②]

（二）副歌

这种结构形式常常出现在民歌中，尤其是在圣歌当中，大多以对话或应答对唱的形式出现。一方面，此种形式在思想上可以达到平行的效果，上下有所衔接；另一方面，可以加强整首诗歌中的戏剧性冲突。《商人卡拉希尼科夫之歌》当中，莱蒙托夫用了同样的副歌作为结尾，分别为接下来内容的转折做好了铺垫。

> 哎，小伙子，唱吧，先定好琴弦！
> 哎，小伙子，喝吧，别灌得烂醉！
> 可得让善良的贵族老爷乐一下子，

---

① Соболевский А.И. Великорусския народныя песни, т. VI. – СПб: Государственная Типографія, 1895-1902, С. 361.

② [俄] 莱蒙托夫：《莱蒙托夫全集 第 3 卷 长诗》，顾蕴璞主编，顾蕴璞，张勇，谷羽译，河北教育出版社，1996 年，第548-549 页。

也让面孔白嫩的贵夫人得点快慰！①

（三）尾声

《商人卡拉希尼科夫之歌》的结尾内容是对开头的呼应，使得整首诗歌构成了一个环形结构，而环形结构在民歌体裁中是一种典型的结构。

喂，你们，骁勇的小伙子们，
年轻的古斯里琴师们，
声调悠扬的歌手们！
开头唱得挺好，就善始善终吧！
请你们用真话和荣誉答谢每个人。
光荣归于慷慨的大臣！
光荣归于美貌的贵夫人！
光荣归于全体东正教的人民！②

《商人卡拉希尼科夫之歌》在莱蒙托夫创作道路上占有重要的地位，是其与民间创作联系最为紧密的一部作品。莱蒙托夫继承和发展了普希金及其他作家对民间创作的关注，把叙事诗创作问题与民族精神和社会政治相结合，无论是在艺术创作手法上，还是在思想上都达到了一定高度。

---

① [俄] 莱蒙托夫：《莱蒙托夫全集 第 3 卷 长诗》，顾蕴璞主编，顾蕴璞，张勇，谷羽译，河北教育出版社，1996 年，第 549 页。
② [俄] 莱蒙托夫：《莱蒙托夫全集 第 3 卷 长诗》，顾蕴璞主编，顾蕴璞，张勇，谷羽译，河北教育出版社，1996 年，第 564 页。

第五章　莱蒙托夫小说研究

果戈理曾对阿克萨科夫说：小说家莱蒙托夫要高于诗人莱蒙托夫。[①]在俄罗斯的经典小说史中莱蒙托夫开启了心理小说创作的先河。这一类型的小说后来在陀思妥耶夫斯基和托尔斯泰的创作中得到了发展。

莱蒙托夫的创作道路开始于一个诗歌时代。直至 19 世纪 30 年代中期，俄罗斯小说才慢慢开启自己的繁荣时代。普希金在小说《罗斯拉夫列夫》（1831）中对俄罗斯当时的文学景象进行了描述："我们的文学产生了几位优秀的诗人，但不能要求所有读者都喜爱诗歌。散文中我们有卡拉姆津的一部历史著作；头两三部小说头两三年前问世。而与此同时，在法国、英国、德国书籍一部接一部地出版，一部比一部好。而我们连翻译的版本都看不到。"[②]由此可见，当时叙事体裁的产生经历了怎样的困难。而奥多耶夫斯基在小说《米米公爵小姐》的前言中写道："仁慈的读者阁下们，你们知道吗，写书是非常困难的一件事。而对于作家而言，写小说又是最最困难的。"[③]

1830 年，莱蒙托夫曾在阅读法国小说时感到非常失望，他曾对卢梭的《新爱洛漪丝》期待很大，但他只看到华丽的辞藻。莱蒙托夫期待看到对人物性格的刻画，他希望能从大师们身上学到这种技艺。莱蒙托夫最初的小说创作实验并未超越其作为一名抒情诗人的创作经验，他经常会写一些带有抒情性质的札记。他努力掌握小说的叙述手法，用散文的方式来翻译英文与德文诗歌。例如，拜伦的《黑暗》《异教徒》《拿破仑的告别》和德国诗人约翰·蒂莫特乌斯·赫尔墨斯（Johann Timotheus Hermes）的《我的眼泪跟随你》等在莱蒙托夫翻译的版本中就是抒情散文。在创作小说之前，莱蒙托夫尝试非诗体语言的戏剧创作。1830—1831 年，莱蒙托夫相继写下了戏剧作品《西班牙人》、《人与激情》和《怪人》。他在剧本《怪人》的前言中写道："我决心把这一件富于戏剧性的真情实事叙写出来。"[④]最初莱蒙托夫的构思是想写一部悲剧，而戏剧体裁与抒情诗体裁

---

① Аксаков. С.Т. История моего знакомства с Гоголем. – М., 1960. С. 43.

② Пушкин. А.С .Полн. собр. соч., т. VI. – М., 1957. С. 201.

③ Одоевский В. Повести. – М., 1977. С. 381.

④ [俄] 莱蒙托夫：《莱蒙托夫文集　西班牙人 戏剧（1829—1831）》，金留春，黄成来译，上海译文出版社，1998 年，第 293 页。

相比可以提供更大的可能性。从抒情诗到戏剧创作形式的转变对于莱蒙托夫来说是水到渠成的，而作家的抒情诗创作才能被巧妙地运用在了戏剧创作中，戏剧中主人公的独白通过抒情诗的方式来表达，使得戏剧冲突充满了紧张性。在《人与激情》中，作家运用了其所处时代生活中的素材，尝试展现广阔的社会生活画面及精神风貌。在戏剧中，无论是对白还是独白，作家都极力用散文的语言来表达剧中人物的社会地位、世界观、伦理观等。接下来的《怪人》也是一部散文体戏剧，散文体戏剧创作对于诗人莱蒙托夫来说是其成为小说家的一种磨炼。通过戏剧创作，他逐渐掌握了书写对话的艺术，学习运用不同的言语修辞。

　　1833—1834 年，莱蒙托夫开始创作一部"叶卡捷琳娜二世时代"的长篇小说。他的一位士官生学校的同学阿·马·梅林斯基（А.М. Меринский）曾回忆道："一次，在我们开诚布公的谈话中他向我讲述了小说的纲要，他计划写成散文体，而且那时候他已经写完了小说的三章内容。"[①]这部小说最终并未完成，而且签有作品篇名的手稿并未保存下来，所以，作者本人版的小说名称如今无人知晓。保存下来的只是不同编辑命名的版本：《驼背人瓦季姆。普加乔夫叛乱的片段（少年时代的小说）》［巴·亚·维斯科瓦托夫（П. А. Висковатов）］、《瓦季姆（未完成小说）》［伊·米·博尔达科夫（И.М. Болдаков）］、《瓦季姆（中篇小说）》（阿布拉莫维奇）。《瓦季姆》是莱蒙托夫第一部小说作品，这是一部历史小说，与普希金《上尉的女儿》不谋而合，是一个普加乔夫起义时代的故事。莱蒙托夫认为创作一部俄罗斯的历史小说是时代提出的要求。这部小说中客观叙述与主观抒情元素相结合，小说主人公是一位复仇者，而他的个人复仇又与农民暴动联系紧密。小说中的许多章节都客观展现了反人道主义农奴制度下的日常生活场景。小说运用了一些与普加乔夫起义相关的历史、民俗材料，包括关于普加乔夫的传说。有些情节是从作者外祖母和奔萨省的一些地主以及塔尔罕内的农民那里听来的。事实上，社会历史问题也并非小说表达的核心问题，个人与社会的对抗才是小说的真正意图。

　　在《瓦季姆》之后，莱蒙托夫开始转向当代题材创作。《里戈夫斯卡娅公爵夫人》是其第二部小说作品，同样是未完成作品。关于这部小说的研究主要是从其自传性特征的角度来探讨的。然而这部作品并非一些评论家所说的仅仅是一份自传性材料，无论是从思想角度还是从艺术角度看，莱蒙托夫在小说创作上都向前跨出了重要的一步。小说中主要刻画了与《当代英雄》主人公同名的上流社会贵族代表彼乔林形象、小公务员克拉辛斯基形象及女性形象代表里戈夫斯卡娅公

---

① М.Ю. Лермонтов в воспоминаниях современников. – М., 1972. C. 133.

爵夫人及涅古罗娃。在叙述手法上，小说以作者第一人称口吻进行叙述，并不断插入作者的评论，这样使得作者主观的思想得以体现，作者形象并未隐藏，保留了鲜明的独立性。

小说提出的核心问题仍然是个人与社会的关系问题。小说反映出社会客观环境有着巨大的力量，它会在成长于其中的人身上打下深深的烙印，无论其个性有多么强大。当然，这并非单指其所处的日常生活环境，通常主人公的行为会受到环境的影响，并被附加上某一特定的"标签"来标示其所属的社会阶层，这样的表达方式在莱蒙托夫早期的戏剧中已有体现。在《里戈夫斯卡娅公爵夫人》中，人与社会的联系进一步加深，社会环境对主人公彼乔林的影响是负面的，甚至使其产生了绝望的情绪。他的绝望源自他对上流社会的深刻认识，于是他选择了斗争。他言语尖刻，行为随意，只是因为他那颗满怀热情的心遭遇到了周围环境带给他的失望与冷酷无情。热情与冷酷的双重性格使彼乔林超越于上流社会。他反抗虚假的道德准则和公认的评价标准，竭力获取上流社会中的杰出地位。斗争的艰难只是锤炼了他坚毅的性格。他用刻薄的语言揭露上流社会的伪善和丑陋，他公开嘲讽文雅面具背后傲慢的客人，报复上流社会。他亲自设计的与涅古罗娃的游戏如他所愿顺利进展，而他最终成为胜利者。但在这场游戏中，表面获得胜利的彼乔林实则是失败的。他损害了姑娘的名誉，同时又想获得上流社会的认可，想让大家认为他是一个可以随意作恶的人物。他本是为超越他所厌恶的世俗社会而进行斗争，但结果不过是为了在世俗社会争取一席之地。他的斗争最终使其失去了精神的独立性，尽管他选择了行动，但行动的结果在某种程度上恰恰表现出了他对上流社会的妥协。

与小说《瓦季姆》相比，《里戈夫斯卡娅公爵夫人》对当时社会的批判更加尖锐，且更具有现实意义。小说的另一条情节线索是与贵族出身却贫穷的小公务员克拉辛斯基生活相关的故事。莱蒙托夫将贫民这一阶层纳入了自己的艺术视野，这条线索扩大了小说的艺术展示空间。莱蒙托夫在早期作品中就已经揭示了社会贫富的差距、贵族与底层人之间的不平等。克拉辛斯基代表着新的行动力量，他曾对公爵夫人说："您的命是享受快乐、荣华富贵，我们的命是上班干活、操劳打杂，世界上的事理应如此。我们不做谁来做啊！"[①]尽管克拉辛斯基是想恭维公爵夫人，为她的无所事事找一个解释的理由，但他如此恭维的话语背后有着意味深长的含义，"我们"和"您"突出显示了小说中的两大对立阵营。莱蒙托夫

---

① [俄] 莱蒙托夫：《莱蒙托夫文集 当代英雄 散文（1833—1841）》，冯春译，上海译文出版社，1998 年，第 216 页。

通过描写彼乔林拜访克拉辛斯基家的路线展示了穷人的生存环境："您首先得穿过狭窄而高低不平的院子，走过一段厚厚的积雪或泥泞，堆得高高的柴垛随时都有坍下来压住您的危险，一股刺鼻的令人恶心的难闻气味会叫您喘不过气来，您的出现会引起一阵阵犬吠声，一张张露出穷困或者淫欲的可怕迹象的苍白面孔从底层狭小的窗户向外张望着。您问了无数次总算找到那扇要找的门，它又黑又窄，像通往炼狱的门。"①就是这样的一群人，他们非常羡慕富人们的生活。当 P 男爵夫人家举办舞会时，他们无视被踩死的危险，挤在台阶两旁看热闹，羡慕地盯着华丽的马车。而克拉辛斯基见到此情此景内心在想："哦，我一定要发财，无论如何要发财，那时我就要叫这个社会公正地对待我。"②足以见得他极力想要改变自己阶层的决心。莱蒙托夫揭示了社会两极之间的深刻矛盾。彼乔林的马车撞倒克拉辛斯基，可彼乔林却若无其事扬长而去，而且还在餐厅里公然谈论起此事，恰好克拉辛斯基也在场，这就等于公然侮辱了他。就连克拉辛斯基自己都在问"您有什么权利"？他在痛斥彼乔林时不断地提到自身的贫穷，他试图进行反抗，对于穷人受到的漠视与侮辱他表达了自己的愤怒。上流社会的权利是建立在他们的社会地位和财富之上的。莱蒙托夫对社会两极这种不平等问题的批判更具有现实意义。

　　从艺术手法上看，《里戈夫斯卡娅公爵夫人》在莱蒙托夫的整个小说创作体系中也具有重要意义。如果说在小说《瓦季姆》中常常会表现出主观抒情元素，那么在《里戈夫斯卡娅公爵夫人》中则更多表现出对客观现实的刻画，也可以说在该部小说的创作中莱蒙托夫在现实主义创作手法上又迈出了重要的一步。但与后来的《当代英雄》或者未完成的《我想跟你们讲》相比，《里戈夫斯卡娅公爵夫人》中的心理现实主义并没有充分体现出来。与《当代英雄》中的人物相比，该部小说中的人物形象显得苍白，不够深刻，人物性格的矛盾性不够突出。尽管如此，莱蒙托夫对客观现实的刻画已经显示出其在掌握新艺术手法上的突破。他描绘了上流社会和底层小市民的生活，不同阶层人物交替出现，相互交叉，形成了广阔而又多样的生活画面。小说中有对舞会大厅的描写，也有对彼得堡郊区昏暗庭院的描写，有对剧院包厢的描写，也有对小公务员所居住房间的描写。但莱蒙托夫在《里戈夫斯卡娅公爵夫人》中的创新之处并非其所展示的广阔社会生活

　　① [俄] 莱蒙托夫：《莱蒙托夫文集 当代英雄 散文（1833—1841）》，冯春译，上海译文出版社，1998 年，第 206 页。

　　② [俄] 莱蒙托夫：《莱蒙托夫文集 当代英雄 散文（1833—1841）》，冯春译，上海译文出版社，1998 年，第 221 页。

画面，而是其描写手法。他对环境的描写十分简练，只是指出活动地点或者两三个细节，然后有所展开。他通过环境描写来突出人物的典型特征。例如，莱蒙托夫详细描写了剧院散场时的情形："在正门楼梯的下面几级，风度高雅的淑女们形成一个特殊的群体，她们大声说笑着，用金边长柄眼镜看看那些没有风度的普通俄罗斯贵族妇女——她们彼此暗暗嫉妒：气度不凡者嫉妒粗俗平凡者的美丽，而粗俗平凡者，唉，则嫉妒气度不凡者的高傲和光艳。//这两种妇女都各有男人陪伴。气度不凡者的男伴恭敬而高傲，粗俗平凡者的男伴殷勤却不免有些笨拙！……介于两者之间的还有一群人。他们不属于上流社会，既不认识气度不凡者，也不认识粗俗平凡者——他们是一般观众。商人和普通老百姓从别的门出入。这是整个彼得堡社会的缩影。"① 在描写彼乔林家的餐厅时莱蒙托夫写道："餐厅是一间装饰豪华的厅堂，墙上挂着镶在金色大镜框里的画：这些凝重灰暗的古代风俗画和整个室内新潮装饰的轻快格调形成强烈的对比。"② 莱蒙托夫在这里强调了装饰风格之间的反差，意在呼应下文对来客服装、头饰等的描写："这些一本正经围坐在长桌旁的人的服装也像他们的观念一样，都是各个时代的大杂烩。在他们的服饰中，远古的式样和巴黎时装设计师最新设计的款式在这里碰了面，有缀着假花的希腊发式，哥特式耳环，犹太人的丘尔邦……这里正巧可以引用普希金的一句诗：'各种服装和人物的大杂烩！'这个社交圈子的观念也是如此乱七八糟，我都不想加以说明了。"③ 莱蒙托夫用餐厅装饰上的混搭风格来比拟上流社会人士观念上的混乱。莱蒙托夫在描写环境时并不仅限于对环境本身的描述，他通过活动于其中的人物行为特点来揭示社会的主导观念。例如，在描写 P 男爵夫人家的舞会时，莱蒙托夫开头如此写道："这时大厅里响起了音乐，舞会活跃起来。"④ 接下来他并没有转向外部环境的描写，而是展示了上流社会的"群体"形象，抓住了几位典型代表："两位公使和他们的外国随员，他们是由几个法语说得极好（这当然不足为怪）因而备受我们的美女垂青的人组成的；几位将军和国家政要；一位英国勋爵，他因经济事务来此地旅行因而认为没有必要多说多看，

① [俄] 莱蒙托夫：《莱蒙托夫文集 当代英雄 散文（1833—1841）》，冯春译，上海译文出版社，1998 年，第 165-166 页。

② [俄] 莱蒙托夫：《莱蒙托夫文集 当代英雄 散文（1833—1841）》，冯春译，上海译文出版社，1998 年，第 193 页。

③ [俄] 莱蒙托夫：《莱蒙托夫文集 当代英雄 散文（1833—1841）》，冯春译，上海译文出版社，1998 年，第 193-194 页。

④ [俄] 莱蒙托夫：《莱蒙托夫文集 当代英雄 散文（1833—1841）》，冯春译，上海译文出版社，1998 年，第 222 页。

可他那高贵的夫人属于'blue stocking'阶级，曾严厉地迫害拜伦……"接下来莱蒙托夫提到了"五六个浅薄的外交官"和那些"无忧无虑、轻率冒失地纵情娱乐的年轻军人"，详细描述了舞会上常见的"脸上红扑扑的毛头小伙子"，指出他们当中军人和文职人员不同的发式等。[①]最后，莱蒙托夫还把男舞伴分为两类，并细致地对两类人外貌特征进行了分析。因此，莱蒙托夫所描写的舞会成为展示一系列典型人物性格的载体，同时突出了不同性格中的不同"观念"。

在《里戈夫斯卡娅公爵夫人》中莱蒙托夫采用客观艺术手法进行叙述。在刻画人物时，他将人物形象客观化，尝试通过个别形象来塑造典型形象。与浪漫主义人物形象不同，该篇小说中的形象复杂而又鲜活，不是单一的，而是对某一种性格的抽象化塑造，并加以夸张的手法。因此，彼乔林形象便从人群中凸显出来。他外表冷漠而内心热情，他自私专横，内心敏感，自尊心极强。这些特征有机结合构成了其个性特色。但莱蒙托夫并不只是限于从性格的外部表现来刻画人物，他竭力通过人物的心理动态变化来突出其个性特征。他所展示的彼乔林时而残酷冷漠，时而激动不安，但每种情绪状态都在强调着他的个性特征。小说第五章中的心理描写充分体现了莱蒙托夫的客观艺术手法。

莱蒙托夫在刻画人物心理时笔法多样，有些人内心世界复杂、细腻、丰富；另一些人则简单而又愚蠢。前者如彼乔林、维拉、克拉辛斯基和涅古罗娃等，后者如那些麻木不仁的来访宾客。莱蒙托夫在小说《里戈夫斯卡娅公爵夫人》中心理描写的技艺不断走向成熟。

小说《当代英雄》创作于1838—1839年，其中表达了莱蒙托夫在1837年夏秋之际游历高加索时的印象。单行本出版于1840年，但《贝拉》《塔曼》《宿命论者》曾在单行本出版之前在《祖国纪事》上发表过。《当代英雄》是莱蒙托夫小说创作的最高成就。无论是与其早期作品相比，还是与同期整体小说创作水准相比，莱蒙托夫都向前跨进了一步。在该部小说中，莱蒙托夫对主人公性格的揭示更加客观，一方面通过主人公周围的人来衬托，另一方面通过主人公的自我分析来展现，这就是莱蒙托夫小说的独特之处。有人说在彼乔林身上可以看到作者本人的影子，但是彼乔林的自我认知并非莱蒙托夫本人的自我认知，他本人强烈反对将其本人与其所塑造的人物混为一谈。关于这部小说的具体分析与文本阐释本书下面的章节会有体现。

---

① [俄] 莱蒙托夫：《莱蒙托夫文集 当代英雄 散文（1833—1841）》，冯春译，上海译文出版社，1998年，第222页。

　　莱蒙托夫最后两部小说作品是《什托斯》和《高加索人》。两篇小说均创作于 1841 年，但都各具特色。《高加索人》更接近于这时期的特写或者风土志类体裁的创作。小说中并无展开的情节，作者旨在正式地、近乎学术性地描写一类人。这不是某个具有个性化色彩的人物，而是一种典型的社会类型，源自特定的社会阶层。事实上，纵观莱蒙托夫的整个创作体系，《高加索人》这样的作品出现并非偶然。这种形式的描写，在《萨什卡》《里戈夫斯卡娅公爵夫人》《唐波夫财政局长夫人》《当代英雄》等作品中已初露端倪。

　　《什托斯》也是一部未完成作品，正是因为如此，我们很难判定其思想艺术内涵。很容易发现，该部小说与作家之前的创作（1840—1841 年的抒情诗及《当代英雄》）在思想和修辞上有重合之处。同时该小说受到了各种文学流派的影响，既有上流社会小说的特点，也有浪漫主义小说的影子，会让人联想到华盛顿·欧文（Washington Irving）和恩斯特·特奥多尔·阿玛迪斯·霍夫曼（Ernst Theodor Amadeus Hoffmanm）的小说。但莱蒙托夫对奇幻题材作品有自己的理解和阐释，在他看来，现实生活本身就带有幻想色彩。

　　莱蒙托夫生前发表的只有《当代英雄》，19 世纪 40 年代他发表了两部小说《什托斯》和《歌手阿希克-凯里布》。而未完成的小说《瓦季姆》和《里戈夫斯卡娅公爵夫人》于 1873 年发表于《欧洲通报》第 10 期和 1882 年《俄罗斯通报》第 1 期，《高加索人》发表于 1928 年的《昔日时光》的第 4 期。

第一节　《瓦季姆》的反"神正论"叙事

　　《瓦季姆》是莱蒙托夫小说创作中的一部重要作品。纵观该部小说的研究史可以发现，俄罗斯学者首先是从历史学角度展开对这部作品的研究的。尤其在 20 世纪 30—70 年代，将《瓦季姆》界定为历史小说是这一时期研究成果的主要观点。同时，学者也研究了该部小说的体裁特点，指出了该部小说的抒情性特点。尼·基·皮克萨诺夫（Н.К. Пиксанов）在其《〈瓦季姆〉中的农民起义》一文中展开了和杜雷林的论战。他援引杜雷林的观点：1830 年，莱蒙托夫开始写一部有关普加乔夫起义的散文体小说。小说本应展开一幅人民运动的广阔历史画面，但却变成了一部独特的散文体浪漫主义叙事诗，无论是内部结构还是外部结构该作品都在重复着莱蒙托夫诗体叙事诗。[①]接着皮克萨诺夫反驳道："……应该可以倒过来说：《瓦季姆》本应该是一部浪漫主义叙事诗，却变成了一幅人民运动的

---

① Пиксанов Н.К. Крестьянское восстание в «Вадиме»//Историко-литературный сборник. – М., 1947. С.175.

广阔历史画面。"①该文作者发现，总共二十四章的小说中有"不少于十章"的内容写到了普加乔夫起义。

弗·尼·奥尔洛夫（В.Н. Орлов）在专著《拉季舍夫与俄罗斯文学》中也将《瓦季姆》视为历史小说，并指出这部小说还是一部并不成熟的青少年作品，但实际上，它的优秀之处在于它是俄罗斯文学中第一部大胆刻画 18 世纪农民战争的作品……《瓦季姆》中最重要的并不是其抒情主人公的情绪，而是对人民愤怒情绪爆发的大胆而有力的刻画。②而安德罗尼科夫在专著《莱蒙托夫》的第三章"《瓦季姆》的历史资料"中详细考察了《瓦季姆》的创作史，介绍了谢·伊·罗泽维奇（С.И. Родзевич）在专著《小说家莱蒙托夫》（1914）中关于《瓦季姆》的研究成果，并得出结论：莱蒙托夫在《瓦季姆》中刻画了真实的历史事件——奔萨省的普加乔夫起义事件。斯托雷平家的家族史为作者提供了主要的资料。③同时安德罗尼科夫认为：关于普加乔夫起义的小说核心并非普加乔夫，而是骄傲的复仇者瓦季姆，他的性格既无历史特征，也无民族特征，同时不具有鲜明的阶级特征。瓦季姆孤身一人，他是一个抽象的浪漫主义者……瓦季姆参加普加乔夫起义只是因为渴望复仇。复仇是对侮辱者实施死刑最合适的理由。因此，为了解释瓦季姆参与农民起义这一行为，莱蒙托夫让他自愿变成了帕里岑的仆人。④安德罗尼科夫还指出了小说《瓦季姆》艺术结构中叙事与抒情相结合的综合性本质。持类似观点的还有学者谢·米·彼得罗夫（С.М. Петров），他在专著《俄罗斯文学中的历史小说》中指出了《瓦季姆》体裁与风格的双重性。⑤

在莱蒙托夫逝世 100 周年之际，维·弗·维诺格拉多夫（В.В. Виноградов）在《文学遗产》上发表了《莱蒙托夫的小说风格》一文，提出了莱蒙托夫学中最具有前景的研究方向之一——莱蒙托夫创作中抒情诗与小说之间的相互联系。维诺格拉多夫将诗歌视为莱蒙托夫小说创作的艺术实验室，研究了抒情诗及小说中抒情独白的风格特色，并关注《瓦季姆》中的抒情插叙特点，指出作者在作品情节发展中的作用，评价了作者的思想立场及世界观。维诺格拉多夫指出，《瓦季姆》中许多场景都是典型浪漫主义风格的表现。

---

① Пиксанов Н.К. Крестьянское восстание в «Вадиме»//Историко-литературный сборник. – М., 1947. С.175.

② Орлов В.Н. Радищев и русская литература. – Л., 1952. С. 197.

③ Андроников И.Л. Лермонтов. – М., 1951. С.77.

④ Андроников И.Л. Лермонтов. – М., 1951. С.78.

⑤ Петров С.М. Исторический роман в русской литературе. – М., 1961. С. 117.

以维诺格拉多夫提出的观点为基础，奥·彼·伊万年科（О.П. Иваненко）和马·瓦·莫伊谢耶娃（М.В. Моисеева）分别撰写了副博士学位论文《米·尤·莱蒙托夫小说的抒情性》（1988）和《米·尤·莱蒙托夫创作中诗歌与小说的相互影响进程》（1999）。伊万年科从艺术历史主义角度来研究《瓦季姆》，认为历史主义……是莱蒙托夫创作的典型特征，这一特征表现在其小说、戏剧、叙事诗及抒情诗创作中……历史对于莱蒙托夫来说并非某种已经发生的、停滞的、凝固的东西，历史对于他来说在不断发生着。他的抒情主人公一直感受得到历史中的自己，也感受得到自己身上的历史。①伊万年科将诗歌作品《恶魔》《预言》《忏悔》与《瓦季姆》进行了对比分析。而莫伊谢耶娃研究了莱蒙托夫小说文本中的诗歌要素，以及作家不同体裁作品中诗歌与元素的相互渗透现象，主要分析作品为《当代英雄》，而《瓦季姆》的文本基本没有涉及。类似的研究方法还体现在安·弗·库兹涅佐瓦（А.В. Кузнецова）［《米·尤·莱蒙托夫的抒情普遍性：语义与诗学》（2003）］、谢·弗·萨温科夫（С.В. Савинков）［《米·尤·莱蒙托夫的创作逻辑》（2004）］、塔·卡·乔尔娜娅（Т.К. Черная）［《19世纪上半叶文学进程中的艺术个性体系诗学：普希金、莱蒙托夫、果戈理》（2005）］等人的研究成果中。

事实上，借助于真实历史事件，莱蒙托夫在小说《瓦季姆》中展开了对人之"恶"的验证。俄罗斯白银时代宗教哲学家梅列日科夫斯基认为：在俄罗斯文学中，莱蒙托夫是第一位提出关于恶的宗教问题的人。②莱蒙托夫对恶的追问并非仅仅局限在该部作品中，他所塑造的叙事诗主人公恶魔形象，以及惯常向上帝发起挑战的戏剧主人公们，无不彰显着他对恶这一问题的持续关注与思考。莱蒙托夫从小就意识到自己身上天才的气质与超人的禀赋，同时很早就意识到那种邪恶的、应该与之抗争的因素，然而他不仅没有与之斗争，反而很快将其理想化。③莱蒙托夫这种对天性中人之恶的体验部分呈现在其作品中，同时，他身上那种破坏的天性也异乎寻常地变得强大起来。在花园里他时不时地折断树枝，揪掉最好看的花朵，撒得一路都是。他带着纯粹的快感去踩死不幸的苍蝇；当他扔出一块石

---

① Иваненко О.П. Лиризм прозы М.Ю. Лермонтова: автореф. дис. канд. филол. наук. – М., 1988. СС. 62-63.

② Мережковский Д.С. М.Ю. Лермонтов. Поэт сверхчеловечества // М.Ю. Лермонтов: pro et contra/Сост. В.М. Маркович, Г.Е. Потапова, вступ. статья В.М. Марковича, коммент. Г.Е. Потаповой и Н.Ю. Заварзиной. – СПб.: РХГИ, 2002. С. 367.

③ Соловьев. Вл. С. Лермонтов./ // М.Ю. Лермонтов:pro et contra/Сост. В.М. Маркович, Г.Е. Потапова, вступ. статья В.М. Марковича, коммент. Г.Е. Потаповой и Н.Ю. Заварзиной. – СПб.: РХГИ, 2002. С. 341.

头砸到一只可怜的小鸡时，他会乐不可支。[①]俄罗斯白银时代宗教哲学家索洛维约夫认为莱蒙托夫的一生是由"一连串的罪恶行为"构成的。如果说莱蒙托夫一生都在尝试着用不同体裁（抒情诗、叙事诗、小说、戏剧）形式及不同主人公形象来表达对恶这一问题的疑惑与追问，那么可以说，在其未完成小说《瓦季姆》中，莱蒙托夫则精准聚焦恶的实验。实验的理论预设是"神正论"，而实验过程即为反"神正论"的逻辑验证。由此我们可以窥见小说反"神正论"叙事的宗教伦理价值。"神正论"（Theodicy），又称"神义论"，是基督教神学学说之一，以上帝为正义，设法调和上帝是至善和正义而世上显然存在邪恶和灾难这种矛盾。[②]有关"神正论"的问题，圣·奥勒留·奥古斯丁（Saint Aurelius Augustinus）、托马斯·阿奎那（Thomas Aquinas）都有过深入的探讨。而德国哲学家戈特弗里德·威廉·莱布尼茨（Gottfried Wilhelm Leibniz）于 1710 年出版的哲学著作《神正论》，目的在于证明：现实世界已经是所有可能世界中最好的世界；尽管恶存在，但上帝的本质属性依然是至善、全知、全能的；整个宇宙是前定和谐的。在小说《瓦季姆》中，莱蒙托夫通过主人公复仇动机驱使下的系列行为来呈现恶的存在，提出了反"神正论"的实验依据，最后又通过被绞老头和大兵老婆坚定的信仰来昭示作家反"神正论"立场的动摇。

一、复仇——反"神正论"叙事的推动力

复仇主题是莱蒙托夫喜爱的文学创作主题之一。从当时莱蒙托夫可能接触到的西方文学来看，他熟知这一主题。只是他所要表现的复仇主题融入了俄罗斯的著名历史事件——普加乔夫起义。这一事件的引入使作家得以自由地展现血腥场面，以及在极端环境下人之恶所能触及的极限。小说主人公瓦季姆是一位驼背的乞丐，为了复仇他主动要求做了地主帕里岑的仆人。他本是一个受尽屈辱的乞丐，父亲的死让他对凶手帕里岑充满了仇恨。他几乎丧失了正常情感，只剩下贪婪的仇恨，复仇成了他活着的唯一目的。从古至今，复仇主题都是中西方文学中常见的主题之一。"中西方文学中，对复仇的描写，都缘自正义指归，这种以暴抗暴的正义性植根于人类的集体无意识，是生物体在面临外界侵袭及保护同类时的一种生存本能。复仇主题文学彰显了以暴力形式来呼吁正义公理的复仇精神，这种

---

① Лермонтов М.Ю. Собрание сочинений в четырех томах/АН СССР. Институт русской литературы (Пушкинский дом). —Издание второе, исправленное и дополненное – Л.: Наука. Ленинградское отделение, 1979-1981 год. Том 4, Проза. Письма, 1981. C.174.

② 文庸，乐峰，王继武：《基督教词典》，商务印书馆，2005 年，第 402 页。

报仇雪恨、惩恶扬善的复仇心理，体现了行为个体的泄补功能和应然倾向，具有一种振奋主体去完成摧毁罪恶的正义使命的力量。"[1]瓦季姆最初的复仇动机是可以被视为一种正义行为的，因为他的复仇对象帕里岑是一个极其虚伪的人，帕里岑害死了主人公瓦季姆的父亲，并把瓦季姆的妹妹奥尔加——当时还是一个三岁的孩子，接到自己身边，为的是堵住那些谴责他强盗行径的贵族的嘴巴。帕里岑教训奥尔加就像教训一个奴隶，然而他却吹嘘自己的善行。十年前他常常玩赏她的鬈发，拿她的天真活泼取乐，而现在他则妄想把她雕琢成一个满足他淫欲的工具。随着小说情节的发展，瓦季姆具有正义指归的复仇行为演变成了滥杀无辜的绝对自由，人之恶被最大化地彰显。复仇与正义之间存在着天然的矛盾。莱布尼茨在《神正论》一书中谈到了报复性正义："然而，还存在有一种正义和一定种类的奖惩，似乎不适合于那些设定绝对必然性存在并且依照绝对必然性行事的人。这就是那种既不以悔改也不以警戒，甚至也不以抵偿恶行为指归的正义。这种正义仅仅以事物的适宜性（la convenance）为基础。这种适宜性要求恶行在一定程度上得到补偿。索齐尼派、霍布斯以及其他一些人都不承认这种惩罚性正义（cette justice punitive），真正说来，这种惩罚性正义是一种报复性正义。"[2]同时，莱布尼茨认为，在许多情况下，这种正义为上帝所专用，但上帝有时也不得不将这种特权赐予那些有权统治他人的人，而上帝借助于这些人来实施这种正义，只要他们在理性而不是在情感影响下行事即可。根据莱布尼茨的观点，我们可以发现，瓦季姆在为奴之时是无权实施这种报复性正义的。事实上，那时他也没有机会和能力进行复仇。而当农民起义爆发之后，借助于农民集体的力量，部分地主被抓，甚至被杀，而瓦季姆也想借机趁乱杀死帕里岑及其儿子尤里。他的所有反抗与复仇是为了使各种破坏力的发端有个终结，使叛乱者的情感与他的仇恨相一致。此外，这种自发的、黑暗的、未经思考的反抗强化了其复仇的力度，但这种反抗运动本身只是他活动的一个鲜明生动的背景，是他恶魔般心境的"共鸣器"。瓦季姆对奥尔加说的一番话并非偶然："为了我们的复仇，上帝惊动了全体老百姓。"[3]可见，瓦季姆内心深处认为是上帝赋予了其实施正义的特权。

　　在复仇这一内在动机的驱使下，主人公对生命、对世界的认知都是反"神正论"的。"瓦季姆有一颗很不幸的心，有时候，仅仅一个念头就能主宰他的心。

---

① 桂萍：《论中西文学复仇主题的文化传承及嬗变》，《南京师范大学文学院学报》，2006 年第 4 期，第 133 页。

② [德] 莱布尼茨：《神正论》，段德智译，商务印书馆，2016 年，第 239 页。

③ [俄] 莱蒙托夫：《莱蒙托夫文集 当代英雄 散文（1833—1841）》，冯春译，上海译文出版社，1998 年，第 42 页。

他本应生就一个全能的人，或者，他根本就不应该出生。"①他对自己受造的生命是全然不满的，根本无法接受一个丑陋的自己，对造物主心怀愤恨。他在回忆自己过往经历的时候，心中充满了诅咒："他们强迫我为我的丑陋感谢上帝，仿佛他想用这种办法使我远离喧嚣的世界，远离罪孽……祈祷！……可是我心中只有诅咒！"②他不满自己恶魔般的外貌，同时对自己遭遇的命运感到不满，公然向上帝发起挑战。

> 许多人在遭受无数磨难后还得不到片刻的幸福，为什么他们就不能用一天的痛苦去偿付多年的欢乐！……上天的宠儿为什么是他们而不是我！啊，上帝啊！如果你像爱儿子一样，啊，不，像爱养子一样爱我……那么我一半的感激都会胜过他们所有人的祈祷……可是你在我出生的时候诅咒了我……因此在我行将毁灭的时刻也要诅咒你的统治……③

他甚至把自己想象成恶魔：

> 他是一个远离一切生物的魔鬼，是一个万能的，既不企求什么也不怜惜什么的魔鬼，他主宰着过去和未来，这未来在他的想象中是个五光十色的世界，在那里有许多可笑和卑微的东西。他的心变大了，想冲出胸膛去拥抱整个大自然，然后再把它毁灭。如果这是痴人说梦，那他至少是个伟大的痴子。④

他认为有恶魔的地方就不会有上帝。在他的观念中上帝是一个与自己对立的上帝，他可以与之抗争："别对我谈什么上帝！……他不认识我；他别想从我手中夺走非死不可的牺牲品……他对一切都无所谓……"⑤在他的影响下，他的亲妹妹奥尔加——一个原本具有"天使"般心灵的女孩也开始诅咒上帝："我诅咒这个把我们创造成不幸的人的上帝，诅咒他的圣礼，他那拯救世人的十字架，我

① [俄] 莱蒙托夫：《莱蒙托夫文集 当代英雄 散文（1833—1841）》，冯春译，上海译文出版社，1998 年，第 68 页。

② [俄] 莱蒙托夫：《莱蒙托夫文集 当代英雄 散文（1833—1841）》，冯春译，上海译文出版社，1998 年，第 32 页。

③ [俄] 莱蒙托夫：《莱蒙托夫文集 当代英雄 散文（1833—1841）》，冯春译，上海译文出版社，1998 年，第 39 页。

④ [俄] 莱蒙托夫：《莱蒙托夫文集 当代英雄 散文（1833—1841）》，冯春译，上海译文出版社，1998 年，第 29 页。

⑤ [俄] 莱蒙托夫：《莱蒙托夫文集 当代英雄 散文（1833—1841）》，冯春译，上海译文出版社，1998 年，第 87 页。

一切都听你的。我知道，瓦吉姆，如果我成为你手中的武器，你的打击一定会又狠又准。啊，你是个了不起的人！"①莱蒙托夫反"神正论"叙事的逻辑首先是受造之物对造物主的不满，因主人公瓦季姆天生丑陋，故而向上帝发起诘问；其次，他又遭遇不公的命运，先是沦为乞丐，而后为复仇甘愿为奴。从主人公的角度来看，神的公义并不存在，恶人并没有受到应有的惩罚，因此他要通过复仇来彰显他所认知的公义。在这一过程中，他感受到的不是上帝的同在，相反是恶魔的同在。恶魔的强大破坏力向上帝的公义发起了挑战。当瓦季姆听到自己的妹妹亲口对他说爱仇人的儿子胜过世上的一切时，他吼出了要让"他非死不可"的决心。于是，瓦季姆像追捕野兽一样追捕着尤里，最终却杀害了无辜的仆人费多谢伊。错杀这一情节设定是对主人公实施报复性正义的消解，意指恶之所及，极尽其能事。

　　主人公瓦季姆的命运设定、人物心理描写、内心独白等皆呈现出作家的反"神正论"的倾向。除此之外，莱蒙托夫质疑乃至讽刺的语气也强化了这一倾向。在描述教堂台阶两旁的乞丐时，莱蒙托夫写道："他们像一条条虫豸，匍匐在富人脚边；他们没有亲人，没有家乡，他们被创造出来好像仅仅是为了培养过往行人的同情心！"②这是对上帝创造意义的公然讽刺。按照基督教的教义，上帝按照自己的形象造人，正所谓"神造万物，各按其时成为美好"，即便是丑陋的乞丐也是具有受造价值的。然而在莱蒙托夫这里，这些受造之人的价值仅仅是为了唤起别人的同情心，直接否定了人作为特殊受造生命的永恒价值。

二、绞死被俘老头——反"神正论"实验的阶段性成功

　　随着小说情节的发展，瓦季姆原本具有正义指归的复仇逐渐演变成了滥杀无辜的绝对自由，他先是错杀了无辜的仆人费多谢伊，然后又教唆哥萨克们绞死被俘的老头。

> 　　他眼睛里闪着阴郁的火光……他挥挥手……有人把绞索套上他的脖子，把绳子的另一头扔过一根大树叉，于是……爆发出一阵哈哈大笑声，旋即突然沉寂，死一样沉寂！……可是，唉！他的痛苦还没有完。醉醺醺的疯子们过早地松开往上拽的绳头，受难者掉了下来，撞在地上，一条腿喀嚓一声折断了……他呻吟着倒在女儿尸体旁。"杀人凶手！"他

---

　　① [俄] 莱蒙托夫：《莱蒙托夫文集 当代英雄 散文（1833—1841）》，冯春译，上海译文出版社，1998年，第31页。
　　② [俄] 莱蒙托夫：《莱蒙托夫文集 当代英雄 散文（1833—1841）》，冯春译，上海译文出版社，1998年，第62页。

嘶哑着说……"我诅咒你们！诅咒你们！……""把他的喉咙堵住！"
奥尔连科说……这是一种怜悯……两把刀子一下子戳进老头的喉咙，他
沉默了。①

此刻的瓦季姆观望着这一切，一动不动，冷漠而又好奇。那情形就像在看一
次物理实验！接下来，莱蒙托夫也解释了瓦季姆的这一行为。

> 首先，他想了解，看看这样的处决，看看人类受到最可怕的折磨，
会有一种什么样的感情冲动他的心，结果他发现，什么也不能冲动他的
心。其次，他想了解，一个人的坚强可以达到何种程度……结果他发现，
有些考验是任何人都忍受不了的……这给了他一种希望，他希望看到帕
里岑的眼泪和悔过——看到他跪在自己脚下，发疯似地啃着泥巴，惊恐
不安地吻他的手……这一希望一定非常令人神往，毫无疑问。②

一个原本受尽凌辱的丑陋奴仆，借着农民起义的契机，命运似乎得到了翻转。
然而原本简单的复仇动机引出的却是对人之恶本相的真实诠释。当瓦季姆亲眼见
证无辜人受折磨而至死的场景时，他无动于衷。他希望自己的仇人遭受同样的折
磨，因此，这样的场景令他向往，复仇的信念一直在驱使着他，这一信念甚至让
他失去了人本应持有的道德感，于是在极端特殊的环境中他可以滥杀无辜。所有
这些恶行表象的背后是"恶"之本源来支撑并推动的。按照莱布尼茨关于恶的观
点来看，"恶既可以从形而上学的角度看，也可以从物理学和道德的角度看。形
而上学的恶在于纯粹的不完满性，物理学的恶在于苦难，而道德的恶在于罪"③。同
时，莱布尼茨总结道："上帝先是意愿善的东西，随后是意愿最善的东西。至于
恶，上帝根本不意愿道德的恶，他也不绝对地意愿物理的恶或苦难。"④从上述
论断我们可以看出，瓦季姆之恶是属于道德的恶。尽管莱布尼茨也解释了这种恶
的益处："恶常常有助于我们更好地鉴赏善；有时还有助于受到恶的侵害的人获
得更大的完满性。"⑤这在某种程度上也解释了瓦季姆行为的合理性。莱蒙托夫

① [俄] 莱蒙托夫：《莱蒙托夫文集 当代英雄 散文（1833—1841）》，冯春译，上海译文出版社，1998 年，
第 134 页。
② [俄] 莱蒙托夫：《莱蒙托夫文集 当代英雄 散文（1833—1841）》，冯春译，上海译文出版社，1998 年，
第 135-136 页。
③ [德] 莱布尼茨：《神正论》，段德智译，商务印书馆，2016 年，第 199 页。
④ [德] 莱布尼茨：《神正论》，段德智译，商务印书馆，2016 年，第 201 页。
⑤ [德] 莱布尼茨：《神正论》，段德智译，商务印书馆，2016 年，第 201 页。

在小说中也提到了自己的善恶论："什么叫大善，什么叫大恶？这是一条看不见的链条的两端，二者既连在一起，又隔得很远。"① "如果说恶像善一样少，而善又恰恰相反，那么我们的犯罪行为就会被看作人类美德的最大功绩！"②莱蒙托夫认为善与恶是相互关联的，但同时又是相互对立的，是此消彼长的依存关系。莱蒙托夫承认恶的强大，甚至以"犯罪行为就会被看作人类美德"的假说来证明。莱蒙托夫的善恶观与莱布尼茨的"神正论"的呼应之处在于，莱布尼茨认为恶之所以存在是为了彰显善，使善有可对抗的对象，而人能从善战胜恶的过程中获得完满。

莱布尼茨在《神正论》中也解释了道德的恶之所以重大的原因，他认为道德的恶是物理的恶的源泉，是一种存在于最有能力的受造物身上的源泉，而这些受造物是最有能力制造那些物理的恶的。恶人常常以制造苦难和破坏为乐。③恶人之所以行恶乃是因为人的自由意志。在小说《瓦季姆》中，莱蒙托夫针对人的意志提出了自己的观点。

> 真的，什么力量能和人的意志抗争！意志包含着整个身心；意志就是恨、爱、同情和欢乐，一句话，就是生活；意志是每个生灵的精神力量，是自由地去创造或破坏，是神留下的印迹，是创造的权力，能从渺小的事物中创造出奇迹……噢，要是能把意志变成数字，能用度数来表示，那我们将成为多么伟大的无所不能无所不知的人啊！……④

这里，莱蒙托夫强调了人的意志的强大力量，它可以"自由地去创造或破坏"。在这一点上他和莱布尼茨的观点是相呼应的："人们必须承认，在我们身上始终有足够的能力支配我们的意志，但人们却并非始终都想到运用这种能力。……事实上，我们力所能及的种种外在活动都绝对地依赖我们的意志；但我们的意志活动却只有借一些巧妙的手腕，给我们提供出悬置或改变我们的决断，才依赖我们的意志。"⑤人的强大意志在面对善恶的时候有选择的自由，主人公瓦季姆选择

① [俄] 莱蒙托夫：《莱蒙托夫文集 当代英雄 散文（1833—1841）》，冯春译，上海译文出版社，1998年，第 29 页。

② [俄] 莱蒙托夫：《莱蒙托夫文集 当代英雄 散文（1833—1841）》，冯春译，上海译文出版社，1998年，第 62 页。

③ [德] 莱布尼茨：《神正论》，段德智译，商务印书馆，2016年，第 203 页。

④ [俄] 莱蒙托夫：《莱蒙托夫文集 当代英雄 散文（1833—1841）》，冯春译，上海译文出版社，1998年，第 111 页。

⑤ [德] 莱布尼茨：《神正论》，段德智译，商务印书馆，2016年，第 498 页。

了恶。如果按照莱布尼茨的神学观来看，作为受造物的人类，其意志也是上帝所造。"产生意志的，无论是产生善的意志还是产生恶的意志，都始终是我们，因为这是我们的活动：但始终存在有使我们采取行动的理由，这种理由既无损于我们的自发性，也无损于我们的自由。"①瓦季姆的复仇行为的启动根源在其本身，他这一行为是自发的，因此，他的一切行为和意志活动都完全依赖其自身。他通过自己的意欲来选择他的行为，但同时他对自我意志也有一定的支配力量。也就是说，他对其行为和意志有一种个体的甚至是感觉得到的控制力，这种控制力是从自发性与理性的结合中产生出来的。瓦季姆选择教唆同伴绞杀无辜老头既是小说叙事呈现反"神正论"的一场实验，同时也是对人的自由意志强大力量的检验。

从莱蒙托夫关于自由意志的论述中我们可以看出，他承认意志由上帝所创造，人作为受造物而享有自由，故人生而拥有创造的权利，同时有破坏的自由。人的自由本该带有神性，但从莱蒙托夫作品主人公的身上我们可以看到，人在使用自由时主动屏蔽了神性，试图成为具有生杀大权的"超人"，因此造就了所谓道德的恶。人的自由意志选择实施恶行，向神的正义发起挑战。显然，莱蒙托夫直接提出了上帝是否会阻止恶行的问题，小说文本给出的是否定的答案。结果表明，莱蒙托夫反"神正论"实验取得了阶段性的成功。

三、对上帝的信——反"神正论"的失败

在《瓦季姆》这部小说中，不乏人在危难时刻选择信靠上帝的场景。"凡劳苦担重担的人，可以到我这里来，我就使你们得安息。"②这段出自《圣经·新约·马太福音》第11章第28节的经文在小说中出现了两次，是写在小说中出现的修道院内救世主圣像下的一句话。人们会来到圣像前，亲吻圣像，祷告。即便是曾经诅咒过上帝的奥尔加，也来到圣像前向他祈祷。在得知哥哥一定要杀死尤里的情形下，她宁愿自己跟他一起死，她说："我指望上帝……他会把我们两人一起带去，或者会拯救他，不管你有多么凶残……"③由此可见，在危难时刻，奥尔加还是会很自然地求助于上帝。而瓦季姆眼中的大恶人帕里岑在面对哥萨克追杀的时候也会不断地呼唤："啊，主啊！主啊！"当帕里岑向儿子尤里求助的时候，尤里却说："只有上帝能保佑我们了！……您就向他祈祷吧，

---

① [德] 莱布尼茨：《神正论》，段德智译，商务印书馆，2016年，第473页。

② 《圣经·新约·马太福音》第11章第28节。

③ [俄] 莱蒙托夫：《莱蒙托夫文集 当代英雄 散文（1833—1841）》，冯春译，上海译文出版社，1998年，第87页。

174

莱蒙托夫诗学研究

要是可能……"①尤里和奥尔加在逃亡的时候，他仍寄希望于上帝："既然上帝保佑我们活到现在，这就说明，他想继续做我们的救星……你画个十字，我们走吧！"②由此可以发现，小说中各个层面的人物在困境中总是会不由自主地寻求上帝的护佑。这是基于俄罗斯传统的基督教文化，这一文化已经渗透到了人们的日常生活中。暂且不论真假信徒问题，小说中的人物是普加乔夫起义年代宗教文化的载体，因此，诸如"修道院""圣像""祷告""画十字"等与宗教建筑及宗教礼仪相关的字眼是对当时人们宗教生活的真实刻画。"指望上帝"可以成为一个人在宗教生活中的意识习惯。小说中几位在危难中"指望上帝"的主人公意识深处仍然承认上帝的全知全能，指望上帝在关键时刻实施公义的拯救，这一点恰恰与瓦季姆的悖逆是对立的。

小说中有两个虔诚信靠上帝、堪称"义人"的形象。一个是那位被施以绞刑的无辜老头，一个是帮助地主帕尔岑父子躲藏的大兵老婆。在被施绞刑之前，"老头慢吞吞地从马车上爬下来，女儿也跟着跳下马车，双手紧紧抓住父亲的衣服。'别害怕！……'他用一只手揽住她，轻声对她说，'别害怕……如果上帝不愿意，他们拿我们没办法，可如果……'"③。老头相信上帝的权柄，相信如果不是上帝允许，刽子手们也拿他们没有办法。但同时他坚定地相信命中注定的安排，当他的女儿说"爸爸你不会死"的时候，他说："孩子，为什么！为什么不会死？……基督尚且被钉死呢！……你祈祷吧……"④这位老人知道无罪的耶稣尚且被钉十字架，按照《圣经》的记载，耶稣也是本无罪的，但是为了拯救世人，他甘愿受死，被钉十字架，完成上帝对人的拯救计划。老人在临刑前用耶稣之死来鼓励女儿，而且他面对死亡并无恐惧。耶稣之死是得胜之死，因为死而复生。老人在死亡的最后一刻仍然相信耶稣得胜之死，相信祈祷的力量。尽管他将遭遇的是刽子手们的恶意屠杀，但他并没有因此而像瓦季姆一样责问上帝的不公，因为他对上帝的信让他可以坦然无惧，甚至面对死亡都会如此平静而又有力量。心中有"信"，死便可以成为"生"的开始。重生是基督教历史中的重要事件之一，也是信徒信

---

① [俄] 莱蒙托夫：《莱蒙托夫文集 当代英雄 散文（1833—1841）》，冯春译，上海译文出版社，1998年，第76页。

② [俄] 莱蒙托夫：《莱蒙托夫文集 当代英雄 散文（1833—1841）》，冯春译，上海译文出版社，1998年，第115页。

③ [俄] 莱蒙托夫：《莱蒙托夫文集 当代英雄 散文（1833—1841）》，冯春译，上海译文出版社，1998年，第133页。

④ [俄] 莱蒙托夫：《莱蒙托夫文集 当代英雄 散文（1833—1841）》，冯春译，上海译文出版社，1998年，第134页。

仰生命中的一个重要标志。被绞老头这一形象的刻画恰恰彰显了莱蒙托夫反"神正论"立场的动摇。

　　大兵老婆在瓦季姆一行人来抓人的时候，情急之中将尤里藏到了自家的地窖中。事实上，帕里岑父子并非她的主人，她只是出于正义感而想办法帮助他们躲藏。当她听到哥萨克中有人建议要拷问她时，她的脸唰地白了，但却丝毫没有露出犹豫或害怕的样子，她脸上焕发出一种也许是从未有过的不无崇高的感情。当她被抓住，被人围在中间，她只是一动不动地站着，嘴里偶尔默念着什么祷文。她两只手都被绑上了很粗的绳子，为了让她说出真相，刽子手们把她吊了起来，而且还脱下她的鞋子，在她脚下放了一堆烧红的炭，尽管她感到又烫又痛，也请求饶命，但她并没有说出尤里近在咫尺的藏身之处。刽子手们转而去拷问她的孩子，她心里非常焦急，她一边痛哭，一边祈祷。她的孩子被打得奄奄一息，躺在地上。而此时作为母亲的她战栗着走到孩子跟前："但是她眼睛里闪耀着一种崇高的，不可言喻的快乐：他没有说出来，没有把自己的秘密出卖给杀人凶手们。"[①]这是一种得胜的快乐，她相信自己所做的是正义的，她靠着对上帝的信，靠着祈祷最终战胜了恶。小说到此就结束了，显然是莱蒙托夫未完结的小说，所以，我们无从知道大兵老婆、瓦季姆、帕里岑、尤里及奥尔加等人的最终命运。但莱蒙托夫选择在此处停下自己首部小说的书写，似乎也在昭示着靠信而得胜的盼望。在莱蒙托夫的艺术世界中，尽管有恶魔式主人公激烈对抗上帝，但同时会有捍卫上帝权威的义人形象作为补偿。面对生死的危急关头，面对"信"与"不信"的抉择，义人最终坚守住了自己的信仰。义人坚守的是"神正论"，而瓦季姆想要推翻的也是"神正论"，成就这部小说的莱蒙托夫则创建了反"神正论"叙事。

　　小说《瓦季姆》创作于 1832—1834 年，正是莱蒙托夫就读于士官生学校前后，一位不到 20 岁的青年学生，正处于思想活跃、充满问题意识的阶段。小说以真实历史事件为主要架构，但实则展示的是作者对恶的问题的探究。莱蒙托夫的艺术表现力与其不断的哲学思考密切相关，他始终对"恶"的力量体认深刻，直至在其小说巅峰之作《当代英雄》中，他仍旧试图展示一幅"当代英雄"的肖像，正如他在小说序言中坦诚道："这幅肖像是由我们整整一代人身上发展到极点的恶习构成的。"[②]作家承认，他并不妄图匡正人们的恶习，他只负责指

---

　　① [俄] 莱蒙托夫：《莱蒙托夫文集　当代英雄　散文（1833—1841）》，冯春译，上海译文出版社，1998 年，第 144 页。

　　② [俄] 莱蒙托夫：《莱蒙托夫文集　当代英雄　散文（1833—1841）》，冯春译，上海译文出版社，1998 年，第 252 页。

出，而如何医治，唯有上帝知道。莱蒙托夫的深刻之处不在于他对上帝的反复追问，乃至质疑，而是在于其艺术表达中直抵人心的力量。而这种力量的强大则在于其展示的是人悖谬性存在的真实光景，揭露的是人的被造属性中潜在的真实，探讨的是一直以来关乎神、人、恶之源等悬而未解的难题。小说《瓦季姆》中莱蒙托夫所表现的神学观是矛盾的，既有极端实验体现其反"神正论"立场的证实，又有义人形象的坚守体现其对"神正论"立场的承继。弗·费·霍达谢维奇（В.Ф. Ходасевич）认为："莱蒙托夫是开始推动俄罗斯文学成为忏悔文学运动的第一人，后来的果戈理、陀思妥耶夫斯基和托尔斯泰等作家将这一运动推至难以企及的高度，从而使俄罗斯文学成了真正的宗教艺术。"①

第二节   《当代英雄》空间叙事策略的现代性

在历史的发展进程中诗人莱蒙托夫创作了小说，其小说不仅让诗歌沉寂了半个世纪，同时成了俄罗斯小说经典作家从屠格涅夫到安·巴·契诃夫（А.П. Чехов）风格的根基。②《当代英雄》是俄罗斯心理小说的开端。由此还可以补充说，俄罗斯文学中现存的所谓抒情小说传统也源自莱蒙托夫。③《当代英雄》一直以来都被认为是作家莱蒙托夫的巅峰之作，自其问世之日起便备受国内外学者的关注。小说不仅语言优美，情节曲折，彼乔林这一形象更是被刻画得入木三分。学界对小说独特的叙事视角、叙事时间艺术、叙事层次等问题的研究从未终止，但对叙事空间的探讨有所忽略，而空间是叙事存在的基本维度。

20 世纪初的文学，较之以线性叙事为主的 19 世纪批判现实主义文学，呈现鲜明的反传统倾向："现代主义小说运用时空交叉和时空倒置的方法，打破了传统的单一时间顺序，展露了追求空间化效果的趋势。"④在这种传统小说理论产生危机的背景下，美国文学批评家约瑟夫·弗兰克（Joseph Frank）于 1945 年首次系统地提出了小说空间形式理论，此后对小说空间叙事的研究便一直没有间断。《空间叙事学》一书的作者龙迪勇认为："在许多小说尤其是现代小说中，空间元素具有重要的叙事功能。小说家们不仅仅把空间看作故事发生的地点和叙事必

---

① Ходасевич В.Ф. Фрагменты о Лермонтове // М.Ю. Лермонтов: pro et contra/Сост. В.М. Маркович, Г.Е. Потапова, вступ. статья В.М. Марковича, коммент. Г.Е. Потаповой и Н.Ю. Заварзиной. – СПб.: РХГИ, 2002. С. 443.

② Серман И.З. Михаил Лермонтов: Жизнь в литературе:1836-1841. 2-е изд. – М.: РГГУ, 2003. С. 256.

③ Журавлева А.И. Лермонтов в русской литературе. Проблемы поэтики. – М.: Прогресс-Традиция, 2002. С.198.

④ [美] 约瑟夫·弗兰克等：《现代小说中的空间形式》，秦林芳译，北京大学出版社，1991 年，译序第 I 页。

不可少的场景，而是利用空间来表现时间，利用空间来安排小说的结构，甚至利用空间来推动整个叙事进程。"[①] 早在 19 世纪，莱蒙托夫便打破了传统的线性叙事模式，借多层叙述视角，把彼乔林从远离社会现实矛盾的"自然之子"的世界移到社会边缘的滨海小城塔曼，逐步引入社会体制完全暴露的社交世界中；空间的变换推动着故事情节的发展，决定人物的行为举止、思想观念，进一步影响着主人公心理发展历程。本节将从物理空间、心理空间两个层面及二者的相互关系角度探讨《当代英雄》的空间叙事特点和功能。

一、物理空间

亨利·列斐伏尔（Henri Lefebvre）在《空间的生产》中探讨了空间与社会生活的关系，提出了物理空间、社会空间、都市空间、政治空间等几十种不同的空间理论后，空间已不再成为独立的研究对象，而是与历史、文化、社会、心理等多方面因素联系起来。依据王志明的《小说时空简论》，小说的空间主要指小说的人物群、自然环境、社会背景和心理空间。我们把前三类归纳为物理空间，即现实空间，它是小说人物生活其间的物质环境，是所观所感的存在空间。小说中的人物与现实世界人物一样，只有在一定的存在空间内才能进行各类活动，因此人物活动受现实空间的影响，现实空间是人物活动的背景和舞台，同时成为小说展开叙事的基点。在莱蒙托夫的小说中，人物活动的物理空间可以分割为原始空间、秩序遭遇破坏的社会空间、上流社会空间，以及隐在的宿命论空间。

（一）原始空间

莱蒙托夫在小说的第一部中把主人公彼乔林置于作者本人钟爱和熟悉的高加索自然风光下，旅行中的"我"徜徉于这片自由的天堂中。美丽的自然之景孕育了这样的山民：天真纯洁的贝拉，贪婪的浪荡子阿扎玛特，野蛮的卡兹比奇——作为"自然之子"，他们懂得如何与环境和谐相处，与山川合为一体。他们虽然贪婪，却有着坚定的意志和无畏的精神，他们渴望斗争与风暴，向往自由，正是这些吸引着与空虚的上流社会格格不入的"文明人"彼乔林的到来。在这样的原始自然环境中，彼乔林像这群车臣人一样把精力用于冒险，他渴望得到美丽的女子，便施展伎俩，抢走了贝拉；他渴望获得贝拉的芳心，便用各种手段将其征服；然而获得爱情并没有让他摆脱心灵的空虚和苦闷，他终于知道"野姑娘的爱情并没有

[①] 龙迪勇：《空间叙事学》，生活·读书·新知三联书店，2015 年，第 40 页。

比贵妇人的爱情好多少，野姑娘的纯朴愚昧和贵夫人的卖弄风情同样使人生厌"①。因此，他抛弃了贝拉，间接造成了贝拉一家惨死的悲剧。在这场文明人与"自然之子"的较量之中，"文明人"彼乔林似乎赢得了最后的胜利，可彼乔林却又坦白："我存着一种希望：在车臣人的子弹底下不会再苦闷，可是事与愿违……我比从前更苦闷了，因为我几乎失去了最后的希望。"②

作者以高加索自然环境为背景，提出了自然与文明的矛盾问题，即杰出的人摆脱了与自身格格不入的空虚社会环境之后，能否在自由的原始自然环境中寻得行动的舞台和生命的意义。对于彼乔林而言，这里不仅是其旺盛的精力得以施展的舞台，也是摆脱空虚和苦闷的避难所，然而无论是在与"自然之子"的斗争较量中，还是在与贝拉的爱情中，他都没有找到生命存在的意义，因为高度发达、健全的内心世界与天真无知无法相容。原始生命中只存在低级本能的欲望和受意愿支配的冲突、较量，它缺乏理智的思考，无法探寻和思考生命的意义和生活的本质，正是这样的存在空间使彼乔林"几乎失去了最后的一线希望"。

在宏观展现"自然之子"生存的现实空间时，其内部空间也不断变化。我们时而跟随叙述者"我"游览远离尘世、令人心醉神迷的景色；时而和"我"一起倾听马克西姆讲述彼乔林的故事，共同目睹要塞中激动人心的故事；时而回到迷人的自然风光中稍作小憩；时而又重回精彩的故事情节……空间转化既将读者的兴趣集中于扣人心弦的情节中，又使其偶尔在自然之景中畅游不至于疲惫。

（二）秩序遭遇破坏的社会空间

第二部《彼乔林日记》中最先展现的物理空间是俄罗斯滨海城市塔曼。"海"这一空间背景赋予故事梦幻般神秘的色彩。彼乔林鬼使神差地搅乱了走私犯的宁静生活，与"海之女""温迪娜"进行了一场生死搏斗。一切被神秘所笼罩，主人公的生命受到了威胁。在这一过程中，彼乔林身上表现出了对神秘和未知执着的探求精神，对行动的渴望和斗争时惊人的意志力。

此时的彼乔林所面对的仍是同他一样勇敢无畏的，渴望斗争与风暴的人群。但如果说之前彼乔林所处的是社会环境之外的另一种体制，那么这里则是遭到破坏的社会体制。前一环境中与彼乔林相对的是矛盾的社会类型，后者则是同一社

---

① [俄] 莱蒙托夫：《莱蒙托夫文集 当代英雄 散文（1833—1841）》，冯春译，上海译文出版社，1998 年，第 287 页。

② [俄] 莱蒙托夫：《莱蒙托夫文集 当代英雄 散文（1833—1841）》，冯春译，上海译文出版社，1998 年，第 287 页。

会类型中不同的行为轨迹：一条受社会制度支配，是人们所习惯熟悉的道路；另一条则受欲望驱使，是违反正常社会体系的犯罪道路。虽然彼乔林和走私犯身上都体现出对现存社会体制的反抗，但二者目的截然不同。后者是受利益钱财驱使，而前者则是积极理智地对社会问题、对生命意义求索而不得时的表现。作者将彼乔林置于这一空间背景下，不仅突出其性格和意志坚忍的一面，突出其反抗的孤独，而且可以引人思考：杰出的现代人，如果不满所处社会环境，公然挑战社会规章制度，其真正的出路在哪里。

显然，莱蒙托夫在这两种空间环境中都没有寻得答案，即无论是构建另一社会体制还是对现有体制进行破坏都无法使彼乔林摆脱内心的空虚和苦闷。

（三）上流社会空间

接下来，莱蒙托夫把彼乔林引向第三个现实空间维度——《梅丽公爵小姐》中所描绘的现实社会环境中心，同时是小说的中心，即上流社会这一重要的空间存在形态。这一空间不仅作为事件发生的背景而存在，而且将社会体制整体呈现出来。来到这五岳城的是当地权贵：不断更换着各种崇拜者的太太，"整天抱怨日子太寂寞"的公子哥儿和格鲁什尼茨基一类"心灵中有不少善良之处，但却没有丝毫诗意"、成天夸夸其谈的军官。在这样的空间背景下演绎着彼乔林、格鲁什尼茨基和梅丽的虚假式的三角恋情，彼乔林与维拉的爱情，彼乔林与维尔纳医生的友情等。上流社会的这一空间功能在于推动个体与环境的冲突。在此空间内，彼乔林在性格上被刻画成一个冷酷与热情、坚强与脆弱并存的矛盾个体。他终其一生都在追寻爱和美，思考生命的意义，并将思考的结论付诸行动，可是现存的上流社会环境使其积极的探求与思索变得无力，以至于其变得消极、冷漠与无情，时代成就了他的性格与命运，而他的命运悲剧即是整个时代的悲剧。

作者借助上流贵族社会的一系列典型形象和现实环境，突出彼乔林的形象，突出苍白的画纸上这一抹最明亮的色彩。更确切来说，突出彼乔林与过时了的，但仍然存在的社会体制的矛盾，体现特定历史时期农奴社会体制背景下，优秀知识分子与所处的贵族阶级的决裂，这种决裂正是封建农奴制社会弊端的一种表现。

（四）神秘的宿命论空间

小说最后，作者将现实环境转为哥萨克镇，以《宿命论者》作结，提出了一个哲学问题，即是否存在定数。彼乔林两次试验命运使乌里奇惨死。如果我们把"定数"看作是无法改变的现存社会环境，那么莱蒙托夫通过这段哲理性故事总结出个人性格与人类事业对社会环境的依赖。根据作者的宿命论观点，这一神秘空间是无法回避的。可以说，这一空间是上述三个空间之外的第四维度的空间，是小说主人公在各个现实空间转换中所要经历的必由之路。宿命论空间的功能即加强主人公命运的悲剧性。莱蒙托夫并没有否认这一问题（宿命论）的意义，他并非在理论（形而上）层面运用这一主题，而是在心理层面运用，作为一个人的心理活动及行为举止的事实，并且做出了令"理论家"完全意外，但却十分令人信服的实践性（心理性）的结论。[①]"我喜欢怀疑一切：这种想法并不妨碍性格的果断，恰好相反，对我来说，即使前途渺茫，我也总是勇往直前。因为大不了是死，而人人都有一死，谁也避免不了！"[②]主人公的这一论断表明，人人都要接受死亡的宿命，从死亡这一角度讲，定数一说是成立的。

（五）现实空间转化的叙事意义

结合上述分析，我们看到，在作者的巧妙安排下，主人公先后经历较大幅度的空间转化，从远离现实社会的原始空间逐步靠近现实社会，作者把主人公放入不同的空间背景中进行考验，在不断深入揭示人物性格的同时提出了人与自然、人与人、人与社会的关系等一系列哲学问题。莱蒙托夫在文本的结构安排上充分体现了其叙事策略的现代性。原始空间在时间顺序上应该是最后一段空间，作者却精心地将它安排在篇首，除了将主人公逐步引入上流社会空间之外，还达到由果及因的逆向叙事效果。原始空间乃是主人公不能忍受上流社会空间而逃离的方向和暂时的隐蔽之所。然而变换的空间并未解决主人公的终极问题，他所追寻和向往的空间最终只能无奈指向那神秘的宿命论空间。

此外，与众多空间转化尤为明显的现代小说一样，变换的空间推动着情节发展。人物在特定的人际关系网和纷繁的事件中，行为和欲望得以激活，人物多面的性格被凸显，命运和心路历程便变得跌宕起伏。莱蒙托夫正是这样将彼乔林置于不同空间中，步步深入，展现他矛盾的性格、复杂的心路历程和他丰富多彩的心理空间。

二、心理空间

（一）扩张式的心理空间结构

心理描写作为对人物内心世界、内心生活的艺术表现过程在莱蒙托夫的创作

---

① Эйхенбаум Б.М. Михаил Юрьевич Лермонтов. Точка зрения/Сост., биогр. Справки и примеч. И.И. Подольской. – М.: Лайда, 2011. C. 167.

② [俄] 莱蒙托夫：《莱蒙托夫文集 当代英雄 散文（1833—1841）》，冯春译，上海译文出版社，1998年，第427页。

中占有重要地位。①小说的心理空间指小说主人公对外部空间或生命体验的感悟和认知，是其人生观与世界观的体现。文学作品，尤其是现代小说常用多种手法展现人物内心世界。人物心理空间可以从眼前的事物延伸至无限，心理空间越广，个体心理描写越深入，人物形象就越丰满，作品审美空间也就能得到扩展。

　　虽然在展现人物心理空间的方法和技巧上，19 世纪小说无法与现代主义小说相提并论，但作为俄罗斯首部社会心理小说，《当代英雄》成功地从多重角度展现了彼乔林广阔的心理空间，如多重人物视角、多维描写视角及隐隐可见的意识流痕迹。主人公彼乔林的心理空间的扩展是渐进式的，然而却是非线性的。

　　莱蒙托夫在《贝拉》中借马克西姆之口讲述彼乔林的故事。纯朴简单的马克西姆是无法理解彼乔林复杂的内心世界的，从他的叙事中只能感受到围绕着这个奇怪的人所发生的一连串奇怪的事和无法理解的行为动机，此时彼乔林的内心世界处于完全封闭状态。直到故事快要结束时，彼乔林对马克西姆发表如下的自我解析："我是个傻瓜还是个坏蛋……我的灵魂已被人世损害，我的精神焦虑不安，我的欲望永远不会满足……"②尽管如此，面对这样的自白，人们的反应却是彼乔林的苦闷只"是一种时髦"。这时彼乔林的心理空间只是作为一个模糊的轮廓显现出来的，或者说是作为一个状态的结果而呈现，令人只知其然而不知其所以然。

　　在《马克西姆·马克西梅奇》中借"我"之眼，人们看到了传说中的彼乔林。"他的步态随便而慵懒，但我发现，他并不摆动双手，这说明他的性格有点内向。……他坐到凳子上以后，那笔直的背便弯了下来，仿佛里面没有骨头似的；他的姿势说明他患有神经衰弱症……他笑的时候，眼睛并无笑意！您在别人身上没有发现过这种怪事吧？……这说明一个人脾气很坏，要不然就是非常忧郁……"③莱蒙托夫像一位资深的心理学家，通过人物的外在行为特征来分析判断其内在心理及性格特征。通过主人公走路时不摆动的手、坐长凳时的姿势和笑时不笑的眼睛揭示其矛盾的心理状态和性格特征：精力旺盛却又压抑苦闷，热情而又冷漠。然而，无论是如何借助旁观者的视角展现一个人的心理空间，都无法与毫无障碍的自我暴露和自我剖析的效果相比，由此"我"意外获得的《彼乔林日记》将我们带进了更广阔的心理空间。

---

① Мануйлов В.А. Лермонтовская энциклопедия. – М.:Советская энциклопедия, 1981. С. 453.

② [俄] 莱蒙托夫：《莱蒙托夫文集　当代英雄　散文（1833—1841）》，冯春译，上海译文出版社，1998 年，第 287-288 页。

③ [俄] 莱蒙托夫：《莱蒙托夫文集　当代英雄　散文（1833—1841）》，冯春译，上海译文出版社，1998 年，第 301 页。

　　《彼乔林日记》的《塔曼》中更多的笔墨用于情节的铺展，讲述主人公如何无意闯入走私犯团伙的空间，此时其内心世界并没有在日记中完全呈现，只在故事的结尾，听到小瞎子的哭声感到难受后，彼乔林才发问："命运为什么要把我投入这伙清白无辜的走私贩子的平静生活中？"①可见此时的彼乔林还将所发生的一切归为命运的安排，其心理空间还处于半封闭的状态。

　　而在《梅丽公爵小姐》中彼乔林的心理空间则被完整而全面地呈现出来。他对周围人和事的态度、他对格鲁什尼茨基友好背后的嘲笑、他对梅丽示爱背后的逢场作戏、他在维拉那儿获得的热烈的感情体验、他对自身行为动机的追问和反思，尤其是对心灵成长和生命存在问题的求索不断地暴露在读者面前："我精神上残废了，我的心有一半已不存在，它枯萎、消失、死亡了，我割舍了它。另外一半还在微微地跳动，为替每个人效劳而活着，可是这一点没有人发现，因为谁也不知道我的心已有一半死了……"②"我想，我活在世上，难道唯一的使命就是毁灭别人的希望吗？自从我生活在这个世界上并开始处世以来，命运好像总是把我带向别人的悲剧结局，好像我不参与，人家就不会死亡，不会绝望似的。"③正是在这些大篇幅的自我剖析中，彼乔林那广阔而又复杂的心理空间得以清晰展现：他多情而又绝情、坚强而又脆弱，他嘲笑别人却也毫不吝惜地批判反省自己，他真诚而又热烈地渴望爱与被爱却未能得到应有的回应，他在精神探索之路上找不到任何寄托，因此感到空虚和冷漠。莱蒙托夫笔下的彼乔林的心理空间已不是各类复杂情感及性格特征的简单聚合，而是流动式的心理过程，是逐渐扩张的心理空间。可以断言，莱蒙托夫极力通过现代心理学的语言，通过内化、外化及其相互关系来认识某些规律。这就决定了莱蒙托夫的心理描写手法具有两种基本形式：由外在表现来揭示其心路历程；对主人公行为活动的源头，即心理及精神进行直接分析。④

　　小说以《宿命论者》作结。个人命运是否被某种神秘力量支配这一问题几乎贯穿全文。早在塔曼，彼乔林便把他的遭遇归为命运的安排，认为与维拉的相遇是命运的安排，六月五日的日记中他更是认定是命运将自己引入各种人的悲剧之中。可是彼乔林与乌里奇打赌时却不相信定数一说，然而又两次试验命运应验。在写日

---

　　① [俄] 莱蒙托夫：《莱蒙托夫文集 当代英雄 散文（1833—1841）》，冯春译，上海译文出版社，1998 年，第 321 页。

　　② [俄] 莱蒙托夫：《莱蒙托夫文集 当代英雄 散文（1833—1841）》，冯春译，上海译文出版社，1998 年，第 366 页。

　　③ [俄] 莱蒙托夫：《莱蒙托夫文集 当代英雄 散文（1833—1841）》，冯春译，上海译文出版社，1998 年，第 371 页。

　　④ Мануйлов В.А. Лермонтовская энциклопедия. – М.:Советская энциклопедия, 1981. C. 453.

记之时，彼乔林回忆："我说不清现在我是否相信定数，但这天晚上我是确信不疑的……"①他终其一生都在反省、怀疑，他渴求弄懂一切，可太多问题仍悬而未决，仿佛对于他来说重要的不是答案，而是探求过程本身，只有通过不断反思这一途径才能将人从窒息的社会空间及心理空间中解放出来。此时彼乔林的内心世界虽已打开，却又像迷宫一般令人无法参透，借此主人公的心理空间被无限放大。

（二）扩张式心理空间结构的叙事功能

小说的叙事结构中，现实空间与心理空间并没有按正常的时间顺序呈现。还原故事的正常时间顺序，第一部在时间上应该是故事的最后一部分，此时的彼乔林是一个孤独的逃亡者和无情的抗拒者，他的内心世界是完全封闭的。最早发生的事件是塔曼城的际遇，虽是当事人自身讲述，但彼乔林内心的苦闷并不明显，在他身上体现更多的是强烈的好奇心、行动的渴望、执着的反抗和坚强意志的外在表现。而到现实社会环境中心，到内心苦闷的根源地带，彼乔林的自我剖析达到极致，苦闷也达到极致。最终令人知其然，也知其所以然。最后，关于宿命论的故事应该是彼乔林离开社会环境的中心来到要塞之初，在时间上位于各篇故事之间，作者却将其安排在结尾，对各情节进行补充和概括，除了突出宿命论这一主题在整个故事中的重要性外，还把彼乔林的心理空间扩大至无限，达到使人在不知其然中深思和回味的效果。

由此可见，莱蒙托夫展现彼乔林心理空间时由外到内、由浅入深、由果及因、由有限到无限，在不断加入新特征的基础上，从外部状态的客观呈现渐进至其内心世界，不断深入主人公灵魂深处，直接触及人物意识活动的脉搏，空间变换条理清晰，叙事逻辑浑然天成。

此外，在展现彼乔林心理空间时，作者不仅娴熟地运用了人物的表情和行为方式，还用不同的人物视角和声音真实地展现了人物内心世界。这里既有马克西姆眼中的彼乔林，又有叙述人"我"和作者眼中的彼乔林，还有自省中的彼乔林；心理空间的呈现既借助于马克西姆的转述、人物的对白（特别是彼乔林与维尔纳、维拉的对白），更通过日记特有的内心独白形式来实现。

日记体作为回顾性叙事方式的一种，也包含多重时间视角，一为日记作者彼乔林回顾往事的视角，二为被回顾的彼乔林追忆往事、思索现在、猜想未来的视角。例如在决斗前一夜他内心无法控制的意识流活动："您以为我会乖乖地把自

---

① [俄] 莱蒙托夫：《莱蒙托夫文集　当代英雄　散文（1833—1841）》，冯春译，上海译文出版社，1998年，第423页。

己的额头送上去给您当靶子吗？……我们可是要猜枚的！……到那时……到那时……要是他运气好那可怎么办？……那又怎么样？死就死吧：对于世界来说，损失不大；况且我自己也活得够无聊的了。"①时间颠倒、近乎错乱的思维和无意识状态的自我暴露中隐约可见现代意识流小说痕迹。

以叙事空间理论为基础对小说文本进行分析我们可以发现，现实空间与心理空间之间是强烈的相互作用关系，现实空间为人物心理空间的生成提供背景，给人思考和想象、希望和憧憬、苦闷与彷徨；心理空间最终依附现实空间而存在，并随着现实空间转换的节奏，跌宕起伏。莱蒙托夫从远离社会到社会边缘再到社会中心，从完全封闭的内心世界到逐步开放的内心世界，作者通过对白、独白等手段逐渐深入地揭示主人公性格和心理。小说的现实空间虽是有限的，但从主人公孜孜不倦地对生命意义的求索和对生命态度的哲学性思考的角度来说，小说艺术化了的心理空间却是无限的。

在《当代英雄》中，19世纪俄罗斯经典作家莱蒙托夫显示出高超的叙事艺术，不仅刻画了一个新的时代代言人形象，而且用全新的空间叙事策略展现出人物广阔的心理空间，充分显示出其叙事艺术的现代性。

第三节　莱蒙托夫小说创作中的游戏元素

一、游戏问题的提出

在文学理论中，人们在谈到文艺起源时通常会提到"游戏说"。"游戏说认为艺术与游戏一样，是一种非功利性的纯粹审美的生命活动，艺术起源于人类摆脱物质与精神束缚、追求自由天地的游戏本能。"②游戏说的观点最早可以溯源至伊曼努尔·康德（Immanuel Kant），但具体提出并系统论述这一学说的是席勒和赫伯特·斯宾塞（Herbert Spencer）。而荷兰学者约翰·赫伊津哈（Johan Huizinga）在《游戏的人：文化的游戏要素研究》一书中提出了"游戏要素"（play-element）这一概念。他旨在将游戏概念努力融入文化概念，探讨游戏与文化的关系。

---

① [俄] 莱蒙托夫：《莱蒙托夫文集 当代英雄 散文（1833—1841）》，冯春译，上海译文出版社，1998年，第395页。

② 童庆炳主编：《文学概论》，武汉大学出版社，2000年，第574页。

在文艺学研究实践中游戏问题的提出相比哲学与文化学领域要少得多。米·米·巴赫金（М.М. Бахтин）是俄罗斯语文学领域尝试探讨游戏问题的第一人。他的理论著作《文学创作中的内容、材料和形式问题》（1924）、《陀思妥耶夫斯基诗学问题》（1929）、《小说中的时间形式和时空体形式》（1937—1938）、《弗郎索瓦·拉伯雷的创作与中世纪和文艺复兴时期的民间文化》（1965）等与这一概念相关。从巴赫金的研究方法论本身便可发现游戏元素（**игровое начало**[1]）：在美学领域隐喻性地运用时空概念，提出其分类法中核心概念"对话"理论，而这一概念与文学传统中的意义游戏直接相关。巴赫金认为，文学创作具有游戏元素的特征体现在方方面面："狂欢形象"、"各种体裁形式"、作者的"狂欢世界观"，这些都合乎作家的选题、诗学与文学观。巴赫金就这样为俄罗斯国内人文科学领域的游戏问题研究奠定了基础，提出了许多问题，而后来的文艺学家在不断探索问题的答案。[2]文化学者米·那·爱普施坦（М.Н. Эпштейн）在《创新的悖论》一书中指出了赫伊津哈与巴赫金在研究方法论上的区别。其研究并非观照游戏元素在艺术中的表现形式，而是观照游戏的存在意义。该书尝试对游戏进行分类，爱普施坦将游戏活动分为两种基本形式，分别是 play 和 game。play 是与任何条件及规则无关的自由游戏……game 是参与者彼此预先商定好规则的游戏，其实际上要比周围生活更加有秩序。[3]爱普施坦在谈到游戏与文学的关系时指出：乍一看，似乎只有戏剧文学与游戏相关，而抒情诗与叙事作品则完全与之无关。如果只承认一种类型的游戏——拟态类，那么这种说法是对的……但游戏的本质更为深刻，而且表现得也更加多元。[4]事实上，抒情诗中实现的是"即兴游戏"（即 play），而这一游戏主要与作品的声音、节奏、修辞等相关。相反，叙事作品则建立在划界与竞争的规律之上，具有组织游戏的规则和限制（即 game）。而且爱普施坦认为叙事作品的情节就是主人公为了达到目的而必须要克服的系列障碍。[5]

在奥·亚·克里夫聪（О.А. Кривцун）的《美学》一书中有一篇名为"艺术与游戏"的文章，其中作者将艺术元素这一概念与艺术实践联系起来，考察其对不同门类艺术的介入特点。作者认为，艺术中的游戏元素既表现在内容层面也表

---

① 俄语中 начало 一词既可以翻译成"要素"，也可以翻译成"元素"，这里取后者。

② Ефимов А.А. Игровое начало в прозе М.Ю. Лермонтова. Диссертация на соискание ученой степени кандидата филологических наук. – Таганрог, 2009. СС. 15-16.

③ Эппштейн М. Парадоксы новизны. – М.: Советский писатель, 1988. С. 281.

④ Эпштейн М. Парадоксы новизны. – М.: Советский писатель, 1988. С. 286.

⑤ Эпштейн М. Парадоксы новизны. – М.: Советский писатель, 1988. С. 287.

现在艺术形式层面。在内容层面，游戏元素表现为设计系列事件与情节，设置矛盾冲突……在艺术形式层面，游戏元素表现在创造隐喻艺术手段的过程本身：隐喻、语言虚拟、刻意不合逻辑，克服了整合现实世界成分与艺术虚构世界成分规则的不同。[①]探讨过游戏元素这一概念的还有学者瓦·叶·哈利泽夫（В.Е. Хализев），他在《文学理论》一书中专门用一节来介绍"游戏元素"，他认为，游戏元素在人类生活中意义重大，它……是个人存在的属性之一。19—20世纪的思想家多次提到游戏元素在生活和艺术中的重要意义。[②]

俄罗斯学界除了在哲学及文化学、文艺学语境下探讨"游戏"这一概念之外，针对莱蒙托夫文学创作中的游戏问题也进行了探讨。在《莱蒙托夫百科全书》有关游戏主题的词条中曼恩指出：游戏主题在莱蒙托夫的创作中占据显要的位置……[③]曼恩将莱蒙托夫的游戏主题分为三类：第一类是自然力量的游戏状态；第二类表现为人的行为屈从于另外一个人的意志，而且常常是自私之人的意志；第三类是命运的游戏。第一类游戏主题主要出现在早期抒情诗中，第二、三类主要出现在成熟期的诗歌与戏剧创作中。而在后来的《论作为艺术形象的游戏概念》（1987）一文中，曼恩更为详细地分析了戏剧《假面舞会》中的游戏元素。他一方面指出，对文学创作中游戏问题的研究是薄弱的：主要是游戏的哲学与认识论概念的研究，或者是艺术与文化整体上的游戏本质研究[④]；另一方面，他指出了文学分析的必要性："我们首先尝试深入具体作品的游戏形象结构中。"[⑤]文章的第一部分主要介绍了"游戏元素"（舞会形象、假面、赌牌），而这些元素对分析《假面舞会》的情节都是非常最重要的。曼恩指出了游戏形象意义的双重性：除了最基本的隐喻，在上流社会规则的制约与准许中的竞争使得舞会与假面具有游戏的特征。文章第二部分则从冲突视角分析了赌牌及假面舞会形象的发展。

尤·米·洛特曼（Ю.М. Лотман）在《莱蒙托夫晚期创作中的东西方问题》（1985）一文中，从对东西方道德哲学意识的文化学问题探讨转向了对游戏问题的探讨。作者将军官乌里奇的命运定数与具有神秘主义本质的赌牌活动联系起来，

---

① Кривцун О. Искусство и игра. Пограничные формы художественной деятельности//Кривцун О. Эстетика. Учебник. – М.: Аспект Пресс, 2000. СС. 154-161.

② Хализев В.Е. Теория литературы. – М.: Высшая школа, 2002. С. 79.

③ Манн Ю.В. Мотивы//Лермонтовская энциклопедия. – М.: Советская энциклопедия, 1981. С. 305.

④ Манн Ю.В. О понятии игры как художественном образе//Манн Ю.В. Диалектика художественного образа. – М.: Советский писатель, 1987. С. 210.

⑤ Манн Ю.В. О понятии игры как художественном образе//Манн Ю.В. Диалектика художественного образа. – М.: Советский писатель, 1987. С. 210.

同时指出了戏剧《假面舞会》中赌牌主题与命运的"有机融合"，这是分析《当代英雄》的前奏。洛特曼将彼乔林视为西方文化的代表，认为他是积极而又具有清醒意识的人，却将乌里奇视为具有东方式洞察力与神秘性特质的人。因此，作者是从文化与民族属性角度来考察莱蒙托夫作品主人公的游戏行为的。①

瓦·伊·科罗文（В.И. Коровин）在《英雄与神话》（1988）一文中也同样分析了《假面舞会》中的游戏问题。作者从艺术美学角度概括该剧：浪漫主义戏剧将神秘的至高力量引入情节，一方面将冲突设限在局部范围，另一方面试图将其提升至具有哲学意义的悲剧。②作者对游戏元素的描述具有形而上学的意味："假面舞会"的象征意义与"游戏"是人物世界观与行为的注解。所有人物都这样或那样地被卷入了命运的游戏。作者将假面舞会与赌牌游戏视为主要情节主题，并在浪漫主义冲突的发展中对其加以阐释：阿尔别宁向宇宙、向命运发起了挑战，他希望通过自己的智能、意志使得命运服从于自我，但是他的主观目的却与未知世界力量的游戏发生了冲突。③

曼恩和科罗文的文章都观照了《假面舞会》中的游戏主题。科罗文在形而上的视角下观照赌牌主题，与之对立的，曼恩观照的是"游戏形象"的社会道德特征。两篇文章在问题的提出上都具有创新性，充分显示了两位学者前沿的学术洞察力。同时，它们对该戏剧这一主题的论述比较翔实，是少有的针对莱蒙托夫创作中游戏元素的专门研究。

在这一课题的研究中，学者除了关注《假面舞会》之外，还常会提到小说《什托斯》。学者瓦楚罗在《莱蒙托夫的最后一部中篇小说》（1979）一书中，尽管探讨了该小说的创作史、体裁属性、与西欧文学传统之间的联系、叙述手法等诸多问题，但赌牌主题仍然是其分析研究的对象。游戏主题在《什托斯》中不仅与《唐波夫财政局长夫人》中更鲜明的类似主题相联系，还包括《假面舞会》和《宿命论者》中的系列变体。④同时，瓦楚罗还分析了什托斯的肖像画，认为从肖像

---

① Лотман Ю.М. Проблема Востока и Запада в творчестве позднего Лермонтова // М.Ю. Лермонтов: pro et contra/Сост. В.М. Маркович, Г.Е. Потапова, вступ. статья В.М. Марковича, коммент. Г.Е. Потаповой и Н.Ю. Заварзиной. – СПб.: РХГИ, 2002. СС. 802-822.

② Коровин В.И. Герой и миф (по драме М.Ю. Лермонтова Маскарад)//Анализ драматического произведения (межвузовский сборник под ред. проф. В.М. Марковича). – Л.: изд. ЛГУ, 1988. С. 123.

③ Коровин В.И. Герой и миф (по драме М.Ю. Лермонтова Маскарад)//Анализ драматического произведения (межвузовский сборник под ред. проф. В.М. Марковича). – Л.: изд. ЛГУ, 1988. С. 126.

④ Вацуро В.Э. Последняя повесть Лермонтова//М.Ю. Лермонтов. Исследования и материалы. – Л.: Наука, 1979. С. 232.

画上的一些细节可以断定什托斯是一个职业赌徒。不过，赌牌主题在瓦楚罗看来是重复叙事，游戏主题在小说的众多主题中只是营造一种神秘氛围而已。

学者纳伊季奇在《再论〈什托斯〉》（1985）一文中集中探究了莱蒙托夫小说中的纸牌赌博问题。他通过对小说情节主题发展的分析证明了游戏主题的意义：除了基本主题，情节的展开并没有为其他任何主题留下位置。神秘的地址、肖像、与幻影的赌牌是小说唯一的内容……不间断的赌博主题本身显然象征性地意味着艺术家对虚幻理想的不懈追求。[①]纳伊季奇认为，赌牌不仅是情节的基础，而且影响着《什托斯》的体裁特征：对于作家来说，为展开主要情节，幻想是必要的——卢金与幻影老头赌牌。这一情境使得莱蒙托夫不仅用隐喻的方式表达了一定的思想（即艺术家追求虚幻的理想），而且可以全面展示其动态发展历程，以紧凑的文学形式来表达导致卢金死亡这一生活事件的本质。[②]

在瓦楚罗和纳伊季奇两位学者之后，叶·格·切尔内舍娃（Е.Г. Чернышева）在其《变像世界——19 世纪 20—40 年代俄罗斯幻想小说中的神话与游戏主题》（1996）一书中指出了游戏的"地狱谱系"，是基于对幻影老头的分析：卢金与幻影一起开始赌博，幻影是地狱力量的代表（中介）。[③]切尔内舍娃研究成果的价值就在于她在俄罗斯 19 世纪文学中找到了游戏元素神秘化的多处例证。切尔内舍娃从奥多耶夫斯基的《童话……》、莱蒙托夫的《什托斯》、普希金的《黑桃皇后》等文本中找到了翔实的例证来证明其论题。

更晚一些时候，娜·尼·维嘉耶娃（Н.Н. Видяева）在其副博士学位论文《莱蒙托夫创作语境中的小说〈什托斯〉》（2005）中触及了赌牌主题。其研究的积极意义是发现了游戏要素的变化。作者认为，《唐波夫财政局长夫人》中的游戏问题首先是作为莱蒙托夫所处的时代特征而展现的，《什托斯》的游戏主题展示的是主人公"认识自我和选择未来"的问题。[④]

研究者除了对莱蒙托夫的《假面舞会》和《什托斯》两部作品中的游戏元素进行了较多的探讨之外，也越来越多地开始关注《当代英雄》中的游戏问题。上文提到的科罗文，他在《〈当代英雄〉（1838—1840）——俄罗斯小说现状和小说中的叙述元素》（2005）一文中除了分析作品的体裁、诗学及叙事结构等问题

① Найдич Э.Э. Еще раз о«Штоссе»//Лермонтовский сборник. – Л.: Наука, 1985. СС.195-196.

② Найдич Э.Э. Еще раз о«Штоссе»//Лермонтовский сборник. – Л.: Наука, 1985. С. 200.

③ Чернышева Е.Г. Мир преображения. Мифологические и игровые мотивы в русской фантастической прозе 20-40 г. XIX в. – М.: Прометей; Благовещенск: Изд-во БГПИ, 1996. С. 98.

④ Видяева Н.Н. Повесть Штосс в контексте творчества М.Ю. Лермонтова. Диссертация на соисканиеученой степени кандидата филологических наук. – Псков, 2005. СС. 171-175.

外，也提到了该小说的游戏主题：几乎所有研究莱蒙托夫小说的人都提到过小说独特的游戏特征，这一特征与彼乔林所做的实验有关。[①]作者指出了彼乔林游戏行为的文学浪漫主义源头，整体上与洛特曼、曼恩等对这一问题的传统观点一致。对小说中游戏问题的分析是诠释彼乔林这一人物形象特点的有效方法。科罗文借助这一方法揭示了彼乔林的社会道德行为动机，认为这是上流社会的表演，是道德相对论的展示。

在俄罗斯学界莱蒙托夫学研究领域，有关莱蒙托夫创作的游戏问题研究较为系统和深入的当属亚·亚·叶菲莫夫（А.А. Ефимов）。他在副博士学位论文《米·尤·莱蒙托夫小说中的游戏元素》（2009）中，通过对游戏的基本概念阐释和具体的文本分析，主要解决了几个问题：对一些基本概念进行了界定，并对其特点进行了描述；对莱蒙托夫小说中人物的游戏行为特点进行了分析；论述了莱蒙托夫小说游戏元素的存在意义，并揭示了小说人物游戏自决的本质。

综上所述我们可以看出，俄罗斯学界对莱蒙托夫创作中的游戏问题的研究颇为积极。但中国学界对这一问题鲜有关注，因此我们选择这一课题作为研究对象，以期更深入地理解并阐释莱蒙托夫的小说创作。

二、游戏元素的呈现

（一）关于游戏理论

法国哲学家罗杰·凯洛依斯（Roger Caillois）在更广义的人类学意义上考察了游戏问题。他对游戏的理解是双重的：一方面从人的存在层面理解；另一方面从人的社会实践层面来理解。他在《游戏与人》（2007）一书中对游戏进行了分类，这一分类理论更适用于对文学作品中的游戏情境及人物行为进行阐释。凯洛依斯将游戏分为四类。

（1）竞争类（agon）。这是一种竞赛，也就是比赛，人为设定平等的机会，比赛双方在理想的条件下进行比赛，可以保证对获胜方的评定是精准且毋庸置疑的。[②]按照凯洛伊斯的理论，比赛可以是身体竞技，也可以是智力竞技，重要的是竞技双方机会均等。同时，他指出决斗即是这种竞赛的形式之一。决斗双方的平等表现为要选择同样的武器，而谁能获胜则取决于个人的竞技水平。

---

① Коровин В.И. История русской литературы XIX века. В 3-х томах. Ч.2. (1840-1860 годы). – М.: Гуманитарное изд-во центр ВЛАДОС, 2005. С. 245.

② Кайуа Р. Игры и люди. Статьи и эссе по социологии культуры. – М.: ОГИ, 2007. С. 52.

（2）机会类（alea）。与竞技类不同，结果不取决于游戏者，而且完全不受游戏者的控制。也就是说，在这样的游戏中与其说是要战胜对手，不如说是要战胜命运。[1]例如各种赌博（掷色子、纸牌赌博、轮盘赌），参与者最初皆处于同等状况，但赢家并非凭着自己的体力或是聪明才智获胜，获胜只是随机性和偶然性的结果。在这样的游戏中，游戏参与者不求消除偶然性的不公平，因为正是偶然的任意性成为游戏的唯一推动力。[2]

（3）模拟类（mimicry）。这类游戏情境的基础是"拟态"现象，这一现象取决于人的表演才能。游戏主体自己想着让自己也让别人信服，他就是另外一个人。他会暂时忘掉或隐藏自己的个性，而假装获得了别人的个性。[3]模拟情境没有严格确定的结果，不像竞争类或机会类的游戏要有获胜者。一方面，游戏者的成就在于不要被人提前认出；另一方面，他能在自己假装的过程中获得享受。属于这类游戏的如假面舞会、演戏等。

（4）眩晕类（ilinx）。这类游戏中，游戏者会瞬间打破知觉平衡，使自己的意识进入甜蜜的恐慌状态。在所有这样的情形下，人都力求达到一种痉挛状态，进入恍惚或是模糊状态，而这一状态会突然并强势地取代外部现实。[4]属于这类游戏的如荡秋千、过山车、旋转木马等。

（二）直观的游戏情境

根据上述凯洛依斯的游戏四分法理论，我们在莱蒙托夫的小说文本中可以直接找到一些游戏元素。首先，属于竞技类游戏的决斗在小说《里戈夫斯卡娅公爵夫人》和《当代英雄》中都有所提及。不同的是，在《里戈夫斯卡娅公爵夫人》中决斗只是作为一种解决冲突的方式被提及，主人公彼乔林向小公务员克拉辛斯基发出决斗邀请，而后者因顾念自己的母亲便没有应战。因此，决斗游戏并未真正实现。但在《当代英雄》中，决斗游戏按照游戏规则开始、进行、结束。尽管有人想在游戏过程中作弊，但中途被揭穿，游戏以决斗一方被击毙而结束，这是一场完整的游戏场景展示。

其次，属于机会类游戏的赌牌场景在小说《里戈夫斯卡娅公爵夫人》、《当代英雄》和《什托斯》中都有所展示。只是这一场景在不同作品中对情节推动

---

① Кайуа Р. Игры и люди. Статьи и эссе по социологии культуры. – М.: ОГИ, 2007. С. 54.

② Кайуа Р. Игры и люди. Статьи и эссе по социологии культуры. – М.: ОГИ, 2007. С. 54.

③ Кайуа Р. Игры и люди. Статьи и эссе по социологии культуры. – М.: ОГИ, 2007. С. 57.

④ Кайуа Р. Игры и люди. Статьи и эссе по социологии культуры. – М.: ОГИ, 2007. С. 60.

的参与度不同。在俄罗斯,纸牌游戏是流行于 19 世纪上流社会的一种娱乐活动。对这项游戏的提及反映当时社会生活的细节,以此可以确定作品的时代背景。在《里戈夫斯卡娅公爵夫人》中,作者在描述彼乔林家举办的聚会时,当彼乔林和客人走进客厅,"有三张桌子在打惠斯特。做母亲的在数王牌,女儿们则坐在一张小桌子周围谈论上一次舞会和时装"①,这里的惠斯特即是一种纸牌游戏。另外在描述里戈夫斯基公爵的过往经历时,作者写道:"有一回他还输过三万卢布,因为当时输钱也是一种时髦……"②由此可以看出,在当时的上流社会社交中,纸牌游戏是一种常见的娱乐活动。在《里戈夫斯卡娅公爵夫人》中,纸牌游戏场景也只是点到为止,是展现人物阶层属性的一种标志,而并非推动情节发展的要素。

在《当代英雄》的《宿命论者》中,赌牌游戏是参与情节发展的。故事一开始便是从赌博情境展开:"那里驻扎着一个步兵营;军官们轮流在各人的住处聚会,一到晚上就打牌。"③打牌游戏使得故事的发展在历史与社会日常生活层面具有可信性,同时,为接下来人物的游戏行为提供了动机。军官们玩牌玩腻了,开始讨论关于定数的问题,大家争执不休。于是按照军队传统,他们解决问题的方式就是靠"赌"。乌里奇第一个走出来建议:"诸位,空口争论有什么意思?诸位都说要证据,那我就向诸位建议:在自己身上试一试,看一个人能随意支配自己的生命,还是每个人的生死都有定数……谁愿意试一试?"④彼乔林积极响应,愿意与之打赌,于是一场赌博就此开始。而就在这场赌局进行中,有人又因为怀疑乌里奇打赌所用的枪内是否装了子弹而打起了赌,可谓局中局。最终,乌里奇对着自己的脑门开枪,而枪并没有开火,至此,他在自己设定的赌博游戏中获胜。彼乔林在这场赌局中赌的是"没有什么定数",即他不相信所谓的定数。但当得知乌里奇的最终结局——走在街上被一个喝醉的哥萨克用刀砍死时,彼乔林才真正开始思考什么是定数。"认为必死而不死,过半个小时才死,这就是定

---

① [俄] 莱蒙托夫:《莱蒙托夫文集 当代英雄 散文(1833—1841)》,冯春译,上海译文出版社,1998 年,第 192 页。

② [俄] 莱蒙托夫:《莱蒙托夫全集 第 5 卷 小说·散文·书信》,顾蕴璞主编,力冈,冀刚,乌兰汗等译,河北教育出版社,1996 年,第 203 页。

③ [俄] 莱蒙托夫:《莱蒙托夫全集 第 5 卷 小说·散文·书信》,顾蕴璞主编,力冈,冀刚,乌兰汗等译,河北教育出版社,1996 年,第 405 页。

④ [俄] 莱蒙托夫:《莱蒙托夫全集 第 5 卷 小说·散文·书信》,顾蕴璞主编,力冈,冀刚,乌兰汗等译,河北教育出版社,1996 年,第 407 页。

数。"①尽管乌里奇在众目睽睽下的赌博游戏中获胜了，但是在整个命运的游戏中，他却输了。他相信定数，只是赌博之时他赌的是自己不死的定数，然而命运给他的定数却是彼乔林预感到的："您今天要死的。"②这样看来，这里的赌博游戏不单单是赌桌前的游戏，而是关乎一个人一生的游戏。

如果说在《里戈夫斯卡娅公爵夫人》中赌牌游戏只是点到为止，而在《当代英雄》中只是局部参与情节的发展，那么在莱蒙托夫的最后一部小说《什托斯》中，赌牌游戏场景则是小说的主要场景。小说主要情节主题，即小说的虚构模式是卢金为了赢得美女而玩什托斯③，这是作家的浪漫主义理想，是幻影老头的赌本。④小说主人公卢金，在一个神秘声音的催促下，不得已按照声音的指引，找到了那个神秘的地址——木匠胡同，发现一个门牌没有字的人家，想当然地认定这家就是神秘声音所指的九品文官什托斯家。于是，卢金将此居租下，搬至此地。而在其入住后的第二天夜里，他便开始与一位神秘的来客——驼背白胡子老人玩起了什托斯。卢金为了赢得老人的赌注——美丽的幻影女人，主动邀请老人第二天再来，因此，在此后的一个月中赌牌的场景夜夜重复。而卢金每次都输，输得很惨，最后不得不变卖家什，继续玩牌。

（三）人物游戏行为的生成与发展

除了文本中所展示的直观游戏情境外，我们从小说的人物性格、人物行为、人物关系、情节结构等方面也可以发现游戏元素的体现。叶菲莫夫认为小说《瓦季姆》中主人公的复仇行为即是一种游戏行为，而《里戈夫斯卡娅公爵夫人》中彼乔林与克拉辛斯基之间的冲突关系也是游戏元素的一种体现。笔者将《里戈夫斯卡娅公爵夫人》中的彼乔林和《当代英雄》中的彼乔林置于小说的隐喻空间之下，分析其游戏行为的生成与发展。

彼乔林在《里戈夫斯卡娅公爵夫人》中一出场便是坐着马车将正在行路中的公务员克拉辛斯基撞倒至旁边的人行道上，扬长而去。作者在描写彼乔林的外貌时也直言不讳，认为他的相貌毫无动人之处："个子不高，肩膀倒很宽，身材并不匀称，看上去他体格健壮，却不怎么善感多情，也很少兴奋激动，他的

---

① [俄] 莱蒙托夫：《莱蒙托夫全集 第 5 卷 小说·散文·书信》，顾蕴璞主编，力冈，冀刚，乌兰汗等译，河北教育出版社，1996 年，第 413 页。

② [俄] 莱蒙托夫：《莱蒙托夫全集 第 5 卷 小说·散文·书信》，顾蕴璞主编，力冈，冀刚，乌兰汗等译，河北教育出版社，1996 年，第 408 页。

③ 即旧时的一种纸牌赌博。

④ Найдич Э.Э. Этюды о Лермонтове. – СПб.: Художественная литература, 1994. С. 210.

步态不像一个骑兵那样矫健，动作虽然利索，却常常显露出懒散与无动于衷的冷漠，这种态度眼下十分流行，合乎时代精神……"[①]这里作者同时指出了当时整个社会的风气——"无动于衷的冷漠"。这恰恰符合了彼乔林撞倒公务员之后逃之夭夭的行为。尽管表面上彼乔林对待克拉辛斯基的态度充满了蔑视与挑衅的意味，但事实上，彼乔林对自己所处的阶层——上流社会同样不满。他原本想张扬个性，表现自己的智慧，然而几经试验却发现，这在社交界根本行不通。"总之一句话，他开始认识到，按照社交界历来的常规，舞会上的男伴是不应该有头脑的。"[②]当他发现了上流社会的游戏规则之后，他开始意识到，保留自己个性的唯一方式就是要在社交界中"假装"，即凯洛依斯所谓的"模拟"。彼乔林当众羞辱克拉辛斯基，而克拉辛斯基故意把桌上的茶壶、茶碗碰翻，彼乔林替后者赔了打翻的茶碗钱，而且通过侍者转告后者可以随意离开，这一系列行为都带有刻意的表演成分，而旁观者们就像瞧着一出好戏："众人目送着他，哈哈大笑，军官们笑得更加起劲……他们夸赞自己的伙伴如此漂亮地打发了对手，没弄出事情来。"[③]因此，主人公的这一系列行为可以称之为模拟类的游戏行为。

如果说在与克拉辛斯基的冲突关系中彼乔林扮演的是一个冷漠的上流社会青年角色，那么在与涅古罗娃的情感关系中他则扮演着诱惑者的角色。他亲自设置游戏环节，一步步皆按照自己的计划进行。游戏的结构有开端、发展、高潮和结局。开端即是他盘算好之后就去参加一个舞会，将自己假扮成涅古罗娃的追求者，二人相谈甚欢，"到最后他差点说他爱她爱得发狂（话说得自然是模棱两可）。毕巧林已经迈出了一大步，他回到了家，对这个晚上非常满意"[④]。游戏的发展："在这以后一连几个星期他们都在各个晚会上见面。毕巧林自然是乐此不疲地在寻找这种见面的机会……"[⑤]游戏的高潮："许多人已经把他当未来的新郎来开玩笑。好心的朋友们劝他不要草率行事，因为他还没考虑过这件事。这一切使他

① [俄] 莱蒙托夫：《莱蒙托夫全集 第 5 卷 小说·散文·书信》，顾蕴璞主编，力冈，冀刚，乌兰汗等译，河北教育出版社，1996 年，第 151 页。

② [俄] 莱蒙托夫：《莱蒙托夫全集 第 5 卷 小说·散文·书信》，顾蕴璞主编，力冈，冀刚，乌兰汗等译，河北教育出版社，1996 年，第 160 页。

③ [俄] 莱蒙托夫：《莱蒙托夫全集 第 5 卷 小说·散文·书信》，顾蕴璞主编，力冈，冀刚，乌兰汗等译，河北教育出版社，1996 年，第 162 页。

④ [俄] 莱蒙托夫：《莱蒙托夫全集 第 5 卷 小说·散文·书信》，顾蕴璞主编，力冈，冀刚，乌兰汗等译，河北教育出版社，1996 年，第 175 页。

⑤ [俄] 莱蒙托夫：《莱蒙托夫全集 第 5 卷 小说·散文·书信》，顾蕴璞主编，力冈，冀刚，乌兰汗等译，河北教育出版社，1996 年，第 175 页。

意识到，紧要的关键时刻来临了。"①于是他写了一封匿名信来警告涅古罗娃。游戏的结局：当彼乔林去拜访涅古罗娃的时候吃了闭门羹，但"他对这种结果早已有准备，甚至可以说求之不得"②。从涅古罗娃的角度看这一游戏格局，一方面，游戏的结局确实造成了她个人命运的悲剧；但另一方面，她在游戏中也有表演的成分，作为一个青春将逝的女人，她在追求者彼乔林身上看到了希望，即便在她收到匿名信之后，明知彼乔林可能根本就不爱她，但她也没有放弃希望，当彼乔林在舞会上再次与她搭讪时，"一种使她感到快乐的希望不由自主地在她心中暗暗闪过，希望能再笼络住这个反复无常的追求者，和他结婚，最起码也要在今后按照一个女人的办法对他实行报复。只要有达到目的的希望，女人就永不会放弃这种希望，只要目的达到，她们也不会放弃达到目的带给她们的这些欢乐"③。由此可见，尽管涅古罗娃是彼乔林游戏的被动参与者，但她内心深处也希望反转，希望自己能成为把控游戏的主人。报复心理驱使的行为会生成竞争关系，那么涅古罗娃与彼乔林之间潜在竞争关系的发展即可归为凯洛依斯理论中的竞争类游戏行为。

相对于《里戈夫斯卡娅公爵夫人》中较为简单的人物性格和人物关系，《当代英雄》中人物性格与人物关系较为复杂。因此，游戏元素的呈现也较为复杂。小说的每一章都有不同的人物关系与冲突，而且小说情节结构的设置又具有一定的创新性，即打破了惯常的时间顺序。如果按照时间顺序将故事还原，那么其结构顺序应该是《塔曼》《梅丽公爵小姐》《宿命论者》《贝拉》《马克西姆·马克西梅奇》。

《塔曼》是《彼乔林日记》中的第一篇。彼乔林在日记开篇就指出："塔曼是俄罗斯滨海城市中最糟糕的一座小城。我在那儿差点儿饿死，而且还有人想把我淹死。"④这就为接下来的故事营造了一种神秘的氛围。事实上是彼乔林发现了一伙走私犯的秘密，而差点被一个姑娘推下小船而淹死。《塔曼》的情节基础是伪装情境（mimicry），这一情境最开始是由走私分子来组织的。而在情节的发

---

① [俄] 莱蒙托夫：《莱蒙托夫全集 第 5 卷 小说·散文·书信》，顾蕴璞主编，力冈，冀刚，乌兰汗等译，河北教育出版社，1996 年，第 176 页。

② [俄] 莱蒙托夫：《莱蒙托夫全集 第 5 卷 小说·散文·书信》，顾蕴璞主编，力冈，冀刚，乌兰汗等译，河北教育出版社，1996 年，第 180 页。

③ [俄] 莱蒙托夫：《莱蒙托夫全集 第 5 卷 小说·散文·书信》，顾蕴璞主编，力冈，冀刚，乌兰汗等译，河北教育出版社，1996 年，第 224 页。

④ [俄] 莱蒙托夫：《莱蒙托夫全集 第 5 卷 小说·散文·书信》，顾蕴璞主编，力冈，冀刚，乌兰汗等译，河北教育出版社，1996 年，第 301 页。

展中，人物的犯罪活动表明其参与游戏的积极性：伪装的目的是不被人发现，不被人认出来。①走私者的游戏行为功能即是要掩盖自己的走私活动，营造一种当地人正常生活的假象。于是，游戏的参与者要扮演不同的角色。瞎子小男孩扮演着一个说着乌克兰土话的、没有家的穷孩子形象。房东老太婆扮演聋子，"水妖"扮演着一个轻浮姑娘的角色。而彼乔林的行为是由其好奇心所驱动的，他作为一个外来的旁观者就是要弄清楚他所看到的一切。走私者想掩盖，而彼乔林想揭穿，这就形成了整个游戏情境的结构：模拟-竞争（mimicry-agon）。揭露瞎子小男孩和老太婆的伪装对于彼乔林来说很容易，通过夜间跟踪，他发现瞎子小男孩讲的是纯正的俄语；他通过质问瞎子小男孩的夜间行动而发现老太婆根本就不是聋子。尽管他遭到了老太婆的责问，但他还是"下决心找到揭开这个谜的钥匙"②。对于彼乔林来说难以理解的是"水妖"的游戏行为。他先是听到了她音调奇怪的歌声，而后遭遇她的调情引诱，顺势赴约。在小船上，"水妖"在假装调情中故意把彼乔林的手枪丢到水里，彼乔林在愤怒中几经搏斗将"水妖"抛入海中。彼乔林与"水妖"的游戏关系中彼此的动机都是探究对方的底细。但彼乔林的角色扮演并不成功，他过早地暴露了自己，故意威胁"水妖"说自己知道了对方的走私秘密："你这姑娘嘴真紧呀！可是你的事儿我已经知道一些了。"③然而"水妖"却面不改色，连嘴唇都没动一下，似乎事情与她毫不相干。从这点来看，后者的表演是成功的。尽管游戏的结局是走私团伙解散，但归来后的彼乔林却发现，自己的钱匣子、镶银的马刀等物品都被瞎子小男孩偷走了。彼乔林成为别人设置的游戏中的一个重要角色。

《梅丽公爵小姐》是《彼乔林日记》中最主要的部分。这里所展现的游戏情境与具体的历史时代相关，与当时的社会日常生活相关，其中包括舞会、玩牌、拜访、郊外游玩等。因此，该部分主要人物的游戏行为具有一定的历史真实性。而该部分的游戏结构中，最主要的关系是爱情关系。游戏中的五个主要参与者构成了三个三角关系，如图5-1、图5-2、图5-3所示。

① Ефимов А.А. Игровое начало в прозе М.Ю. Лермонтова. Диссертация на соискание ученой степени кандидата филологических наук, Таганрог, 2009. СС. 67-68.

② [俄] 莱蒙托夫：《莱蒙托夫全集 第5卷 小说·散文·书信》，顾蕴璞主编，力冈，冀刚，乌兰汗等译，河北教育出版社，1996年，第307页。

③ [俄] 莱蒙托夫：《莱蒙托夫全集 第5卷 小说·散文·书信》，顾蕴璞主编，力冈，冀刚，乌兰汗等译，河北教育出版社，1996年，第310页。

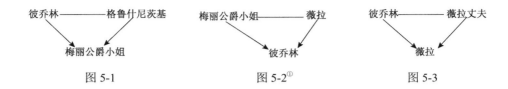

图 5-1　　　　　　　　　　　图 5-2①　　　　　　　　　　图 5-3

　　图 5-1、图 5-2、图 5-3 所示的每个倒三角形中，上部所列的两个人物之间都属于竞争关系。作者着墨最多的当属第一个三角关系（图 5-1）。在这一三角关系中，彼乔林与格鲁什尼茨基之间的冲突是游戏结构中最重要的组成部分。在这种模拟类的游戏中，每个人都在各自动机的支配下表现自己的游戏行为。例如："格鲁什尼茨基失手把他的杯子掉在沙地上，他使劲弯腰去拾杯子，可是受伤的那条腿碍他的事。好可怜呀！他挂着拐杖，不论怎样想方设法，都没有用。他那张善于表情的脸真的表现出痛苦的神情。"②而梅丽公爵小姐"比小鸟更轻盈地飞到他跟前，弯下腰，拾起杯子，递给他，那动作真是说不出的优美"③。在这一游戏情境中，格鲁什尼茨基假装痛苦，而真实的动机却是吸引公爵小姐的注意。公爵小姐的行为也是在选择中摇摆，她是一位贵族小姐，她要顾及上流社会的礼仪规范，因此当她完成这一动作后，"她一张脸变得通红通红的，回头朝游廊看了看，相信她妈妈什么也没看见，似乎立刻就放下心来"④。彼乔林对这一游戏情境的参与是躲在幕后的，他是一个隐蔽的观察者，为对手提供游戏空间，在暗处观看游戏主角的表演。他完全掌握格鲁什尼茨基追求梅丽公爵小姐的节奏，于是他会选择合适的时机吸引公爵小姐的注意，然而他所做的一切并非出于真心喜欢公爵小姐。他对自己的游戏行为进行了分析："也许这是出于一种恶劣而难以克制的感情，这种感情促使我们去破坏他人的美梦……幸福是什么？就是自尊心得到满足。……如果人人都爱我，我就会认为自己身上有永不枯竭的爱的源泉。坏事会产生坏事，一遇到痛苦就会想到从折磨别人获得满足。"⑤他的游戏行为确实达到了自己的目的，梅丽公爵小姐甚至

　　① 因翻译版本不同，本书前文提到的维拉也译作薇拉。

　　② [俄] 莱蒙托夫：《莱蒙托夫全集 第 5 卷 小说·散文·书信》，顾蕴璞主编，力冈，冀刚，乌兰汗等译，河北教育出版社，1996 年，第 321-322 页。

　　③ [俄] 莱蒙托夫：《莱蒙托夫全集 第 5 卷 小说·散文·书信》，顾蕴璞主编，力冈，冀刚，乌兰汗等译，河北教育出版社，1996 年，第 322 页。

　　④ [俄] 莱蒙托夫：《莱蒙托夫全集 第 5 卷 小说·散文·书信》，顾蕴璞主编，力冈，冀刚，乌兰汗等译，河北教育出版社，1996 年，第 322 页。

　　⑤ [俄] 莱蒙托夫：《莱蒙托夫全集 第 5 卷 小说·散文·书信》，顾蕴璞主编，力冈，冀刚，乌兰汗等译，河北教育出版社，1996 年，第 353 页。

已经表达了想要嫁给他的愿望，只有在这一刻，彼乔林不再表演，说出了实话："我不爱您……"①彼乔林与格鲁什尼茨基在游戏中的冲突最终演变为决斗，决斗终止了格鲁什尼茨基的表演。在第二个三角关系（图 5-2）中，主要的表演者是彼乔林和薇拉，因为他们之间的爱情史唯有他们自己知道。所以，他们二者同时出现在社交场合时的表现皆为游戏行为。梅丽公爵小姐对他们二人的关系丝毫不知情，还把薇拉当成朋友，常常向其吐露心声，将自己对彼乔林的倾慕之情和盘托出。这一游戏结构中，薇拉是彼乔林游戏行为的观察者。彼乔林答应薇拉，追求公爵小姐只是为了掩人耳目，既能接近薇拉又不被别人发现他们之间的秘密。因此，薇拉密切关注彼乔林与公爵小姐之间关系的发展。作为女人，她是充满嫉妒的，同时需要确认彼乔林对自己的真情。她对彼乔林充满着深深的迷恋之情，尽管她是上流社会一位体面的已婚女士，然而她却想不顾一切，背叛丈夫，蒙蔽周围人，仅仅只是为了能和彼乔林待在一起。这就引出第三个三角关系（图 5-3），在这一游戏结构中，薇拉丈夫只是一位游离于游戏之外的人物。因为他对一切毫不知情，对游戏的参与只因为他是薇拉背叛的对象。

在《贝拉》中，叙述者强调，这不是小说，而是旅途笔记，这就使得该部分具有一定的历史真实性，而游戏元素体现在人物的游戏行为上。彼乔林闯入了山民的世界，亲自设计了一场爱情阴谋（agon-mimicry）。当然，首先是彼乔林喜欢上了贝拉，于是他利用了一切现有条件：贝拉对俄罗斯军官感兴趣；贝拉的弟弟阿扎玛特看上了卡兹比奇的马，想据为己有；而卡兹比奇又有些暗恋贝拉。彼乔林利用自己的表演成功说服了阿扎玛特，以卡兹比奇的马作为交换条件，让阿扎玛特将贝拉送给他。彼乔林做这一切不是基于现有的道德规范，而是根据自己的想象，他认为："一个契尔克斯蛮女子有一个像他这样的好丈夫，应该算很有福气的了，因为在他们来说，他总还是她的丈夫。至于卡兹比奇，是个强盗，应该得到报应。"②彼乔林为了征服贝拉，穿起了契尔克斯服装，装成一个追求者的形象："我当初决意把你弄出来，满以为等你了解我以后，会爱我的。我错了。那就再见吧！我所有的一切，都归你，由你处置，如果你愿意，你就回到你父亲那儿去吧，你是自由的。我对不起你，我应该惩罚自己，再见吧！至于我上哪儿去，连我自己也不知道！也许，不用多久就会尝到子弹和马刀的滋味，

① [俄] 莱蒙托夫:《莱蒙托夫全集 第 5 卷 小说·散文·书信》，顾蕴璞主编，力冈，冀刚，乌兰汗等译，河北教育出版社，1996 年，第 376 页。

② [俄] 莱蒙托夫:《莱蒙托夫全集 第 5 卷 小说·散文·书信》，顾蕴璞主编，力冈，冀刚，乌兰汗等译，河北教育出版社，1996 年，第 262 页。

到那时候你要想起我，原谅我。"①彼乔林这是在表演，为的是引起贝拉的同情，而贝拉真的被他的演技所蒙蔽："可是他刚刚挨到门，她就跳起来，哇的一声哭出来，一下子扑到他的脖子上——"②彼乔林通过自己的表演达到了自己的目的，他将贝拉推向了一个她所不熟悉的世界，强迫她服从自己的意志。可到头来，他发现"蛮女的爱情比贵妇、小姐的爱情好不了多少；蛮女的单纯无知也跟贵族女子的卖弄风情一样使人讨厌"③。彼乔林设置的游戏情境最终并未实现自己的预设，而山民的生活却因被卷入游戏而发生了始料未及的改变，阿扎玛特离开了父亲的家，卡兹比奇因失去爱马而实施报复行为，杀死了贝拉的父亲，而后又因抢夺贝拉不成而将刀子扎向了贝拉。彼乔林建造的游戏空间遭到了破坏，他试图按照自己的意志来创造命运，但一切都是徒劳。而彼乔林的最终命运在小说《当代英雄》中也是以寥寥数语作结："不久前，我听说毕巧林在从波斯回来的路上死了。"④

---

① [俄] 莱蒙托夫：《莱蒙托夫全集 第 5 卷 小说·散文·书信》，顾蕴璞主编，力冈，冀刚，乌兰汗等译，河北教育出版社，1996 年，第 268 页。

② [俄] 莱蒙托夫：《莱蒙托夫全集 第 5 卷 小说·散文·书信》，顾蕴璞主编，力冈，冀刚，乌兰汗等译，河北教育出版社，1996 年，第 268 页。

③ [俄] 莱蒙托夫：《莱蒙托夫全集 第 5 卷 小说·散文·书信》，顾蕴璞主编，力冈，冀刚，乌兰汗等译，河北教育岀版社，1996 年，第 280 页。

④ [俄] 莱蒙托夫：《莱蒙托夫全集 第 5 卷 小说·散文·书信》，顾蕴璞主编，力冈，冀刚，乌兰汗等译，河北教育出版社，1996 年，第 299 页。

第六章 跨越体裁界限的莱蒙托夫文本研究

第一节 《圣经》主题

莱蒙托夫及其创作是俄罗斯文学历史中一个复杂的现象。一个在世只有不足27年的诗人，却留下了相对丰厚的文学遗产。至今他仍是一位令人无法参透的作家。有关莱蒙托夫创作与《圣经》之间的联系性研究，俄罗斯学者也曾做过探求。莱蒙托夫从小就在外祖母阿尔谢尼耶娃的家中接触到了宗教祈祷的日常生活习惯，他的诗性思维对《圣经》中形象的熟知程度甚至要多于对许多其他重要的浪漫主义形象的思辨。谢苗诺夫在自己的研究中指出了《圣经》对莱蒙托夫创作有着重要的影响：《圣经》"在人生艰难的时刻"帮助诗人，在寻找新主题的过程中诗人诉诸《圣经》。从《圣经》中汲取灵感之源，并非莱蒙托夫一个人的专利，在其之前的整个俄罗斯文学中皆有这样的传统。

一、俄罗斯文学中的《圣经》文学传统溯源

（一）俄罗斯作家论《圣经》

有人说，《圣经》是一本图书馆式的书，也有人说《圣经》是书中之书。而基督徒将其视为上帝的话语，是一切训诫、教导的圭臬。在俄罗斯，自从《福音书》和《诗篇》等首先被翻译成斯拉夫语之后（公元10世纪的时候已经出现了几乎是完整版本的斯拉夫语《圣经》），《圣经》便成了俄罗斯文化的主要源泉。从孩子们识字开始，《圣经》便进入了人民大众的思想意识中，人们开始学习基督教的真理、生活及道德准则。在不断学习的过程中，《圣经》已经成为人们日常生活的一部分，进入了人们的精神生活领域，对大众语言及高级语体都产生了影响。整个俄罗斯的文学经典，从古至今，都与这部《圣经》有关。这部书的真理与训导，其所提倡的道德观与艺术观等都成为文学经典的参照。许多作家在自己的作品中借用《圣经》中的语言、比喻、典故等。《圣经》这部神奇的书在俄罗斯文化中一直占有着不可忽视的地位，而在俄罗斯作家中，鲜有作家是不读《圣

经》的，而且许多作家公开表明了自己对《圣经》的态度及立场。这里可以列举几位俄罗斯作家对《圣经》的溢美之词。

18 世纪的米·瓦·罗蒙诺索夫（М.В. Ломоносов）曾说："造物主给了人类两本书。其中在一本书中他展示了自己的伟大，而在另外一本书中，他展示了自己的旨意。第一本书就是他所创造的、我们看得见的这个世界。他之所以创造这个世界，为的就是让人在看到他的创造是如此宏大、如此美丽、如此和谐时，以其被赋予的天生认知能力能够承认上帝的全能。第二本书就是《圣经》。《圣经》中展示了造物主救赎人类的美意。在这些使徒书信和先知书中，那些阐释者便是伟大的教会领袖。在有关可见世界的这本书中，那些物理学家、数学家、天文学家以及其他一些具有神性影响力的阐释者们实质上就是另外一本书中的先知、使徒及教会的领袖。……他们不仅仅向我们证明上帝是存在的，同时让我们相信他没有向我们说出的那些恩典。"①

浪漫主义诗人茹科夫斯基非常熟悉《圣经》，乃至能够背诵《福音书》。他曾说："我们不需要任何民族思想，我们已经有了登山宝训。"②

而与莱蒙托夫同时代的伟大诗人普希金曾对《圣经》做过如下论断："有这样一本书，它的每一句话在世界的每个角落都被阐释，被传讲，被应用于生活的方方面面，以及世界上发生的各样事件中。这本书中没有一句话不是大家所熟知的，没有一句话不是人民的谚语。这本书对于我们来说已经没有什么是不明了的。这本书就叫《福音书》。这就是它永恒的魅力，如果当我们已经厌倦了世界或是被抑郁所折磨时，随便翻开它，那么我们已经无力抵抗它那迷人的魅力，我们一定会用灵魂去专注于它神性的语言。"③

果戈理曾说："再也想不出比《福音书》中已经有的东西更高明的了。不知道有多少次，人类回避它之后又转向它。人类会经历这样的循环……会创造出一些思想……思想的循环……然后又重新回到《福音书》，人类会用一些事件的经验来证实《圣经》每句话的真理性。永恒的东西就像被风摇动的大树一样，会向深处扎根，会让自己的根越扎越深。"④

19 世纪著名文学评论家别林斯基也曾这样评论这部书："有一本书，里面记下了所有一切，一切问题都能在这里找到答案，读了它你不会有任何怀疑，这是

---

① Ломоносов М.В. Сочинения. – М., 1961. СС. 496-497.

② Газета «Татьянин День», 1999. № 33. С. 21.

③ Пушкин А.С. Полное собрание соч. в 10 томах/Изд. АН СССР. Т. 7. – М., 1958. С. 470.

④ Непознанный мир веры. – М., 2002. С. 22.

一本永恒的圣书，一本拥有永恒真理与永恒生命的书，它就是《福音书》。人类的整个进程、一切科学及哲学上的成就就在于更加深入地参透这本神秘的圣书。"①

　　19世纪哲学家、作家赫尔岑曾说："我很喜爱读《福音书》，并且读过很多遍。读的是斯拉夫语的路德翻译版本。我读的时候没有通过任何指南，所以很多地方我没有读懂。但是我却真诚地、深深地尊重我所读到的。在我的青年时代我曾经常常迷恋伏尔泰主义，热爱讽刺和嘲笑，但是我不记得，有哪次我会冷漠地拿起《圣经》。这种情感伴随了我一生，在不同的年龄段，在不同的境况下我都会读《福音书》。而每一次，它的内容都会让我的灵魂变得平静而顺服。"②

（二）19世纪前俄罗斯文学中《圣经》的影响

　　《圣经》是随着基督教一起来到俄罗斯这片土地的。从有文字记载的古俄罗斯文学开始，我们就可以发现文学与《圣经》之间的联系。古俄罗斯文学中的名篇巨著《古史纪年》即是根据《圣经》中的内容讲述了人类的起源和语言的分化。《古史纪年》讲述的历史是从大洪水之后，挪亚的三个儿子闪、含、雅弗划分世界开始，而这段历史的渊源可以参见《圣经·旧约·创世纪》第9—10章，而关于上帝毁塔并变乱天下人语言的描述可以参见《圣经·旧约·创世纪》第11章。《古史纪年》中详细描述了弗拉基米尔大公接受基督教洗礼的过程。希腊人派了一个神甫来向弗拉基米尔大公传讲他们的信仰，从上帝创造天地开始讲起，从旧约时代讲到新约时代，所有传讲内容都是依据《圣经》而来。在这部古俄罗斯文学最重要的代表作中，源自《圣经》的内容已经不仅仅是个别人物形象、典故或是某种基于《圣经》的教义思想，这里鲜有文学艺术加工，而是一种原封不动的史料性的参照。

　　另一部古俄罗斯文学名著《伊戈尔远征记》同样展示了与《圣经》之间千丝万缕的联系。尽管在10世纪时，罗斯受洗标志着基督教成为国教，但不可否认的是之前的多神教传统依旧影响着人们的生活。一些古俄罗斯的作家在借鉴《圣经》形象的同时夹杂着多神教中的一些神话元素。因此，一些作家在这种双重信仰的影响下产生了矛盾的世界观。这种现象明显地表现在《伊戈尔远征记》中。仔细阅读文本，我们会发现，这里多神教与基督教元素并存。例如，雅罗斯拉夫娜对着风、河、太阳等自然现象的多神教式的哭诉，以及作者在描述伊戈尔逃亡的情景时，将其形容成各种动物，这些都属于多神教的元素；然而作者也提到了基督教的上帝，例如帮助伊戈尔逃走的上帝。同时，作者也提到了上帝的审判，这里

---

① Непознанный мир веры. – М., 2002. С. 253.

② Непознанный мир веры. – М., 2002. С. 253.

的上帝即是基督教所称谓的上帝。作品结尾处用了"阿门"一词作为结束，"阿门"一词是基督教徒向上帝祷告时作为结束语的必用词。

古俄罗斯文学中除上述两部名著外，还有一种文学形式是直接受《圣经》影响而写成的，那就是传记文学。彼时的传记文学主要是描述圣徒的文学，主人公通常是一些大公、修士、教会长老等。传记文学发端于11世纪，遵循拜占庭式的圣徒传记书写模式，但具有俄罗斯特色，例如，俄罗斯的传记文学中出现了一些日常生活场景、人物行为特点等细节描写。在描述人物的时候，作者总是追溯到《圣经》这一源头。例如《亚历山大·涅夫斯基行传》，该作品的整个叙述都是在与《圣经》人物形象的对比中进行的。例如：没有人长得像他那样美，他的嗓音在人群中就如同小号一般，而他的脸长得就像那位被埃及王设为第二个王的约瑟一样。他的力气有点像参孙。上帝赐给了他所罗门一样的智慧……①除人物形象的刻画方式与《圣经》人物形象相关，《亚历山大·涅夫斯基行传》中所描述的事件也与《圣经》中的事件相关。例如：那时曾发生过一件非常神奇的事，就像古时的希西家王在位时，亚述王西拿基立攻打耶路撒冷时的情形一样。他本想征服圣城耶路撒冷，但是突然出现了上帝的使者，杀了亚述军队的十八万五千人。清早有人起来一看，都是死尸了。亚历山大胜利后的景况也是如此：他战胜了国王，在伊若拉河的对岸，亚历山大的军队甚至无法通过，这里有无数被上帝使者杀死的人。活下来的那些人都逃跑了，他们把自己军中死去的人装上船，然后又投入海里。而亚历山大胜利而归，把颂赞和荣耀都归给创造者。②这里所提到的亚述王西拿基立攻打耶路撒冷的事件记载在《圣经·旧约·列王记下》第19章第35节："当夜耶和华的使者出去，在亚述营中杀了十八万五千人。清早有人起来一看，都是死尸了。"③

传记文学中另一部名著《大司祭阿瓦库姆行传》本身便是记述教会神职人员的生平与经历的。该作品中不仅引用了一些出自《圣经》的话语，还有大司祭阿瓦库姆本人对有关真伪信仰问题的思索。整篇抒情式的传记中隐含着耶稣这一形象。作者时刻感觉得到耶稣的同在，并在他所经受的考验中、在其行动中不断地与之交谈。他向耶稣陈说自己的痛苦、怀疑与喜乐。由此可见，这是一部与《圣经》有着紧密联系的作品。

---

① Повесть о житии Александра Невского. http://www.litra.ru/fullwork/get/woid/00628381189680994347, Дата обращения: 15. 02. 2013.

② Повесть о житии Александра Невского. http://www.litra.ru/fullwork/get/woid/00628381189680994347, Дата посещения: 15. 02. 2013.

③ 《圣经·旧约·列王记下》第19章第35节。

　　彼得时代在俄罗斯的文化史中占据着非常重要的地位。这是一个在文化生活中发生了重大转折的时代。18 世纪的前 25 年的改革对后来的俄罗斯文化命运产生了深远的影响，而这 25 年是俄罗斯文学由古代文学向新文学过渡的中间阶段。文学中，旧的形式依然存在，同时出现了一些新的形式，如讽刺诗、颂诗、喜剧、悲剧、哀歌、田园诗等体裁。也就是说，18 世纪文学体裁中最主要的是诗歌与戏剧体裁，同时发生改变的是作者对待文学创作的态度，出现了作者意识的个性化，不断出现作家的职业化现象，也出现了大众文学。俄罗斯文学发展迅速，文学作品的内容也发生了变化，出现了一些新的主人公类型。这一时期文学作品的典型特征是语言的庞杂，教会斯拉夫语、俄罗斯传统口语和熟语、一些外来词等并存于作品中。尽管这一时期的整个社会意识中产生了脱离教会化的倾向，但是文学与教会、《圣经》之间的联系依旧是紧密的。18 世纪俄罗斯文学的重要代表人物罗蒙诺索夫、瓦·基·特列季亚科夫斯基（В.К. Тредиаковский）、苏马罗科夫和加·罗·杰尔查文（Г.Р. Державин）等都或多或少地借鉴了《圣经》中的文本。在新文学形成伊始，诗人将《圣经》中的《诗篇》作为颂诗体裁的典范。18 世纪的诗人几乎都在《圣经》中寻找灵感，在自己的文集中他们将自己对《诗篇》文本的改写作品放在首要的位置。研究显示，罗蒙诺索夫经常诉诸《圣经》中的《诗篇》，但是他并没有冒险改写整部《诗篇》，他只是完成了 8 篇。其中包括 1743年对《诗篇》第 143、145 篇的改写，1747 年对第 14 篇的改写，1748—1749 年对第 103 篇的改写，1749—1751 年对第 1、26、34、70 篇的改写。他的《夜思上帝之伟大》和《晨思上帝之伟大》即是对《圣经》中《诗篇》的改写，赞美造物主的奇妙与伟大。罗蒙诺索夫、特列季亚科夫斯基、苏马罗科夫都曾对《诗篇》第 143篇进行过改写，并发表了三首颂诗。他们的创作都是在不同程度上对《圣经》文本的重新理解。他们改写《诗篇》的风格各有不同，有的充分利用原版《诗篇》的语言，清晰并逐字逐句地将其转换为诗歌的形式（如苏马罗科夫），有的进行了诗意的加工，使其具有诗人个性化的艺术特征（如罗蒙诺索夫），有的在《诗篇》所反映的思想上进行了改写（如特列季亚科夫斯基）。特列季亚科夫斯基在 1750—1753年一直从事改写《诗篇》的工作，但是他在世的时候只发表了 10 篇改写诗歌，他的改写作品能够给人以精神上的鼓舞。他不只是深刻感受到了《圣经》中《诗篇》的诗意，更重要的是他感受到了《诗篇》作者那来自上帝的启示。而作为跨世纪的作家杰尔查文也留下了《诗篇》的改写版本，如《致君王与法官》，试图通过上帝之口来教导世间的君主。若想真正地理解杰尔查文，应该先去读读《诗篇》第 81 篇。他将自己个人的思想与感受融入到改写的《诗篇》中去。除了改写一些《诗篇》文本之外，这一时期，在一些颂诗中也出现了一些取自《圣经》的情节、形象与片段等。18 世纪的俄罗斯文学中，《圣经》是作家创作素材、创作手段的源泉，同时也是思想及灵感的源泉。

二、莱蒙托夫创作中的《圣经》主题

（一）显在的《圣经》人名、地名指称及《圣经》文本的引用

生长在具有深厚宗教传统语境下的莱蒙托夫，自然熟知《圣经》，而在其作品中，自然或不自然地总是能提醒读者想起《圣经》，这首先表现在他对《圣经》中人名、地名的引用。例如：

亚伯拉罕作证，今天真险，/要比我失去儿子的那一夜更加/吓人；（戏剧《西班牙人》）①

不！那个向儿子**以撒**举起屠刀的/**亚伯拉罕**……比我还好过得多！……（戏剧《西班牙人》）②

她那种丑恶的微笑和假惺惺的贞洁，简直同**罗得**的妻子一样。（戏剧《西班牙人》）③

走到哪里，/人们都把**犹大**赶来赶去。（叙事诗《海盗》）④

这个**犹大**得到了他的惩罚……（叙事诗《海盗》）⑤

"**犹大！**"我的骑兵心中暗想。（长诗《唐波夫财政局长夫人》）⑥

男人都是愚蠢的阿谀者，而每个女子又都是**犹大**。（抒情诗《人生有何意义……平平淡淡》）⑦

因为**摩西**的教规在地球存在之前并不存在。（叙事诗《阿兹拉伊尔》）⑧

---

① [俄] 莱蒙托夫：《莱蒙托夫文集 西班牙人 戏剧（1829—1831）》，金留春，黄成来译，上海译文出版社，1998 年，第 77 页。

② [俄] 莱蒙托夫：《莱蒙托夫文集 西班牙人 戏剧（1829—1831）》，金留春，黄成来译，上海译文出版社，1998 年，第 190 页。

③ [俄] 莱蒙托夫：《莱蒙托夫文集 西班牙人 戏剧（1829—1831）》，金留春，黄成来译，上海译文出版社，1998 年，第 264 页。

④ [俄] 莱蒙托夫：《莱蒙托夫文集 海盗 叙事诗（1828—1835）》，智量译，上海译文出版社，1998 年，第 79 页。

⑤ [俄] 莱蒙托夫：《莱蒙托夫文集 海盗 叙事诗（1828—1835）》，智量译，上海译文出版社，1998 年，第 80 页。

⑥ [俄] 莱蒙托夫：《莱蒙托夫文集 恶魔 叙事诗（1835—1841）》，余振，智量译，上海译文出版社，1998 年，第 158 页。

⑦ [俄] 莱蒙托夫：《莱蒙托夫文集 诗人之死 抒情诗（1832—1841）》，余振译，上海译文出版社，1998 年，第 78 页。

⑧ [俄] 莱蒙托夫：《莱蒙托夫文集 海盗 叙事诗（1828—1835）》，智量译，上海译文出版社，1998 年，第 191 页。

他轻手轻脚地站起来，像复活的**拉撒路**爬出坟墓那样从粮囤里爬出来。（小说《瓦季姆》）①

这时即使是女皇，即使是**基路伯**我都不会羡慕……（小说《瓦季姆》）②

突然间，人群让开一条路，就像**摩西**的杖点过的海水一般……（小说《瓦季姆》）③

无论你是谁：无论你祖先是**亚当**或**夏娃**，……（长诗《萨什卡》）④

她还不只是把一个亚当的后代搞得晕头转向呢。（戏剧《怪人》）⑤

我孤独单单一个人，总是一个人，就象（像）**该隐**一样被屏弃……（戏剧《两兄弟》）⑥

假如说**所罗门国王**见到吉尔莎，/那么，很可能，会用她把自己的宝座装点，——/会把王国和法律统统放在她脚下，/甚至会把荣耀抛诸脑后……（长诗《萨什卡》）⑦

我说的是那个宣扬节制、劝戒（诫）人持斋的**所罗门王**，他自己却是个热衷于斋日吃荤的人……（戏剧《怪人》）⑧

淫女抹大拉的马利亚的悔恨。（长诗《萨什卡》）⑨

唯有他能将**锡安**璧还与你们，带领你们踏上**黎巴嫩**的山峰。（戏剧《西班牙人》）⑩

① [俄] 莱蒙托夫：《莱蒙托夫文集 当代英雄 散文（1833—1841）》，冯春译，上海译文出版社，1998年，第94页。

② [俄] 莱蒙托夫：《莱蒙托夫文集 当代英雄 散文（1833—1841）》，冯春译，上海译文出版社，1998年，第114页。

③ [俄] 莱蒙托夫：《莱蒙托夫文集 当代英雄 散文（1833—1841）》，冯春译，上海译文出版社，1998年，第125页。

④ [俄] 莱蒙托夫：《莱蒙托夫文集 恶魔 叙事诗（1835—1841）》，智量译，上海译文出版社，1998年，第5页。

⑤ [俄] 莱蒙托夫：《莱蒙托夫文集 西班牙人 戏剧（1829—1831）》，金留春，黄成来译，上海译文出版社，1998年，第378页。

⑥ [俄] 莱蒙托夫：《莱蒙托夫文集 假面舞会 戏剧（1834—1841）》，余振，金留春，黄成来译，上海译文出版社，1998年，第225页。

⑦ [俄] 莱蒙托夫：《莱蒙托夫文集 恶魔 叙事诗（1835—1841）》，智量译，上海译文出版社，1998年，第24页。

⑧ [俄] 莱蒙托夫：《莱蒙托夫文集 西班牙人 戏剧（1829—1831）》，金留春，黄成来译，上海译文出版社，1998年，第299页。

⑨ [俄] 莱蒙托夫：《莱蒙托夫文集 恶魔 叙事诗（1835—1841）》，智量译，上海译文出版社，1998年，第58页。

⑩ [俄] 莱蒙托夫：《莱蒙托夫文集 西班牙人 戏剧（1829—1831）》，金留春，黄成来译，上海译文出版社，1998年，第108页。

　　你是**以色列**的上帝，**耶路撒冷**的上帝！（戏剧《西班牙人》）①

　　我是个穷苦的朝圣人！/去了**耶路撒冷**……正在往回赶……（戏剧《西班牙人》）②

　　在**黎巴嫩**巍然耸立的高山……（长诗《死亡天使》）③

　　告诉我，**巴勒斯坦**的树枝……在清澈明丽的**约旦河**畔……**黎巴嫩**山中吹来的晚风/曾否忿（愤）怒地去摇撼过你？……你这**耶路撒冷**的树枝啊……（抒情诗《巴勒斯坦的树枝》）④

　　除了使用源自《圣经》的人名与地名之外，在莱蒙托夫的作品中我们还可以见到他对《圣经》中经文的直接引用。

　　在戏剧《人与激情》中，莱蒙托夫设置了下人达里娅为尤里的外祖母玛尔法·伊万诺夫娜读《圣经》的场景："又有两个犯人，和耶稣一同带来处死。到了一个地方，名叫髑髅地，就在那里把耶稣钉在十字架上，又钉了两个犯人，一个在左边，一个在右边。当下耶稣说，'父啊，赦免他们；因为他们所作的，他们不晓得。兵丁就拈阄分他的衣服'。"⑤这段经文出自《圣经·新约·路加福音》第 23 章第 32—34 节。这段经文主要展示的是，耶稣在临死前的那一刻仍对迫害他的人怀有宽容怜悯之心，《圣经》通过这样的经文教导人们要懂得饶恕。这与戏剧中的情节恰好形成一个鲜明的对比。玛尔法·伊万诺夫娜在听了这段经文之后并没有被耶稣基督的这种宽容饶恕之心感动，相反却激起了仇视与报复之心："啊！犹大凶手，该死的异教徒……他们是怎样对付耶稣的……要是我，就把他们全部处死，毫不怜悯……"⑥接下来达里娅又读到了这样一段经文："你们这假冒为善的文士和法利赛人有祸了！因为你们好象（像）粉饰的坟墓，外面

----

　　① [俄] 莱蒙托夫：《莱蒙托夫文集 西班牙人 戏剧（1829—1831）》，金留春，黄成来译，上海译文出版社，1998 年，第 122 页。

　　② [俄] 莱蒙托夫：《莱蒙托夫文集 西班牙人 戏剧（1829—1831）》，金留春，黄成来译，上海译文出版社，1998 年，第 145 页。

　　③ [俄] 莱蒙托夫：《莱蒙托夫文集 海盗 叙事诗（1828—1835）》，智量译，上海译文出版社，1998 年，第 200 页。

　　④ [俄] 莱蒙托夫：《莱蒙托夫文集 诗人之死 抒情诗（1832—1841）》，余振译，上海译文出版社，1998 年，第 126，128 页。

　　⑤ [俄] 莱蒙托夫：《莱蒙托夫文集 西班牙人 戏剧（1829—1831）》，金留春，黄成来译，上海译文出版社，1998 年，第 225 页。

　　⑥ [俄] 莱蒙托夫：《莱蒙托夫文集 西班牙人 戏剧（1829—1831）》，金留春，黄成来译，上海译文出版社，1998 年，第 225 页。

好看，里面却装满了死人的骨头，和一切的污秽。你们也是如此，在人前，外面显出公义来，里却面却装满了假善和不法的事。"[①]这段经文引自《圣经·新约·马太福音》第 23 章第 27—28 节，玛尔法·伊万诺夫娜认为这段话是对的，因为这让她想起了自己的邻居扎鲁博娃，想到了她的种种恶行。在她的心中扎鲁博娃即是如文士和法利赛人一样的假冒为善之人。紧接下来："你们去充满你们祖宗的恶贯吧。你们这些蛇类、毒蛇之种阿！怎能逃脱地狱的刑罚呢。"[②]这段经文引自《圣经·新约·马太福音》第 23 章第 32—33 节，这几节经文很符合玛尔法·伊万诺夫娜的心意，她同样认为她的邻居是逃脱不了惩罚的。莱蒙托夫最后还引用了这样一段经文："所以我告诉你们，凡你们祷告祈求的，无论是什么，只要信是得着的，就必得着。你们站着祷告的时候，若想起有人得罪你们，就当饶恕他，好叫你们在天上的父，也饶恕你们的过犯……"[③]这是一段著名的经文，常常被基督教徒所传诵，引自《圣经·新约·马可福音》第 11 章第 24—25 节。这段经文通过下人达里娅之口诵读之后，莱蒙托夫并没有描述达里娅与玛尔法·伊万诺夫娜对该段经文的反应，而是设置了童仆打碎水晶杯事件，而接下来便是玛尔法·伊万诺夫娜如何残酷地惩罚童仆的情景。最后这段经文有着明显的教导之意，希望所有基督教的信徒们能够按照上帝的教导去做。然而剧中人物的行为却与这段经文的教导形成了鲜明的对比。玛尔法·伊万诺夫娜没有丝毫饶恕童仆之心，照罚不误。我们发现，莱蒙托夫之所以在剧中使用这几段经文是有其特殊用意的。他是在讽刺那些手捧《圣经》读得津津有味却不能按照《圣经》教导来行事的假冒为善之人，这些人的行为有时甚至与《圣经》原则完全背道而驰，正是因为这样一些人，悲剧才酿成了。莱蒙托夫在这里表达了自己的怀疑，他怀疑宗教具有改变人的力量。剧中信徒们的生活及行为本身便说明了一切。剧中人并没有按照《圣经》的教导努力活出基督的样式，没有效法基督无条件地去饶恕，去爱。作品中所展现出的种种场景，正反映了莱蒙托夫在信仰道路上的犹豫、徘徊及不断的追问。

莱蒙托夫除了在戏剧中直接引用《圣经》文本之外，还在长诗《童僧》的题词中使用了《圣经》文本。19 世纪的俄罗斯文学中，从普希金开始，作家在创作

---

① [俄] 莱蒙托夫：《莱蒙托夫文集 西班牙人 戏剧（1829—1831）》，金留春，黄成来译，上海译文出版社，1998 年，第 225 页。

② [俄] 莱蒙托夫：《莱蒙托夫文集 西班牙人 戏剧（1829—1831）》，金留春，黄成来译，上海译文出版社，1998 年，第 226 页。

③ [俄] 莱蒙托夫：《莱蒙托夫文集 西班牙人 戏剧（1829—1831）》，金留春，黄成来译，上海译文出版社，1998 年，第 226 页。

时有使用题词的习惯，莱蒙托夫也不例外。而在题词中使用《圣经》经文这一点上莱蒙托夫之后的陀思妥耶夫斯基和托尔斯泰更加鲜明地继承了这一传统。题词被认为是与作品主旨相关的文字，可以帮助读者理解作品。长诗《童僧》的题词引自《圣经·旧约·列王记上》第 14 章第 43 节（相当于中文版《圣经·旧约·撒母耳记上》第 14 章第 43 节）："蘸了一点蜜尝了一尝。这样我就死吗？"[①] 这段经文的背景是：公元前 11 世纪左右，以色列王扫罗带领以色列百姓击退非利士人的过程中曾要求百姓起誓说，凡不等到晚上向敌人报完了仇吃什么的，必受诅咒。然而，扫罗的儿子约拿单在不知情的状况下用手中的杖蘸了一点蜜尝了。扫罗后来通过掣签的方式查出是约拿单犯了罪违背了誓言，就下令处死他，认为这是上帝的旨意。但是民众却替约拿单求情，认为他在以色列人中大行拯救，他与神同工。于是百姓使约拿单免了死亡。显然，莱蒙托夫在作诗的时候先预设读者熟知《圣经》，于是将自己的长诗主人公与《圣经》中的约拿单形象进行了比较。约拿单最后因百姓的求情而得到了拯救，而长诗中热爱自由的主人公童僧只能在幻想、憧憬与无奈中死去。引文中的"蜜"在莱蒙托夫这里隐喻着上帝的禁果，尝了禁果的人似乎注定要死亡。然而旧约时代的约拿单尚且可以因自己在作战中的功绩、百姓的庇护而免于一死，可是试图逃脱修道院寻找自己故园的童僧却面临着不一样的命运。这里体现着莱蒙托夫的一种悲剧性世界观认信，那就是浪漫主义主人公为获得自由要付出死亡的代价。"蜜"虽甜，却分隔着两个世界。它就如同一种可怕的诱惑，蘸上一点点，就触碰到了死亡的世界。

（二）隐在的《圣经》主题

事实上，要系统总结出莱蒙托夫所有创作中所表现出的《圣经》主题并非易事。因为莱蒙托夫创作涉及的体裁广泛，对一些永恒问题的思索体现在不同的体裁创作中。有时是连贯或传承性质的，有时甚至是对立矛盾的。这一切都彰显着作家思想的多元与人类心灵的奥秘。而探求这种奥秘的方法也是多元的，最重要的一种就是文本细读。作家思想的流变或辗转于诗句之间，或游走于主人公的独白与对白之中。

1. 堪比背负十字架的精神之痛

综观莱蒙托夫的作品我们不难发现，在他的意识中生活给予人更多的是痛苦

---

① [俄] 莱蒙托夫：《莱蒙托夫文集 恶魔 叙事诗（1835—1841）》，余振，智量译，上海译文出版社，1998 年，第 177 页。

与折磨，而不是快乐。他好似一位先知，预知了自己的悲剧性命运，不足 27 年的短暂人生经历终结了他的痛。他在自己的作品中不止一次提到了生活。例如在抒情诗《人生的酒盏》中，诗人啜饮着人生的酒，带着泪水，曾经的一切会随时间的流逝和死亡的临近而消逝。而到生命的尽头才发现，人生的酒盏是空的，曾经的梦想已然不在。莱蒙托夫把人生比喻成一盏酒杯，里面装满的即是生活的全部内容。"酒杯"之隐喻同样是源自《圣经》。《圣经·新约·马可福音》第 14章第 36 节写道："阿爸，父啊！在你凡事都能，求你将这杯撤去。然而不要从我的意思，只要从你的意思。"①这里的"杯"隐喻的是装满"痛苦"的酒杯，是在耶稣被出卖前的那一晚，他在客西马尼祷告，已经预感到自己即将被钉十字架，于是他发出了这样的祷告。他要遵行父神的旨意付出代价，他要忍受极可怕的痛苦，不仅是被钉十字架的痛苦，更要替世人罪死，与神隔绝，即便全能如圣子耶稣，也要承受试炼的痛。可以想见，莱蒙托夫非常熟悉《圣经》中的这段记载。于是，他借用了"杯"的隐喻。除了这首抒情诗外，莱蒙托夫在小说《当代英雄》中再次提到了"痛苦的酒杯"，主人公彼乔林曾经想死，但没死成，彼乔林认为那是因为他还没有饮尽装满"酒杯"的苦酒。

　　如果说人生痛苦是因为附加了世界的元素，那么恶魔缠绕之痛则归咎于人之本源。在莱蒙托夫的多体裁创作中恶魔主题一直贯穿其中。从抒情诗《我的恶魔》到叙事诗《恶魔》的创作都彰显着《圣经》的重要地位，它成为诗人不朽的灵感之源。《圣经》中记载的旧约时代恶魔来搅扰扫罗的故事被莱蒙托夫在作品中提及。在译自拜伦的《希伯来乐曲》中、在长诗《萨什卡》中，莱蒙托夫皆提到了头上的冠冕。抒情主人公从歌者快乐的声音中感受到了冠冕般的沉重，冠冕即是王的象征。扫罗王最后摆脱恶魔扰乱靠的是大卫弹琴，这是因为大卫与上帝同在。同样，《圣经》中记载的还有耶稣在旷野中受魔鬼的试探，他禁食 40 天，魔鬼分别用食物、用权力、用他对父神的信任来试探他，然而耶稣经受住了试探，魔鬼离开了他。莱蒙托夫深知恶魔的恶之深、力之强，于是他发出了这样的感叹："只要我活着，高傲的恶魔，/决不肯让我有片刻安宁。"（抒情诗《我的恶魔》）②在莱蒙托夫这里，恶魔带给人无法言说的灵魂之痛，他是罪恶的总汇，也是莱蒙托夫心中无法给予终极审判的形象。他曾在诗中把自己比作恶魔，是恶的选手，有一颗高傲的心，其命运与恶魔相似，他们始终痛苦地活着。在恶魔这一形象的身上集中

---

①《圣经·新约·马可福音》第 14 章第 36 节。

②[俄] 莱蒙托夫：《莱蒙托夫文集 独白 抒情诗（1828—1831）》，余振译，上海译文出版社，1998 年，第 350、351 页。

了莱蒙托夫思想意识、情感矛盾的总和。带着如此的恶魔意识，抒情主人公时而会发出这样的感叹："我不敢对人生抱有期望，/我活着，像乱石中的沙砾，/我不愿把痛苦尽情倾吐：/让它们霉烂在我的心里。/我那些内心苦痛的故事/不会把人们的耳朵激动。"[抒情诗《断片》（"我不敢对人生抱有期望"）]①诗人表达了对人以及人生的失望。

2. 被拣选的使命感

莱蒙托夫很早就感觉到了自己身上巨大的力量。他深知自己那独一无二的诗情才华，并将之视为自己被上帝拣选的标志。上帝拣选说在《圣经》中无论是旧约还是新约时代都有提及。旧约时代的亚伯拉罕、雅各、摩西、扫罗、大卫等，新约时代神的儿子耶稣、使徒、保罗等都是被上帝所拣选的人，有经文为证。被拣选的人都肩负着特殊的使命，要成就上帝的旨意。莱蒙托夫从孩提时代开始，就认为自己是为创建丰功伟业而生，为祖国的荣誉、为人民的福乐而生。他从未把艺术创作视为某种独立自主、自我封闭的存在。他从最初创作开始就带着一种崇高的目的。他曾梦想着诗人的先知角色，梦想着直接参与历史事件。他所背负的使命感与其悲剧性的预感如影随形。他似乎早已预知，他来不及实现心中那个宏伟蓝图，他会遭受早逝的命运。除此之外，他担心自己陷入渺小的世界，害怕变得平庸。他追求建立功勋、英雄伟业，他内心早已预备好，如果需要，他甚至可以抛头颅、洒热血。

莱蒙托夫也在一些作品中谈论自己被拣选的使命感，但这些作品并非都具有鲜明的特征。因此作品中所表达的思想具有一种神秘的特征，似乎被设定了密码，需要解码才能真正参透其伟大的使命。被拣选的使命感这一思想一直贯穿于诗人的整个创作中。②

在诗人心中，始终有种拥有作诗才情的优越感，在他看来，这就是被预定了伟大历史使命的标志，他有责任用诗才去实现理想。他是一位诗人，他是一位歌唱崇高思想与目标的歌者。在诗人16岁时（1830年）创作的一首《致***》（"当你的朋友怀着宿命的悲哀"）中有这样的诗句："他为了平静的灵感、为了光荣、/为了希望而诞生。"③在1832年创作的一首诗中类似的诗句再次出现："他是为

① [俄] 莱蒙托夫：《莱蒙托夫文集 独白 抒情诗（1828—1831）》，余振译，上海译文出版社，1998年，第168页。
② Бродский Н.Л. и другие. Жизнь и творчество М.Ю. Лермонтова. Сборник первый. Исследования и материалы. – М.: Издательство художественной литературы, 1941. C. 4.
③ [俄] 莱蒙托夫：《莱蒙托夫文集 独白 抒情诗（1828—1831）》，余振译，上海译文出版社，1998年，第255页。

幸福、为希望与平静的/灵感而诞生！"①而在其 1839 年创作的《纪念亚·伊·奥[陀耶夫斯基]》中类似的诗句第三次出现："他是为了希望、为了诗和幸福，/为它们而诞生的……"②

　　诗人始终不忘自己的使命。"我的心灵，我记得，从我童年时/就曾寻求过奇异的东西。"（抒情诗《一八三一年六月十一日》）③"声名，光荣，它们算个什么东西？——可是在我头上有它们的威势；/它们命令我把所有一切委弃，……"（抒情诗《一八三一年六月十一月》）④莱蒙托夫的抒情主人公不甘平庸，充满了"行动"意识："我不是感情而是行动的主人……"（抒情诗《绝句》）⑤"我需要行动，希望把每个日子/都能化为不朽的时刻，好像是/伟大英雄的幽灵，我根本不能/理解，休息到底是怎么回事情。""我觉得人生本是/短暂的，我总害怕，怕我来不及/完成一件什么工作！"（抒情诗《一八三一年六月十一日》）⑥莱蒙托夫的被拣选意识注定他拥有着一个伟大历史人物所具有的使命感，他似乎不仅仅是一位诗人，而且是一位有着悲剧性命运的"活动家"，可以为祖国的幸福与荣誉而死："但是我俩/都为祖国的幸福和光荣而斗争。/让我死去吧……"（抒情诗《译帕特库尔诗》）⑦"但是，失掉了祖国和自由之后，/我突然发现、发现只有我自己/才真是我们整个人民的救星。"（抒情诗《断片》）⑧莱蒙托夫认为自己生而肩负历史使命，为了人民的福祉他可以去实现历史性的伟大创举。而他对自己声名不朽的盼望也常会见诸诗行之间。"即使我的计谋没有能够实现，/但它是伟大的——这样就很够了；/已经来到——光荣或耻辱的时刻；/我不朽，

----

①［俄］莱蒙托夫：《莱蒙托夫文集 诗人之死 抒情诗（1832—1841）》，余振译，上海译文出版社，1998年，第 88 页。

②［俄］莱蒙托夫：《莱蒙托夫文集 诗人之死 抒情诗（1832—1841）》，余振译，上海译文出版社，1998年，第 178-179 页。

③［俄］莱蒙托夫：《莱蒙托夫文集 独白 抒情诗（1828—1831）》，余振译，上海译文出版社，1998 年，第 352 页。

④［俄］莱蒙托夫：《莱蒙托夫文集 独白 抒情诗（1828—1831）》，余振译，上海译文出版社，1998 年，第 354 页。

⑤［俄］莱蒙托夫：《莱蒙托夫文集 独白 抒情诗（1828—1831）》，余振译，上海译文出版社，1998 年，第 312 页。

⑥［俄］莱蒙托夫：《莱蒙托夫文集 独白 抒情诗（1828—1831）》，余振译，上海译文出版社，1998 年，第 363 页。

⑦［俄］莱蒙托夫：《莱蒙托夫文集 独白 抒情诗（1828—1831）》，余振译，上海译文出版社，1998 年，第 448 页。

⑧［俄］莱蒙托夫：《莱蒙托夫文集 独白 抒情诗（1828—1831）》，余振译，上海译文出版社，1998 年，第 462 页。

或者永远地被人忘却。"（抒情诗《断片》）[1]"我将来死后不会为人们忘记。/
我的死将是可怕的；他乡异地/一定要为它震惊，而我的故乡/人们会诅咒那对于
我的哀伤"。（抒情诗《一八三一年六月十一日》）[2]尽管莱蒙托夫心怀大志，
但当真正面对现实的种种遭遇之后他发现，他就如同一位孤独的英雄，无法在现
实中实现自己"行动"的理想。他所渴望的政治自由与社会公义变得非常渺茫。
在小说《当代英雄》中莱蒙托夫表达了他的这种挫败意识。主人公彼乔林就像一
个浑身上下充满力气的大力士，却不知道自己的力气究竟该挥向何处。他渴望荣
誉，渴望权力，渴望建立伟业，然而他却无法在现实的政治活动中施展自己的力
量。他开始思考自己生活的目的和意义："我在脑海中回顾我的全部往事，不由
自主地问自己：我活着是为了什么？我生在世界上有什么目的？……啊，目的肯
定是有的，我肯定负有崇高的使命，因为我感觉到心灵里充满了使不完的力量，
但我不知道这使命是什么；我沉溺于空虚而卑劣的情欲，我在这情欲的熔炉中锻
炼得像铁一样冷酷和坚硬，却永远丧失了追求高尚目标的热情，丧失了人生最灿
烂的年华。"[3]尽管莱蒙托夫的主人公失去了追求高尚目标的热情，但是莱蒙托
夫本人却一直没有停止寻找出路。他视自己为先知般的诗人，他想通过诗句来指
引人们走向公义与真理的道路。

3. 传道书式虚空的虚空

《传道书》是《圣经·旧约》中的一部书。一般认为这本书反映了所罗门晚
年的一些思想。所罗门一生享尽荣华，且很有智慧，但是《传道书》中却表达了
一种一切皆虚空的思想。《传道书》开篇的第 2 节就写道："传道者说：虚空的
虚空，虚空的虚空，凡事都是虚空。"[4]该部书最为突出的思想就是人生短暂且
充满不公，人类无法解决罪恶与死亡两大问题。这部书中似乎充满了一些消极的
思想，但最终作者还是给出了解决问题的方向：那就是让人认识神，以基督作为
他人生的终极追求，那么虽然人的一生仍旧短暂，但却可以享受在其中。而在莱
蒙托夫的创作中我们常常可以看见他对生命、美、爱情短暂的感叹，在他那里一
切美好的事物都会逝去。

---

① [俄] 莱蒙托夫：《莱蒙托夫文集 独白 抒情诗（1828—1831）》，余振译，上海译文出版社，1998 年，第461 页。
② [俄] 莱蒙托夫：《莱蒙托夫文集 独白 抒情诗（1828—1831）》，余振译，上海译文出版社，1998 年，
第366 页。
③ [俄] 莱蒙托夫：《莱蒙托夫文集 当代英雄 散文（1833—1841）》，冯春译，上海译文出版社，1998 年，
第395 页。
④ 《圣经·旧约·传道书》第 1 章第 2 节。

岁月过去了，/一切也都很快地逝去：财产和健康；/（《假面舞会》）①
对！什么叫生活？生活是空虚的东西。（《假面舞会》）②

会过去的！空虚！/不要说话，听着：我是在说，/生活只在它美好的时候才宝贵，过后！……生活象（像）是舞会，——/在旋转时——欢乐，周围都是明朗、光辉……/回到家里以后，把揉皱的衣服一脱——/全都忘掉了，只剩下困倦、疲累。/最好是在青年时就同它诀别，/这时候心灵还没有因为习惯/同无情的空虚一气沉瀣；/（《假面舞会》）③

……我们渴求生活……似乎在吞噬着无数世纪的深渊中，活上它两三年会具有什么意义；似乎祖国和世界值得我们为之操心，而这操心却是徒劳无益的，正如生命是徒劳无益的一样。（《人与激情》）④

我的面貌不会告诉你们/现在我不过刚满十五岁。//衰老的暮年很快就把我/带向坟墓——那时我将一瞥/我的一生，这渺小的果实——/（《断片》）⑤

一切事物都有它最后的终结；/人比起花草来多少显得长命；/但要同永恒相比，他们的一生/也同样渺小。一个灵魂直到死，/只能比自己的摇篮多活几时。//（《一八三一年六月十一日》）⑥

而这样一些思想我们都可以轻易在《圣经》中找到，如：

至于世人，他的年日如草一样，他发旺如野地的花，经风一吹，便归无有；他的原处，也不再认识他。⑦

① [俄] 莱蒙托夫：《莱蒙托夫文集 假面舞会 戏剧（1834—1841）》，余振，金留春，黄成来译，上海译文出版社，1998年，第181页。
② [俄] 莱蒙托夫：《莱蒙托夫文集 假面舞会 戏剧（1834—1841）》，余振，金留春，黄成来译，上海译文出版社，1998年，第155页。
③ [俄] 莱蒙托夫：《莱蒙托夫文集 假面舞会 戏剧（1834—1841）》，余振，金留春，黄成来译，上海译文出版社，1998年，第156页。
④ [俄] 莱蒙托夫：《莱蒙托夫文集 西班牙人 戏剧（1829—1831）》，金留春，黄成来译，上海译文出版社，1998年，第283-284页。
⑤ [俄] 莱蒙托夫：《莱蒙托夫文集 独白 抒情诗（1828—1831）》，余振译，上海译文出版社，1998年，第170页。
⑥ [俄] 莱蒙托夫：《莱蒙托夫文集 独白 抒情诗（1828—1831）》，余振译，上海译文出版社，1998年，第355页。
⑦ 《圣经·旧约·诗篇》第103篇第15—16节。

凡有血气的尽都如草，他的美容都象（像）野地的花。草必枯干，

花必凋残，因为耶和华的气吹在其上，百姓诚然是草。①

早晨他们如生长的草，早晨发芽生长，晚上割下枯干。②

在莱蒙托夫这里，对人来说至关重要的生命是如此短暂，而生命中的爱情亦是如此，常常瞬间即逝，毫无美好浪漫结局。《假面舞会》的男主人公曾说过："但是我爱得不同，我看见一切，/我预见到一切、理解一切、认清一切，/我经常在爱，更为经常的是恨，/同时苦恼得如愁肠百结！/"③ 而我们从莱蒙托夫抒情诗中也许更能直接地感受到他的这一思想。

爱……爱谁呢？……暂时地——不值得费力劳神，

而永久地爱势所不能。……

而人生，只要用冷眼把周围看一看，——

又是这样空虚的愚蠢的儿戏……（抒情诗《又苦闷又烦忧》）④

以上列举话语与所罗门王晚年所说的话语相似："凡我眼所求的，我没有留下不给他的；我心所乐的，我没有禁止不享受的；因为我的心为我一切所劳碌的快乐，这就是我从劳碌中所得的份……我所以恨恶生命，因为在日光之下所行的事，我都以为烦恼，都是虚空，都是捕风。"⑤

在莱蒙托夫的作品中，女性的美也是短暂的、易逝的。他常常将之与花儿的命运相比较。在小说《瓦季姆》中，主人公对奥尔加说："你听了我说的秘密后，千万要处处提防，你在把自己的命运交到一个危险的人手中：他不会珍惜你这朵小花，他会糟蹋它……"⑥

而在小说《当代英雄》中莱蒙托夫将少女的心比作一朵鲜花："真的，去占有一颗年轻的情窦初开的心，那真是无穷的快乐！年轻的心就像一朵鲜花，在第一缕阳光照耀下散发出醉人的芬芳，应该在这个时候摘下它，把它闻个够，然后

---

① 《圣经·旧约·以赛亚书》第40章第6—7节。

② 《圣经·旧约·诗篇》第90篇第5—6节。

③ [俄] 莱蒙托夫：《莱蒙托夫文集 假面舞会 戏剧（1834—1841）》，余振，金留春，黄成来译，上海译文出版社，1998年，第50-51页。

④ [俄] 莱蒙托夫：《莱蒙托夫文集 诗人之死 抒情诗（1832—1841）》，余振译，上海译文出版社，1998年，第190页。

⑤ 《圣经·旧约·传道书》第2章第10、17节。

⑥ [俄] 莱蒙托夫：《莱蒙托夫文集 当代英雄 散文（1833—1841）》，冯春译，上海译文出版社，1998年，第11页。

扔在路上，总会有人来捡起它的。"①

诸如此类的"虚空"思想在莱蒙托夫不同体裁的创作中都能或多或少地找到一些蛛丝马迹。零散的思想印记诠释了莱蒙托夫真实的生命历程。他如真正的先知一般，预知了自己短暂的生命。悲剧性的生命终结真实验证了他无数次在作品中的预言式宣告，以至于他无法达到更高的精神与创作高度。然而生死乃上帝之谜，绝非人的智慧所能参透。莱蒙托夫所触碰的《圣经》主题，或者是说在其作品中所映射出的《圣经》元素让人不禁会联想到整个19世纪俄罗斯文学。俄罗斯这个具有深厚东正教文化土壤的国度，19世纪出现的诸如普希金、莱蒙托夫、果戈理、陀思妥耶夫斯基、托尔斯泰等在整个世界文学中已经奠定经典地位的作家，向全世界宣告了俄罗斯文学的不朽性，而不朽性在于他们的作品彰显的是人类的永恒性问题。

莱蒙托夫创作中的《圣经》主题研究旨在探究这位天才诗人的世界观、宗教观。其生命虽然短暂，但其生命的厚度足以让人驻足思量。莱蒙托夫一生中一直在积极思索着世界、上帝与人、生命的意义等终极问题。而他的宗教观是矛盾的，他身上的"个人"感觉过于强烈，他本性中有太多的"叛逆性"因素。在莱蒙托夫的观念中，上帝是世界的创造者和审判者，而其中审判者的形象往往又是残酷无情的。莱蒙托夫并不承认基督教中上帝的本质即是爱这样的观念，因为世界上的恶阻止了上帝的爱。因此，莱蒙托夫并没有为自己选择一条纯粹的道路，他质疑过，摇摆过，最终流星一般的命运终结了他的追问。

第二节　童　年　主　题

童年主题是莱蒙托夫创作中的重要主题之一，但在《莱蒙托夫百科全书》中的"主题"（мотивы）词条下，并未列出童年主题。传统的莱蒙托夫学中也有研究提及了莱蒙托夫对待儿童的态度，但并未在这一领域充分展开。事实上，在莱蒙托夫学中这是一个非常值得研究的主题。2008年，塔·米·洛波娃（Т.М. Лобова）写下了一篇题为"莱蒙托夫创作中的童年现象学"的副博士学位论文，可以说，该论文为这一领域的研究做出了很大的贡献。论文主要阐释了三大问题：欧洲浪漫主义文化语境下的"童年"现象、莱蒙托夫创作中的"童年"现象结构、莱蒙托夫艺术价值论中的"童年"范畴。我们基于已有的研究成果，主要从莱蒙

---

① [俄] 莱蒙托夫：《莱蒙托夫文集 当代英雄 散文（1833—1841）》，冯春译，上海译文出版社，1998年，第362页。

托夫所塑造的儿童形象特点，以及作家童年经验的艺术生成两个角度来系统分析儿童主题在莱蒙托夫创作中的表达。

许多研究者认为，在 19 世纪中期以前，俄罗斯文学中没有在心理描写层面表达准确的儿童形象。儿童形象只是出现在了托尔斯泰和陀思妥耶夫斯基的创作中。[①]事实上，研究者格·亚·古科夫斯基（Г.А. Гуковский）曾在《18 世纪俄罗斯文学》中指出，其实在卡拉姆津的未完成小说《当代骑士》（1802—1803）中已经呈现了小男孩的心理形象。[②]俄罗斯文学中，把对孩子的爱和母爱作为抒情主题的第一人是莱蒙托夫，而非杰尔查文或普希金，甚至不是茹科夫斯基。[③] 如果说卡拉姆津在小说中刻画的是孩子性格的形成，那么莱蒙托夫表达的则是具有抒情性的儿童主题。在他所涉及的每种体裁创作中都可以找到与儿童形象相关的细节。

探讨儿童主题，首先要界定儿童的年龄界限。在浪漫主义美学中对时间和年龄的理解是在不断变化的。巴·伊·费多托娃（П.И. Федотова）认为："青年与老年是对映体。但不仅仅是对立的年龄范畴：生命的开始与结束。浪漫主义不能只从生物学角度来考察这两个范畴，因为对于浪漫主义来说，构成一个人最原初的真正因素是内在的精神生命。因此，对于浪漫主义来说，青春与老年不只是一个人生命的年龄阶段，而是其精神状态。从生理学角度看，青年是肉体的黄金时期，机体的各个器官还没有开始萎缩，而老年却是萎缩过程不断加剧的时期。在浪漫主义看来，青年是精神元素对物质元素的统治，而老年则相反，是物质统治精神。"[④]

俄罗斯 19 世纪在法律上对儿童（дети）一词的界定是年龄未满 21 周岁未成年的一类人。未成年分为三个年龄段：14 岁之前，14—17 岁，17—21 岁。[⑤] 这种年龄划分也反映在这个时代的语言中，在达里的词典中，7 岁之前被称为婴孩，7—14 岁被称为少年，14—21 岁被称为青年，而 21—28 岁被称为成年人。[⑥]

我们所分析的儿童形象，包括那些处于青少年时期的年轻人。有必要区分一下俄语中的几个近义词：детский（儿童的）、молодой（年轻的、幼小的）、юный

① Лобова Т.М. Феноменология детства в творчестве М. Ю. Лермонтова. Диссертация на соискание ученой степени кандидата филологических наук. – Екатеринбург, 2008. C.59.

② Гуковский Г.А. Русская литература XVIII века. – М., 1998. С. 438.

③ Розанов И.Н. Лермонтов-мастер стиха//Розанов И.Н. Литературные репутации. – М., 1990. С. 262.

④ Федотова П.И. Молодость и старость как нравственно-духовные категории: проблемы геронтософии в русском философском романтизме//Философия старости: геронтософия: сб. материалов конф. – СПб., 2002. С. 42.

⑤ Фадеев А.В. Идентичность детства: правовое положение детей в России в XIX столетии//Дискурс Пи, 2005. Вып. 5. С. 109.

⑥ Даль В.И. Толковый словарь живого великорусского языка: в 4 т. Т. 2. – М., 1998. С. 293.

（少年的、青春的）。在献给洛普欣娜两岁女儿的一首《给孩子》（1840）的诗中，莱蒙托夫描述微笑时用了"улыбка молодости"（年轻的微笑）、"как милы мне твои улыбки молодые"（对你那年轻的微笑我多么珍爱呀）这样的词组。也就是说，上述几个词都可以用来形容儿童。

一、擅独处、爱幻想、耽于思考的孤儿形象

纵观莱蒙托夫整个创作，我们可以发现，其笔下的儿童形象最重要的特质是喜欢独处，爱幻想，并且常常耽于思考。在纲领性的诗篇《一八三一年六月十一日》中，17岁的莱蒙托夫用意识流般的形式展开了独特的分析思考。描述产生自我意识的过程从回忆童年开始："记得打从我童年的时候起，/我的心一直喜欢追新猎奇。/我喜欢世间那种种的诱惑，/惟（唯）独不爱偶尔涉足的人寰；/平生的那些瞬间充满苦难，/我让神秘的幻梦与之做伴，/而梦当然和大千世界一样，/不会因这些瞬间变得暗淡。//"[①]而在第二节中，诗人再次强调抒情主人公常沉浸于自己的想象之中，为自己构建一个虚幻的世界，过上"别样"的生活："我在片刻间常凭想象之力，/以别样生活度过几个世纪，/而忘却了人世。……"[②]

青少年时代的彼乔林、尤里·沃林、萨什卡等都是幻想家。"一些奇怪的幻想"会使小尼娜难为情。正是梦想呼唤着童僧逃离了修道院。莱蒙托夫的小主人公们都喜欢幻想，而这是他们走向成熟的最初阶段。他们不会忘记曾经历过的不幸，他们会直面不幸，思索不幸，这一切在他们那敏感的心中都会留下印记。在《为孩子们写的童话》中，作者对尼娜的刻画恰是反映了类似的性格："我理解，她有某些人的心灵，/他们过早懂得世间的事物。/对于善与恶，对苦难与幸运，/心都能包容；……"[③]

在早期的自传性戏剧《怪人》中，莱蒙托夫在阿尔别宁的自白中承认："噢！我真想沉迷于享乐，让享乐的水流冲走那从小就注定要压在我身上的自我认识的重负！"[④]同样在这部剧中玛丽亚·德米特列夫娜在回忆自己的童年时说道："当

---

① [俄] 莱蒙托夫：《莱蒙托夫全集 第 1 卷 抒情诗 I》，顾蕴璞主编，顾蕴璞译，河北教育出版社，1996年，第 375-376 页。

② [俄] 莱蒙托夫：《莱蒙托夫全集 第 1 卷 抒情诗 I》，顾蕴璞主编，顾蕴璞译，河北教育出版社，1996年，第 376 页。

③ [俄] 莱蒙托夫：《莱蒙托夫全集 第 3 卷 长诗》，顾蕴璞主编，顾蕴璞，张勇，谷羽译，河北教育出版社，1996 年，第 655 页。

④ [俄] 莱蒙托夫：《莱蒙托夫全集 第 4 卷 剧本》，顾蕴璞主编，乌兰汗等译，河北教育出版社，1996 年，第 269 页。

我还是个孩子的时候，我常常从晴朗的天空、光辉的太阳和生气盎然的大自然得到启示，为自己塑造我心向往之的人物；我同他们形影相随，日日夜夜地向他们倾吐心曲；是他们为我装点了整个世界。"[1]莱蒙托夫在许多作品中都展现了现实的方方面面，展示了生活中的矛盾与冲突，而这一切对孩子都会产生影响。尽管从心理学角度来看，儿童更有能力漠视生活中的不愉快，但这并不意味童年时代所遭遇的委屈和欺辱会更容易被遗忘。童年时代所留下的印象，无论是好的，还是糟糕的，都会铭记一生。俄罗斯著名思想家、心理学家和教育家瓦·瓦·津科夫斯基（В.В. Зеньковский）认为儿童心理对生活中的打击会更敏感，也更容易感到无助：不应该忘记，儿童的心灵是格外柔软的，可以说，是脆弱的，完全有理由称其为含羞草。任何不加小心的、笨拙的触碰都会让孩子封闭自己。[2]遭遇生活中的不幸是莱蒙托夫作品主人公走向成熟的另一个阶段。实际生活中的孤儿境遇和精神上的孤儿感是主人公个人成长过程中的重要特征。莱蒙托夫在戏剧、小说、长诗等作品中对孩童被迫与亲生父母分离这一问题都有所表现。戏剧《西班牙人》中的费尔南多从小便被遗弃，不知双亲是谁；《伊斯梅尔-贝》中的伊斯梅尔和《我想跟你们讲》中的萨沙·阿尔别宁未曾享受过母亲的疼爱。

《童僧》中的主人公因为被俘而失去了与亲人的联系；《大贵族奥尔沙》中的阿尔谢尼不知道自己生于何处，父亲是谁。因此对于主人公来说，家与故乡是其整个价值体系中最为宝贵的一部分。在他们出生的地方，在有父母、兄弟姊妹等亲人的地方才是家。而他们的命运使他们远离了这样的地方，远离了亲人的关爱与支持。祖国形象在莱蒙托夫作品中也是与家、与朋友、与亲人联系在一起的。祖国对于童僧来说是充满友爱、欢乐、真诚的地方，这里会让人精神放松，这里有可爱的他人，也有可爱的亲人们，这里有和睦的家人，婴儿的摇篮旁幼小的姐姐们在唱着歌儿。[3]

而在抒情作品中莱蒙托夫抒发的是精神上的孤儿感。诗人表达了孩童是如何在遭遇世界的残酷现实后逐渐失去对生活的信任的。通常，莱蒙托夫并不讲述孩童心灵经受了什么具体的苦难，但经常会用诸如"忧郁""苦恼""痛苦""绝望""愤怒""欺骗"等词汇来描述孩童的心灵状态。在抒情诗《别离》（1830）、《一八三〇年七月十五日》（1830）、《雷雨》（1830）、《尽管欢乐早已背弃了我》（1830—1831）中，诗人表达了欺骗的主题："然而我走进一个别样的社

---

① [俄] 莱蒙托夫：《莱蒙托夫文集 西班牙人 戏剧（1829—1831）》，金留春，黄成来译，上海译文出版社，1998 年，第 312 页。

② Зеньковский В.В. Психология детства. – М., 1996. C. 136.

③ Максимов Д.Е. Поэзия Лермонтова. – Л., 1959. C. 241.

会，认清了人，把友爱的欺骗认出"（《一八三○年七月十五日》）[①]，"在生活中我徒然浪费了情感，/是一个受生活欺骗的人！"（《雷雨》）[②]

二、早熟的儿童形象

几乎所有莱蒙托夫作品的主人公都具有早熟的特点，例如《高加索的俘虏》（1828）中年轻的俘虏、《海盗》（1828）中的海盗、《伊斯梅尔-贝》（1832）中的伊斯梅尔、《大贵族奥尔沙》（1835—1836）中的阿尔谢尼、《萨什卡》（1835—1836）中的萨什卡、《童僧》（1839）中的童僧、《为孩子们写的童话》（1839—1840）中的尼娜、戏剧《人与激情》（1830）中的尤里·沃林、《怪人》（1831）中的弗拉基米尔及其母亲玛丽亚·德米特列夫娜、小说《我想跟你们讲》中的萨沙·阿尔别宁、《当代英雄》（1837—1840）中的彼乔林等。

在抒情诗《他降生到世上是为幸福、希望》（1832）中诗人如此写道："他降生到世上是为幸福、希望/与平静的灵感！——但热情如狂，/过早地挣脱了自己身穿的童装，/把心儿抛进了喧嚷生活的海洋，/人世不容他，上帝也不保全！/恰似一只早熟的浆果，/在鲜花丛中悬挂的异乡人，/不能开胃养人，也不能悦目赏心，/群芳争艳的节令已是它萎落的时辰！//"[③]在第二节中诗人再次强调了"早熟的浆果"，明明是一个儿童却变成了一个"没白发的老人"。莱蒙托夫在许多诗中都把过早成熟的主人公比喻成早熟的浆果或是树枝上被折下的嫩叶。"脸颊像两只圆熟的李子"（《肖像》，1829）[④]，"我站在深渊之上，孤身一人，/命运把我的一切窒息在这里；/一如生长在海的深渊上的小树，/它的被雷雨折下的叶片正听凭/漂泊的碧浪的恣意妄为而漂游。//"[《致……》（"快伸出你的手，挨着诗人的胸口"），1830—1831][⑤]，"我从心里挤出了泪滴；/像只失去了汁液

① [俄] 莱蒙托夫：《莱蒙托夫全集 第 1 卷 抒情诗 I》，顾蕴璞主编，顾蕴璞译，河北教育出版社，1996年，第 209 页。

② [俄] 莱蒙托夫：《莱蒙托夫全集 第 1 卷 抒情诗 I》，顾蕴璞主编，顾蕴璞译，河北教育出版社，1996年，第 143 页。

③ [俄] 莱蒙托夫：《莱蒙托夫全集 第 2 卷 抒情诗 II》，顾蕴璞主编，顾蕴璞译，河北教育出版社，1996年，第 97 页。

④ [俄] 莱蒙托夫：《莱蒙托夫全集 第 1 卷 抒情诗 I》，顾蕴璞主编，顾蕴璞译，河北教育出版社，1996年，第 29 页。

⑤ [俄] 莱蒙托夫：《莱蒙托夫全集 第 1 卷 抒情诗 I》，顾蕴璞主编，顾蕴璞译，河北教育出版社，1996年，第 348-349 页。

的小浆果，//"（《我的未来如埋在雾中》，1836—1837）①，"在这世上我不会留下弟兄，/而我这颗疲惫不堪的心，/早被一片黑暗和寒意笼罩；/有如那早熟但干瘪的浆果：/在人生这轮毒烈的骄阳下，/在命运的狂风暴雨中凋落。//"（《我恐怖地望着我的未来》，1838）②，"我们临危怯懦，实在令人羞愧，/在权势面前却是一群可鄙的奴才。/恰似一只早熟且已干瘪的野果……//"（《沉思》，1838）③，"我是一片可怜的橡叶儿，/在酷寒的祖国过早地长大成熟。//"（《叶》，1841）④艾亨鲍姆认为：不管怎么说，莱蒙托夫的诗歌当然具有自传性的特点，因此我"在酷寒的祖国过早地长大成熟"这样的话具有足够的说服力。⑤

　　儿童遭遇生活不幸的后果，除了过早的成熟与衰老外，还表现在其自我封闭与心存苦毒的性格上。"虽还年轻，但面颊/已蒙上昏暗；/心里笼罩着一层/憎恨和冷淡！//"（《歌》，1829）⑥少年时代是一个人认知世界的关键时期，津科夫斯基认为：这一时期的痛苦生活经验会成为格外沉重的负担，它会让孩子变老。这一时期孩子内心还没有经历过那种强烈的、深刻的情感体验，尽管这些体验可以吸引孩子，但也可以在某种程度上补偿痛苦的生活经验，这一时期孩子的创造力也没有达到顶峰。⑦

　　在戏剧《人与激情》中，尤里·沃林在与好友扎鲁茨基久别重逢时说道："是呀，我变了。瞧，我有多老啊。喔，你要是知道其中的缘由，你会震惊、感叹的。……这是真话，朋友，我不是你过去熟悉的尤里了，……那个对世上普遍存在兄弟情谊的美妙幻想着了迷、只要一提到自由就会脸红心跳的尤里，喔，我的朋友，那个年轻人早就给埋葬了。"⑧在准备去决斗时他说："现在我应当死去……对于我，一个二十岁的绝望而早衰的灵魂来说，又何苦去叫生命重新闪耀。（沉思）

　　① [俄] 莱蒙托夫：《莱蒙托夫全集 第 2 卷 抒情诗 II》，顾蕴璞主编，顾蕴璞译，河北教育出版社，1996年，第 133 页。

　　② [俄] 莱蒙托夫：《莱蒙托夫全集 第 2 卷 抒情诗 II》，顾蕴璞主编，顾蕴璞译，河北教育出版社，1996年，第 176 页。

　　③ [俄] 莱蒙托夫：《莱蒙托夫全集 第 2 卷 抒情诗 II》，顾蕴璞主编，顾蕴璞译，河北教育出版社，1996年，第 197 页。

　　④ [俄] 莱蒙托夫：《莱蒙托夫全集 第 2 卷 抒情诗 II》，顾蕴璞主编，顾蕴璞译，河北教育出版社，1996年，第 325 页。

　　⑤ Эйхенбаум Б.М. Лирика Лермонтова//Статьи о Лермонтове. – М. – Л., 1961. С. 346.

　　⑥ [俄] 莱蒙托夫：《莱蒙托夫全集 第 1 卷 抒情诗 I》，顾蕴璞主编，顾蕴璞译，河北教育出版社，1996年，第 43-44 页。

　　⑦ Зеньковский В.В. Психология детства. – М., 1996. С. 78.

　　⑧ [俄] 莱蒙托夫：《莱蒙托夫文集 西班牙人 戏剧（1829—1831）》，金留春，黄成来译，上海译文出版社，1998 年，第 212 页。

是呀，我衰老了……活够了！……"①在戏剧《怪人》中，别林斯科伊对阿尔别宁的评价是："穆罕默德说，他把头放进水里又抬起来，一会儿的工夫就老了十四岁；你也是这样，短短几天，简直换了个人。"②

除上述戏剧作品中的主人公外，莱蒙托夫长诗中的许多主人公也表现出了早熟特征。例如在长诗《伊斯梅尔-贝》中，作者对年轻的契尔克斯人的肖像描写表现出这一早熟特征："头上虽然不见白丝，/却像老人心灰情冷，/为何要为躁动不安/生气勃勃的旧家园/带来一颗枯萎的心？//"③而在长诗《萨什卡》中，作者议论道："难道不是，十八岁谁不衰老，/必定未见世面，不与人相交，/享乐的事他只不过是耳闻，/对学校老师和折磨很忠诚。//"④在《为孩子们写的童话》中作者对尼娜走向成熟期的描写非常简洁："她身材窈窕，但随时光奔跑，/生命的红光逐渐退下脸庞，/大大的眼睛显得神思惆怅。//"⑤

莱蒙托夫的作品还展示了个人在成长过程中所经历的过早的放荡期。在抒情诗《忏悔》（1829）和《紧紧地挨着我，年轻的美男子！》（1832）中，莱蒙托夫塑造了两个堕落的女性形象。《忏悔》是莱蒙托夫第一首忏悔体抒情诗。忏悔体的文学体裁保留了其最原初的意义，即实现忏悔功能。忏悔是东正教七件圣事之一，它要求忏悔人必须虔诚，要有摆脱罪的强烈愿望，要悔改。诗中有两个形象，一是忏悔者女郎，二是倾听者神父。但该诗中女郎并无足够的信心相信通过忏悔自己会得到饶恕，相反，她只是想诉说自己的一生，并不期待上帝的拯救。她的忏悔更像是一种怪怨："我从来没有好好品尝/少年柔情岁月的幸福，/我从来没有好好品尝/儿童应有的天真活泼；/我曾把自己全部身心/交付炽烈难熄的情欲，/它又把我随手交付/那座苦难深重的地狱！……//"⑥童年的缺失似乎是她过早堕落的理由，她甚至不希望神父为她祈祷。然而，神父说："假如你的灵魂已

① [俄] 莱蒙托夫：《莱蒙托夫文集 西班牙人 戏剧（1829—1831）》，金留春，黄成来译，上海译文出版社，1998年，第262页。

② [俄] 莱蒙托夫：《莱蒙托夫全集 第4卷 剧本》，顾蕴璞主编，乌兰汗等译，河北教育出版社，1996年，第267页。

③ [俄] 莱蒙托夫：《莱蒙托夫全集 第3卷 长诗》，顾蕴璞主编，顾蕴璞，张勇，谷羽译，河北教育出版社，1996年，第219页。

④ [俄] 莱蒙托夫：《莱蒙托夫全集 第3卷 长诗》，顾蕴璞主编，顾蕴璞，张勇，谷羽译，河北教育出版社，1996年，第443页。

⑤ [俄] 莱蒙托夫：《莱蒙托夫全集 第3卷 长诗》，顾蕴璞主编，顾蕴璞，张勇，谷羽译，河北教育出版社，1996年，第652-653页。

⑥ [俄] 莱蒙托夫：《莱蒙托夫全集 第1卷 抒情诗 I》，顾蕴璞主编，顾蕴璞译，河北教育出版社，1996年，第35-36页。

无力，/你却不在忏悔中祈祷，/伟大的上帝不会饶恕你！……//"[1]同样《紧紧地挨着我，年轻的美男子！》一诗也是一位堕落女性的自白。有人认为该诗是受《淫荡女人之歌》[是法国诗人安德烈·舍尼埃（André Chénier）《丽达》一诗的缩译]启发而作。"我不知道父母亲是谁，/被一个陌生老太婆收养，/我没有欢快的童年，/甚至没因美貌得意洋洋；/十五岁那年受厄运摆布，/被卖给一个男人——无论哀求，/也无论哭泣都救不了我，/从此我逐渐走向生命的尽头。//"[2]作者在此强调了女主人公的悲惨命运，是社会环境造成了女主人公的堕落。这在俄罗斯文学堕落女性形象的长廊中可以找到同类，如索尼娅·马尔梅拉多娃、喀秋莎·玛丝洛娃等。

　　长诗《罪人》中的主人公是一个少年偷情者，与继母行苟且之事。而《萨什卡》中的主人公少年时也曾与女仆偷情，被作者称为"浪荡的少年"。莱蒙托夫在作品中描绘了孩童精神世界形成的过程，描述了他们与周围世界的关系，以及他们生命所发生的变化。莱蒙托夫关注"人类心灵的历史"，而孩童心灵的历史对于莱蒙托夫来说同样重要。C. 谢尔久科娃（С. Сердюкова）如此写道："莱蒙托夫创造的孩童心灵辩证法预言了俄罗斯文学经典托尔斯泰的《童年·少年·青年》的出现。"[3]

　　莱蒙托夫在抒情诗、长诗、小说、戏剧等不同体裁创作中均塑造了不同的儿童形象。综上所述，其笔下的儿童形象大都没有快乐的童年。童年生活中父母的缺席使得孤儿意识根植于孩童的心灵深处。生活中的苦难遭遇使得他们性格敏感，常常沉浸在自己的幻想世界中，从而形成了思考的习惯。孤儿意识与苦难意识使得他们又过早地成熟，而成年后的生活因为童年的不幸经历又充满着悲剧性。莱蒙托夫本人的悲剧意识贯穿其整个创作，因此，他在书写人物命运时，从孩童时代起便将悲剧因子融入其中。任何从无到有的文学书写都离不开作家个人的某种精神体验。莱蒙托夫一如其所塑造的主人公，悲剧性是其短暂生命轨迹的最鲜明特征。观其作品各色人物，再回看其命运轨迹，虚实之间惊人相似。

---

① [俄] 莱蒙托夫：《莱蒙托夫全集 第 1 卷 抒情诗 I》，顾蕴璞主编，顾蕴璞译，河北教育出版社，1996年，第 36 页。

② [俄] 莱蒙托夫：《莱蒙托夫全集 第 2 卷 抒情诗 II》，顾蕴璞主编，顾蕴璞译，河北教育出版社，1996年，第 16-17 页。

③ Сердюкова С. Тема детства в творчестве Лермонтова//Проблемы мировоззрения и мастерства М.Ю. Лермонтова. – Иркутск, 1973. С. 54.

三、童年经验的艺术生成

中国著名文艺理论家童庆炳在《作家的童年经验及其对创作的影响》一文中指出："童年经验作为先在意向结构对创作产生多方面的影响。一般地说，作家面对生活时的感知方式、情感态度、想象能力、审美倾向和艺术追求等，在很大程度上都受制于他的先在意向结构。对作家而言，所谓先在意向结构，就是他创作前的意向性准备，也可理解为他写作的心理定势。根据心理学的研究，人的先在意向结构从儿童时期就开始建立。整个童年的经验是其先在意向结构的奠基物。就作家而言，他的童年的种种遭遇，他自己无法选择的出生环境，包括他的家庭，他的父母，以及其后他的必然和偶然的不幸、痛苦、幸福、欢乐……社会的、时代的、民族的、地域的、自然的条件对他的幼小生命的折射，这一切以整合的方式，在作家的心灵里，形成了最初的却又是最深刻的先在意向结构的核心。"[①]

莱蒙托夫的成长过程中最为重要的人物莫过于其外祖母阿尔谢尼耶娃。正如伊凡诺夫在《莱蒙托夫》中所言："诗人的全部生活同伊丽莎白·阿列克谢耶夫娜的名字密不可分。"[②]诗人母亲马利娅·米哈伊洛夫娜（Мария Михайловна）是阿尔谢尼耶娃的独生女，生来体弱多病，但其受过良好的教育，性格温顺，富有爱心。父亲尤里·彼得洛维奇（Юрий Петрович）是一名普通的退役军官。莱蒙托夫父母的婚姻从一开始便遭到阿尔谢尼耶娃的反对，但未能阻挡两个相爱的人结合。彼得洛维奇比较贫穷，婚后就跟妻子生活在岳母家的塔尔罕内庄园。当时，阿尔谢尼耶娃非常担心这个女婿对其财产有所觊觎，因为女婿还有守寡的母亲和未出嫁的姐妹们需要他养活。因此，给女儿的陪嫁只有 17 名农奴，但并没有土地，而女婿得到的只是管理庄园的权利。莱蒙托夫的诞生暂时缓解了紧张的家庭关系。但好景不长，莱蒙托夫不满 3 岁的时候母亲就去世了。尽管不到 3 岁的孩子对死亡并不会有某种具体的感知，甚至对母亲的记忆都是模糊的，但母子连心的本能使得这一死亡事件会在其深层的意识中留下某种印记。在 1830 年的一则笔记中，莱蒙托夫写道："当我三岁的时候，有一曲我听了就要哭的歌。如今我已记不起了，但我深信，假如我听到它，它还会产生往昔的影响。它是我故去的母亲曾唱过的。"[③]在诗人的作品中找不到关于马利娅·米哈伊洛夫娜整体的肖

---

①　童庆炳：《作家的童年经验及其对创作的影响》，《文学评论》，1993 年第 4 期，第 59 页。

②　[俄] 谢·瓦·伊凡诺夫：《莱蒙托夫》，克冰译，上海译文出版社，1993 年，第 13 页。

③　[俄] 莱蒙托夫：《莱蒙托夫全集 第 5 卷 小说·散文·书信》，顾蕴璞主编，力冈，冀刚，乌兰汗等译，河北教育出版社，1996 年，第 534 页。

像描述。但关于母亲的歌声的回忆却能找到："在童年的时候我就失去了母亲，/但我恍惚听得，当艳艳夕阳西落，/那草原，总向我把铭心的声音传播。//"（《高加索》，1830）[1]这里的声音即指莱蒙托夫幼年萦绕耳际的母亲的歌声。

关于母亲的歌声的回忆还出现在抒情诗《林荫道》（1830）、长诗《最后的自由之子》（1831）和《伊斯梅尔-贝》（1832）、戏剧《怪人》（1831）中。在这些作品中，或是大自然的美，或是女性的美都能让诗人联想到童年时母亲那优美的歌声。而在《哥萨克摇篮歌》（1838）中诗人塑造了一个温柔、慈祥而又虔敬的母亲形象。别林斯基曾评价说，这是一首歌颂母亲的艺术赞歌：母亲之爱的圣洁与忘我……无限柔情、母爱的无私与忠诚，诗人对这一切表现得淋漓尽致。[2]这是一首刻画母亲形象的总结性的诗歌，母亲形象在此不仅关心孩子的身心健康："你将来会有战士的气概，/而且会有哥萨克的胸怀。"[3]而且想象着孩子的未来，要为孩子献上虔诚的祈祷："我准会朝也思，暮也想，/眼巴巴地等着你回来；/我就要成天为你祈祷，/……我要趁你上路的机会，/送个小圣像随身携带……"[4]在戏剧《怪人》中仆人安努什卡回忆小少爷的场景恰与莱蒙托夫的经历相关："我还记得，他三岁那年，夫人把他抱在膝上弹钢琴，是一个悲曲儿，可他一个小孩子，竟听得流了泪！……"[5]

在儿童成长过程中最为重要的母亲角色在莱蒙托夫短暂的生命中几乎是缺失的，而父亲角色在莱蒙托夫的意识中也是与家庭冲突相关的。其父亲在妻子死后离开了岳母的庄园塔尔罕内，移居到了自己的小庄园克罗波托沃，因为莱蒙托夫的外祖母不想让自己的外孙跟他父亲一起生活。然而围绕谁来教养他的问题，外祖母和父亲着实斗争了一番。显然，莱蒙托夫是清楚这些矛盾的，因为他把这一经历写在了戏剧《人与激情》中，他通过两个仆人的对白真实地反映了外祖母与父亲之间关于他的纷争："……你知道：当我还是小姑娘的时候，玛丽亚·德米特列夫娜，我们的太太的女儿，就过世了，留下一个男孩儿。全家都

---

① [俄] 莱蒙托夫：《莱蒙托夫全集 第 1 卷 抒情诗 I》，顾蕴璞主编，顾蕴璞译，河北教育出版社，1996年，第 107 页。

② Белинский В.Г. Стихотворения М.Ю. Лермонтова//Белинский В. Г. Поли. собр. соч.: в 13 т. Т. 4. – М., 1954. СС. 535-536.

③ [俄] 莱蒙托夫：《莱蒙托夫全集 第 2 卷 抒情诗 II》，顾蕴璞主编，顾蕴璞译，河北教育出版社，1996年，第 191 页。

④ [俄] 莱蒙托夫：《莱蒙托夫全集 第 2 卷 抒情诗 II》，顾蕴璞主编，顾蕴璞译，河北教育出版社，1996年，第 191-192 页。

⑤ [俄] 莱蒙托夫：《莱蒙托夫全集 第 4 卷 剧本》，顾蕴璞主编，乌兰汗等译，河北教育出版社，1996年，第 276 页。

象（像）疯了似地哭她——我们的太太比所有的人哭得更伤心。之后她要求把外孙尤里·尼古拉依奇留下给她。那个做父亲的开始不同意，以后他得了点好处，才答应了，便留下儿子，到自己祖传的庄园去啦。后来，他又突然想起来到我们这里——从一些好心人那儿传来消息，说是他要从我们这里夺走尤里·尼古拉依奇。因此，从那时候起他们就闹意见了——还有……"①就连剧中人物达里娅也有她的原型，即当时阿尔谢尼耶娃的女管家达里娅·格里戈里耶夫娜。莱蒙托夫甚至连她的真实姓名都没有改变。其实，该剧中的很多细节都是基于莱蒙托夫的个人经历而写的。

　　外祖母为了把外孙留在身边，不仅给了彼得洛维奇一大笔钱，还立下遗嘱将自己的全部财产留给外孙。但是有条件的："如果父亲索取我的外孙，则无异于人们公然加给我最大的欺辱。那么我阿尔谢尼耶娃，现在遗赠的所有动产与不动产在我死后送给的将不再是我的外孙米哈伊尔·尤里耶维奇·莱蒙托夫，而是我的斯托雷平家族，同时我的上述外孙对我死后留下的财产不得作任何分摊。"②这份真实的遗嘱在莱蒙托夫的剧本《人与激情》的第三幕二场中有直接的提及："我死后，我兄弟帕维尔·伊万雷奇为领地监护人；他死后，由另一个兄弟担任；如果后者去世，则委托公公。倘若尼古拉·米哈雷奇把儿子领走，他就永远丧失这份产业。"③

　　在莱蒙托夫的创作中很少有作品是直接献给自己父母的，对母亲的回忆留在了前文提到的一些作品中。对于父母之间的关系以及家庭纠纷，莱蒙托夫更多地表现在了戏剧创作中。然而家庭主题在其创作中占有重要的地位，根据《莱蒙托夫百科全书》的词汇使用频率统计，отец（父亲）和мать（母亲）位列最常使用的 1000 个词的词语清单中。отец 的使用频率为 412 次，мать 的使用频率为 149 次。生活中被迫与父亲分离的景况使得莱蒙托夫更加希望能跟父亲有所交流。14 岁时的莱蒙托夫曾在给姨妈的一封信中写道："亲爱的爸爸到这儿来过，他用多么使我喜爱的手从我的画夹子里选走了两幅作品啊……谢天谢地！"④可见，莱蒙托夫对于能够见到父亲有多么欣喜。而作为父亲的彼得洛维奇不仅感受到了儿子对自己的爱，而且表达了自己对儿子的爱，这从他的遗嘱中可以看出，他把自己不多的田产留给了儿子，同时对儿子的爱表达了感激之情："谢谢你，我无价

　　① [俄] 莱蒙托夫：《莱蒙托夫文集 西班牙人 戏剧（1829－1831）》，金留春，黄成来译，上海译文出版社，1998 年，第 207 页。
　　② [俄] 谢·瓦·伊凡诺夫：《莱蒙托夫》，克冰译，上海译文出版社，1993 年，第 11 页。
　　③ [俄] 莱蒙托夫：《莱蒙托夫文集 西班牙人 戏剧（1829－1831）》，金留春，黄成来译，上海译文出版社，1998 年，第 243-244 页。
　　④ [俄] 莱蒙托夫：《莱蒙托夫全集 第 5 卷 小说·散文·书信》，顾蕴璞主编，力冈，冀刚，乌兰汗等译，河北教育出版社，1996 年，第 442 页。

珍贵的朋友，为你对我的爱和给予我的温情关注，这份关爱我能感觉得到，尽管我已经失去了与你生活在一起的慰藉。"①

　　莱蒙托夫与父亲之间的感情就连其外祖母阿尔谢尼耶娃都感到嫉妒，她在居住莫斯科期间曾写道："总是待在那里（他父亲身边），我这儿都不曾瞧上一眼。他怎么成了这么个样子！……以前总是特别黏糊着我，小的时候像个跟屁虫似的跟着我。我枉费心思让他离开父亲，在他们身边他们总有办法让孩子确信不疑，是我从他父亲那里夺走了他母亲的产业，好像他没有落到这份遗产似的。谁将来安抚我的晚年？……这一切都不会有好果子吃……"②其实莱蒙托夫也只是在莫斯科学习的那几年，才有机会和父亲见面。1831 年，父亲去世。就在这一年莱蒙托夫创作的抒情诗中，有四首诗提到了父亲的死。在《你真美啊，我祖国的田野》（1831）中，最后一行诗提到了去世的父亲。在《我见过幸福的影子；但是我》（1831）中，诗人直接呼唤："我的父亲啊！你在哪里？何处/我才能找到天国里你骄傲的游灵?/每条道路都通向你所在的世界，/但隐秘的恐怖妨碍我把一条选定。//"③在《父亲和儿子的命运太凄惨》（1831）中诗人写道："父亲和儿子的命运太凄惨：/生不得相见，死时各东西，/……我们俩对彼此结不出仇怨，/尽管我们都成苦难的牺牲品！/你有否过错，非由我判断；/你受人世谴责，但人世又算什么？/……难道如今你一点也不爱我？/啊，如果是这样，那么天国/连我正在苟活的尘世都不能比；/纵使在这里我没有幸福可言，/但我至少可以说，我还在爱你！//"④这首诗真实地再现了诗人的家庭悲剧，诗人深深意识到自己与父亲血脉相连的生命本质，同时感受到了自己与父亲的相似命运，最后表达了自己对父亲的爱。《纵使我爱上什么人》（1831）也是写在父亲去世后不久，父亲去世给他造成的痛苦让他觉得，即使他爱上什么人也"添不了生命的光彩"。

　　1832 年，莱蒙托夫在《墓志铭》中写道："别了！我们还能不能再见？/死神会不会愿意让两个/人间命运的牺牲者相聚？/不得而知！那么就别了！……/你给了我生命，但没给幸福；/你自己在世上受命运摆弄，/在人间品尝的只是狠毒……/但还有一个人了解你的苦衷。/"⑤这是莱蒙托夫对已故父亲的悼念诗，也

①　[俄] 弗拉季米尔·邦达连科：《天才的陨落：莱蒙托夫传》，王立业译，新星出版社，2016 年，第 76-77 页。

②　[俄] 弗拉季米尔·邦达连科：《天才的陨落：莱蒙托夫传》，王立业译，新星出版社，2016 年，第 67 页。

③　[俄] 莱蒙托夫：《莱蒙托夫全集 第 1 卷 抒情诗 I》，顾蕴璞主编，顾蕴璞译，河北教育出版社，1996 年，第 450-451 页。

④　[俄] 莱蒙托夫：《莱蒙托夫全集 第 1 卷 抒情诗 I》，顾蕴璞主编，顾蕴璞译，河北教育出版社，1996 年，第 462-463 页。

⑤　[俄] 莱蒙托夫：《莱蒙托夫全集 第 2 卷 抒情诗 II》，顾蕴璞主编，顾蕴璞译，河北教育出版社，1996 年，第 39 页。

是诗人参加父亲葬礼的唯一证据。诗歌的前半部分再次表达了自己与父亲命运的相似性，他们都是命运的牺牲品，尽管父亲没有给他带来幸福，但是他深深理解父亲的苦衷。诗歌的后半部分主要表达了他面对父亲尸体时沉痛的心情，尽管别人不理解他为什么不放声大哭，但他却认为，其实没有放声大哭恰恰意味着他所经受的痛苦更深。

　　莱蒙托夫的童年经验已经深深融入其灵魂深处。他的内心似乎一直住着一个儿童，这个儿童一直陪伴他，直到他年轻的生命像流星一样陨落。诗人的个性及命运都与这个儿童相关。童年经验为诗人创作提供了最丰富的情感、审美、伦理道德支持。研究者指出：莱蒙托夫大多数的主人公（童僧、恶魔、彼乔林、马克西姆·马克西梅奇）不仅在物质层面，而且在精神层面也处于无处安身、无家可归的状态。童年所经历的挫折、孤儿之痛、孤独与无处安身之感使得莱蒙托夫的主人公们把世界看成是敌对的。许多成年的主人公没有居所，没有家庭，而他们的心灵也处于没有归属的状态。①

第三节　存在主义主题

　　我们不能不承认，在 19 世纪上半叶的俄罗斯文学中，莱蒙托夫占据着独特的位置。他的创作中涉及了许多人类的永恒问题：关于人的存在、生命意义、伦理道德原则等问题。这些问题都具有跨时代的现实意义。莱蒙托夫学作为一个独立的学术研究领域早在作家生前就已经存在。时至今日，涉足这一领域的研究者包括文艺理论家、哲学家、文化学家、历史学家、心理学家、美学理论家和艺术理论家等。因此，莱蒙托夫学研究具有跨学科研究的特点。

　　莱蒙托夫在创作中提出了许多有关"存在"的问题：人存在的独一性、人的先验认知世界能力、生死对立观、善与恶、人与上帝、人与自然、人与社会、责任问题等。而存在主义鼻祖索伦·奥贝·克尔凯郭尔（Soren Aabye Kierkegaard）把有关人、人的选择及价值、人的存在和个人意识等问题称为"存在主义"问题。学者瓦·伊·米尔顿（В.И. Мильдон）在《莱蒙托夫与克尔凯郭尔：彼乔林现象——一个俄丹类似现象》一文中对二者的文学、哲学著作进行了对比研究。两人是同时代人，有很多相似的地方：他们都深刻感受到了孤独，他们的个人命运都是悲剧性的，他们都曾通过日记的形式来表达自己的思想和情感，他们都对

---

① Лобова Т.М. Феноменология детства в творчестве М.Ю. Лермонтова. Диссертация на соискание ученой степени кандидата филологических наук. – Екатеринбург, 2008. СС. 91-92.

现实生活环境感到不满。两位作家都展示了人内心世界的双重性。他们笔下的主人公为了不让别人知道自己的所思欲行，会戴上"面具"。两位作家的爱情观相似，甚至对女性肖像的刻画也是相似的。主人公都渴望自由和幸福，但是他们却不想承担任何家庭义务。莱蒙托夫在诗歌中表达了"生活令人憎恨，但死亡也令人恐惧"的情绪；而克尔凯郭尔在《致死的疾病》中也谈到，面对死亡恐惧时人是孤独的，他被抛入了一个无望的世界，深感无助。①

　　存在主义把人作为自己哲学的研究对象，即关心人的价值的"人本学"。19—20 世纪的存在主义哲学家［俄罗斯有列·伊·舍斯托夫（Л.И. Шестов）、尼·亚·别尔嘉耶夫（Н.А. Бердяев），欧洲有马丁·海德格尔（Martin Heidegger）、让-保罗·萨特（Jean-Paul Sartre）、阿尔贝·加缪（Albert Camus）、卡尔·雅斯贝斯（Karl Jaspers）等］都试图把存在理解为某种直接的东西，否定对世界的纯粹理性认知，否定理性理解。根据存在主义的观点，存在不是我们外在感知所经验的现实，不是学术思维所提供的理性结构，也不是唯心主义哲学的"意识本质"。存在只能从直觉层面来理解，人正是通过个人体验来认识这个世界的，存在就是人所感觉到的样子。②但同时，一些存在主义哲学家认为，人的感觉是无法通过理性来理解的，因此他们把一些感觉归为"神秘主义"范畴。一些诸如生命、死亡、恐惧、良心、自由等概念与人的存在意义直接相关。存在主义作为一种哲学思想是对世界及自我的认知方式。早在 19 世纪上半叶的莱蒙托夫时代，当存在主义作为一种哲学概念还未出现的时候，莱蒙托夫就已经开始思考这些问题了。

一、个人存在的困境

　　关于对存在的认知，存在主义理论强调个人经验，反对理性。"存在主义自称重视主观意识或经验，强调从人的心理现象（如烦闷、恐惧、勇气、绝望、孤独）中分析出有条理的经验材料，认为这种主观意识或经验是更为可靠的存在，除此之外，世界上的一切都是非理性的、杂乱的、呆滞的、偶然出现的东西。"③我们在探讨"孤独主题"部分已经论证了莱蒙托夫通过抒情诗创作所表达出来的人所体验到的"孤独"状态。而在"童年主题"部分谈到了莱蒙托夫作品主人公所体验到的"无处容身""无家可归""孤独无助"的存在境遇。存在主义观点

---

① Мильдон В.И. Лермонтов и Киркегор: феномен Печорина: об одной русско-датской параллели//Октябрь, 2002, № 4. СС. 184-185.

② Кириллова Н.Б., Улитина Н. М. Истоки экзистенциализма в творчестве М.Ю. Лермонтова: культурологический аспект. Известия Уральского федерального университета. №. 3, 2015. СС. 114-115.

③ 王克千，樊莘森：《存在主义述评》，上海人民出版社，1981 年，第 8 页。

认为，人生来就是孤独的，而且孤独会伴随人的一生，直到死亡。因为"存在"作为一种独特的个人存在方式会受到人的意识与世界观的限制。一个人即便整日与志同道合的朋友相处，他的内心也永远要独自一人面对自己的"存在"。莱蒙托夫《人与激情》中的主人公尤里·沃林正是经受着此种"存在"之孤独："有一种奇怪的预感从我孩提时代起就烦扰着我。在昏暗的黑夜里，我常常伏在冰冷的枕头上哭泣，我感到在这个世界上没有一个亲人，没有，一个也没有……"①《西班牙人》中的费尔南多同样体会着无限的孤独与被弃感，他就像被抛到了这个充满痛苦的世界："是的，是的，是个货真价实的/被遗弃的孤儿！……在上帝的/广阔的世界上，你举目无亲！……"②主人公已经意识到，在这个荒谬与残酷的世界上他是如此脆弱与无助，存在必将毫无痕迹地消失。这样的意识甚至贯穿于费尔南多与埃米利娅的对话中。

> 埃米利娅：你自己不也是人吗？
> 费尔南多：嘿！那我就连同自己一起诅咒！……
> 埃米利娅：干吗要这样呢？
> 费尔南多：……
>
> 　　　　当我望一眼未来……只看见
> 　　　　惨淡的生活，还带着过去的毒害……
> 　　　　那时……埃米利娅……
> 　　　　那时我决心把你的幸福作牺牲，
> 　　　　好让我得到这一个紧贴
> 　　　　我心的、能理解我的人！③

这些体验恰恰与萨特的论断不谋而合："我被遗弃在世界中，这不是在我在一个敌对的宇宙里象（像）一块漂在水上的木板那样是被抛弃的和被动的意义下说的。而是相反，这是在我突然发现自己是孤独的、没有救助的、介入一个我对其完全负有责任的世界的意义下说的。"④莱蒙托夫研究者科特利亚列夫斯基认

---

① [俄] 莱蒙托夫：《莱蒙托夫文集 西班牙人 戏剧（1829—1831）》，金留春，黄成来译，上海译文出版社，1998年，第213页。

② [俄] 莱蒙托夫：《莱蒙托夫文集 西班牙人 戏剧（1829—1831）》，金留春，黄成来译，上海译文出版社，1998年，第20页。

③ [俄] 莱蒙托夫：《莱蒙托夫文集 西班牙人 戏剧（1829—1831）》，金留春，黄成来译，上海译文出版社，1998年，第46-47页。

④ [法] 萨特：《存在与虚无》，陈宣良译，生活·读书·新知三联书店，1987年，第711页。

为：毫无疑问，莱蒙托夫的诗歌是其深刻精神之痛的真实反映。无论是在长诗、小说，还是在抒情诗中，到处都可以感觉到忧郁和绝望的情绪，有时只是被愤怒之歌所掩盖。我们在莱蒙托夫的诗歌中体会不到快乐和欢喜，而这种忧伤主题之所以会占据主导地位，一方面是因为诗人天生忧郁，而另一方面是因为他一生良心不安，经受了沉重的精神焦虑。①

除了体验系列诸如"孤独感""无助感""无望感"之外，莱蒙托夫作品主人公还体验着"恐惧感"。"恐惧感"是人类所能体验到的众多情感状态之一。如果翻开《莱蒙托夫百科全书》中的《莱蒙托夫抒情诗词汇使用频率表》，那么我们可以发现，страх（恐惧）和 ужас（非常害怕）这两个词被列入了诗人最常使用词汇列表，使用次数分别是 307 次和 271 次。根据存在主义的观点，人如果想要意识到自己是一个存在，那么就应该处于一个"临界情境"，如面对死亡时。恐惧以及与之相关的其他强烈情感——不安、惊慌、害怕、震惊、绝望等会导致人死亡。《人与激情》中的尤里·沃林在决定自杀前自白道："可是他，我的父亲诅咒了我！这有多么可怕……我为他舍弃了一切：……他诅咒了我！……我的忍耐到头了……到头了……我曾竭尽全力地忍耐过……可是现在……已非人力所能及了！如今，我生命中的一切均已受到了毒害，生命于我已经毫无意义……死是什么！"②父亲的诅咒在尤里·沃林看来是可怕的，这也是导致他走向自杀的原因之一。很多情况下，恐惧感常跟死亡相关。《当代英雄》中作家在《彼乔林日记》中描写决斗之后的场景时写道："我开了枪。等硝烟散去，小小平地上已经没有格鲁什尼茨基了。只有一小股灰尘在悬崖边上缭绕着。像一根轻飘飘的柱子。大家一齐叫起来。'一场闹剧演完啦！'我用意大利语对医生说。他没有回答，而是带着恐怖的神情转过身去。"③人有时在恐惧状态时会有麻木般的平静。莱蒙托夫在很多作品中都有过这样的描述。"她无眼泪，无思想，不作声，/她失神地谛听，屏气站立，/仿佛远处传来的马蹄声/把她全部的未来都带走。"（《伊斯梅尔-贝》）④恐惧感大多数情况下被认为是负面情绪，但存在主义者却在某种程度上赋予其正面

① Котляревский Н.А. Михаил Юрьевич Лермонтов. Личность поэта и его произведения. – М.: Центр гуманитарных инициатив, 2015. С. 191.

② [俄] 莱蒙托夫：《莱蒙托夫文集 西班牙人 戏剧（1829—1831）》，金留春，黄成来译，上海译文出版社，1998 年，第 282 页。

③ [俄] 莱蒙托夫：《莱蒙托夫全集 第 5 卷 小说·散文·书信》，顾蕴璞主编，力冈，冀刚，乌兰汗等译，河北教育出版社，1996 年，第 397 页。

④ [俄] 莱蒙托夫：《莱蒙托夫全集 第 3 卷·长诗》，顾蕴璞主编，顾蕴璞，张勇，谷羽译，河北教育出版社，1996 年，第 242 页。

积极的意义。他们认为，恐惧可以把人从平稳的、无忧无虑的生活中拉出来。当人体验恐惧的时候会弱化其他感受，而此刻他便能完全专注于自身，真正的自由也正在于此。因此，存在主义者认为，人若战胜恐惧，"存在"才会真正显现。在《恶魔》中，塔玛拉向上帝求助："塔玛拉罪孽深重的魂灵，/紧紧靠在保护人的怀中，/用祷语压下自己的惶恐。/未来的命运眼看要决定……"①塔玛拉用祷告来克服自己的恐惧，在命运的抉择之时选择紧靠天使，最终飞向天国。

彼乔林在自己的日记中也曾记下恐惧的情绪："这是一种天生的恐惧，是一种无法解释的预感……就有一些人，下意识地害怕蜘蛛、蟑螂、老鼠……说老实话吗？……在我还是孩子的时候，我妈找过一个老婆子给我算命。她预言我要死于恶妇之手。当时这话使我非常震惊：我心里就对结婚产生了难以克制的反感……而且似乎有什么东西在对我说，她的预言会应验的；至少我得想方设法，让这一预言尽可能晚一些应验。"②彼乔林本想掩盖自己真实的想法，解释自己的恐惧是天生的，但最终还是道出实情。事实上，这是一种对未知的恐惧，他似乎相信了老婆子的"预言"，而预言又与死亡有关，此刻的他是希望死亡迟些到来的。然而吊诡之处在于，在经历了系列事件之后，在《宿命论者》中彼乔林再次分析自己性格时却又说道："就我来说，在我不知道前面是什么在等待着我的时候，我会更勇敢地往前冲。因为比死更坏的事是不会有的——人总免不了一死嘛！"③

莱蒙托夫作品的主人公体验到的上述诸多负面情感不可避免会与作家本人的生活经历相关，其悲剧性的命运造就了其悲剧性意识。在莱蒙托夫的艺术世界图景中，《人生的酒盏》（1831）是其对人生的深刻诠释。"我们紧闭着双眼，/饮啜人生的酒盏，/却用自己的泪水，/沾湿了它的金边；//待到蒙眼的遮带，/临终前落下眼帘，/诱惑过我们的一切，/随遮带消逝如烟；//这时我们才看清：/金盏本是空空，/它盛过美酒——幻想，/但不归我们享用！//"④17 岁的莱蒙托夫在这首诗中表达了自己深深的失望，空空的酒盏就象征着虚空的人生。抒情主人公本是期待啜饮美酒，体验人生的幸福，可事实上体验到的却是人生的悲苦。正如克尔

---

① [俄] 莱蒙托夫：《莱蒙托夫全集 第 3 卷 长诗》，顾蕴璞主编，顾蕴璞，张勇，谷羽译，河北教育出版社，1996 年，第 704-705 页。

② [俄] 莱蒙托夫：《莱蒙托夫全集 第 5 卷 小说·散文·书信》，顾蕴璞主编，力冈，冀刚，乌兰汗等译，河北教育出版社，1996 年，第 377 页。

③ [俄] 莱蒙托夫：《莱蒙托夫全集 第 5 卷 小说·散文·书信》，顾蕴璞主编，力冈，冀刚，乌兰汗等译，河北教育出版社，1996 年，第 416 页。

④ [俄] 莱蒙托夫：《莱蒙托夫全集 第 1 卷 抒情诗 I》，顾蕴璞主编，顾蕴璞译，河北教育出版社，1996 年，第 421-422 页。

凯郭尔曾说："生存对于我已变成了一杯苦酒，然而却必须一口一口地、慢慢地、计算着喝下去。"①

莱蒙托夫作品的主人公的生存困境还体现在个人与世界的冲突上。生活在世界中，人要经历各样存在主义问题：爱情与友情的背叛，善与恶的冲突，遭遇不公与欺骗等。所有这一切会激起人的愤怒、痛苦，由此会形成充满冲突的环境。小说主人公彼乔林始终有种超然于世界的另类感。他与周围世界互为封闭的客体，彼此均无法相互走近，二者常常处于对抗之中。戏剧《人与激情》中，主人公尤里·沃林与世界的冲突表现在家庭冲突，他与朋友、与心爱女人之间的冲突上。《怪人》中本是正常的弗拉基米尔却被世界视为"怪人"，且自认为生来无法与人相处。而《假面舞会》主人公阿尔别宁与世界的冲突核心在于世界的"假面"性。长诗《恶魔》主人公与整个世界为敌，而冲突的根源在于其恶魔身份的预设。纵观莱蒙托夫作品中的各色人物形象，无论是个人情绪的表达，还是人与世界关系情境的展示，都充满了张力。在面对生存困境之时，他们都试图寻找某种突破，试图找到存在的奥秘。

二、存在意义的探索

萨特认为："我们的出生是荒谬的，我们的死亡也是荒谬的"②，"存在是没有理由、没有原因并且是没有必然性的；存在的定义本身向我们提供了它原始的偶然性"③。如果像存在主义者所言，生命是荒谬的，存在是偶然的，生活是没有意义的，那么人该如何面对一个此在的"我"？事实上，莱蒙托夫一直在思索着相关问题，不断探索生命的意义。他曾追问过，也曾怀疑过。他笔下的主人公们像哲学家一样思索着有关存在的问题。莱蒙托夫青少年时代提出的有关人在宇宙中的使命与地位问题一直贯穿于其整个创作中。④

克尔凯郭尔在早期的《或此或彼》《重复》《恐惧与战栗》等作品中把人的存在分为三个心理阶段：审美阶段、伦理阶段和宗教阶段。第一阶段，审美主体是靠感性生活的，不承认自己存在的真实，结果导致不满和绝望。克尔凯郭尔认为审美主体这一阶段的生活在某些方面是病态的，他无法掌控自己，也无法掌控

---

① [丹麦] 索伦·克尔凯郭尔：《或此或彼（上）》，阎嘉，龚仁贵，颜伟等译，四川人民出版社，1998 年，第 13 页。

② [法] 萨特：《存在与虚无》，陈宣良译，生活·读书·新知三联书店，1987 年，第 700 页。

③ [法] 萨特：《存在与虚无》，陈宣良译，生活·读书·新知三联书店，1987 年，第 789 页。

④ Уразаева Т.Т. Философско-эстетические проблемы художественного развития М.Ю. Лермонтова: автореф. дисс. д-ра филол. наук/Т.Т. Уразаева; Урал. гос. ун-т. – Екатеринбург, 1995. С. 33.

环境，活在当下只是为了消遣，生活很不稳定，很容易受到环境的影响。但是，审美主体也可能很精明，会给自己设置任务，然后像做实验一样去完成这些任务。如果审美主体厌倦了，那么他会放弃任务。他认为生活不是实现某些目标和理想的源泉，而是一些机遇，而这些机遇只能想想而已。审美阶段人的弱点也正在于此，顺从于偶然性。一旦现实失去了令人兴奋的刺激因素，那么人就会变得软弱与无助。如果按照克尔凯郭尔的这一观点，我们可以发现，彼乔林这一人物的经历恰好符合这一逻辑。彼乔林发现了自己内心的软弱，深知自己无法与外部世界和解，也无法与自己和解。马克西姆·马克西梅奇如此描述彼乔林："他是个十分出色的小伙子，就是脾气有点怪。比如说，不管是下雨天还是大冷天，他整天都在外面打猎，人家又冷又累，他却无所谓。可是有时候，他坐在房间里，一刮风，他就说感冒了；护窗板一响，他就浑身发抖，脸色煞白；但他敢于当着我的面单独一个人去打野猪；有时候，他一连几个小时一声不吭，可是有时候说起故事来能叫人笑破肚皮。是啊，他的脾气真是古怪……"[1]彼乔林在现实中寻找刺激，因为他知道，一旦刺激因素消失，他就会再次感觉软弱与无助。

在上述理论的第二阶段，即伦理阶段，人开始思索存在的意义，寻找自己的使命，试图认清自己在这个世界上的位置。在《彼乔林日记》中主人公曾写道："我回顾一生经历，不由得问自己：我为什么活着的？我生下来带有什么目的？……目的肯定是有的，而且赋予我的使命肯定是不小的，因为我觉得我心灵中有无限的力量；可是我猜不透这使命是什么，我迷恋于空虚无聊的情欲而不能自拔；我从情欲的熔炉中走出来，就变得像铁一样又硬又冷，而永远丧失了高尚的志向，丧失了人生的精华。"[2]彼乔林对目的、对使命寻而未得，猜而未明，他因此而痛苦。他思索而得出结论，他活着就是为了打碎别人的希望，破坏别人的命运。的确，命中与之有交集的人最终的结局几乎都是不幸的。无论是其抢来的贝拉，还是其爱情实验对象梅丽公爵小姐，无论是决斗中被其杀害的格鲁什尼茨基，还是与之出轨的已婚女人维拉，他们的命运因彼乔林的介入而变得具有悲剧性。然而彼乔林自己却对一切都持无所谓的态度，甚至在决斗中，当他面对枪口时，他依然是淡然的态度，因为决斗是他的选择。这与他之前所恐惧的"预言之死"完全不同，此刻的他认为死只不过是生活中的系列事件之一。当他设想自

---

① [俄] 莱蒙托夫：《莱蒙托夫文集 当代英雄 散文（1833—1841）》，冯春译，上海译文出版社，1998 年，第 260 页。

② [俄] 莱蒙托夫：《莱蒙托夫全集 第 5 卷 小说·散文·书信》，顾蕴璞主编，力冈，冀刚，乌兰汗等译，河北教育出版社，1996 年，第 385 页。

己死后人们对他的评价时，他认为没有人能够准确地评价他，因为没有人真正了解他。他问自己："还值得花力气活下去吗？"他自己的回答是："而一直活着——只是出于好奇心。"①

《怪人》的主人公弗拉基米尔在经历了父亲的诅咒、母亲的离世之后，极度痛苦地望着窗外开始思索生命的意义："这明月，这繁星，都想告诉我：生命毫无意义！我的那些宏图大志，都到哪里去了！苦苦追求崇高伟大，这又何必呢？一切都过去了！这一点我看得出。就好比傍晚的云彩，在太阳落山之前，状如天上的城市，云端金光闪闪，带着你的想象翱翔，向你允诺各种奇迹；等到日落西山，晚风吹起，浮云就会飘散得无影无踪，——最终仍旧是寒露降临大地！"②此刻的主人公充满了存在主义的虚无感，他用自然景象的变化来比喻生活中的一切美好只不过是幻象，残酷的现实是存在的真实图景。曾经的"宏图大志""苦苦追求"在主人公看来都变得毫无意义。阿·马·马尔琴科（А.М. Марченко）指出，弗拉基米尔的心理定式是其长期自省的结果，他的古怪之处在于他的宏图大志有别于人群。③弗拉基米尔在意识到了存在的无意义之后，其命运轨迹的发展自然走向悲剧性的结局。他经历了发疯的状态，而在这种特殊的精神状态下，对人的意识、情感、心灵的真实体验等，作者通过客人丙之口做出了深刻的分析："他们只不过不能记住和表达自己的感情，因而他们的痛苦就更加可怕。他们的心灵并未失去天生的能力，可是从前用来表达心灵感受的器官却因为过度的紧张而衰弱和紊乱了。……这种人，对现在没有感觉，对将来也没有希望。人们把这种状态称作疯狂——并且对它的受害者大加嘲笑！"④发疯的状态就好像是对生命无意义的注解，当主人公意识中仅存的可以建构意义的爱情幻想也破灭时，他与世界之间的精神连接已然断裂。

根据克尔凯郭尔的理论，伦理阶段存在主体的自我认知带有批判意识。不仅要认识到自己本来的样子，而且要意识到自己想成为什么样子。存在主体的目的是要意识到自我，要专注于自己的本性、自己的存在。总之，人要善于自省。而

---

① [俄] 莱蒙托夫：《莱蒙托夫全集 第5卷 小说·散文·书信》，顾蕴璞主编，力冈，冀刚，乌兰汗等译，河北教育出版社，1996年，第386页。

② [俄] 莱蒙托夫：《莱蒙托夫全集 第4卷 剧本》，顾蕴璞主编，乌兰汗等译，河北教育出版社，1996年，第321页。

③ Марченко А.М. С подорожной по казенной надобности. Роман в документах и письмах. – М.: Книга, 1984. С. 59.

④ [俄] 莱蒙托夫：《莱蒙托夫全集 第4卷 剧本》，顾蕴璞主编，乌兰汗等译，河北教育出版社，1996年，第339-340页。

莱蒙托夫塑造的人物大多具有自省意识，有着超强的自我分析能力。彼乔林形象可以说是莱蒙托夫人物画廊中最具深刻自我心理分析能力的人物。他的自我分析带有强烈的批判色彩，他有一段著名的自我心理分析文本，而这段文本在戏剧《两兄弟》中也曾出现过，二者几乎重合。在两部不同作品中这段自我分析出现的场景是相似的，都是男主人公在与女性聊天中聊到了自己的个性。男主人公深谙其个性成因。

> 是啊！我从小就是这样的命。人家说从我脸上看得出我品质恶劣，其实我的品质并不恶劣；但他们认为我品质恶劣，因此这样的品质也就产生了。我天生胸怀坦荡，可是有人责备我狡猾，这样我就变得内向了。我本来善恶分明，但没有人来爱护我，相反，大家都来侮辱我：我就变得容易记仇了。我从小郁郁寡欢，人家的孩子都快快活活，说说笑笑，我觉得自己比他们高尚，人家却把我看得比他们低劣，我就变得容易嫉妒了；我天生有一颗爱心，可是没有人理解我，我也就学会了恨。我那平淡无奇的青春年华就是在和自己、和社会的不断争斗中逝去的，由于害怕人家嘲笑，我把一些最善良的感情深深埋在心底，它们也就在那里死亡。我说了真话，人家不相信我，我只好撒谎。在深谙人情世故之后，我便学会了处世的技巧，可是我看到别人不懂这些技巧也过得很幸福，还能不费吹灰之力享受我费了九牛二虎之力才得到的那些好处。于是我感到绝望了，这不是用手枪枪口所能医治的那种绝望，这是一种对一切都感到冷漠，对一切都感到无能为力的绝望，虽然表面上对人彬彬有礼，笑容可掬。我精神上残废了，我的心有一半已不存在，它枯萎、消失、死亡了，我割舍了它。另外一半还在微微地跳动，为替每个人效劳而活着，可是这一点没有人发现，因为谁也不知道我的心已有一半死了。①

这里彼乔林将自己个性中所有负面品质的生成归咎于这个世界，他在抗争中度过自己的青春岁月，最后却发现，自己的一切努力都是徒然，于是他"绝望"了。而他的这一状态恰恰契合了克尔凯郭尔在《致死的疾病》中对"绝望"这一存在主义术语的解释："绝望的折磨恰恰是求死不得。因此它更与人横于病榻同死亡搏斗、求生不得欲死不能的状态相同。所以这致死之病是既不能死，又似乎没有生的希望。在这种情况下，无希望就是连最后的希望，即死亡都没有。当死亡是最大的

---

① [俄] 莱蒙托夫：《莱蒙托夫文集 当代英雄 散文（1833—1841）》，冯春译，上海译文出版社，1998 年，第 365-366 页。

危险时，人希望生；但当人认识到更恐怖的危险时，他希望死。所以，当危险是如此之大，以至于死亡成为人的希望时，绝望就是那求死不得的无望。"①

科特利亚列夫斯基认为：莱蒙托夫一直都对自己不满意，他始终认为，他的整个一生是没有意义、没有目的的现象，与很早之前就在他头脑和心灵中形成的对生命的崇高认识是完全矛盾的；莱蒙托夫对自己的文学创作活动也是持有怀疑和悲观态度的。②纵观莱蒙托夫整个创作，无论莱蒙托夫的主人公们经历怎样的存在困境，他们的共同特点是不会屈服，他们习惯于反抗，习惯于去战斗。即便他们意识到了存在的虚无，他们仍旧设法让自己真正地"存在"，他们在斗争中找到存在的意义。对于莱蒙托夫来说爱与创作是其生命的真正意义，是战胜死亡恐惧的最好途径。

三、绝对自由的实验

莱蒙托夫作为一位浪漫主义作家，自由主题是其创作中的重要主题之一。正如《莱蒙托夫百科全书》中所写：自由与意志是决定莱蒙托夫诗歌遗产叛逆激情的核心主题。自由与意志对于莱蒙托夫来说正是可以表现存在特征的个人存在形式，是个人独立性的必要条件，是评判一切存在的标准。③在抒情诗《叶》（1841）、《女邻》（1840）、《囚徒》（1837）、《自由》（1831）、《被囚的骑士》（1840）中，在长诗《童僧》（1839）中，在小说《瓦季姆》中，莱蒙托夫都表达了有关自由的主题。《帆》（1832）中"雾蒙蒙蔚蓝大海上孤独的帆"，《乌云》（1840）中"天空的乌云，永恒的漂泊者"，都成了自由主义精神的象征。对于童僧来说，他可以用付出生命的代价去换取短暂的自由。对于莱蒙托夫的主人公来说，被设限的自由会让他们感觉自己的命运与其他人的命运无异。而存在主义哲学家萨特曾说："人是一个在任何情形下都不能不追求自己自由的自由人。"④然而人的共同生存环境和人的存在意识是由社会及整体的意识形态决定的。莱蒙托夫看到了整个时代的悲剧："我悲哀地望着我们这一代人！/我们的前途不是黯淡就是缥

① [丹麦] 索伦·克尔凯郭尔：《致死的疾病》，张祥龙，王建军译，中国工人出版社，1997年，第14页。

② Котляревский Н.А. Михаил Юрьевич Лермонтов. Личность поэта и его произведения. – М.: Центр гуманитарных инициатив, 2015. C. 191.

③ Лермонтовская энциклопедия/под ред. В. А. Мануйлова. – М.: Советская энциклопедия, 1981. C. 291.

④ [法] 萨特：《存在主义是一种人道主义》，周煦良，汤永宽译，上海译文出版社，1988年，第27页。

缈，/对人生求索而又不解有如重担，/定将压得人在碌碌无为中衰老。"①而在这集体被重压的时代，作家寻求着精神突围，试图彰显存在自由的权利。

别尔嘉耶夫认为，自由不是权利而是义务，自由可能给人生造成悲剧，自由和爱可能是冲突的。②如果生活在社会上的人否认遵守社会法律的必要性，那么他的利己主义、恣意妄为、所谓的绝对自由就可能导致悲剧。莱蒙托夫在作品中所展示的为所欲为的行为通常都会导致犯罪。而对存在的不满、人与人之间的矛盾冲突又是导致犯罪的主要原因。在《契尔克斯人》（1828）、《巴斯通吉山村》（1834）、《高加索的俘虏》（1828）、《伊斯梅尔-贝》（1832）、《罪人》（1829）等长诗中，莱蒙托夫一方面赞美山民们的英勇、独立、友好、好客等美德，另一方面又谴责他们的烧杀抢掠行为。大无畏的英勇行为与俘虏的呻吟声、镣铐的叮当声并存。然而对邻村的大屠杀只不过是一种生活方式，已经延续多个世纪。血亲复仇是山民的生活律法，是古老的传统，是几千年来的奥秘。复仇的场景是残酷的，因为常常伴随着死亡。对现存世界秩序极度失望的主人公，为了存活，为了抗恶而走向犯罪。在无意识犯罪的状态下，复仇导致了无辜人受难。这在长诗《卡累》（1831）和《山民哈吉》（1834）中都有所体现。莱蒙托夫展示了全景图式的罪行图景，将其提升到了社会层面，把复仇变成了战争。尽管莱蒙托夫自己曾在高加索参加过一些战事，尽管他也知道，抗击山民是为了保卫祖国，他们的战争是具有解放特质的，但他还是反对战争的。在19世纪俄罗斯文学中，莱蒙托夫首次在作品中详细描绘了屠杀的可怕场景。瓦·费·米哈伊洛夫（В.Ф. Михайлов）在《米哈伊尔·莱蒙托夫 致命的预感》一书中分析了《瓦列里克》这首长达266行的抒情诗。作者肯定了该诗对战争场景描写的真实性，并且写道："正如莱蒙托夫自己对作品的界定：这是他的首创、他的艺术发明。从托尔斯泰至今的所有俄罗斯战争小说都发端于此。"③俄罗斯文学中，还没有人如此描写过战争。④

莱蒙托夫对战争场面的真实描写事实上在某种程度上提出了一个问题，即滥用自由的问题。战争是滥用自由即滥杀无辜的最好机会。如果战争被赋予一些正义性的理由，那么战争中所谓正义方的杀人就会变成所谓的合理行为。但战争中

---

① [俄] 莱蒙托夫：《莱蒙托夫全集 第 2 卷 抒情诗 II》，顾蕴璞主编，顾蕴璞译，河北教育出版社，1996年，第196页。

② Бердяев Н.А. Дух и реальность/Николай Бердяев//вступ. ст. и сост. В.Н. Калюжного. – М.: АСТ, 2003. С. 630.

③ Михайлов В.Ф. Михаил Лермонтов: роковое предчувствие. – М.: Эксмо: Алгоритм, 2012. С. 342.

④ Михайлов В.Ф. Михаил Лермонтов: роковое предчувствие. – М.: Эксмо: Алгоритм, 2012. С. 344.

总归会有无辜被杀的生命，那么无辜被杀的生命就成了滥用自由的受害者。如果说保家卫国的预设与血亲复仇的古老传统能为滥用自由提供某种意义上的精神支持，那么实验性的滥用自由也许就是对绝对存在的一种蓄意性挑战。

在《人与激情》中，当尤里·沃林决定自杀时，这可以说是利用"绝对自由"的一场实验。当然，情境仍然是与"存在意义"相关的。他丧失了"意义"感："生命于我已经毫无意义……"①他甚至质问上帝，为什么不阻止他自杀，一连串的质问就是在宣告，他是"绝对自由"的，他有权且有能力结束自己的生命。自杀是利用自己的存在来做一场"绝对自由"的实验，尽管在基督教文化中，这是一种罪，但自杀并没有触犯社会法律，并没有害及他人，因此通常不会遭受法律意义上的惩罚或者道德意义上的谴责。然而，利用他人来做"绝对自由"的实验则是对社会秩序的一种破坏。在小说《瓦季姆》中，瓦季姆鼓动哥萨克人绞死那位无辜的老头时，他在一旁观看，就好像在观看一场物理实验。他的目的很明确，就是要检验一下，首先，当旁观者看到这一惨景之时会有怎样一种情感，然而他发现，自己竟然没有丝毫不安之感；其次，他想要了解人的坚毅能够达到什么程度，结果他发现有些折磨是任何人都承受不住的。在农民起义的混乱背景下，瓦季姆充分利用了自己的"绝对自由"。

如果说瓦季姆的滥用自由是在血亲复仇动机支配下的一系列连锁实验，那么彼乔林的实验则是对现存世界秩序的蓄意挑战。彼乔林视自由高于一切，他以实验性的态度观察周围的人，并按照自己的需要采取相应的行动。他在日记中坦承："我只是从个人利害得失的角度来看待别人的痛苦和欢乐，把它们当作维持自己精神力量的食粮。我自己再也不会在情欲的影响下变得疯狂，我的虚荣心受到环境的抑制，它表现为另一种形式，因为虚荣心说到底无非是一种对权力的渴望，而我最大的欢乐就是让周围的一切听从我的摆布。让别人对我爱慕、忠诚和敬畏，岂不是拥有权力的首要标志？岂不是权力的最大胜利？平白无故地造成别人的痛苦和欢乐，岂不是满足我们自尊心的最甜蜜的食粮？"②他因为无聊，故意玩弄梅丽公爵小姐的感情，待公爵小姐向他表白之时，他又直言并不爱她。然后，他表面上为捍卫公爵小姐名誉而要与格鲁什尼茨基进行决斗，事实上是因为他无意中听到了龙骑兵大尉一伙人策划决斗的阴谋，于是他便在格鲁什尼茨基身上做起

---

① [俄] 莱蒙托夫：《莱蒙托夫文集 西班牙人 戏剧（1829—1831）》，金留春，黄成来译，上海译文出版社，1998 年，第 282 页。

② [俄] 莱蒙托夫：《莱蒙托夫文集 当代英雄 散文（1833—1841）》，冯春译，上海译文出版社，1998 年，第 362 页。

了实验。彼乔林在试验，人在自己的行为上到底有多自由或者多不自由，他不仅自己非常积极，而且希望唤起别人的积极性，希望推动别人实施发自内心的自由行为。[①]他把别人计划施加给他的恐惧转嫁给了格鲁什尼茨基。在决斗中，他亲眼看到对手计划的破灭，开枪的那一刹那，他并没有手软。在彼乔林的认知中，格鲁什尼茨基这样的人就应该遭受如此的下场。彼乔林在用别人的心灵做实验时并未考虑，他是否有这样的权利。如果一个人不按审判别人的法律来审判自己，那么他便失去了善恶的道德标准。[②]自由这一概念如果标指行为，那么它的内核意义一定是相对的。也就是说，任何行为的自由都同时承担着某种义务和责任，任何自由行为一旦突破了社会法律的准绳，就变成了滥用自由。

莱蒙托夫是超越时代的诗人，每一代人都试图从他的创作中找到永恒之存在问题的答案，试图从其形而上的诗歌中吸取精神力量，会为其个人命运、其作品主人公的命运深感痛心。他的作品的主人公通常禀赋和智力超乎常人，他们不屈服于精神被奴役的状态，于是，他们不断探索、不断怀疑、不断抗争，却始终无法找到出路。他们的结局正如作家自己的命运结局，充满了悲剧性。阿尔希波夫指出，莱蒙托夫的伟大功绩在于，在黑暗的时代实现诗人的伟大目的：要让人们相信幸福，要为争取幸福而斗争，让人们相信已经除去弊病的高尚世界。[③]他的作品的主人公们为存在而设立的目标或许也正在于此。"我降生就为让我整个世界/成为我胜利或破灭的见证"[《致***》（"命运让我们萍水相逢"），1832][④]，这或许即是莱蒙托夫对存在奥秘的最好诠释。

---

① Лермонтовская энциклопедия/под ред. В.А. Мануйлова. – Москва: Советская энциклопедия, 1981. C. 104.

② Улитина Н.М. Экзистенциальные проблемы человека в творчестве М.Ю. Лермонтова: опыт культурологической интерпретации. Диссертация на соискание учёной степени кандидата культурологи. – Екатеринбург, 2017. C. 90.

③ Архипов В.А. М.Ю. Лермонтов. Поэзия познания и действия. – Москва: Московский рабочий, 1965. C. 187.

④ [俄] 莱蒙托夫：《莱蒙托夫全集 第 2 卷 抒情诗 II》，顾蕴璞主编，顾蕴璞译，河北教育出版社，1996年，第 53 页。

结　束　语

纵观俄罗斯学界的莱蒙托夫研究我们可以看出，对经典作家的关注热度始终未曾减弱，无论是从研究理论视角还是从研究深度来看，学界都取得了相当可观的成绩。相对于俄罗斯学界的繁荣景象，中国学界的莱蒙托夫研究略显冷清。研究莱蒙托夫的难点在于，如何从宏观角度在其多体裁的创作中抽离出一条贯穿始终的主要脉络。首先，本书从溯源及影响角度出发，厘清作家与本土文学及西方文学之间的渊源。其次，本书着力于作家不同体裁创作文本，分别对抒情诗、叙事诗、小说创作中的艺术价值进行了挖掘。最后，本书打破体裁界限，从整体考察莱蒙托夫创作的不同文本，找出作家贯穿始终的主题脉络。

在本土文学溯源中，不可回避地要探究"莱蒙托夫与普希金"问题。安德烈耶夫斯基曾说：他们是无法比较的，就像无法比较梦与现实、星夜与白日一样。尽管如此，我们从互文文本、多元体裁创作的演进、诗人对永恒问题的思索等方面考察两位作家的创作，并非要得出"谁更胜一筹"的结论，而是要看到，在文学史发展过程中传承同源优秀传统是作家创作生涯中的重要选择。同样，莱蒙托夫在白银时代的精神文化中的地位也非常重要。在社会动荡、政局不稳、即将遭遇变革、充满世纪末情绪的时代，莱蒙托夫传统恰恰契合了转折时期的时代精神。他所经历的精神之痛、自我分裂式的内心独白、抒情形式的创新、诗歌语言的表情力量与音乐美——所有这一切都为白银时代文艺作品提供了形式及思想上的参照。

莱蒙托夫创作的西方文学之源同样是莱蒙托夫学中探讨影响问题的重要课题之一。我们分别选取了不同国别文学中的作家代表拜伦、歌德、司汤达，通过微观的文本对比分析、宏观的思想内涵挖掘等手段，论证了莱蒙托夫与诸位作家之间的渊源。莱蒙托夫在创作初期确实受到了拜伦的影响，而成熟期的创作尽管与拜伦还保持着某种联系，但已经完全独立。莱蒙托夫与歌德的渊源表现在莱蒙托夫在创作《怪人》时参照了《少年维特之烦恼》的故事；同时，歌德塑造的迷娘、浮士德、靡菲斯陀等形象在莱蒙托夫这里都可以找到对映体。莱蒙托夫与司汤达的渊源体现在二者都具有深深的拿破仑情结；同时，二者在小人物形象、不忠妻子形象以及动物"马"的形象塑造上具有亲缘关系。

　　莱蒙托夫的抒情诗创作是其文学遗产中的重要组成部分。对"孤独"与"死亡"的直接书写展示了抒情主人公对自己、对生活、对世界的热切期待，然而，遭遇的却是"无人可分忧"的境况，其崇高而不安的灵魂需要有处安放。梅列日科夫斯基说：他对死亡的无畏并不具有积极的宗教意义，但却在他的个性上打下了无法磨灭的真实烙印。从体裁类别上看，莱蒙托夫将宗教元素融入了抒情诗，因此祈祷体裁抒情诗在莱蒙托夫这里得到了新的、独特的发展。在其诗歌中最私密的、最真诚的东西都与祈祷和祈祷心境有关。除祈祷诗外，在莱蒙托夫整个抒情诗创作中，讽喻短诗也是较为鲜明的一类。其早期格言类讽喻短诗表现了抒情主体的世界观及其独特的批判立场。在讽喻组诗中，莱蒙托夫既保留了传统格言类讽喻短诗的功能指向，即批判某种社会陋习或是人类的普遍弱点等，同时表达了自己的倾向性。晚期讽喻短诗抒情主体的内在动机不再仅是自我表达，而是同时展示自我与现实的关系。同时诗人自我的声音与他人的声音相融合，构成和谐统一的整体观念。其诗艺的创新表现在他对诗歌韵律做了很大改变，有意识地对六音步扬抑抑格进行了讽刺性模拟。

　　俄罗斯文学史中在叙事诗创作方面莱蒙托夫算是高产作家，他在 12 年的创作生涯中共创作了近 30 首叙事诗。按照传统的说法，他继承了普希金的艺术发现，并在很多方面决定了俄罗斯叙事诗这一体裁的发展命运。莱蒙托夫叙事诗是俄罗斯浪漫主义长诗发展的高潮。有关恶魔思想的演变表现在其多部叙事诗中，上帝之力与恶魔之力的角逐始终是冲突的核心。其叙事诗体裁的巅峰之作《恶魔》与《童僧》诗句优美，富有诗情，思想容量很大。"恶魔"与"童僧"已然成为俄罗斯叙事诗史上的经典形象。纵观莱蒙托夫叙事诗创作，我们可以发现俄罗斯民间文化传统对莱蒙托夫诗学的影响，其中，莱蒙托夫借鉴了高加索民间创作中的一些主题与形象。其最具民间创作风格的叙事诗是《商人卡拉希尼科夫之歌》，该诗中结合了不同的民间创作元素，其中包括壮士歌的形象与结构。

　　果戈理曾说：小说家莱蒙托夫要高于诗人莱蒙托夫。的确，在俄罗斯经典小说史中莱蒙托夫开启了心理小说创作的先河。通过对小说个案《瓦季姆》和《当代英雄》的研究我们发现，莱蒙托夫展现了高超的叙事艺术。前者具有反"神正论"的叙事特征，而后者不仅塑造了一个新的时代代言人形象，而且用全新的空间叙事策略展现出人物广阔的心理空间，充分显示出其叙事艺术的现代性。除此之外，纵观莱蒙托夫小说整体创作，游戏问题的呈现是许多小说文本的重要特征。除了文本中所展示的直观游戏情境外，我们从小说的人物性格、人物行为、人物关系、情节结构等方面也可以发现游戏元素的体现。根据凯洛依斯的游戏四分法理论，属于竞技类游戏的决斗在小说《里戈夫斯卡娅公爵夫人》和《当代英雄》

中都有所提及;而属于机会类游戏的赌牌场景在小说《里戈夫斯卡娅公爵夫人》、《当代英雄》和《什托斯》中都有所展示;而《里戈夫斯卡娅公爵夫人》与《当代英雄》的同名主人公彼乔林在各自的故事情节中都表现出了模拟类的游戏行为。

打破体裁界限整体考察莱蒙托夫创作我们可以发现,一些共同主题联结着作家不同体裁的创作文本,如《圣经》主题、童年主题和存在主义主题等。《圣经》对俄罗斯文学的影响可以溯源至古俄罗斯文学。莱蒙托夫作为 19 世纪的经典作家之一,其创作同样反映了《圣经》影响之印记。其中显在的对《圣经》人名、地名的使用,对《圣经》中某些章节的直接引用等,隐在的《圣经》主题,如堪比背负十字架的精神之痛、被拣选的使命感、传道书式的虚空的虚空等思想表达,彰显了莱蒙托夫矛盾的宗教观。童年主题在莱蒙托夫作品中的表达是通过其塑造的具有典型特征的儿童形象来实现的。而作家个人童年经验为其创作提供了丰富的情感、审美、伦理道德支持。童年所经历的挫折、孤儿之痛、孤独与无处安身之感使得莱蒙托夫的主人公们把世界看成是敌对的。许多成年的主人公没有居所、没有家庭,而他们的心灵也处于没有归属的"孤儿"状态。莱蒙托夫一直都对自己不满意,他始终认为自己的生命是没有意义的,因此他不断地思考着一些永恒的哲学问题,提出了许多有关"存在"的问题:人存在的独一性、人的先验认知世界能力、生死对立观、善与恶、人与上帝、人与自然、人与社会、责任问题等。莱蒙托夫是超越时代的诗人,他的作品的主人公总是处于不断探索、不断怀疑、不断抗争之中,却始终找不到出路,但作家始终竭力要让人相信,为人类生活更美好,为拥有一个更高尚的世界,抗争是有价值的。他个人比一切诗歌更具诗意——这是对莱蒙托夫最美也最恰当的评价。

参 考 文 献

奥古斯丁. 2010. 论自由意志 奥古斯丁对话录二篇. 成官泯译. 上海: 上海人民出版社.

勃洛克. 2003. 勃洛克抒情诗选. 汪剑钊译. 石家庄: 河北教育出版社.

勃洛克. 2010. 勃洛克抒情诗选. 2 版. 丁人译. 太原: 北岳文艺出版社.

陈建华主编. 2007. 中国俄苏文学研究史论(第三卷). 重庆: 重庆出版社.

程正民. 2015. 从普希金到巴赫金: 俄罗斯文论和文学研究. 福州: 福建人民出版社.

董问樵. 1987. 《浮士德》研究. 上海: 复旦大学出版社.

段德智. 1996. 死亡哲学. 武汉: 湖北人民出版社.

俄罗斯科学院高尔基世界文学研究所. 2006. 俄罗斯白银时代文学史. 第三册. 谷羽, 王亚民,
  等译. 兰州: 敦煌文艺出版社.

弗拉季米尔·邦达连科. 2016. 天才的陨落: 莱蒙托夫传. 王立业译. 北京: 新星出版社.

伏爱华. 2009. 想象·自由——萨特存在主义美学思想研究. 合肥: 安徽大学出版社.

顾蕴璞. 2002. 莱蒙托夫. 北京: 华夏出版社.

顾蕴璞. 2014. 莱蒙托夫研究. 北京: 北京大学出版社.

索伦·克尔凯郭尔. 1997. 致死的疾病. 张祥龙, 王建军译. 北京: 中国工人出版社.

索伦·克尔凯郭尔. 1998. 或此或彼(上). 阎嘉, 等译. 成都: 四川人民出版社.

莱布尼茨. 2016. 神正论. 段德智译. 北京: 商务印书馆.

莱蒙托夫. 1995. 莱蒙托夫作品精粹. 顾蕴璞选编. 石家庄: 河北教育出版社.

莱蒙托夫. 1996. 莱蒙托夫全集 第1卷 抒情诗 I. 顾蕴璞主编. 顾蕴璞译. 石家庄: 河北教育出
  版社.

莱蒙托夫. 1996. 莱蒙托夫全集 第2卷 抒情诗 II. 顾蕴璞主编. 顾蕴璞译. 石家庄: 河北教育出
  版社.

莱蒙托夫. 1996. 莱蒙托夫全集 第3卷 长诗. 顾蕴璞主编. 顾蕴璞, 张勇, 谷羽译. 石家庄: 河
  北教育出版社.

莱蒙托夫. 1996. 莱蒙托夫全集 第4卷 剧本. 顾蕴璞主编. 乌兰汗, 等译. 石家庄: 河北教育出
  版社.

莱蒙托夫. 1996. 莱蒙托夫全集 第5卷 小说·散文·书信. 顾蕴璞主编. 力冈, 冀刚, 乌兰汗,
  等译. 石家庄: 河北教育出版社.

莱蒙托夫. 1998. 莱蒙托夫文集 当代英雄 散文(1833—1841). 冯春译. 上海: 上海译文出版社.

莱蒙托夫. 1998. 莱蒙托夫文集 独白 抒情诗(1828—1831). 余振译. 上海: 上海译文出版社.

莱蒙托夫. 1998. 莱蒙托夫文集 恶魔 叙事诗(1835—1841). 余振, 智量译. 上海: 上海译文出
  版社.

莱蒙托夫. 1998. 莱蒙托夫文集 海盗叙事诗(1828—1835). 智量译. 上海: 上海译文出版社.

莱蒙托夫. 1998. 莱蒙托夫文集 假面舞会 戏剧(1834—1841). 余振, 金留春, 黄成来译. 上海:
  上海译文出版社.

莱蒙托夫. 1998. 莱蒙托夫文集 诗人之死 抒情诗(1832—1841). 余振译. 上海: 上海译文出版社.

莱蒙托夫. 1998. 莱蒙托夫文集 西班牙人 戏剧(1829—1831). 金留春, 黄成来译. 上海: 上海译文出版社.

李辉凡. 2008. 俄国"白银时代"文学概观. 北京: 中国社会科学出版社.

凌建侯. 2007. 巴赫金哲学思想与文本分析法. 北京: 北京大学出版社.

龙迪勇. 2015. 空间叙事学. 北京: 生活·读书·新知三联书店.

鲁瓦. 2012. 司汤达. 刘成富, 周春悦译. 上海: 上海人民出版社.

聂珍钊. 2001. 论希腊悲剧的复仇主题. 外国文学研究, (3): 22-28.

普希金. 2012. 普希金全集 2 抒情诗. 沈念驹, 吴笛主编. 乌兰汗, 丘琴, 等译. 杭州: 浙江文艺出版社.

普希金. 2012. 普希金全集 3 长诗·童话诗. 沈念驹, 吴笛主编. 余振, 谷雨译. 杭州: 浙江文艺出版社.

普希金. 2012. 普希金全集 4 诗体长篇小说·戏剧. 沈念驹, 吴笛主编. 智量, 冀刚译. 杭州: 浙江文艺出版社.

任光宣. 2010. 俄罗斯文学的神性传统: 20 世界俄罗斯文学与基督教. 北京: 北京大学出版社.

让-保罗·萨特. 1987. 存在与虚无. 陈宣良, 等译. 北京: 生活·读书·新知三联书店.

萨特. 1988. 存在主义是一种人道主义. 周煦良, 汤永宽译. 上海: 上海译文出版社.

《圣经》(和合本). 2009. 中国基督教三自爱国运动委员会、中国基督教协会.

斯当达. 2015. 红与黑. 罗新璋译. 北京: 中央编译出版社.

司汤达. 2013. 拿破仑: 男人中的男人. 冷杉, 王惠译. 南京: 江苏文艺出版社.

史朗宁. 1975. 俄罗斯文学史. 张伯权译. 新竹: 枫城出版社.

宋德发. 2014. 19 世纪欧洲作家笔下的拿破仑. 湘潭: 湘潭大学出版社.

童庆炳. 2000. 文学概论. 武汉: 武汉大学出版社.

童庆炳. 1993. 作家的童年经验及其对创作的影响. 文学评论, (4): 54-64.

陀思妥耶夫斯基. 2010. 作家日记(下). 张羽, 张有福译. 石家庄: 河北教育出版社.

王克千, 樊莘森. 1981. 存在主义述评. 上海: 上海人民出版社.

谢·瓦·伊凡诺夫. 1993. 莱蒙托夫. 克冰译. 上海: 上海译文出版社.

约翰·赫伊津哈. 2014. 游戏的人 文化的游戏要素研究. 傅存良译. 北京: 北京大学出版社.

约瑟夫·弗兰克等. 1991. 现代小说中的空间形式. 秦林芳译. 北京: 北京大学出版社.

张建华, 王宗琥主编. 2012. 20 世纪俄罗斯文学: 思潮与流派. 理论篇. 北京: 外语教学与研究出版社.

张杰. 2012. 走向真理的探索——白银时代俄罗斯宗教文化批评理论研究. 北京: 北京大学出版社.

曾思艺. 2004. 俄国白银时代现代主义诗歌研究. 长沙: 湖南人民出版社.

郑体武. 2001. 俄国现代主义诗歌. 上海: 上海外语教育出版社.

Авраменко А.П. А. Блок и русские поэты XIX века. – М.: Изд-во МГУ, 1990.

Аксаков С.Т. История моего знакомства с Гоголем. – М.: Изд-во АН СССР, 1960.

Алексеев Д.А. «Демон». Тайна кода Лермонтова. – М.: Гелиос АРВ, 2012.

Андреевский С.А. Лермонтов//М.Ю. Лермонтов: pro et contra/Сост. В.М. Маркович, Г.Е. Потапова, вступ. статья В.М. Марковича, коммент. Г.Е. Потаповой и Н.Ю. Заварзиной. – СПб.: РХГИ, 2002.

Андроников И.Л. Лермонтов. – М.: Советский писатель, 1951.

Анненский И.Ф. Книги отражений. – М.: Наука, 1979.

Арзамасцев В.П. «Звук высоких ощущений…»: Новое о М. Ю. Лермонтове. – Саратов: Приволжское книжное издательство, 1984.

Архипов В.А. М.Ю. Лермонтов. Поэзия познания и действия. – М.: Московский рабочий, 1965.

Асмус В. Круг идей Лермонтова//М. Ю. Лермонтов/АН СССР. Ин-т рус. лит. (Пушкин. Дом). – М.: Изд-во АН СССР, 1941. – Кн. I. – С. 83 –128. – (Лит. наследство; Т. 43/44).

Ахматова А.А. Сочинения: в 2 т. Т. 1. – М.: Правда, 1990.

Ахматова А.А. Сочинения: в 2 т. Т. 2. – М.: Правда, 1990.

Белинский В.Г. О критике и литературных мнениях «Московского наблюдателя»//Полное собрание сочинений: в 13 т. – М.: Изд-во АН СССР, 1953-1959. – Т. 2. – 1953.

Белинский В. Г. Стихотворения Лермонтова//Полное собрание сочинений: В 13 т. – М.: Изд-во АН СССР, 1953-1959. – Т. 4. 1955.

Белокурова С.П. Словарь литературоведческих терминов. – Санкт-Петербург: Париет, 2007.

Белый А.А. Апокалипсис в русской поэзии//Символизм как миропонимание. – М.: Республика, 1994.

Бердяев Н.А. Дух и реальность//вступ. ст. и сост. В. Н. Калюжного. – М.: АСТ, 2003.

Библия книги священного писания ветхого и нового завета. – М.: Российское библейское общество. 2003.

Бицилли П.М. Место Лермонтова в истории русской поэзии//М.Ю. Лермонтов: pro et contra/Сост. В.М. Маркович, Г.Е. Потапова, вступ. статья В.М. Марковича, коммент. Г.Е. Потаповой и Н.Ю. Заварзиной. – СПб.: РХГИ, 2002.

Благой Д.Д. Лермонтов и Пушкин: (Проблема историко-литературной преемственности)// Жизнь и творчество М. Ю. Лермонтова: Исследования и материалы: Сборник первый. – М.: ОГИЗ; Гос. изд-во худож. лит., 1941.

Блок А.А. Собраний сочинений: В 8 т. Т 1. – М. – Л.: Государственно издательство художественной литературы, 1962.

Блок А.А. Собраний сочинений: В 8 т. Т 3. – М. – Л.: Государственное издательство художественной литературы, 1962.

Блок А.А. Собраний сочинений: В 8 т. Т 5. – М. – Л.: Государственное издательство художественной литературы, 1962.

Блок А.А. Нечаянная Радость. – М.: Скорпион, 1907.

Бродский Н.Л. и другие. Жизнь и творчество М.Ю. Лермонтова. Сборник первый. Исследования и материалы. – М.: Издательство художественной литературы. 1941.

Васильева О.В. Функция мотива в лирике М.Ю. Лермонтова. Диссертация на соискание учёной степени кандидата филологических наук. – Псков, 2004.

Вацуро В.Э. Последняя повесть Лермонтова//М. Ю. Лермонтов. Исследования и материалы. – Л.: Наука, 1979.

Вацуро В.Э. Лермонтов//История всемирной литературы. В 9 т. – М.: Наука, 1989.

Введенский А.И. Общественное самосознание в русской литературе: критические очерки. – Санкт-Петербург: М.П. Мельников, 1900.

Видяева Н.Н. Повесть «Штосс» в контексте творчества М. Ю. Лермонтова. Диссертация на соискание учёной степени кандидата филологических наук. – Псков, 2005.

Вирсаладзе Е.Б. Образы хозяев леса и воды в кавказском фольклоре//IX Международный конгресс антропологических и этнографических наук. Доклады советской делегации. – М.: Наука, 1973.

Висковатов П.А. Михаил Юрьевич Лермонтов. Жизнь и творчество/Вступ. статья Г.М. Фридлендера. Коммент. А.А. Карпова. – М.: Современник, 1987.

Вольперт Л.И. Лермонтов и литература Франции. Изд. 2-е, испр. И доп. – СПб.: Алетейя, 2008.

Герасименко А.А., Маркелов Н.И., Телегина С.М., Шаталова Л.Н. «Люблю Отчзну я …» – М.: Три Л, 2004.

Герасименко А.А. «Я –или Бог…» М. Ю. Лермонтов и современность. Книга 5-я. Влияние гения. – М.: МГО СП России, 2011.

Герцен А.И. Полн. собр. соч. в 30 томах, т. VII. – М.: Изд. АН СССР, 1956.

Гинзбург Л.Я. О лирике. – Л.: Советский писатель, 1974.

Гоголь Н.В. Собр. Соч.: в 7 т. Т. 6. – М.: Художественная литература, 1978.

Гольденвейзер А.Б. Вблизи Толстого. – Л.: Государственное издательство художественной литературы, 1959.

Горланов Г.Е. Творчество М.Ю. Лермонтова в контексте русского духовного самосознания. Диссертация на соискание учёной степени доктора филологических наук. – Москва, 2010.

Гроссман Л.П. Русские байронисты//Байрон. 1824-1924. Сборник статей. – М. – Л.: Светоч, 1924.

Гуковский Г.А. Русская литература XVIII века. – М.: Аспект Пресс, 1998.

Гумилев Н.С. Письма о русской поэзии. – Петроград: Мысль, 1923.

Даль В.И. Толковый словарь живого великорусского языка: в 4 т. Т. 2. – М.: Цитадель,1998.

Дурылин С.Н. Михаил Юрьевич Лермонтов. – М.: Молодая гвардия, 1944.

Дякина А.А. Наследие М.Ю. Лермонтова в поэзии серебряного века. Диссертация на соискание учёной степени доктора филологических наук. – Елец, 2004.

Ермоленко С. И. Эпиграмма в поэтическом наследии М.Ю. Лермонтова. – Екатеринбург: Полиграфист, 1997.

Ефимов А.А. Игровое начало в прозе М. Ю. Лермонтова. Диссертация на соискание учёной степени кандидата филологических наук. – Таганрог, 2009.

Жирмунский В.М. Гёте в русской литературе. – Ленинград: Государственное издательство «Художественная литература», 1987.

Журавлева А.И. Лермонтов в русской литературе. Проблемы поэтики. – М.: Прогресс-Традиция, 2002.

Зеньковский В. В. Психология детства. – М.: Академия, 1996.

Зотов С.Н. Художественное пространство –мир Лермонтова. – Таганрог: Изд-во Таганрог. гос. пед. ин-та, 2001.

Иваненко О.П. Лиризм прозы М. Ю. Лермонтова: автореф. дис. канд. филол. наук. – Москва, 1988.

Ив анов И.И. Биографические сведения о Михаиле Юрьевиче Лермонтове//Русская критическая литература о произведениях М. Ю. Лермонтова: Хронологический сборник критико-библиографических статей. Часть первая. – М.: Типография А. Г. Кольчугина, 1897.

Игумен Нестор (Кумыш). Тайна Лермонтова. – СПб.: Филологический факультет СПбГУ; Нестор-История, 2011.

Кайуа Р. Игры и люди. Статьи и эссе по социологии культуры. – М.: ОГИ, 2007.

Караулов Н.А. Основы мусульманского права//Сб. материалов для описания местностей и племён Кавказа. – Тифлис: Упр. Кавказского учебного окр., 1909. Вып. 40.

Кириллова Н Б., Улитина Н.М. Истоки экзистенциализма в творчестве М.Ю.Лермонтова: кул-ьт-урологический аспект//Известия Уральского федерального университета. 2015. №. 3.

Ключевский В.О. Грусть (Памяти М. Ю. Лермонтова)//М.Ю. Лермонтов: pro et contra/Сост. В.М. Маркович, Г.Е. Потапова, вступ. статья В.М. Марковича, коммент. Г.Е. Потаповой и Н.Ю. Заварзиной. – СПб.: РХГИ, 2002.

Ковалевский М.М. Закон и обычай на Кавказе. В 2 т. Т. I. – М.: Тип. А.И. Мамонтова, 1890.

Коровин В.И. Герой и миф (по драме М.Ю. Лермонтова «Маскарад»)//Анализ драматического произведения (межвузовский сборник под ред. проф. В.М. Марковича). – Л.: изд. ЛГУ, 1988.

Коровин В.И. История русской литературы XIX века. В 3-х томах. Ч. 2. (1840-1860 годы). – М.: Гуманитарное изд-во центр ВЛАДОС, 2005.

Косяков Г.В. Проблема смерти и бессмертия в лирике М.Ю. Лермонтова. Диссертация на соискание учёной степени кандидата филологических наук. – Омск, 2000.

Котляревский Н.А. Михаил Юрьевич Лермонтов. Личность поэта и его произведения. – М.: Центр гуманитарных инициатив, 2015.

Кривцун О.А. Искусство и игра. Пограничные формы художественной деятельности//Эстетика. Учебник. – М.: Аспект Пресс, 2000.

Лермонтов М.Ю. Собрание сочинений: В 4 т. Т. 1. Стихотворения. 1828–1841/АН СССР. Ин-т рус. литературы (Пушкин. Дом); [редкол.: В. А. Мануйлов (отв. ред.) и др.] – Л.: Наука. Ленинградское отделение, 1979.

М.Ю. Лермонтов в воспоминаниях современников [Текст] /Сост., подгот. текстов, вступ. статья, с. 5-28, и примеч. М. И. Гиллельсона и В. А. Мануйлова. – М.: Худож. лит., 1972.

М.Ю.Лермонтов в воспоминаниях. – М.: Художественная литература, 1989.

Лермонтовская энциклопедия. – М.: Советская энциклопедия, 1981.

Логиновская Е.В. Поэма М.Ю. Лермонтова «Демон». – М.: Худож. лит., 1977.

Ломоносов М.В. Сочинения. – М.: Гос. издат. художественной литературы, 1961.

Лотман Ю.М. В школе поэтического слова: Пушкин, Лермонтов, Гоголь. – СПб.: Издательская Группа «Азбука-Аттикус», 2015.

Любимов Б.Н. М.Ю. Лермонтов: Творческое наследие и современная театральная культура. 1941–2014: Сборник документов/Федеральное архивное агентство. РГАЛИ; вступ. статья

Б.Н. Любимова, составление Е.В. Бронниковой, Т.Л. Латыповой, Е.Ю. Филькиной. – М.: Минувшее, 2014.

Лобова Т.М. Феноменология детства в творчестве М. Ю. Лермонтова. Диссертация на соискание учёной степени кандидата филологических наук. – Екатеринбург, 2008.

Макогонекон Г.П. Лермонтов и Пушкин: Проблемы преемственного развития литературы: Монография. – Л.: Сов. Писатель, 1987.

Максимов Д.Е. Поэзия Лермонтова. – М. – Л.: Наука, 1964.

Максимов Д.Е. Проблема и символика поэмы Лермонтова «Мцыри»//М.Ю. Лермонтов: pro et contra/Сост. В.М. Маркович, Г.Е. Потапова, вступ. статья В.М. Марковича, коммент. Г.Е. Потаповой и Н.Ю. Заварзиной. – СПб.: РХГИ, 2002.

Манкиева Э.Х. Образы женщин Северного Кавказа в русской поэзии 1820-1830-х годов. Диссертация на соискание учёной степени кандидата филологических наук. – Москва, 2011.

Манн Ю.В. Завершение романтической традиции//Лермонтов и литература народов Советского Союза. – Ереван: Изд-во Ереван. ун-та, 1974.

Манн Ю. В. Поэтика русского романтизма. – М.: Наука, 1976.

Манн Ю.В. О понятии игры как художественном образе//Манн Ю.В. Диалектика художественного образа. – М.: Советский писатель, 1987.

Мануйлов В.А. Запись о Гёте в школьной тетради Лермонтова//М.Ю. Лермонтов: Исследования и материалы. –Л.: Наука. Ленингр. отделение, 1979.

Мартьянов П.К. Последние дни жизни М.Ю. Лермонтова/Сост. и авт. Предисл. Д. А. Алексеев. – М.: Гелиос АРВ, 2008.

Марченко А.М. С подорожной по казённой надобности. Роман в документах и письмах. – М.: Книга, 1984.

Мастрюк Темрюкович//Древние Российские стихотворения, собранные Киршею Даниловым. – М.: Наука, 1977.

Мережковский Д. С. М. Ю. Лермонтов. Поэт сверхчеловечества//М.Ю. Лермонтов: pro et contra/Сост. В.М. Маркович, Г.Е. Потапова, вступ. статья В.М. Марковича, коммент. Г.Е. Потаповой и Н.Ю. Заварзиной. – СПб.: РХГИ, 2002.

Мильдон В.И. Лермонтов и Киркегор: феномен Печорина: об одной русско-датской параллели//Октябрь. 2002. № 4.

Михайлов В.Ф. Михаил Лермонтов: роковое предчувствие. – М.: Эксмо: Алгоритм, 2012.

Михайловский Н. К. Герой безвременья//М.Ю. Лермонтов: pro et contra/Сост. В.М. Маркович, Г.Е. Потапова, вступ. статья В.М. Марковича, коммент. Г.Е. Потаповой и Н.Ю. Заварзиной. – СПб.: РХГИ, 2002.

Москвин Г.В. Смысл романа М. Ю. Лермонтова «Герой нашего времени». – М.: МАКС Пресс, 2007.

Мочульский К.В. Великие русские писатели XIX века. – СПБ.: Алетейя, 2000.

Найдич Э.Э. Еще раз о «Штоссе»//Лермонтовский сборник. – Л.: Наука, 1985.

Найдич Э.Э. Этюды о Лермонтове. – СПб.: Художественная литература, 1994.

Непознанный мир веры. – М.: Срет. монастырь, 2002.

Никитин М. Идеи о Боге и судьбе в поэзии Лермонтова. – Нижний Новгород: тип. В.Н. Ройского и И.И. Карнеева, 1915.

Нилова А.Ю. Жанрово-стилистические традиции в лирике М.Ю. Лермонтова (послание, элегия, эпиграмма). Диссертация на соискание учёной степени кандидата филологических наук.– Петрозаводск, 2002.

Одоевский В.Ф. Повести. – М.: Сов. Россия, 1977.

Опочинин Е. Н. Беседы с Достоевским (Записки и припоминания). Предисл. и примеч. Ю. Верховского. -В кн.: «Звенья», т. 6, изд-во «Academia», – М. – Л., 1936.

Орлов В.Н. Радищев и русская литература. – Л.: Совет. писатель, 1952.

Очман А.В. М.Ю. Лермонтов: жизнь и смерть/Сочинение в 3-х частях. – М.: Гелиос АРВ, 2010.

Павлович Н.А. Воспоминания об Александре Блоке. Блоковский сборник. – Тарту: Тартуский гос. Ун-т., 1964.

Переписка Чернышевского с Некрасовым, Добролюбовым и А. С. Зеленым. 1855-1862/Введ., примеч. и ред. Н.К. Пиксанова, – М. – Л.: Моск. рабочий, 1925.

Пиксанов Н.К. Крестьянское восстание в «Вадиме»//Историко-литературный сборник. – М.: Гослитиздат, 1947.

Петров С.М. Исторический роман в русской литературе. – М.: Учпедгиз, 1961.

Пропп В.Я. Исторические корни волшебной сказки. – Л.: Изд-во ЛГУ, 1986.

Пульхритудова Е. «Демон» как философская поэма//Творчество М. Ю. Лермонтова: 150 лет со дня рождения. 1814-1964. – М.: Наука, 1964.

Пушкин А.С. Собрание сочинений в 10 томах. Том 2. Стихотворения 1823-1836. – М.: ГИХЛ, 1959-1962.

Пушкин А.С. Полн. собр. соч., т. VI. – М.: Изд-во Акад. наук СССР, 1957.

Розанов В.В. О писательстве и писателях. – М.: Республика, 1995.

Розанов В.В. Вечно печальная дуэль//М.Ю. Лермонтов: pro et contra/Сост. В.М. Маркович, Г.Е. Потапова, вступ. статья В.М. Марковича, коммент. Г.Е. Потаповой и Н.Ю. Заварзиной. – СПб.: РХГИ, 2002.

Розанов И.Н. Лермонтов-мастер стиха//Розанов И.Н. Литературные репутации. – М.: Советский писатель, 1990.

Сердюкова С. Тема детства в творчестве Лермонтова//Проблемы мировоззрения и мастерства М.Ю. Лермонтова. – Иркутск, 1973.

Серман И.З. Михаил Лермонтов: Жизнь в литературе: 1836–1841. 2-е изд. – М.: РГГУ, 2003.

Сиротин В.И. Лермонтов и христианство. – М.: Издательский дом «Сказочная дорога», 2014.

Ситдикова Г.Ф. Мотив одиночества в лирике М. Ю. Лермонтова и М. И. Цветаевой. Диссертация на соискание учёной степени кандидата филологических наук. – Стерлитамак, 2008.

Скобелева М.Л. Комические жанры в лирике М. Ю. Лермонтова. Диссертация на соискание учёной степени кандидата филологических наук. – Екатеринбург, 2009.

Скабичевский А.М. М.Ю. Лермонтов. Его жизнь и литературная деятельность. – Челябинск: Урал, 1996.

Смирнова-Россет А.О. Автобиография (Неизданные материалы). – М.: Мир, 1931.

Соболевский А.И. Великорусские народные песни, т. VI. – СПб: Гос. тип., 1895–1902.

Соколов А.Н. Очерки по истории русской поэмы XVIII и первой половины XIX века. – М.: Изд-во Моск. ун-та, 1955.

Соловьев Вл. С. Лермонтов//М.Ю. Лермонтов: pro et contra/Сост. В.М. Маркович, Г.Е. Потапова, вступ. статья В.М. Марковича, коммент. Г.Е. Потаповой и Н.Ю. Заварзиной. – СПб.: РХГИ, 2002.

Соснина Е. Л. Черный алмаз/Под ред. Н. О. Шарафутдинова – М.: Гелиос АРВ, 2004.

Томашевский Б.В. Проза Лермонтова и западноевропейская литературная традиция// Литературное наследство. – Т. 43–44. – М.: Издательство АН СССР, 1941.

Троицкий А. Религиозный элемент в поэзии Лермонтова//Пензенские епархиальные ведомости. 1891. 1 ноября. – №21.

Удодов Б.Т. М.Ю. Лермонтов. Художественная индивидуальность и творческие процессы. – Воронеж: Изд-во Воронежского университета, 1973.

Улитина Н.М. Экзистенциальные проблемы человека в творчестве М. М. Лермонтова: опыт культурологической интерпретации. Диссертация на соискание учёной степени кандидата культурологии. – Екатеринбург, 2017.

Уразаева Т.Т. Философско-эстетические проблемы художественного развития М. Ю. Лермонтова: автореф. дисс. д-ра филол. наук. – Екатеринбург, 1995.

Уразаева Т.Т. Проза М. Ю. Лермонтова. Проблематика и поэтика. – Томск: Изд-во Томского гос. пед. ун-та, 2007.

Фадеев А.В. Идентичность детства: правовое положение детей в России в XIX столетии//Дискурс Пи. 2005. Вып. 5.

Фёдоров А.В. Творчество Лермонтова и западные литературы//Литературное наследство. Т. 43–44. – М.: Издательство АН СССР, 1941.

Федоров А.В. Лермонтов и литература его времени. – Ленинград: Художественная литература. Ленинградское отделение, 1967.

Федоров Н.Ф. Из материалов к третьему тому «Философии общего дела»//Контекст 1988. – М.: Наука, 1989.

Федотова П.И. Молодость и старость как нравственно-духовные категории: проблемы геронтософии в русском философском романтизме//Философия старости: геронтософия: сб. материалов конф. – СПб.: СПбГУ, 2002.

Фохт У.Р. Лермонтов. Логика творчества. – М.: Наука, 1975.

Ходанен Л.А. Миф в художественном мире М.Ю. Лермонтова. – Кемерово: Кузбассвузиздат, 2008.

Хаецкая Е.В. Лермонтов. – М.: Вече, 2011.

Хализев В.Е. Теория литературы. – М.: Высшая школа, 2002.

Чернышева Е.Г. Мир преображения. Мифологические и игровые мотивы в русской фантастической прозе 20-40 г. XIX в. – М.: Прометей; Благовещенск: Изд-во БГПИ, 1996.

Чуковский К.И. Александр Блок как человек и поэт. Введение в поэзию Блока. – Петроград: Изд-во А. Ф. Маркс, 1924.

Чуковский К.И. Дневник 1901-1929. – М.: Советский писатель, 1991.

Чуковский К. И. Александр Блок как человек и поэт. Собр. соч. В 15т. Т. 8. – М.: Терра-Книжный клуб, 2004.

Штайн К.Э., Петренко Д.И. Метапоэтика Лермонтова. – Ставрополь: Изд-во Ставропольского гос. ун-та, 2009.

Эйхенбаум Б.М. Мелодика русского лирического стиха. – Петербург: ОПОЯЗ, 1922.

Эйхенбаум Б.М. Михаил Юрьевич Лермонтов. Очерк жизни и творчества//Статьи о Лермонтове, – М. – Л.: Издательство АН СССР, 1961.

Эйхенбаум Б.М. Статьи о Лермонтове. – М. – Л.: Изд-во АН СССР, 1961.

Эйхенбаум Б.М. О поэзии. – Л.: Советский писатель, 1969.

Эйхенбаум Б.М. Лермонтов. Опыт историко-литературной оценки//О литературе: Работы разных лет. – М.: Советский писатель, 1987.

Эйхенбаум Б.М. Статьи о Лермонтове. Подольской И. И. Михаил Юрьевич Лермонтова. Точка зрения. – М.: Лайда, 2011.

Эпштейн М.Н. Парадоксы новизны. – М.: Советский писатель, 1988.

Юхнова И.С. Проблема общения и поэтика диалога в прозе М. Ю. Лермонтова. – Нижний Новгород: Изд-во Нижегородского госуниверситета, 2011.

Яковлев А.М. М.Ю. Лермонтов как драматург. – Л. – М.: Книга, 1924.

后　记

　　写一本书的后记,应该是作者在整本书写作过程中最幸福的时刻。不言而喻,这标志着本书即将面世,这是对自己多年辛苦劳作的奖赏。然而,欣喜之余,难免有遗憾。这种遗憾源自无奈,一种对自身能力极限的无奈。我翻开曾经的心路历程,往事历历在目。

2016 年 1 月 14 日　星期四　于明德国际楼 613

　　每天中午从明德楼走出来,仰望天空,若非雨雪雾霾天则会看到蓝天,还会有冬日的阳光洒在脸上。走在明德广场,心中充满了富足感,感觉生活如此美好。假日里,每日从早到晚枯坐在办公室一隅,面对浩瀚的知识信息,筛选、加工、提炼,融入自己的思考,或能就此灵光乍现,偶有新思物化为语言,或百思不得解,面对电脑屏幕上闪闪而动的光标,不知将其引向何处。经常因思辨能力所限研究工作毫无进展,随之而来的挫败感挥之不去,恨不得抱头痛哭一场。

2016 年 2 月 1 日　星期一　农历小年　世纪馆旁的暴走与放空

　　我视这一个多小时的时间为每天最为惬意的时刻,我的眼睛终于可以离开文字,望向黑暗中的前方。之所以说惬意是因为我的脑袋可以放空,放空意味着我的思想可以天马行空,随意驰骋。无论白天经历了怎样的思想或情绪困境,这一时刻完全可以走出困境,如果曾焦虑,那么这一刻随着脚步的快速移动,焦虑可以被迅速甩开;如果曾抑郁,那么这一刻好似压在胸口的石头会自动挪开。所以,世纪馆旁的塑胶跑道之我,真的有医治功能。我发现了这个秘密之后,开始迷恋这一时刻。每天都是自动前来报到,然后恋恋不舍地离开。

　　归来路上,从长廊前的那个迷你广场上传来了广场舞音乐之声。我闻声特意绕道前去。我发现,广场舞音乐大都高亢、热烈、节奏感超强,对,最重要的是欢快、喜庆。很难想象一首广场舞的音乐是悲戚戚的。广场舞音乐中常常会听到唢呐或者鼓声,那种激昂澎湃的旋律,朗朗上口的歌词似乎有种魔力,可以让人不由自主地手舞足蹈。作为路人,我多次想跟上节奏翩翩起舞。广场舞音乐具有提神、振气的强大效能,我相信,无论心情如何低落,当听到如此的音乐,都会振奋起来。

2016 年 2 月 5 日　星期五　农历腊月二十七　于明德国际楼 613

　　午后。今天天气竟然暖和得像春天,幻想着不远处的公园里正鸟语花香,而我在这样温暖的阳光下走在人流与车流涌动的街头,竟然觉得哪怕多停留一秒都是一种奢侈。因为"问题"还静静地躺在那里等着我去解决。于是，我加快脚步，不再留恋那灿烂的阳光。刷卡进入办公楼的大门，挺起已经并不笔直的腰板，一种莫名的崇高感席卷而来。

写作难在是否肯落笔，落笔难在是否有动力，动力难在是否有思想，思想难在是否有足够的积累，而积累难在是否有数十年如一日的阅读经历与思维之痛。因此，归根结底，阅读是基石，但光有基石并不一定能够盖起大厦，盖起大厦还需要不断思考。如是，文字才会有思想。

2017 年 4 月 8 日　星期六　于明德国际楼 613

熟悉的工作室，熟悉的窗外风景。是的，向往窗外春日里的风光。多想去植物园看看那里的一片片花海，多想去圆明园沿着福海走走，然后拐到武陵春色，看看那一池潭水，潭边的水面上一定铺满了一层或白色或粉红色的花瓣。然而我需要在俄罗斯文学这片土地上继续耕耘，希望明年的自己一定不要错过那一池浮满花瓣的潭水。

2017 年 8 月 5 日　星期六　于明德国际楼 613

如果我的这个假期从我开始专心工作的 7 月 3 日开始，那么已经一个多月过去了，这一个多月，几乎每天我的路线都是家-办公室-食堂-家。我没有坐车出过门，去过最远的地方是骑车去了趟圆明园。时间流转，心里依旧惶恐。

不忍回望过去，而当下又何尝不是对过去日子的复制？无论如何，仍需坚守初心。

在学术的道路上，我并不孤独。图书付梓之际，脑海里浮现出一张张熟悉、亲切的面孔。首先，我要感谢科学出版社的张宁和王丹两位老师，我们结缘于科学出版社主办的第一届人文社科项目研讨会。参加研讨会让我收获满满，不仅如此，研讨会结束之后，张宁老师与学员们始终保持联络，分享最新的科研信息，为我们在科研之路上的奔跑助力。难能可贵的是能为我们外国语言文学，尤其是俄罗斯文学研究成果提供出版平台。感谢责任编辑王丹老师、文案编辑赵洁老师在编辑、校对本书过程中所付出的一切。编辑老师们在编辑过程中认真严谨、一丝不苟，并充分尊重作者，显示了极高的职业素养。这让人对科学出版社出版的图书质量充满了信心。

其次，我要感谢我大学学习阶段的尼·尼·基图妮娜（Н.Н. Китунина）老师，硕士阶段的导师——黑龙江大学的邓军教授，博士阶段的导师——上海外国语大学的冯玉律教授，没有他们，就没有我的今天。

再次，我要感谢天津师范大学曾思艺教授，曾老师一直鼓励我在莱蒙托夫研究领域持续深耕，在我遇到学术困惑之时总是能为我答疑解惑。感谢南开大学王丽丹教授，如果有"中国好师姐"这一奖项，那么王老师当之无愧。我们可以"肆无忌惮"地分享工作、生活的方方面面，师姐一直是我学习的榜样，也是我前行路上的助力者。感谢哈尔滨工业大学的谢春燕教授，多年来，谢老师始终给予我各种帮助、支持和鼓励。本书写作过程中，谢老师更是我随时的倾听者，是艰难时刻勉励我勇敢前行的精神激励者。

本书大部分内容的撰写是在我所就职的中国人民大学完成的，这里我要特别感谢外国语学院俄语系的全体同事们，能在如此自由、和谐、友爱、互助的环境中工作是我一生的幸运。我也要感谢我的学生们！本书撰写过程中，部分研究生（艾绘荣、王萌、周莉莎、徐华荣）参与了前期的文献翻译工作，也有同学（裴美燕、李晓雨、马宁宁、王佳、黄小轩、相文昊、刘畅、余梓蓉）参与了后期的文字校对工作，感恩有你们！还有那些毕业后始终挂念老师的同学们，是你们一直提醒着我，作为一名教师，我有多幸运。

最后，我要感谢我的父母，感谢父母养育了我，终于可以给父母交一份自认还算合格的作业。感谢我的爱人姜宁，生活中我那些无比焦虑的时刻唯有他最清楚，他给予了我莫大的包容和爱，用无数令我感动的瞬间化解了那些焦虑的时刻。此刻,我也希望他能跟我一起分享我多年努力成就的这份研究成果所带来的喜悦。

感恩我曾经无数次坐过的中国人民大学图书馆外文阅览室 660 号座位，感恩明德国际楼 512、613、506 等我曾经或者正在使用的工作室，让我总能找到安静的一隅进入一个别样的精神世界。

2019 年 7 月 17 日初稿

2019 年 11 月 17 日修改

于中国人民大学明德国际楼 506